Undinenzauber

Undinenzauber

Geschichten und Gedichte von Nixen, Nymphen und anderen Wasserfrauen

Herausgegeben von
Frank Rainer Max

Einleitung von
Eckart Kleßmann

Philipp Reclam jun. Stuttgart

Mit 32 Abbildungen

Universal-Bibliothek Nr. 8683

Gesamtherstellung: Reclam, Ditzingen. Printed in Germany 1997
RECLAM und UNIVERSAL-BIBLIOTHEK sind eingetragene Marken
der Philipp Reclam jun. GmbH & Co., Stuttgart
ISBN 3-15-008683-3 (kart.) 3-15-028683-2 (geb.)

Inhalt

Einleitung

Über die 1811 veröffentlichte Erzählung *Undine* von Friedrich de la Motte Fouqué waren sich die Zeitgenossen einig: »wirklich allerliebst« (Goethe), »wunderlieblich« (Heine), »hinreißend« (Walter Scott) vernahm man als die gebräuchlichen Epitheta, und Dorothea Schlegel fand: »*Undine* habe ich gelesen, und ich darf sagen, mir hat lange keine Poesie so viel Vergnügen gemacht! Es ist ganz allerliebst und so hinreißend als möglich. Diese *Undine* könnte in *Tausendundeinenacht* stehen – das will viel sagen!« Das ist gut charakterisiert, denn das Urteil meint, diese Erzählung sei eigentlich ein Werk von der Allgemeingültigkeit eines Volksmärchens. Und die Figur der Undine ist bis heute auch immer wieder nachgeformt oder zitiert worden, weniger als eine literarische denn als eine mythische Reminiszenz, was für ihre Lebenskräftigkeit spricht.

Der Erfolg der kleinen Erzählung war außerordentlich: Sie wurde 1815 ins Italienische, 1817 ins Schwedische, 1818 ins Dänische und Englische und 1819 ins Französische übersetzt – die Geschichte von der Liebe des Wassergeistes Undine zum Ritter Huldbrand, als Motiv zwar nicht völlig neu in der Weltliteratur, aber von Fouqué doch erstmals aus der Mythen- und Märchenwelt in eine reale, wenn auch historische Umgebung versetzt. Der Stoff wurde bis ins 20. Jahrhundert hinein immer wieder von Schriftstellern variiert, wobei sich auch die Gestalt Undines veränderte.

Ein Wassergeist verbindet sich mit einem Menschen in Liebe, um einer Seele und damit der Unsterblichkeit teilhaftig zu werden. Das ist der erste gemeinsame Nenner dieser Stoffe; der zweite, der mir der wichtigere zu sein scheint: Alle diese Wassernymphen, heißen sie nun

Undine, Melusine, Lorelei, schöne Lau oder auch nur pauschalisierend Nixen oder Meerjungfrauen, sind stets weiblicher Natur. Ein männlicher Wassergeist, der sich aus nämlichem Grund in eine Menschenfrau verliebt, ist in diesem Konzept nicht vorgesehen. Das hat wohl damit zu tun, daß es vielen Religionen zweifelhaft erschien, ob denn die Frau überhaupt eine Seele besitze. Nach jahrhundertelangem kirchlichen Verständnis stand die Frau ohnehin allen chthonischen und teuflischen Mächten offener als der Mann und galt daher auch als weniger glaubensstark. Demnach mußte sie auch der Erlösung bedürftiger sein. Der Konflikt zwischen weiblichem Wasserwesen und Mensch ging hervor aus dem Konflikt zwischen Frau und Mann und nicht so sehr zwischen irdischer und unirdischer Natur.

In dem parodistischen Stück *Die drei Nixen* von Leonie Meyerhof, die unter dem Pseudonym »Penthesileia« schreibt, heißt es recht zutreffend: »Menschen? Sag doch Männer! ... Da ich einen menschlichen Gemahl besaß, erzählte er mir von einem nun toten, wunderschönen Volke, das er die Griechen nannte. Ihre Götter gingen auch zu den Menschen hinab und liebten irdische Frauen. Aber sie kamen durch diese Frauen nicht ins Verderben. Sie blieben glücklich und ließen oft genug zerstörte Frauenleben hinter sich, wenn sie wieder in ihre Himmel zurückflogen, oder sie überließen die Opfer ihrer Liebe der Rache eifersüchtiger Göttinnen ...«

Der Protest ist berechtigt. Die Geschichten von den erlösungheischenden Wassergeistern erzählen ja nichts anderes, als daß der Mann, indem er der Frau zu einer Seele verhilft, ihr damit zugleich so etwas wie eine Daseinsberechtigung verleiht. Damit ist die Frau charakterisiert als ein letztlich doch inferiores Wesen, das sich besonders auf allerlei List versteht: Sie verlockt den Fischer (Goethe), sie vernichtet den Jäger (Bécquer), sie ist zauberischer Künste kundig (Fouqué), sie ist Teil von Naturgewalten (Laßwitz).

Undine, daran läßt Fouqué keinen Zweifel, ist ihrem Ehemann Huldbrand überlegen, denn er ist in seiner Beschränktheit unfähig, ihre Liebe zu erwidern, ja ihr Wesen überhaupt zu begreifen. Er spürt, daß sie aus

einer Welt kommt, die ihm fremd ist und zu der ihm jeder Zugang verschlossen bleibt; da ist er freilich bei Berthalda besser aufgehoben. Denn mag auch ihr hochfahrendes und undankbares Verhalten gerügt werden: Sie stammt dennoch aus der Huldbrand vertrauten Gesellschaft und deren Normen, die dem Ritter Sicherheit bieten. Und diese gewohnten, sich allen Veränderungen widersetzenden Konventionen vertragen sich nicht mit einem Wesen, das gemäß seiner Natur ganz andere Wert- und Zielvorstellungen in sich trägt.

Fouqué schrieb seine Erzählung aus dem Geist der Romantik, und sie ist ohne das Frauenbild der Romantik nicht zu denken. Novalis hat dieses Bild in zahlreichen Fragmenten so umrissen: »Haben sie [die Frauen] nicht die Ähnlichkeit mit dem Unendlichen, daß sie sich nicht quadrieren, sondern nur durch Annäherung finden lassen? Und mit dem Höchsten, daß sie uns absolut nah sind und doch immer gesucht – daß sie absolut verständlich sind und doch nicht verstanden, daß sie absolut unentbehrlich sind und doch meistens entbehrt werden, und mit höhern Wesen, daß sie so kindlich, so gewöhnlich, so müßig und so spielend erscheinen?« Oder: »Die Frau ist das Symbol der Güte und Schönheit – der Mann das Symbol der Wahrheit und des Rechts.« Schließlich: »Die Frauen wissen nichts von Verhältnissen der Gemeinschaft. Nur durch ihren Mann hängen sie mit Staat, Kirche, Publikum etc. zusammen. Sie leben im eigentlichen Naturstande.«

Novalis dürfte das durchaus anerkennend und positiv gemeint haben. Er stellt die Frau als das ganz unverbildete, natürliche Geschöpf vor, in der Gottes Menschenbild am reinsten bewahrt geblieben ist, und darum scheint sie auch der vollkommene Mensch zu sein. Aber eben nur scheinbar. Für Novalis und die anderen Romantiker, die so gern mit Frauen diskutierten, war es aber eine ausgemachte Sache, daß der Mann letztlich doch durch den Geist, durch den Intellekt repräsentiert werde. Die letzten spirituellen Dinge standen nur ihm offen, dafür bezahlte er freilich mit dem Mangel an Natur, Anmut und Schönheit. Diese Widersinnigkeit, den Menschen in einen nach Geschlechtern zugeordneten Dualismus von Geist und Natur zu zwingen, scheint den Romantikern so selbstverständlich gewesen zu sein, daß Zweifel gar nicht erst aufkamen.

Undine entspricht dieser Vorstellung. Sie ist schön, anmutig und wunderbar natürlich; sie steht in unausgesetztem Austausch mit den Geistern der Natur, vornehmlich des Wassers; in ihrem sicheren Instinkt ist sie dem rationalen Huldbrand überlegen, aber eigentlich intelligent ist sie nicht. Das soll und darf sie ja auch nicht sein. Bis zum Schluß verharrt sie in Demut und leidender Ergebenheit, ist Liebe für sie gleichbedeutend mit Unterwerfung. Das Geschäft der Bestrafung obliegt wieder einem männlichen Wesen, nämlich dem Wassergeist Kühleborn.

Hier nun setzen zwei Dichter des 20. Jahrhunderts mit ihren Undine-Adaptionen ein, Jean Giraudoux und Ingeborg Bachmann.

Der französische Dramatiker handelt in seiner *Ondine* (1939) mit den Mitteln eines ironisch-gebrochenen Märchenspiels von der Unfähigkeit der Menschenwelt, der Natur eines weiblichen Wassergeistes und seiner Liebesfähigkeit gewachsen zu sein. Vor der unschuldigen Freundlichkeit und der unerschöpflichen Liebeskraft der Undine versagen die Menschen; Undine ist von Anfang an die Verliererin. Die Konventionen sind stärker als die Liebe, das Gewohnte verheißt eine stärkere Geborgenheit als das Ungewohnte, Überraschende und Außerordentliche. Die Liebe zwischen Huldbrand und Undine steht vom ersten Tag an unter einem unguten Stern, und am Ende muß Undine resignieren, denn die Menschennatur in ihrem trostlosen Beharrungsvermögen erweist sich als überlegen.

»Ungeheuer sind sie an Selbstsucht«, sagt Giraudoux' Undine im 2. Akt über die Männer, aber sie sagt es ohne Vorwurf, sie stellt es nur fest. Männer sind eben so, Frauen müssen das wissen und auf ihre Art die Ungeheuer zu sänftigen verstehen.

Daß Männer »Ungeheuer« sind, lesen wir auch in Ingeborg Bachmanns Erzählung *Undine geht* (1961), wenn auch freilich die Frauen in dieser Prosa nicht besser davonkommen. Dem unkonventionellen Natur- und

Wassergeist Undine sind die den Konventionen ängstlich und phantasielos verpflichteten Männer nicht gewachsen. Ingeborg Bachmanns Undine verlangt und erwartet das Absolute an Liebe, aber die Unbedingtheit und Ausschließlichkeit einer alles überwältigenden und vereinnahmenden Liebe ist dem Menschen versagt, darin besteht Undines Tragödie, da sie nur durch die Liebe eines Menschen(-mannes) einer Seele teilhaftig werden kann, obwohl doch ihre unbeseelte Natur ungleich seelenvoller ist.

Zwischen Theodor Fontanes Novellenentwurf *Oceane von Parceval* (1882) und dem Drama von Giraudoux (1939) sind Erzählungen und Romane beliebt, in denen die Frau dem Mann als Nixe oder Wasserwesen, als personifizierte Natur, begegnet; zumeist sind es recht männliche Wunschvorstellungen (was eine gewisse Ängstlichkeit vor dem »Rätsel Frau« nicht ausschließt), und diese Phantasien von den Frauen als Naturwesen, die aller Konventionen und Moden entkleidet sind (natürlich auch entkleidet im wortwörtlichen Sinne), gehen Hand in Hand mit jenen Südseeträumen, wie sie Paul Gauguin oder der Holländer Laurids Bruun mit seinen Südsee-Romanen (*Van Zantens glückliche Zeit*, 1908, etc.) geweckt hatten. Das so schöne wie verantwortungslose Naturwesen als Nixe oder als Südsee-Insulanerin haben viel miteinander zu tun, man darf sie nur nicht mit Undine oder Melusine verwechseln.

Undines Heimat ist das Wasser, das Element dauerhafter Flüchtigkeit, der Zeit enthoben. Und eben das mußte die Musiker an diesem Stoff reizen. Die Flüchtigkeit der Undine, ihr Märchencharakter und das Element des Fließenden und Verschwebenden schien nach musikalischer Ausdeutung zu verlangen. Die Oper *Undine* des Dichterkomponisten E. T. A. Hoffmann, 1816 in Berlin uraufgeführt (Libretto von Fouqué, Bühnenbilder von

Karl Friedrich Schinkel), war nicht nur die erste Undine-Oper, sondern die erste Oper der deutschen Romantik. Hoffmanns Oper konnte sich nicht durchsetzen, denn das untaugliche Libretto Fouqués machte alles zunichte. Das wesentlich bühnenwirksamere Libretto von Albert Lortzings *Undine* (1845) verhalf dieser Oper zu großem Erfolg, wenngleich hier das von Hoffmann so trefflich herausgearbeitete Element der Natur- und Wassergeister zugunsten biedermeierlicher Bravheit geopfert wurde. Es war wohl eben diese bürgerliche Idylle, die Lortzings Oper zum Erfolg verhalf. In der Nachahmung Hoffmanns versuchten sich unter anderem die Undine-Opern von Ignaz Xaver Ritter von Seyfried (1817) und Karl Friedrich Girschner (1837), beide ohne den geringsten Erfolg. Auch das Ballett nahm sich des Stoffes an: *Undine die Wassernymphe* mit der Musik von Heinrich

Schmidt hatte 1836 in Berlin Premiere; 1843 folgte *Ondine ou la Naiade* von Cesare Pugni. Aber auch sie konnten sich auf dem Spielplan nicht durchsetzen. Als weitaus bedeutender erwies sich dagegen Hans Werner Henzes 1958 uraufgeführtes Ballett *Undine*, in dem der Undine-Stoff von Deutschland ans Mittelmeer verlegt wird und sich auch sonst einige Veränderungen gefallen lassen muß. In der Instrumentalmusik schrieb Carl Reinecke (1824–1910) eine *Undine* betitelte Sonate für Flöte und Klavier; Maurice Ravel beginnt den Klavierzyklus *Gaspard de la nuit* (1908) mit dem Satz *Ondine*, und Claude Debussy nahm eine *Ondine* in den zweiten Teil seiner *Préludes* auf (1910/13).

Frühzeitig hat das Sujet auch bei den Malern und Zeichnern Interesse gefunden. Als 1816 Schinkels Bühnenbilder zu Hoffmanns Zauberoper in Berlin Aufsehen erregten, erschienen in Leipzig 20 Stiche von Ludwig Schnorr von Carolsfeld nach Umrißzeichnungen des Grafen Clary als früheste Undine-Illustrationen. Drei Jahre später folgten Sigismund Ruhl und Johann Heinrich Füßli mit Bleistiftzeichnungen; Füßli verdanken wir auch das faszinierende Gemälde *Undine kommt zum Fischerpaar* (1821), das Undine fernab fader Süßlichkeit in ihrem Geisterwesen darstellt. Nach langer Pause, während der zwar zahlreiche, aber unbedeutende Illustratoren das Feld beherrschen, erwacht mit dem Jugendstil das Thema »Undine« neu, genauer freilich geht es mehr um die Nixenwelt überhaupt als um Undine selbst, etwa in den bekannten Gemälden Gustav Klimts *Bewegtes Wasser* (1898), *Goldfische* (1901), *Wasserschlangen I* und *Wasserschlangen II* (beide 1904/07). Solche Werke freilich oder die künstlerisch weit darunter stehende Gouache von Louis Lessieux *Undine* (1902) haben mit der originalen Undine nichts zu tun. Abgesehen davon, daß hier mit der Bezeichnung der Undinen nur ein klingender Name

gefunden wurde, ist doch der entscheidende Unterschied, daß diese zahllosen »Undinen« stets als erotisch verführerische Kindfrauen dargestellt werden, und genau das ist Undine nicht. Gewiß, der Typus des Kindweibs geht zweifellos auf Fouqués Charakterisierung zurück; die Kindfrau verspricht dem Mann die Form- und Erziehbarkeit der letztlich inferioren Geliebten, suggeriert somit Willenlosigkeit, die aber auch zugleich dem Mann gefährlich, ja lebensbedrohlich werden kann, wenn er nicht den kühlen Kopf bewahrt. Das populäre Gemälde von John William Waterhouse *La belle dame sans merci* (1893) wurde zwar vom gleichnamigen

Gedicht von John Keats inspiriert, ist aber ohne Fouqués Erzählung nicht zu denken.

Noch nach 1945 taucht Undine in der deutschen Lyrik immer wieder auf, Symbol der mythisch-beseelten und hochverletzlich gewordenen Natur, von der sich der Mensch nicht nur als ihr Zerstörer, sondern auch durch seine innere Beziehungslosigkeit mehr und mehr lossagt: »Eine Legende bin ich, / ein Wasser grau bewegt« (Peter Huchel).

Melusine, Undines ältere Schwester, hat es nie so recht zu Popularität bringen können. Trotz künstlerischer Überformungen durch Tieck und in dessen Nachfolge in Felix Mendelssohns Ouvertüre *Zum Märchen von der schönen Melusine* (1833) gelangte sie nicht aus dem Sagenkreis heraus. Das hat mehrere Gründe. Zum einen hat kein Dichter ihre Geschichte so erzählt, wie es Fouqué mit seiner Undinengestalt gelang. Zudem fehlt dem Melusinenstoff die Tragik. Ein Wesen mit sonnabendlichem Fischschwanz, eine Ehe mit mißgebildeten Kindern – das sind nicht eben stimulierende Motive, vergleicht man sie mit der *Undine*: Das frühzeitige Scheitern einer Liebe, die Verstoßung des »holden Kindes«, die Trauer um den wortbrüchigen Geliebten, der Liebestod. Der exotischen Strenge der Melusine fehlt der verzeihende Liebreiz der Undine. Aber beide – und das ist ihnen gemeinsam, das verbindet sie – stehen vor uns als Sinnbilder einer offenbar unmöglichen, unerfüllbaren Liebe zwischen dem Menschen und der Natur, die der Mensch zu erkennen und zu begreifen unfähig ist. Der sich so souverän wähnende Mensch – heiße er nun Reymund, Huldbrand, Hans oder trage er unsere Namen – steht am Ende als Verlierer da. Mit der ruinierten Natur hat er zugleich auch sich selber zugrundegerichtet.

Eckart Kleßmann

HEINRICH HEINE

Prolog

Es war mal ein Ritter trübselig und stumm,
Mit hohlen, schneeweißen Wangen;
Er schwankte und schlenderte schlotternd herum,
In dumpfen Träumen befangen.
Er war so hölzern, so täppisch, so links,
Die Blümlein und Mägdlein, die kicherten rings,
Wenn er stolpernd vorbeigegangen.

Oft saß er im finstersten Winkel zu Haus;
Er hatt sich vor Menschen verkrochen.
Da streckte er sehnend die Arme aus,
Doch hat er kein Wörtlein gesprochen.
Kam aber die Mitternachtstunde heran,
Ein seltsames Singen und Klingen begann –
An die Türe da hört er es pochen.

Da kommt seine Liebste geschlichen herein,
Im rauschenden Wellenschaumkleide,
Sie blüht und glüht, wie ein Röselein,
Ihr Schleier ist eitel Geschmeide.
Goldlocken umspielen die schlanke Gestalt,
Die Äuglein grüßen mit süßer Gewalt –
In die Arme sinken sich beide.

Der Ritter umschlingt sie mit Liebesmacht,
Der Hölzerne steht jetzt in Feuer,
Der Blasse errötet, der Träumer erwacht,
Der Blöde wird freier und freier.
Sie aber, sie hat ihn gar schalkhaft geneckt,
Sie hat ihm ganz leise den Kopf bedeckt
Mit dem weißen, demantenen Schleier.

In einen kristallenen Wasserpalast
Ist plötzlich gezaubert der Ritter.
Er staunt, und die Augen erblinden ihm fast,
Vor alle dem Glanz und Geflitter.
Doch hält ihn die Nixe umarmet gar traut,
Der Ritter ist Bräutgam, die Nixe ist Braut,
Ihre Jungfraun spielen die Zither.

Sie spielen und singen, und singen so schön,
Und heben zum Tanze die Füße;
Dem Ritter dem wollen die Sinne vergehn,
Und fester umschließt er die Süße –
Da löschen auf einmal die Lichter aus,
Der Ritter sitzt wieder ganz einsam zu Haus,
In dem düstern Poetenstübchen.

Lockung

Hörst du nicht die Bäume rauschen
Draußen durch die stille Rund?
Lockt's dich nicht, hinabzulauschen
Von dem Söller in den Grund,
Wo die vielen Bäche gehen
Wunderbar im Mondenschein
Und die stillen Schlösser sehen
In den Fluß vom hohen Stein?

Kennst du noch die irren Lieder
Aus der alten, schönen Zeit?
Sie erwachen alle wieder
Nachts in Waldeseinsamkeit,
Wenn die Bäume träumend lauschen
Und der Flieder duftet schwül
Und im Fluß die Nixen rauschen –
Komm herab, hier ist's so kühl.

Die grünen Augen

Schon seit langem spüre ich die Verlockung, irgendwas mit diesem Titel zu schreiben. Heute, da sich mir eine Gelegenheit bot, habe ich ihn mit großen Buchstaben auf das erste Blatt Papier gesetzt, und dann habe ich die Feder fliegen lassen nach Lust und Laune.

Ich glaube, daß ich solche Augen, wie ich sie in dieser Legende schildere, gesehen habe. Ich weiß nicht, ob es in Träumen war; aber ich habe sie gesehen. Sicherlich werde ich sie nicht so beschreiben können, wie sie waren: leuchtend und durchsichtig wie die Regentropfen, die nach einem Sommergewitter über die Blätter der Bäume rinnen. Jedenfalls rechne ich mit der Phantasie meiner Leser bei diesem Versuch, mich in einer Skizze verständlich zu machen, sozusagen im ersten Entwurf für ein Gemälde, das ich eines Tages malen werde.

I

»Weidwund flüchtet der Hirsch ..., weidwund, kein Zweifel. Man sieht die Schweißspur, die sich durchs Dorngestrüpp des Bergwalds zieht; und beim Sprung über einen der Mastixsträucher hier sind ihm die Läufe eingeknickt ... Unser junger Herr fängt da an, wo andere aufhören ... In vierzig Jahren Jägerleben hab' ich keinen besseren Treffer gesehen ... Aber, bei San Saturio, dem Schutzpatron von Soria, schneidet ihm den Weg ab, dort, bei dem niederen Steineichengehölz, hetzt die Hunde, blast die Hörner, bis euch die Lunge aus dem Hals kommt, und rammt den Rössern eine Spanne Eisen in die Weichen! Seht ihr nicht, daß er zur Pappelquelle will? Wenn er lebend über die hinwegkommt, ist er für uns verloren.«

Die tiefen Bergtäler des Moncayo wiederholten von Echo zu Echo das Geschmetter der Jagdhörner, das Gebell der losgelassenen Meute; die Stimmen der Pagen erschallten mit frischem Ungestüm, und der wirre, wilde Haufe von Männern, Pferden und Hunden stürmte zu jener Stelle hin, die Iñigo, der Oberjägermeister der Markgrafen von Almenar, als den Punkt bezeichnet hatte, wo man dem flüchtenden Tier am besten in die Quere kommen konnte.

Aber alles war vergeblich. Als der flinkste der Windhunde zu dem Steineichenhag gelangte, keuchend, mit schaumtriefenden Lefzen, hatte der Hirsch bereits, pfeilgeschwind, mit einem einzigen Satz das Hindernis überwunden und verschwand gerade zwischen den Buschwällen eines Pfades, der zu der Quelle führte.

»Halt! Alle Mann halt!« schrie da Iñigo. »Es war Gottes Wille, daß er uns entwischt.«

Und der ganze Reiterschwarm stockte, es verstummten die Hörner, und die Windhunde ließen, zurückgerufen durch die Jäger, knurrend ab von der verfolgten Fährte.

In diesem Augenblick stieß der Held des Tages, Fernando de Argensola, der Erstgeborene von Almenar, wieder zu seinem Jagdgefolge.

»Was machst du?« rief er seinem Jäger zu, Verwunderung in den Gesichtszügen, flammenden Zorn in den Augen. »Was machst du, Dummkopf? Du siehst, daß das Stück verwundet ist, das erste, das meine Hand zur Strecke bringt, und gibst die Verfolgung auf, läßt es entkommen, daß es irgendwo im Wald verendet. Meinst du, ich sei auf Hirschjagd gegangen, damit die Wölfe ein Festmahl feiern können?«

»Herr«, murmelte Iñigo zwischen den Zähnen, »es ist unmöglich, weiter als bis hierher zu gehen.«

»Unmöglich? Und warum?«

»Weil dieser Pfad«, fuhr der Jäger fort, »zur Pappelquelle führt: der Pappelquelle, in deren Gewässer ein Geist des Unheils haust. Wer es wagt, ihre Strömung zu trüben, muß seine Verwegenheit teuer bezahlen. Der Hirsch wird schon drüber hinweggesprungen sein. Wie wollt Ihr hinüberkommen, ohne irgendein schreckliches Verhängnis über Euer eigenes Haupt zu bringen? Wir Jäger sind Könige des Moncayo, Könige jedoch, die einen Tribut bezahlen. Wild, das bei dieser geheimnisvollen Quelle Zuflucht sucht: verlorenes Wild.«

»Verlorenes Wild? Lieber will ich das Herrengut meiner Väter verlieren, lieber meine Seele den Händen Satans ausliefern, als zulassen, daß dieser Hirsch mir entrinnt, der einzige, den mein Spieß getroffen, die Erstlingsbeute meiner Jagdzüge ... Siehst du ihn? ... Siehst du ihn? ... Noch kann man ihn ab und zu gewahren von hier aus: seine Läufe versagen den Dienst, seine Hitze läßt nach ... Laß mich ..., laß mich; laß diesen Zügel los, oder ich reite dich über den Haufen ... Wer weiß, ob ich ihm Zeit genug lasse, daß er bis zu der Quelle gelangt. Und wenn er hingelangt – dann zum Teufel mit ihr, mit ihrer Klarheit und ihren Bewohnern! Auf, Wetterstrahl! Auf, mein Pferd! Wenn du ihn einholst, lasse ich die Diamanten meiner Schmuckfibel auf deinen goldenen Kappzaum setzen.«

Roß und Reiter stoben davon wie ein Sturmwind. Iñigo blickte ihnen nach, bis sie im Dickicht verschwanden; dann schaute er sich um: alle verharrten reglos, erstarrt, bestürzt.

Schließlich stieß der Jäger die Worte aus:

»Señores, ihr habt es gesehen; ich habe mich der Gefahr ausgesetzt, unter den Hufen seines Pferdes zu sterben, um ihn davon abzuhalten. Ich habe meine Pflicht getan. Gegen den Teufel hilft keine Kühnheit. Bis hierher kommt der Jäger mit seiner Armbrust; jeden weiteren Schritt mag der Kaplan versuchen, mit seinem Weihwedel.«

II

»Euer Gesicht ist blaß; bedrückt und verdüstert geht Ihr umher. Was ist Euch widerfahren? Seit dem Tag, den ich nach wie vor für einen Unheilstag halte, seit Ihr, hinter dem weidwunden Hirsch her, bis zu der Pappelquelle geritten seid, ist es, als söge eine Hexe mit ihren schwarzen Künsten Euch die Lebenskraft aus dem Leib. Ihr zieht nicht mehr, die kläffende Meute voraus, in die Berge hinauf, und Eure Hörner wecken keine Echos mehr im Wald. Verbohrt in die Grübeleien, von denen Ihr nicht mehr loskommt, greift Ihr jeden Morgen nach der Armbrust und verzieht Euch allein ins Dickicht, um dort zu bleiben, bis die Sonne sich verbirgt. Und wenn die Nacht hereinbricht, wenn Ihr bleich und erschöpft heimkommt zur Burg, sehe ich nie am Riemen über Eurer Schulter eine Beute baumeln. Was hält Euch so lange Stunden dort, fern von denen, die Euch am meisten lieben?«

Während Iñigo redete, schnitzelte Fernando, völlig in Gedanken versunken, mit dem Jagdmesser an seiner Bank aus Ebenholz herum, ließ mechanisch Spänchen um Spänchen fliegen.

Nach langem Stillschweigen, das nur unterbrochen wurde von dem Schrillen der Klinge, wenn diese ausglitt auf dem glatten, harten Holz, sagte der Jüngling zu seinem Diener, als hätte er nicht ein einziges seiner Worte gehört:

»Iñigo, du, der du alt bist, der du alle Schlupfwinkel

des Moncayo kennst, dein Leben lang an seinen Hängen die wilden Tiere gejagt hast und auf weiten Pirschgängen mehr als einmal bis zu seinem Gipfel hinaufgestiegen bist – sag mir: ist dir vielleicht eine Frau begegnet, die dort zwischen den Felsen lebt?«

»Eine Frau!« rief der Jäger bestürzt und starrte ihm ins Gesicht.

»Ja«, sagte der Jüngling; »es ist etwas Seltsames, das mir widerfährt, etwas höchst Seltsames ... Ich glaubte, ich könnte dieses Geheimnis ewig für mich behalten, aber nun ist es mir nicht mehr möglich; es sprengt mir das Herz, drängt herauf, spricht mir aus dem Gesicht. Ich will dir's also verraten ... Du wirst mir helfen, das Rätsel zu lösen, das dieses Wesen umgibt, ein Geschöpf, das anscheinend nur für mich existiert; denn niemand kennt es, keiner hat es je gesehen, und keiner weiß irgendwas von ihm zu berichten.«

Der Jäger rückte, ohne die Lippen zu öffnen, seinen Schemel näher heran, dicht vor die Bank seines Herrn, den er unverwandt mit erschreckten Augen anblickte ... Dieser redete, nachdem er seine Gedanken geordnet hatte, weiter:

»Seit dem Tag, da ich, trotz deinen unheilverheißenden Worten, bis zur Pappelquelle vordrang, ihr Wasser durchquerte und den Hirsch einholte, den euer Aberglaube hätte entfliehen lassen, ist meine Seele voller Sehnsucht nach der Einsamkeit.

Du kennst jenen Ort nicht. Schau, die Quelle entspringt im Dunkel einer gehöhlten Felswand und fällt als Geriesel rinnender Tropfen zwischen den grünen, wehenden Blättern der Pflanzen herab, die den Brunnenspalt umwuchern. Diese Tropfen, die im Augenblick, da sie sich loslösen, aufblinken wie Goldkörnchen und klingen wie die Töne eines Instruments, sammeln sich zwischen den Grasbüscheln, und sirrend, sirrend, wie Bienen, die flirrend die Blüten umsummen, wuseln sie durch den Sand, bilden wimmelnd ein Bachbett und balgen sich mit den Hindernissen herum, die sich ihrem Lauf entgegenstemmen, kullern zurück und rappeln sich auf, springen, flüchten und rennen, manchmal lachend, manchmal seufzend, bis sie in einen Weiher fallen. In den Weiher aber fallen sie mit einem unbeschreiblichen Geräusch. Klagelaute, Worte, Namen, Lieder – ich weiß nicht, was alles ich in jenem Rauschen gehört habe, wie ich dasaß, einsam und fiebernd, auf dem Felsblock, zu dessen Füßen sich die Wasser der geheimnisvollen Quelle tummeln, um sich zu stauen in einem tiefen Gumpen, dessen reglose Oberfläche der Abendwind kaum merklich kräuselt.

Alles dort ist groß. Die Einsamkeit mit ihren tausend unbekannten Geräuschen west in jenem Bereich und berauscht den Geist mit ihrer unsäglichen Schwermut. In den silbrigen Blättern der Pappeln, in den Höhlungen der Felsen, in den Wellen der Wasser scheinen die unsichtbaren Geister der Natur zu uns zu sprechen, die im unsterblichen Geist des Menschen einen Bruder erkennen.

Wann immer du mich bei Tagesanbruch nach der Armbrust greifen und zum Bergwald streben sahst, tat ich dies nicht, um im dichten Gehölz umherzustreifen und einem Wild nachzustellen; nein, ich ging hin, um mich an den Rand der Quelle zu setzen, um in ihren Wellen etwas zu erspähen . . ., ich weiß nicht, was . . ., ein Wahnbild! An dem Tag, da ich mit meinem Wetterstrahl drüber hinweg galoppierte, meinte ich, auf ihrem Grund etwas Seltsames schimmern zu sehen . . .: die Augen einer Frau.

Vielleicht war es ein Sonnenstrahl, der das Strudeln durchzuckte, vielleicht eine jener Blumen, die da drunten zwischen den Algen treiben und deren Blütenkelche wie

HB

Smaragde aussehen . . .; ich weiß nicht; ich glaubte, einen Blick zu gewahren, der den meinen durchbohrte, einen Blick, der in meiner Brust ein wahnwitziges, unstillbares Verlangen entflammte: die Sehnsucht, eine Person zu finden mit Augen, wie die dort waren. Auf der Suche nach ihnen habe ich mich Tag für Tag an jenen Ort begeben.

Schließlich, eines Abends ... ich glaubte, ein Traum hätte mich zu seinem Spielball gemacht . . .; aber nein, es stimmt: ich habe schon oft mit ihr geredet, so, wie ich jetzt mit dir rede . . .; eines Abends fand ich an meinem Platz, sitzend, in einem Gewand, das herabwallte bis zum Wasser und auf dessen Fläche dahintrieb, eine schöne Frau, schön über alle Maßen. Ihr Haar war wie das Gold; ihre Wimpern schimmerten wie lauter winzige Strahlen, und zwischen den Wimpern regten sich, ruhelos rollend, Pupillen, die ich schon gesehen hatte . . . ja, denn die Augen jener Frau waren die Augen, die mir nicht mehr aus dem Sinn gegangen waren, Augen von einer unmöglichen Farbe . . .«

»Grüne Augen!« stieß Iñigo hervor, in einem Tonfall tiefen Entsetzens, und richtete sich jählings auf.

Fernando seinerseits schaute ihn staunend an, als hätte es ihn überrascht, daß der andere von sich aus zu Ende führte, was er ihm hatte sagen wollen; und er fragte ihn, halb ängstlich, halb erfreut:

»Du kennst sie?«

»Oh, nein!« sagte der Jäger. »Da sei Gott vor, daß ich sie kenne! Aber meine Eltern haben mir, als sie mir's verboten, jemals an jenen Ort zu gehen, tausendmal gesagt, daß der Geist oder Kobold, der Dämon, die Frau, die dort im Wasser haust, Augen von dieser Farbe hat. Ich beschwöre Euch, bei dem, was Ihr am meisten liebt auf Erden, nie wieder zu der Pappelquelle zu gehen. Eines Tages, früher oder später, wird Euch ihre Rache treffen, und sterbend werdet Ihr den Frevel büßen, daß Ihr die Wellen, die ihre Wohnung sind, zu schmutzigem Schlamm gemacht habt.«

»Bei dem, was ich am meisten liebe!« murmelte der Jüngling mit einem traurigen Lächeln.

»Ja«, fuhr der Alte fort, »bei Euren Eltern, bei Euren Angehörigen, bei den Tränen derer, die der Himmel Euch zur Gemahlin bestimmt, bei denen eines Dieners, der zugegen war, als Ihr zur Welt kamt!«

»Weißt du, was ich am meisten liebe auf der Welt? Weißt du, wofür ich die Liebe meines Vaters hergeben würde, die Küsse von ihr, die mir das Leben schenkte, und alle Zärtlichkeiten, die alle Frauen dieser Welt im Herzen horten? Für einen Blick, für einen einzigen Blick dieser Augen ... Denk doch, wie könnte ich davon ablassen, sie zu suchen!«

Fernando sagte das mit solcher Entschiedenheit, daß die Träne, die an den Lidern Iñigos zitterte, still über die Wange rann, während er in düsterem Tone rief:

»Der Wille des Himmels geschehe!«

III

»Wer bist du? Was ist dein Heimatland? Wo wohnst du? Tag für Tag komme ich, dich zu suchen, und sehe weder das Roß, das dich hierher bringt, noch die Diener, die deine Sänfte tragen. Reiße ihn auf, mit einem Ruck, den Schleier des Geheimnisses, in den du dich hüllst, wie in tiefe Nacht! Ich liebe dich und werde, ob du von hoher oder niederer Herkunft bist, dein sein, dein für immer.«

Die Sonne war hinterm Gipfel des Berges verschwunden; die Schatten kamen mit langen Schritten den Hang herab; die Brise stöhnte zwischen den Pappeln der Quelle, und der Nebel, der langsam aufstieg von der

Wasserfläche des Weihers, begann die Felsen an seinem Ufer zu umwabern.

Auf einem dieser Felsen, einem, der aussah, als wollte er jeden Augenblick kippen und hinabkollern zum Grund des Gewässers, in dessen Spiegel sein Abbild zu sehen war, bebend, bemühte sich der Erstgeborene von Almenar, kniend zu Füßen seiner unheimlichen Geliebten, vergeblich darum, ihr das Geheimnis ihres Wesens zu entreißen.

Sie war schön, schön und blaß wie eine Statue aus Alabaster. Eine ihrer Locken fiel ihr über die Schulter und rieselte zwischen die Falten des Schleiers wie ein Sonnenstrahl, der durch die Wolken gleitet; und umringt von ihren blonden Wimpern, schimmerten ihre Augen wie zwei Smaragde, in Goldfiligran gefaßt.

Als der junge Bursche nichts mehr sagte, bewegten sich ihre Lippen, als wollten sie irgendwelche Worte aussprechen, hauchten aber nur einen Seufzer aus, einen Seufzer, so schwach, so schmerzlich wie der einer leichten Welle, die von der Brise ins Röhricht gedrängt wird, um dort zu sterben.

»Keine Antwort gibst du mir!« rief Fernando, als er so seine Hoffnung getäuscht sah. »Willst du denn, daß ich das glaube, was man mir gesagt hat von dir? Oh, nein! ... Sag mir etwas! Ich will wissen, ob du mich liebst; will wissen, ob ich dich lieben darf, ob du eine Frau bist ...«

»Oder ein Dämon ... Und wenn ich's wäre?«

Der Jüngling schwankte einen Augenblick; kalter Schweiß rann ihm über die Glieder; seine Pupillen weiteten sich, als er mit noch heftigerer Dringlichkeit in die Augen jener Frau starrte; und gebannt von deren fahl glimmerndem Glanz, fast von Sinnen, schrie er in wild aufwallender Liebe:

»Wenn du es wärst ..., ich würde dich lieben ..., würde dich lieben, wie ich dich jetzt liebe, wie es mein

Schicksal will, daß ich dich liebe, bis über dieses Leben hinaus, falls es jenseits davon noch irgendetwas gibt.«

»Fernando«, sprach da die Schöne, mit einer Stimme, die klang wie Musik, »ich liebe dich noch mehr, als du mich liebst; ich, die ich mich herablasse zu einem Sterblichen, obwohl ich ein reiner Geist bin. Ich bin keine Frau, wie es sie auf der Erde gibt; ich bin eine Frau, wie sie dir gebührt, dir, der du die übrigen Menschen, all die anderen Männer überragst. Ich lebe auf dem Grund dieser Wasser, körperlos wie sie, flüchtig und durchsichtig: ich spreche mit ihrem Rauschen und woge mit ihrem Wallen. Ich bestrafe nicht den, der es wagt, die Quelle zu trüben, worin ich wohne; vielmehr belohne ich ihn mit meiner Liebe, als einen Sterblichen, der den Aberglauben des Pöbels überwunden hat, als einen Liebhaber, der fähig ist, meine seltsame, geheimnisvolle Zärtlichkeit zu begreifen.«

Während sie so sprach, näherte sich der Jüngling, hingegeben dem Anblick ihrer phantastischen Schönheit, hingezogen wie von einer unbekannten Kraft, mehr und mehr der Kante des Felsblocks. Die Frau mit den grünen Augen redete weiter:

»Siehst du, siehst du die klare Tiefe dieses Weihers? Siehst du diese Gewächse mit langen Blättern, die sich regen auf seinem Grunde? ... Sie werden uns ein Lager gewähren, grün wie Smaragd, rot wie Korallen ..., und ich ..., ich schenke dir eine namenlose Seligkeit, diese Seligkeit, die du erträumt hast in deinen Stunden wonniglich fiebernden Wahns und die niemand dir bieten kann ... Komm, der Nebel des Weihers schwebt über unseren Stirnen wie ein Betthimmel aus Linnen ...; die Wellen locken uns mit ihren unverständlichen Stimmen; der Wind beginnt zwischen den Pappeln seine Liebeshymnen; komm ..., komm ...«

Die Nacht breitete allgemach ihre Schatten aus; der

Mond glitzerte auf der Weiherfläche; der Nebel wirbelte auf beim Wehen der Luft, und die grünen Augen schimmerten in der Dunkelheit wie Irrlichter, die über verseuchtem Sumpfland geistern ... »Komm, komm ...« Dieses wiederholte Wort summte in den Ohren Fernandos wie eine Beschwörungsformel. »Komm ...«, und die geheimnisvolle Frau lockte ihn an den Rand des Abgrunds, wo sie schwebte, und schien ihm einen Kuß geben zu wollen ..., einen Kuß ...

Fernando machte einen Schritt auf sie zu ..., noch einen ..., und spürte schlanke, biegsame Arme, die seinen Hals umschlangen, und ein Kältegefühl auf seinen glühenden Lippen, einen Schneekuß ..., und er wankte ..., verlor den Boden unter den Füßen und stürzte ins Wasser mit einem dumpfen, unheimlichen Geräusch.

Die Wasser spritzten als sprühende, funkelnde Tropfen auf und schlossen sich über seinem Leib, und die silbrigen Ringe dehnten sich, dehnten sich aus, bis sie an den Ufern vergingen.

Der stille Grund

Der Mondenschein verwirret
Die Täler weit und breit,
Die Bächlein, wie verirret,
Gehn durch die Einsamkeit.

Da drüben sah ich stehen
Den Wald auf steiler Höh,
Die finstern Tannen sehen
In einen tiefen See.

Ein Kahn wohl sah ich ragen,
Doch niemand, der es lenkt,
Das Ruder war zerschlagen,
Das Schifflein halb versenkt.

Eine Nixe auf dem Steine
Flocht dort ihr goldnes Haar,
Sie meint' sie wär alleine,
Und sang so wunderbar.

Sie sang und sang, in den Bäumen
Und Quellen rauscht' es sacht
Und flüsterte wie in Träumen
Die mondbeglänzte Nacht.

Ich aber stand erschrocken,
Denn über Wald und Kluft
Klangen die Morgenglocken
Schon ferne durch die Luft.

Und hätt ich nicht vernommen
Den Klang zu guter Stund,
Wär nimmermehr gekommen
Aus diesem stillen Grund.

Wenn nicht dein Brunnen, Melusine,
aller Märchen zweiten Ausgang
im Herzeweh hätte,
längst wären wir
in die versteinte Auferstehung
einer Osterinsel eingegangen –

Aber wenn dein Echoangesicht,
mit der Müdigkeiten Akelei bestreut,
Sterben übt im Sabbatgold,
trinkt unser Blut Erinnerung
in einer Landschaft,
die schon da gewesen,
und in der schlummerleichten Vorgeburt
der Seele –

Sehr wunderbare Historie von der Melusina

»Wie oftmals durch Gunst der Frauen Männer zu hohem Glück und Ehre gelangt sind, davon findet man in der Geschichte viele Beispiele, unter andern auch in folgender sehr wunderbaren Historie, die vielen nur ein Märchen dünken möchte, weil einige Umstände zusammen treffen, die fast an das Unwahrscheinliche grenzen.« So beginnt Tiecks Nachdichtung der Melusinen-Sage, deren älteste Fassung bei Gervasius von Tilbury überliefert ist (niedergeschrieben Anfang des 13. Jahrhunderts), die aber erst durch die französischen Fassungen von Jean d'Arras (um 1390 in Prosa abgefaßt) und Couldrette (gereimt, achtsilbig, 1403 vollendet) ihre gültige Gestalt gewann. Bei ihnen erst bekommt die Fee ihren Namen Melusine, und sie verknüpfen die Sage mit dem Geschlecht der Herren von Lusignan bei Poitiers. Auszüge aus Tiecks Fassung, die den Melusinen-Stoff ein gutes Jahrzehnt vor Fouqués »Undine« für die Romantik wiedererschließt, mögen in dieser Auswahl die Melusinen-Variante unseres Themas vertreten.

»Diese Melusina«, schreibt Tieck 1829 im »Vorbericht« zum 13. Band seiner »Schriften«, in dem seine zuerst 1800 gedruckte »Historie« wieder erschien, »scheint ein uraltes französisches Märchen zu sein, das sich auf irgend eine Familiengeschichte beziehen mag, auf das sonderbare Glück eines Emporkömmlings, Erklärung des Wappens vielleicht, Volks-Aberglaube gewiß, dabei das Hinzufügen einer scheinbaren Chronik, alle diese Dinge machen diese Geschichte zu einer der formlosesten.« – Im folgenden wird von der durchaus krausen und in die disparatesten Nebengeschichten ausufernden »Sehr wunderbaren Historie von der Melusina« nur die uns hier interessierende Geschichte von

Reymund und Melusine geboten, wozu es einiger Überbrükkungen bedarf, um die Anschlüsse zwischen der in Tiecks »Historie« auf gut hundert Seiten verteilten – um nicht zu sagen: verstreuten – Melusinen-Geschichte im engeren Sinn herzustellen.

»Zu alten Zeiten lebte in Frankreich ein Graf von Forst, er hatte viele Kinder, war arm und lebte in einem anmutigen Walde.« Da es dem Grafen an Vermögen fehlt, seine Kinder ihrem adligen Stand entsprechend zu erziehen, und da vor allem sein jüngster Sohn Reymund »ein hochstrebendes Gemüt in sich spüren ließ«, übergibt er diesen seinem reichen und in vielen Wissenschaften kundigen Schwager Graf Emmerich zur Erziehung. Reymund legt ein so freundliches und gefälliges Wesen an den Tag, daß er bald zum allgemeinen Liebling im Hause seines Onkels wird.

Graf Emmerich nun ist ein großer Freund der Jagd, und Reymund muß ihn auf seinen Jagdzügen stets begleiten. Eines Tages geraten sie dabei an ein wildes Schwein, das sich nicht erlegen läßt und bei dessen Verfolgung die Jagdgesellschaft zerstreut wird, so daß sich der Graf und Reymund am Ende allein und im Wald verirrt wiederfinden. Da entdeckt der Graf, der besonders in der Kunst der Astronomie bewandert ist, am Himmel eine Gestirnkonstellation, die ihm verrät, »daß in dieser Stunde ein undankbarer Diener seinen Herrn und Wohltäter erschlägt und dadurch zu allem zeitlichen Glücke gelangt.«

Endlich, weil sie keinen Weg aus dem Wald heraus finden, rasten sie und machen ein Feuer. Da kommt wieder ein großes Schwein, klopft mit seinen Hauern an die Bäume »und schnaubete sehr«. Reymund ruft dem Grafen zu, sich auf einen Baum zu retten, welchen Rat der jedoch als schändliche Flucht vor einem Schwein ablehnt:

... der Graf hielt hierauf den Spieß vor, das Schwein lief daran, schlug aber den Stich ab, indem es sich nur wenig verwundete und den Grafen zur Erden niederwarf. Darauf nahm Reymund seines Herrn Vetters Spieß, wollte damit das Schwein niederlegen, fehlte aber und stieß damit in seines Herrn Vetters Leib, zog ihn aber gleich wieder heraus und brachte das Schwein um, kehrte sich wieder zu seinem Herrn Vetter, fand ihn in Todesnöten liegen und sah, wie er alsbald verschied.

Als so das von den Gestirnen vorhergedeutete Schicksal sich erfüllt hat, weint Reymund und bricht in laute Klage aus:

So klagte er in der Nacht und alle seine Sinne kamen in Verwirrung, er wußte nicht mehr, ob er die Mordtat mit Fleiß begangen hatte, und klagte sich selber auf das härteste an. Dann setzte er sich in Leid und Betrübnis wieder auf sein Pferd, wußte nicht wohin und ließ es ohne Lenkung und Führung freiwillig dahin gehn, wohin es nur wollte.

Es befand sich ein Brunnen im Walde, auf einem schönen freien Platz, der aus einem Felsen entsprang und den man gewöhnlich nur den Waldbrunnen nannte; hieher ging das Pferd mit Reymund, und beim Brunnen standen drei schöne Jungfrauen, die aber Reymund in seiner tiefen Betrübnis nicht bemerkte. Die jüngste und schönste von den dreien ging ihm entgegen und sagte: »Nie ist mir ein solcher Ritter vorgekommen, der vor Damen vorbeireitet, ohne sie anzureden.« Reymund aber trieb sein Klagen und Jammern weiter, so daß er gar nicht hörte, was sie sagte, worauf sie das Pferd beim Zügel fing und sprach: »Ihr müßt wohl nicht aus adelichem Blute sein, denn sonst würdet Ihr uns nicht so stillschweigend vorüberreiten.«

Nun erwachte Reymund erst aus seiner Betäubung und erschrak, als er ein so schönes Fräulein vor sich sah: er wußte nicht, war er lebend oder tot, oder war sie ein Gespenst oder ein Fräulein. Er stieg aber alsbald mit der größten Behendigkeit vom Pferde herunter und sagte:

»Ich bitte, Ihr wollet mir verzeihen, denn ich bin wohl ein Ritter und aus adelichem Blut, aber meine Unglücksfälle haben mich dermaßen erschüttert, daß ich vor tiefster Betrübnis Artigkeit gegen Damen aus den Augen zu setzen mich genötigt sehe.«

Sie antwortete: »Lieber Reymund, Euer Klagen und Euer Unglück tun mir sehr leid.« Worüber er sich verwunderte, daß sie seinen Namen wußte, und sagte: »Wie könnt Ihr doch meinen Namen wissen, da ich Euch nicht kenne? Wie ist es denn möglich, daß Ihr Euch mit dieser großen Schönheit, edlem Leibe und trefflichen Angesichte hier allein im Walde befindet? Und wie kömmt es, daß mir mein Gemüt sagt, es würde mir durch Euch einiger Trost zukommen, ja daß ich schon, indem ich mit Euch rede, den süßen Klang der Stimme von diesen holdseligen Lippen vernehme, in zauberischer Gegenwart Eurer Lieblichkeit meine Leiden gelindert fühle?«

Das Fräulein sagte hierauf: »Teurer Reymund, habt Ihr gleich Euren Herrn Vetter und das Schwein umgebracht und seid dadurch in große Not geraten, so ist dieses doch gegen Euren Willen geschehn, und ich sage Euch hiermit, daß Euch Glück, Reichtum und Macht wird zuteil werden, wie noch keinem jemals in Eurer Familie geschah, denn was Euer Herr Vetter geweissagt hat, das muß an Euch selber in Erfüllung gehn, und es wird auch mit göttlicher Hülfe vollbracht werden.«

Wie Reymund hörte, daß sie von göttlicher Hülfe sprach, wurde er noch beherzter, weil er nun glaubte, daß das Fräulein kein Gespenst, auch keine Heidin, sondern eine Christin sei, und sagte daher: »Aber mein schönstes Fräulein, wie wißt Ihr doch meinen Namen, oder welch ein Unglück mir begegnet ist, da ich Euch vorher niemals mit Augen gesehn habe, denn Ihr wart nicht zugegen, als das Unglück geschah, noch habe ich Euch vorher jemals bemerken können.«

Sie sagte: »Tröstet Euch nur und seid allerdings unbekümmert, denn ich bin eben diejenige, durch welche das in Erfüllung gehn muß, was Euer Herr Vetter kurz vor seinem Tode geweissagt hat: zweifelt auch nicht daran, daß ich eine gute Christin sei, wie ich denn in der Tat merke, daß Ihr daran zweifelt, denn ich glaube alles, was einem guten Christen zu glauben zukommt, als daß Christus für unser Heil gestorben und an das bittre Kreuz genagelt ist, daß er nach dreien Tagen auferstanden, item, daß er der eingeborne Sohn Gottes ist, und so weiter, gen Himmel gefahren, nebst allen Dingen, die zu unsrer heiligen Religion gehören. Darum vertraut mir nur, und Ihr sollt so weise, reich und mächtig werden, wie es noch keiner je in Eurem Geschlechte gewesen ist.«

Als Reymund dies gehört hatte, bekam er seinen Mut und auch seine Farbe wieder, denn alle Zweifel waren nun bei ihm verschwunden; er antwortete daher: »Holdseligstes und schönstes Fräulein, nunmehr bin ich bereit, alles das zu tun, was Ihr mir gebieten werdet, denn ich sehe wohl, daß es eine Schickung Gottes ist und nichts anders: darum sagt mir nur, was ich tun soll, und wenn es nicht mein Vermögen oder meine Kräfte übersteigt, soll es gewiß in Erfüllung gesetzt werden.«

Worauf das Fräulein antwortete: »Reymund, Ihr sollt mir schwören, daß Ihr mich zum ehelichen Gemahl nehmen wollt, aber an keinem Sonnabend weder nach mir fragen dürft, noch Euch sonst um mich bekümmern, sondern diesen Tag muß ich ganz ausdrücklich für mich behalten, worauf ich Euch aber wieder schwöre, nichts zu tun, noch mich an selbigem Tage irgend an einen Ort zu verfügen, der Eurer Ehre nachteilig sein könnte.«

Reymund schwur sogleich, und sie fuhr fort: »Wenn Ihr diesen Euren Schwur jemals brecht, so wird es Euch selbst zum Nachteil gereichen, denn Ihr werdet dadurch an Gut und Ehre, an Land und Leuten merklich abnehmen; auch werdet Ihr mich selbst verlieren.« Reymund schwur noch einmal und versprach, ihr in allem zu gehorchen.

Als Graf Emmerich begraben ist, kommt auch Reymund zu dessen Sohn, um ein Lehen zu empfangen, wobei er, nach Melusinas Anweisung, nur um so viel Land beim Waldbrunnen bittet, wie eine Hirschhaut umschließen kann. Nachdem dieser absonderliche Wunsch mit einem Dokument besiegelt ist, läßt Reymund eine Hirschhaut in dünne Streifen schneiden und kann damit viel Wald, Wiesen, Feld und den Waldbrunnen umschließen. An einem vorbestimmten Morgen trifft er Melusina am Waldbrunnen wieder, die ihn zu einer Volksmenge, zu Frauen, Rittern, Knechten, Priestern und anderen führt, die Reymund als ihren Herrn anerkennen. Die Hochzeit wird festgesetzt, und die geladenen Gäste finden zu ihrer Überraschung ein Lager von schönen Zelten, es erschallt Musik, Bratendüfte steigen auf. Ein vornehmer

Bischof vermählt Melusina und Reymund, und die Hochzeit währt mit all ihren Festlichkeiten zwei Wochen.

Danach läßt Melusina in kürzester Frist ein mächtiges Schloß errichten, das sie Lusinia nennt. In der Folge werden dem Paar zehn Söhne geboren, von denen jedoch nur die beiden jüngsten, Dietrich und Reymund, »ohne Fehl« sind. Uriens aber hat ein rotes und ein grünes Auge, einen sehr weiten Mund und große herabhängende Ohren; Gedes hat »eine solche Röte in seinem Antlitze, daß sie ordentlich einen Widerschein gab«; dem Gyot steht ein Auge höher als das andere; Antoni hat eine Löwenklaue auf der Wange; Reinhardt nur ein Auge mitten auf der Stirn; Geoffroy kommt mit einem großen Zahn zur Welt, der ihm aus dem Mund heraussteht; Freymund hat einen haarigen Fleck, wie ein Stück Wolfshaut, auf der Nase; Horribel schließlich hat drei Augen.

Die vielfältigen Abenteuer, die diese seltsamen Söhne in aller Welt erleben, brauchen uns hier nicht weiter zu interes-

sieren. Drei werden zu Königen gekrönt, einer wird Herzog und Freymund wird Mönch, so daß Reymund und Melusina Gott danken und sich über das Glück ihrer Kinder freuen können.

Es fügte sich, daß Reymund an einem Sonnabend wieder die Melusina vermißte, denn sie pflegte an diesem ganzen Tage nicht zu erscheinen, doch gedachte er seines Eides, sich nie um sie zu bekümmern und sie ungestört gewähren zu lassen. Der Vater des Reymund, der alte Graf von Forst, war damals schon gestorben, und sein ältester Sohn, der jetzt Graf von Forst genannt wurde, legte einen Besuch bei seinem Bruder Reymund ab. Reymund ließ dieses Besuches wegen viele und vornehme Gäste zu sich einladen, die alle dem Reymund ihren ergebensten Respekt bezeigten; doch als sich Melusina den ganzen Tag nicht zeigte, sagte der Graf von Forst zu seinem Bruder: »Bruder, laß doch deine Gemahlin erscheinen, damit sich deine vielen und vornehmen Gäste nicht darüber verwundern, daß sie so lange außen bleibt.« Reymund antwortete: »Lieber Bruder, heute kann solches nicht geschehn, aber morgen sollst du sie zu sehn bekommen.«

Als die Mahlzeit geendigt war, gingen die beiden Brüder beiseit, und der Graf sagte zu Reymund: »Lieber Bruder, ich muß dir ein Ding eröffnen, welches mir schon seit lange auf dem Herzen liegt. Man sagt allgemein im ganzen Lande, daß du mit deiner Gemahlin übel angekommen seist, sie sagen, du seist bezaubert, daß sie sich alle Sonnabend abseitiget, und du an solchem Tage gar nicht einmal nach ihr fragen darfst; wunderlich ist es immer, daß du nicht weißt, was ihr Tun und Lassen sei, als ein redlicher Bruder seh ich mich gezwungen, dir zu sagen, daß du davon große Schande haben kannst, denn die meisten Leute meinen, sie treibe an diesen Tagen Hurerei, welches doch gegen deine Ehre liefe, andre sagen wieder, sie möchte überhaupt wohl ein Gespenst und alles mit ihr nur ein ungeheures Wesen sein, darum ist es mein demütiger Rat, du erkundigst dich etwas mehr um ihr wahres Befinden und suchst es zu erforschen, damit du nicht Gefahr läufst, für einen Narren gehalten zu werden.«

Als Reymund diese Rede verstanden hatte, wurde er vor Zorn ganz bleich und dermaßen wütig, daß er sich und seinen Schwur gänzlich vergaß; die Worte seines Bruders schienen ihm recht und gut, in der größten Grimmigkeit lief er fort und griff ein Schwert, womit er sich in die Kammer begab, in die er noch nie gekommen war, weil er sie der Melusina zu ihrem heimlichen Aufenthalte absonderlich hatte erbauen lassen. Hier kam er an eine fest verschlossene eiserne Tür und er besann sich nun, was er tun sollte; es fielen ihm wieder die Worte seines Bruders ein, daß seine Gemahlin in Unehren lebe. Darüber beschloß er, alles selber zu sehn, und dann, nachdem er es befinden würde, seine Schmach zu rächen. Er nahm also das Schwert und bohrte mit der Spitze desselben ein kleines Loch in der eisernen Tür, wo er hindurchsehn mochte.

Als Reymund nun stand und durch die Öffnung schaute, verwunderte er sich über die Maßen, denn er sah Melusina im Bade, wie sie von oben bis auf den Nabel ein schönes Weib sei, dann aber in den Schweif einer bunten gesprengten Schlange endigte, der azurblau war und mit Silberfarben darunter gesprengt, so daß diese Farben wundersam ineinander schimmerten. Das Zimmer war eine tiefe Grotte, die Wände waren mit allerhand seltsamen Muscheln ausgeziert, und ein Springbrunnen, in welchem sich Melusina befand, war in der Mitten. Von oben ergossen sich auch Wasserstrahlen und tröpfelten wie Perlen durcheinander, bei welchem wunderbaren Getöse Melusina sang, indem sie eine Zitter in der Hand hielt:

»Rauscht und weint, ihr Wasserquellen,
In der stillen Einsamkeit,
Die Erlösung ist noch weit,
Meine Tränen mehren eure Wellen.

Ach! wann wirst du, Trauer, enden,
Von mir nehmen meine Schmach?
Immer ist die Strafe wach,
Keiner kann das bös Verhängnis wenden.«

Bei diesen Worten vergoß sie einen Strom von Tränen, und Reymund war auf das innigste bewegt und erschüttert. Nun fiel ihm auch bei, wie er seinen Eid gebrochen und eine Untreue gegen seine tugendvolle Gemahlin begangen habe, dabei konnte er ihre seltsame Verwandlung nicht begreifen und furchte sich auch, daß nun sein Elend anfangen würde, da er seinen Schwur nicht gehalten, wie sie ihm vor der Hochzeit prophezeit hatte, denn er glaubte, daß sie nach ihrer verborgenen Wissenschaft recht gut um seine Untreue wissen würde. Endlich aber verstopfte er die gemachte Öffnung wieder mit Wachs und ging im höchsten Zorne zu seinem Bruder zurück. Da dieser ihn also wütend kommen sah, glaubte er, Reymund habe die Melusina auf einer Unehre betroffen, und sagte zu ihm: »Siehe, mein Bruder, es hat sich also bestätigt, daß deine Gemahlin dir und ihrer Ehre ist abtrünnig geworden.«

Reymund aber sagte: »Du hast mir Unwahrheit vorgebracht und bist mir ein schädlicher Bruder, du bist zu einer unglücklichen Stunde in mein Haus gekommen, denn deinetwegen bin ich nun in Elend geraten, daß ich meinen allerteuersten Eid gebrochen habe, darum geh, verweile dich nicht länger hier, sonst möchte es dein Leben kosten, und komme mir auch niemalen wieder in mein Haus oder vor mein Angesicht!«

Über diese unvermutete Anrede erschrak der Graf, so daß er sich eilig zu Pferde satzte und schnell wieder nach Hause ritt; auch die übrigen Gäste wußten nicht, was sie aus Reymund machen sollten, denn er gebärdete sich, als wenn er ohne Sinnen wäre, weshalb sie sich auch wieder fortbegaben.

Reymund aber war im allergrößten Jammer, er glaubte, daß er seiner Untreue halber nun seine geliebte Melusina nimmermehr wiedersehn würde, und daß er sie auf Zeitlebens verloren habe, er schrie und klagte: »Ach, du unglückselige Stunde, in welcher ich armer Mann geboren bin, daß ich nun mein allerliebstes Gut entbehren soll!« In seiner großen Betrübnis zog er seine Kleider aus und legte sich zu Bett, denn er fühlte sich matt und krank, er beschloß, als ein Einsiedler sein künftiges Leben zuzubringen, wenn er Melusina verlieren sollte. So trieb er die ganze Nacht sein Klagen, indem er sich von einer Seite nach der andern wendete; indem eröffnete

Melusina mit einem Schlüssel die Kammer und trat zu ihm, zog sich nackt aus und legte sich neben ihm in das Bett, sie fühlte, daß er kalt und krank war, umfing ihn zärtlich mit ihren Armen und fragte ihn: »Was fehlt dir, mein liebster Gemahl!« Er klagte ihr, daß ihn ein Fieber überfallen habe, war aber doch froh, daß Melusina wieder da sei und sich gegen ihn freundlich bezeigte, worauf er auch wieder von ihren Küssen und liebreichen Umarmungen besser wurde.

So vergeht eine weitere glückliche Zeit, bis Melusina und Reymund eines Tages von der Botschaft erschreckt werden, daß ihr Sohn Freymund, der ein Mönch geworden war, tot sei, und daß es Geoffroy mit dem Zahn war, der seinen Bruder und das ganze Kloster samt allen Mönchen verbrannt hat. Über diese entsetzliche Nachricht verfällt Reymund in Klagen und höchste Betrübnis.

Als Reymund in diesen schweren Klagen war, schloß Melusina mit einem Schlüssel die Kammertür auf und ging mit ihren Rittern, Frauen und Jungfrauen zu ihm hinein, um ihn zu trösten, worauf sie ihn auf dem Bette liegend fanden, indem seine Grimmigkeit noch durch den plötzlichen Anblick seiner Gemahlin vermehrt wurde. Melusina trat lieblich auf ihn zu und sagte: »Nicht, Reymund, mußt du dich über Dinge also sehr betrüben, die du nicht verschuldet und welche du nicht mehr ändern kannst, betrübe dich, aber sei geduldig in deinem Gram und empfiehl Gott dich und deinen Schmerz, der wird alles nach seinem Willen vollbringen, und er verlangt vielleicht jetzt, daß wir auf unsre Sünden und schlimmen Leidenschaften achten und sie ablegen sollen. Unser Sohn Geoffroy hat gesündigt, aber er wird seine Missetat beweinen und Buße tun, und Gott wird ihm nach seiner unendlichen Barmherzigkeit vergeben, denn er will nicht den Tod des Sünders, sondern daß er leben bleibe.«

So vernünftig und schön Melusina sprach, so schaute sie Reymund doch mit boshaften Augen an, war seiner selbst im Zorn nicht mächtig und sagte laut und vor allen Gegenwärtigen: »O du Schlange und giftiger Wurm, kömmst du hieher, mir eine solche Rede zu halten, und bist nur ein liederlicher Fisch? Ja, ich habe gesehn, daß du ein Meerwunder bist und kein menschliches Geschöpf, darum müssen die Kinder von dir Bösewichter werden, es ist deine Schlangenart, die in ihnen zum Vorschein kommt, sieh nur, welchen schönen Anfang der Geoffroy mit dem Zahne gemacht hat! Hat er nicht meinen liebsten Sohn, und den Abt, und dazu alle Mönche verbrannt?«

Während dieser Worte verwandelte Melusina ihre schöne Farbe und wurde ganz totenblaß; mit einer Stimme, die allen durch das Herz drang, sprach sie hierauf: »Ach Reymund! wie lässest du dich so sehr von der Unvernunft dahinreißen! Welche Worte hast du gesprochen? Ist mein Schmerz nicht so groß wie der deinige? Mein Leiden nicht dem deinigen gleich? O wie hielt ich dich lieb und wert! Wie vertraute ich dir mein Heil und meine Wohlfahrt! Aber du hast dein Gelübde gebrochen und so muß nun auch eintreffen, was ich dir dazumal vorhergesagt, daß du mich verlieren würdest. O Reymund, deine Wohlfahrt, dein Glück, alle deine Freude und Ehre muß leider nun ein Ende nehmen.«

Mehr konnte sie nicht sprechen, sondern sie fiel nach diesen Worten ohnmächtig zur Erde nieder. Die Herren und Diener erschraken sehr und liefen eilig hinzu, ihr beizustehn, worauf sie auch wieder zu sich kam und mit höchstkläglicher Stimme sagte:

Ach Gott! ach! Herr! o Reymund! wehe mir!
Die Zeit ist da, ich scheide nun von dir,
Wie mußt ich doch von deinem Wert, Gebärden
Also im Herzen mein bezaubert werden?
O weh! mein Leiden sei Gott angesagt!
O weh! es sei dem höchsten Herrn geklagt!
O wehe mir, daß ich beim Bronnen rein und kalt
Dich fand, mein Reymund, dort im grünen Wald!
O weh, daß ich gefühlt nach dir Verlangen,
Weh mir, daß ich den schönen Leib umfangen!
Der Stunde weh, da ich mein Leib und Leben
In deine Macht dir gänzlich übergeben!
Ha, deine Falschheit und Verräterei,
Dein Unverstand bricht alles nur entzwei,
Dein zorn'ger Grimm, dein boshaft schlimmer Mund
Richt' mich und dich, mein Wohlfahrt ganz zugrund,
Ich komme nun in Arbeit, Angst und Not,
Und kann nicht hoffen, daß der bald'ge Tod
Von meinen Qualen mich befreien mag,
Sie währen fort bis an den jüngsten Tag.
Gottloser Schalk! untreuer Bösewicht!
So weiß dein Herz nicht, was dein Mund verspricht?
Wie hältst du mir dein heiliges Versprechen?
Wie magst du so dein Wort und Schwören brechen?
Gern wollt' ich dir, untreuer Mann, verzeihn,
Wenn du nur noch verschwiegen konntest sein,
Du hattest mich am Bade schon gewahrt,
Es war verziehn, denn keinem offenbart
Als dir war noch mein Schmach und großes Leid,
Nun ist es offenbar, nun kommt die Zeit
Der Angst, der Pein, der Qual und Herzenswehen,
Wo Glück, Lieb, Heil und Wohlfahrt muß vergehen.
Hätt'st du den Eid gehalten treu und wahr,
So blieb' ich bei dir, Reymund, immerdar,
Bis endlich uns der bittre Tod geschieden,

In Erde ruhte dann mein Leib im Frieden,
Die Seele wär aus Leid in Freud gekommen,
Aus Fegefeur in Himmelslicht genommen.
Nun aber bleiben Leib und Seel beisammen
Bis glüht der jüngste Tag in seinen Flammen,
In dir nimmt seinen Anfang schweres Leiden,
Auch du nimmst Abschied nun von deinen Freuden,
Vermindert und zerteilet wird dein Land,
Kommt niemals wieder unter eine Hand,
Unglück trifft manche, die von dir abstammen,
Und auch wir beide bleiben nicht beisammen,
Ich muß von dir, von Schloß und Kindern scheiden,
Und künftig Mann und Schloß und Kinder meiden.
...

Wie Reymund diese Klagen anhörte und sah, daß sich seine geliebteste Gemahlin zum Hinscheiden fertig machte, überfiel ihn eine solche innerliche Angst, daß er nicht ein Wort zu sprechen vermochte; er meinte, das Herz im Leibe müßte ihm vor großem Weh zerspringen und er würde sterben, begehrte auch nicht länger zu leben und wünschte sich den Tod. Er stand auf und ging mit kläglichen Gebärden zu Melusina, küßte sie mit höchster Betrübnis und weinte bitterlich. Vor großem unaussprechlichen Herzeleid, das sie beide des Scheidens halber hatten, fielen sie nieder auf die Erde. Die Landesherren und Hofbediente, Frauen und Jungfrauen waren ebenfalls sehr traurig, huben sie beide auf, weinten und alles Volk mit ihnen. Reymund fiel vor Melusina nieder auf die Knie, und bat sie unter Schluchzen und Herzensangst um Vergebung, daß er seine Gelübde so böslich gebrochen hätte. Melusina antwortete: »Ich kann dem Verhängnis nicht Einhalt tun, welches es nun so beschlossen hat, darum müssen wir uns drein ergeben ...«

Nachdem Melusina diese Worte gesprochen hatte, schwang sie sich auf das Fenster, wandte sich noch einmal um und sagte:

Gesegn' dich Gott, mein Herz und wahrer Freund:
Gesegn' dich Gott, holdseligster Gemahl!
Gesegn' dich Gott, du liebstes Kleinod mein!
Gesegn' dich Gott, du schöne Kreatur!
Gesegn' dich Gott, du meine schönste Freude!
Gesegn' dich Gott, du Lust in dieser Welt!
Ach segn' dich Gott, mein liebster Trost und Hort!
Auch euch gesegne Gott, mein liebes Volk!
Gesegn' dich Gott, Lusinia, schönes Schloß,
Das ich gebaut und selbst gestiftet hier!
Gesegn' dich Gott, du Preis von dieser Welt!
Gesegn' dich Gott, Reymund, mein liebster Freund,
Leb ewig wohl, zu tausend gute Nacht!

Mit diesen letzten Worten schoß Melusina zum Fenster hinaus und verwandelte sich vor den Augen alles Volks, denn sie wurde von den Hüften an wiederum ein feindlicher, langer und ungeheurer Wurm. So umfuhr sie in der Luft das Schloß, indem sie aus der Höhe herunter ein entsetzliches Geschrei ausstieß, das so seltsam und unerhört klang, daß allen das Herz im Leibe bebte, und sie sich vor nichts so furchten, als diesen Ton noch einmal zu hören, so zerschmetternd und zerreißend klang es, so tiefbetrübt, als sollte nun gar die ganze Welt vergehen, als wär alle Lust erstorben und sollte der Jammer nun auf Erden auf immer einheimisch sein. Dreimal ließ sie dieses entsetzliche Geschrei von sich hören, dann vernahm man nichts mehr, und sie war verschwunden.

Verwunschen ist alles zur Hälfte.
Abwärts wandert das Licht
ins Hintergründige –
kein Messer schuppt die Nacht.

Trost wohnt weit
hinter der Narbe aus Heimweh.
Vielleicht,
wo anderes Grün mit Zungen redet
und die Meere sich zeitlos überlassen.

Ausfährt im Sterben
der Rätsel Kometenschweif,
leuchtet,
wenn die Seele
sich heimtastet an seinem Geländer.

Wohl weiden Kühe im Vordergrund,
Klee duftet Honig
und der Schritt begräbt Engelvergessenes.

In der Stadt knattert Erwachen,
aber über Brücken gehn,
ist nur, um einen Arbeitsplatz zu erreichen.

Auf der Straße rasselt Milch in Kannen
für alle,
die den Tod als letzten Geschmack saugen.

Die Lachmöwe über dem Wasser
hat noch einen Tropfen Wahnsinn

vom Hinter-dem-Wald-Leben
behalten.

Melusine,
dein landloser Teil
ist in unserer Träne geborgen.

Träne stellt den Bezug des Menschen zu einer besseren Welt her

REGINA RÖHNER

Undine

Er war sehr weiß, und er stand neben dem Wasser. Alles an ihm war hell. Er sprach: »Geh fort, Undine, komm, nimm dein Kind, geh fort, Undine.«

Ihr wurde immer bang, wenn sie ihn hörte, und sie wartete darauf, ihn zu hören. Ein wenig glaubte sie schon daran, daß sie ihr Kind nehmen würde und fortginge.

Sie würde morgens aufstehen, wie immer, würde einen Koffer packen, nein, nur eine Tasche, und sie würde das Kind wecken. Es wüßte sofort Bescheid und würde sich einmal ohne Widerstand anziehen.

»Bist du fertig«, rief der Mann, »die Eltern warten doch.« Der Weiße verschwand, und sie ging mit raschen Schritten zum Wohnzimmer, streifte dabei den Toilettentisch, und eine blaue Flasche mit einem Rest Parfüm fiel auf die Glasplatte und zersprang.

»Ist etwas passiert?« – »Nein, ist nicht schlimm. Ich räume es später auf.« – »Gut, wir wollen gehen.«

So war das fast immer, entweder sie gingen zu den Eltern, oder diese kamen, manchmal gab es Betriebsvergnügen und Brigadefeiern. Nur noch selten war Undine allein. Den Weißen vor dem Fenster am Mühlbach gab es schon lange. Früher schwieg er. Glich einem weißen Nebel am Bach.

Die Großeltern hatten in einem kleinen Häuschen neben der Mühle gelebt. Großvater war Müller gewesen, und Großmutter hatte in der Mühle saubergemacht, hatte gescheuert und den Mehlstaub aus den Säcken geklopft.

Später dann, nach fünfundvierzig, als der Mühlenherr enteignet worden war und fortging, hatte die Gemeinde die Wohnung dem Müller zugesprochen und der sie seinen Kindern. So hatten Undines Eltern ihre Wohnung bekommen, weil die Großeltern sich in der Mühle den Rücken verbogen hatten.

Der Großvater hatte Säcke geschleppt und ein wenig gebauert. Und später hatte er den Namen seiner ersten Enkeltochter bestimmt, sagte einfach: »Es wird ein Mädchen, und ihr nennt es Undine.«

Undines Vater, des Großvaters Sohn, schrieb Zahlen, erst beim Mühlenherrn, dann im Volkseigenen Mühlenwerk, heute ist er Hauptbuchhalter, und seine Hände sind hell wie Mehlstaub. Die Mutter ist streng und kann fest zufassen. Sie arbeitet als Verkäuferin, weil es in diesem Dorf keine bessere Arbeit gibt und weil sie sich stets selbst um Undine hatte kümmern wollen. Als die Eltern Undine erwarteten, hatten sie einen großen Garten mit Beerensträuchern und Blumen vor dem Haus angelegt, auch den besorgte die Mutter.

Die Eltern hatten sich immer um Undine gekümmert, daß sie gut lernte, und sie lernte gut, daß sie regelmäßig aß, täglich zwischen 13.00 Uhr und 14.30 Uhr, weil da die Mutter zu Hause war, denn ihr Laden war um diese Zeit geschlossen, daß sie ordentlich gekleidet war und nicht frieren mußte.

Einmal war Undine später nach Hause gekommen, war bei einer Freundin gewesen. Sie hatte bei der Freundin zugesehen, wie deren Mutter einen Säugling stillte. Als Undine kam, hatte sich die Mutter schon den weißen Kittel übergezogen.

Die Mutter schlug zu, zweimal, und ging dann aus dem Haus. Damals war Undine sieben Jahre alt, und sie konnte es sich nicht vorstellen, je so auf dem Arm ihrer Mutter gelegen und von deren Brust getrunken zu haben wie jenes Baby.

Als am Abend am Mühlbach der Nebel aufzog, löste sich eine weiße Gestalt ab und strich stumm an ihrem Fenster vorüber.

Also Undine, weil's der Großvater so wollte ...

... nicht unbedingt ein umwerfender Name, sie hatte wohl ein wenig Nixenschönheit und auch etwas von deren späterem fügsamem Wesen, aber sonst ...

... als sie nicht vom Turm springen wollte, wurde sie ausgelacht, eine wasserscheue Nixe.

Und sie sprang dann später auch, ein einziges Mal, wegen der Schwimmstufe, wegen der Sportzensur.

In die Schule ging sie gern, sie begriff rasch, und in den Pausen war sie ausgelassen, konnte ausgelassen sein, sie war bei jedem Schulgarteneinsatz dabei, die Lehrer schätzten das und sahen ihr manches nach.

Die Eltern waren da unnachgiebig. Immer herrschte zu Hause Ordnung, und sie hatte früh gelernt, Ordnung zu halten. Und sie mußte früh schlafen gehen.

Ihr strenger Tagesablauf war ihr nur selten unangenehm, nur so ein Gefühl manchmal.

Meist jedoch fühlte sie sich gegenüber Gleichaltrigen überlegen. Sie arbeitete an sich, würde etwas erreichen, mehr als die Eltern, wie diese des öfteren sagten.

Manchen freien Nachmittag verbrachte Undine bei den Großeltern in deren niedrigem Haus neben der Mühle.

Großvaters Hemden rochen im Sommer immer nach Heu und im Winter nach Tabak.

Die kleine Großmutter wusch, seit ihre Kinder nicht mehr wollten, daß sie in der Mühle scheuerte, fast jeden Tag Wäsche. An den Händen war die Haut wie Seidenpapier. Manchmal sagte Großvater zu ihr: »Du klebst so am Wasser, daß du dich einst darin auflösen wirst.«

Als Undine zur Oberschule ging, starb im ersten Frühling der Großvater, und im nächsten Winter brauchte die Großmutter zum ersten Mal Handschuhe. »Meine Hände sind abgearbeitet und können sich nicht mehr wärmen«, sagte sie.

Und auch Großmutter legte sich zum Sterben.

Meist hatte Undine nachmittags noch Schule, und so fehlten ihr die beiden kaum, sie fehlten ihr eigentlich erst, als sie das Kind erwartete. Abends ging sie manchmal aus, und wenn sie ein junger Mann nach Hause brachte, lag der Mühlbach in dichtestem, weißgrauem Nebel.

Damals hieß es an den Oberschulen, es sei wichtig, auch einen Beruf zu erlernen. So wurde Undine Verkäuferin, weil das die Mutter auch war und weil sie sonst nur noch hätte Schlosser werden können. Dann lieber Verkäuferin und später Außenhandel, falls es mit der Zulassung klappen würde.

Die Eltern waren stolz, die Mutter auch besorgt, weil sie sah, daß immer der gleiche junge Mann mit dem Motorrad früh auf die Tochter wartete.

»Nein, keine Sorge, Mutter, da muß ich nicht am Bus stehen. Der Junge wird Handwerker, lernt gleich neben unserer Schule. Aber Mutter, was denkst du, jetzt, wo ich die Zulassung zum Studium habe.«

Ein ausgezeichnetes Abitur – die Eltern wollten ihre Freude, ihre Anerkennung zeigen –, und der Vater buchte für Mutter und Undine eine Auslandsreise – Urlaub am Meer.

Am Mühlbach zogen früh die Nebel. Der Sommer neigte sich, und noch sonnenbraun begann Undine mit dem Studium.

Sie fuhr nun nur an den Wochenenden nach Hause,

brachte Hefter mit und schmutzige Wäsche, lernte und wusch.

Im November aber, an einem Sonnabendnachmittag, kam sie mit einem jungen Mann zu den Eltern, mit jenem Handwerker, der sie früher zur Schule mitgenommen hatte.

Chrysanthemen. Vorstellung. »Ja, es freut uns, Sie kennenzulernen ... aber bitte, nehmen Sie doch Platz ... bitte ... Kaffee, vielleicht ... heiraten ...«

Und Undine steht neben ihm, paßt auf, wie der Wind nasse Blätter treibt und gegen das Fenster fetzt.

Die Mutter faßt sich zuerst wieder, will Kaffee kochen, kocht Kaffee. Der Vater bringt Kognak.

»Verlobt euch doch erst mal.«

Jetzt könnte ich noch weg, denkt Undine. Dann setzt sie sich mit dem Rücken zum Fenster. »Wir werden ein Kind haben. Ich gehe arbeiten. Ab Dezember. Studieren kann ich auch später noch.« Sie spricht sehr leise und reibt sich dabei unaufhörlich die Fingergelenke.

Die Eltern starren auf das junge Paar – ihr Elterntraum –, und der Vater schreit: »Könntet alles haben und habt nur eins im Kopf.«

Es wurde nicht mehr viel gesprochen an jenem Nachmittag, und es wurde nie darüber gesprochen, daß dieser junge Mann nicht der Vater des Kindes ist.

Kein Wort über heiße Bäder und kochenden Rotwein mit zu vielen Nelken, das nächtliche Erwachen, die Angst vor den Eltern, vor den Dorfleuten, die Ablehnung des Arztes, diese gesetzlich berechtigte Ablehnung, zu der er erst ein Jahr später keine Möglichkeit mehr gehabt hätte.

Ein vaterloses Kind würde sie also haben. Ein vaterloses Kind für einen Sommer am Meer, eine Handvoll Tage, eine Handvoll Stunden, Zimmer mit hellblauem Betthimmel, manchmal glaubte sie, das könnte alles nicht wahr sein, daß sie beim Anblick dieses himmelblauen Himmels nicht auf die Erde zurückfand ... Vielleicht wird alles gut, wo er sie doch nehmen will, auch wenn sie nicht von ihm schwanger ist, weil er sie doch liebhat. Und nur sie beide wissen von der Sommergeschichte. Er hatte immer befürchtet, sie durch das Studium zu verlieren. Sie hatte ihm kaum Zärtlichkeiten erlaubt und betonte immer wieder, daß sie Freunde wären, wenn er sie gefragt hatte: »Was wird aus uns, wenn du studierst und die ganze Woche mit anderen zusammen bist?«

Irgendwann hatte sie mit ihm über das Kind und den Urlaub gesprochen, hatte es ihm erzählt, weil sie keine Worte fand, die das ihren Eltern begreiflich machen würden.

Und er war gut zu ihr. Besuchte sie mehrmals in der Stadt, in der sie noch studierte, erwartete sie samstags am Zug. Er liebte sie. Sie würde ihn auch lieben.

An einem Wochentag vor Weihnachten heirateten sie.

Undine arbeitete bis zur Geburt ihres Kindes als Verkäuferin im Nachbarort, danach wurde sie als Verkaufsstellenleiterin eingesetzt. Die Bewerbungsunterlagen für ein Fernstudium zog sie wieder zurück, weil ihr Mann zu dieser Zeit einen Meisterlehrgang besuchte.

Über ihr Kind gab es viel Getuschel. Ein Zigeunermädchen, und die Eltern blond.

Der Urgroßvater, so hieß es, hätte Zigeunerblut in den Adern gehabt, das Mädchen komme sicher nach ihm.

Der Mann gewöhnte sich an das Mädchen. An schönen Nachmittagen spielte er oft mit ihm vor dem Haus im Garten, stets darauf achtend, daß es sich dem Wasser nicht zu weit näherte.

Mit der Zeit hatte er viele Ähnlichkeiten mit Undine herausgefunden, vor allem um den Mund und das Kinn herum. Er mochte es, wenn das Kind wie ein Füllen durch den Garten sprang, ihm die Sonne zeigte und von dem Mond, der bald aufgehen würde, sprach. Nur als es noch ein Baby war, hatte er immer Scheu empfunden, wohl auch deshalb hatte er sich zu dem Meisterlehrgang gemeldet.

Undine erschien ihm etwas seltsam, als er mit ihr über den Lehrgang sprach, sie sagte auch etwas von ihrem Fernstudium, brach aber mitten im Satz ab.

Undine war früh in ihre Wohnung zurückgegangen. Müde war sie, und der Kopf schmerzte. Sie hatte die Scherben hinausgebracht, sich aufs Bett gelegt und das Licht brennen lassen, weil ihr Mann bald nachkommen wollte.

Unter halbgeschlossenen Lidern hervor schaut sie auf den Weißen, der dicht hinter dem Fenster steht.

Plötzlich erkennt sie deutlich dessen Gesichtszüge und zuckt zusammen, als ihr Mann ins Zimmer tritt und sofort zum Fenster eilt. »Wird Zeit, daß ich mich auch hinlege. Dieser Nebel aber auch. Ich dachte doch, dort steht einer. Entschuldige.«

Sie erblickt hinter der Scheibe noch immer den Weißen.

»Mach bitte das Fenster auf, bevor du ins Bett kommst«, sagt sie zu ihrem Mann.

Als früh ihr Mann gegangen ist, zieht Undine das Mädchen an, und das Mädchen will nicht, wie immer.

Sie nimmt Kindersachen aus einem Schrank, streicht sie bedächtig glatt, faltet sie zusammen und legt sie in eine Reisetasche.

Nachdem sie gefrühstückt haben und wirklich satt sind, geht Undine, mit der einen Hand das Mädchen haltend und mit der anderen Hand die Tasche tragend, aus der Mühle über die Mühlenbrücke zur Straße ...

... und sie geht mit langen Schritten dicht neben einem hellgekleideten Mann hinter ihrem Sarg her, ein dunkelgebeizter Sarg, der in einem schwarzen Wagen, von zwei Rappen gezogen, die mit Büscheln schwarzer Seidenfäden geschmückt sind, gefahren wird. Auf dem Dach der Kutsche türmen sich Kränze.

Die Kutsche fährt sehr schnell. Es ist eine Kutsche, wie ihr Großvater sie sich für seine Beerdigung gewünscht hatte und nicht bekam, weil ihre Zeit vorüber war.

GOTTFRIED KELLER

Nixe im Grundquell

Nun in dieser Frühlingszeit
Ist mein Herz ein klarer See,
Drin versank das schwere Leid,
Draus verdampft das leichtre Weh.

Spiegelnd mein Gemüte ruht,
Von der Sonne überhaucht,
Und mit Lieb umgießt die Flut,
Was sich in dieselbe taucht.

Aber aus dem Grunde sprüht
Überdies ein Quell hervor,
Welcher heiß lebendig glüht
Durch die stille Flut empor.

Und im Quelle badest *du*,
Eine Nix mit goldnem Haar!
Oben deckt den Zauber zu
Das Gewässer, glatt und klar.

HANS CHRISTIAN ANDERSEN

Die kleine Seejungfrau

Weit hinaus im Meere ist das Wasser so blau wie die Blätter der prächtigsten Kornblume und so klar wie das reinste Glas, aber es ist außerordentlich tief, tiefer als irgendein Ankertau reicht; viele Kirchtürme müßten übereinandergestellt werden, um vom Grunde bis über das Wasser emporzureichen. Dort wohnt das Meervolk.

Nun muß man aber nicht etwa glauben, daß dort der nackte, weiße Sandboden sei; o nein, da wachsen die wunderbarsten Bäume und Pflanzen, die im Stengel und in den Blättern so biegsam und geschmeidig sind, daß sie sich bei der geringsten Wasserströmung wie lebendige Wesen bewegen. Alle Fische, kleine und große, schlüpfen zwischen den Zweigen hindurch, gerade wie hier oben die Vögel in der Luft. An der allertiefsten Stelle liegt das Schloß des Meerkönigs; die Wände sind von Korallen und die hohen, spitzen Fenster von dem allerdurchsichtigsten Bernstein, das Dach besteht aus Muschelschalen, die sich nach der Strömung des Wassers öffnen und schließen. Das gewährt einen prachtvollen Anblick, denn in jeder liegen strahlende Perlen, schon eine einzige würde ein herrlicher Schmuck in der Krone einer Königin sein.

Der Meerkönig dort unten war seit vielen Jahren verwitwet, aber seine alte Mutter leitete den Haushalt. Sie war eine kluge Frau, jedoch sehr stolz auf ihren Adel, weshalb sie als Ordensschmuck zwölf Austern auf dem Schwanze trug, während sich andere Vornehme mit sechs begnügen mußten. Sonst verdiente sie alles Lob, vorzüglich weil sie die größte Sorgsamkeit und Liebe für die kleinen Meerprinzessinnen, ihre Enkelinnen, an den

Tag legte. Es waren sechs bildschöne Kinder, aber die jüngste war doch die schönste von allen, ihre Haut war so durchsichtig und fein wie ein Rosenblatt, ihre Augen so blau wie das tiefste Meer, aber wie alle die anderen hatte sie keine Füße, der Körper ging in einen Fischschwanz aus.

Den ganzen lieben Tag konnte sie unten im Schlosse in den großen Sälen spielen, wo lebendige Blumen aus den Wänden hervorwuchsen. Die großen Bernsteinfenster wurden geöffnet, und dann schwammen die Fische zu ihnen herein, gerade wie bei uns die Schwalben hereinfliegen, wenn wir die Fenster aufmachen. Allein die Fische schwammen zu den kleinen Prinzessinnen hin, fraßen ihnen aus der Hand und ließen sich streicheln.

Draußen vor dem Schlosse war ein großer Garten mit feuerroten und dunkelblauen Bäumen, die Früchte strahlten wie Gold und die Blumen wie glühendes Feuer, während sich Stengel und Blätter unaufhörlich bewegten. Die Erde selbst war der feinste Sand, aber blau wie eine Schwefelflamme. Über dem Ganzen ruhte ein eigentümlicher blauer Schimmer. Eher hätte man vermuten können, man stände hoch droben in der Luft und hätte nur Himmel über und unter sich, als daß man sich auf dem Meeresgrunde befände. Bei Windstille konnte man die Sonne gewahren, die wie eine Purpurblume aussah, aus deren Kelch alles Licht ausströmte.

Jede der kleinen Prinzessinnen hatte ihr besonderes Plätzchen im Garten, wo sie nach Herzenslust und eigenem Gutdünken graben und pflanzen konnte. Die eine gab ihrem Blumenbeete die Gestalt eines Walfisches; eine andere zog es vor, daß das ihrige einer Seejungfrau gliche; aber die jüngste machte das ihrige rund wie die Sonne und hatte nur Blumen, die rot wie diese schimmerten. Sie war überhaupt ein eigentümliches Kind, still und sinnend, und als die anderen Schwestern sich mit den merkwürdigen Sachen putzten, die sie aus gestrandeten Schiffen erhalten hatten, wollte sie außer den rosenroten Blumen, die der Sonne da droben glichen, nur eine schöne Bildsäule haben, die einen wunderhübschen Knaben darstellte. Sie war aus weißem, klaren Marmor gehauen und beim Stranden auf den Meeresgrund gesunken. Sie pflanzte neben die Bildsäule eine rosenrote Trauerweide; sie wuchs herrlich und hing mit ihren frischen Zweigen weit über dieselbe hinweg bis auf den blauen Sandboden hinunter, wo der Schatten violett erschien und sich wie die Zweige unablässig bewegte. Es sah aus, als ob der Wipfel und die Wurzeln miteinander spielten und sich küßten.

Keine größere Freude gab es für sie, als von der Menschenwelt dort droben zu hören. Die alte Großmutter mußte alles, was sie von Schiffen und Städten, Menschen und Tieren wußte, erzählen. Am wunderbarsten und herrlichsten erschien es ihr aber, daß die Blumen oben auf der Erde dufteten, was sie auf dem Meeresgrunde nicht taten, und daß die Wälder grün wären und die Fische, die sich dort zwischen den Zweigen blicken ließen, so laut und lieblich singen könnten, daß es eine Lust wäre. Es waren die kleinen Vögel, welche die Großmutter Fische nannte, denn sonst konnte sie sich ihren Enkelinnen, da dieselben noch keinen Vogel gesehen hatten, nicht verständlich machen.

»Sobald ihr euer fünfzehntes Jahr erreicht habt«, sagte die Großmutter, »werdet ihr Erlaubnis bekommen, aus dem Meere emporzutauchen, im Mondscheine auf den Klippen zu sitzen und die großen Schiffe euch anzusehen, die vorbeisegeln; Wälder und Städte werdet ihr erblicken!«

Im nächsten Jahre wurde die eine der Schwestern fünfzehn Jahre, aber die anderen – ja da war die eine immer ein Jahr jünger als die andere, so daß der jüngsten noch volle fünf Jahre fehlten, ehe sie vom Meeresgrunde aufsteigen und sehen durfte, wie es bei uns aussieht. Aber die eine gelobte der anderen, ihr zu erzählen, was sie erblickt und ihr am ersten Tage am herrlichsten gefallen hätte; denn ihre Großmutter erzählte ihnen lange nicht genug, es gab noch so vieles, worüber sie gern Aufschluß gehabt hätten.

Keine aber war so voller Sehnsucht wie die Jüngste, gerade sie, die noch am längsten zu warten hatte und die so still und gedankenvoll war. Manche Nacht stand sie am offenen Fenster und schaute empor durch das dunkelblaue Wasser, wie die Fische mit ihren Flossen und Schwänzen dasselbe peitschten. Mond und Sterne konnte sie sehen; allerdings schienen sie ganz bleich, sahen aber dafür durch das Wasser ungleich größer aus als vor unseren Augen. Glitt dann etwas unter ihnen wie eine schwarze Wolke hin, so wußte sie, daß es entweder ein Walfisch war, der über ihr schwamm, oder auch ein Schiff mit vielen Menschen. Sie dachten schwerlich daran, daß eine schöne Seejungfrau auf dem Grunde stünde und ihre weißen Hände gegen den Kiel emporstreckte.

Nun war die älteste Prinzessin fünfzehn Jahre alt und durfte über den Meeresspiegel emporsteigen.

Als sie zurückkam, hatte sie hunderterlei Dinge zu erzählen; das Schönste aber, sagte sie, wäre doch: im Mondschein auf einer Sandbank an der ruhigen See zu liegen und die unmittelbar an der Küste gelegene große Stadt zu betrachten, wo die Lichter wie Hunderte von Sternen funkelten, die Musik und den Lärm und das Geräusch von Wagen und Menschen zu hören, die vielen Kirchtürme und Türmchen zu sehen und auf das Glokkengeläute zu lauschen. Gerade weil die Jüngste noch nicht hinaufkommen konnte, war sie am meisten von Sehnsucht nach all diesem erfüllt.

Mit welcher Aufmerksamkeit lauschte sie auf diese Erzählungen, und wenn sie später des Abends am offenen Fenster stand und durch das dunkelblaue Wasser emporschaute, waren alle ihre Gedanken nur auf die große Stadt mit all dem Lärm und Geräusch gerichtet, und dann kam es ihr vor, als hörte sie das Läuten der Kirchenglocken bis zu sich heruntertönen.

Ein Jahr darauf erhielt die andere Schwester Erlaubnis, durch das Wasser emporzusteigen und zu schwimmen, wohin sie wollte. Gerade bei Sonnenuntergang tauchte sie auf und dieser Anblick war ihrer Ansicht nach das Schönste. Der ganze Himmel hätte wie Gold ausgesehen, sagte sie, und die Wolken, ja deren Pracht könnte sie nicht genug beschreiben! Rot und veilchenblau wären sie über ihr dahingesegelt, aber weit geschwinder als sie flog gleich einem langen, weißen Schleier ein Zug wilder Schwäne über das Wasser hin der scheidenden Sonne nach. Sie schwammen ihr entgegen, diese aber sank, und der Rosenschimmer erlosch auf dem Meeresspiegel und den Wolken.

Im nächsten Jahre stieg die dritte Schwester hinauf; sie war die beherzteste von allen und schwamm deshalb einen breiten Fluß aufwärts, der sich in das Meer ergoß. Herrliche grüne Hügel, mit Weinreben bedeckt, erblickte sie; Schlösser und Meierhöfe schauten durch prächtige Wälder hervor. Sie hörte, wie alle Vögel sangen, und die Sonne schien so warm, daß sie oftmals untertauchen mußte, um ihr brennendheißes Antlitz zu kühlen. In einer kleinen Bucht traf sie einen ganzen Schwarm niedlicher Menschenkinder; ganz nackt liefen sie umher und plätscherten im Wasser. Sie wollte mit ihnen spielen, aber erschrocken liefen sie fort, und da kam ein kleines schwarzes Tier, das war ein Hund, aber sie hatte vorher nie einen Hund gesehen; der bellte sie so wütend an, daß ihr ganz ängstlich zumute wurde und sie wieder die offene See aufsuchte. Aber nimmer konnte sie die prächtigen Wälder, die grünen Hügel und die kleinen Kinder vergessen, die schwimmen konnten, obgleich sie keinen Fischschwanz hatten.

Die vierte Schwester war nicht so mutig, sie blieb draußen mitten auf dem wilden Meere und erzählte, daß es gerade dort am schönsten wäre. Man könnte viele Meilen ringsumher überschauen und der Himmel stände wie eine Glasglocke darüber. Schiffe hatte sie gesehen, aber nur weit entfernt, sie sahen wie Strandmöven aus; die drolligen Delphine hatten Purzelbäume geschlagen und die großen Walfische Wasser aus ihren Nasenlöchern in die Höhe gespritzt, daß es ausgesehen hätte, wie Hunderte von Wasserkünsten ringsumher.

Nun kam die fünfte Schwester an die Reihe. Ihr Geburtstag war gerade mitten im Winter und deshalb sah sie, was die anderen das erstemal nicht gesehen hatten. Die See nahm sich ganz grün aus, und ringsumher schwammen da große Eisberge, von denen ihrer Erzählung nach jeder wie eine Perle aussah und doch weit größer war als die Kirchtürme, welche die Menschen bauen. In den merkwürdigsten Gestalten zeigten sie sich und schimmerten wie Diamanten. Sie hatte sich auf einen der größten gesetzt, und alle Segler kreuzten erschrocken draußen herum, wo sie saß und den Wind mit ihrem langen Haare spielen ließ. Allein gegen Abend überzog sich der Himmel mit Wolken, es blitzte und donnerte, während die schwarze See die großen Eisblöcke hoch in die Höhe hob und sie bei dem starken Wetterleuchten erglänzen ließ. Auf allen Schiffen zog man die Segel ein, da war eine Angst, ein Entsetzen, sie aber saß ruhig auf ihrem schwimmenden Eisberge und sah, wie die blauen Blitzstrahlen im Zickzack in die weißschäumende See hinunterfuhren.

Sobald eine der Schwestern zum erstenmal über das

Wasser kam, war eine jede über das Neue und Schöne, das sie wahrnahm, entzückt; da sie jetzt aber als erwachsene Mädchen die Erlaubnis hatten, nach eigenem Belieben emporzusteigen, wurde es ihnen gleichgültig, sie sehnten sich wieder nach der Heimat, und nach Verlauf eines Monats sagten sie, daß es bei ihnen da unten doch am allerschönsten wäre und da wäre man hübsch zu Hause.

In mancher Abendstunde schlangen die fünf Schwestern die Arme umeinander und stiegen in einer Reihe über das Wasser empor. Herrliche Stimmen hatten sie, schöner als irgendein Menschenkind, und wenn ein Sturm heraufzog, so daß sie vermuten durften, es würden Schiffe untergehen, dann schwammen sie vor den Schiffen her und sangen lieblich von den Schönheiten auf dem Meeresgrunde und baten die Seeleute, sich nicht zu fürchten, dort hinunterzukommen. Diese konnten aber die Worte nicht verstehen, sie dachten, es wäre der Sturm, und sie bekamen auch die Herrlichkeiten da unten nicht zu sehen, denn wenn das Schiff sank, ertranken die Menschen und kamen nur als Leichen zu dem Schlosse des Meerkönigs.

Wenn am Abend so die Schwestern Arm in Arm durch das Meer hoch emporstiegen, dann blieb die kleine Schwester ganz allein zurück und schaute ihnen nach, und es war ihr, als ob sie weinen müßte, aber eine Seejungfrau hat keine Tränen, und so leidet sie ungleich mehr.

»Ach, wäre ich doch erst fünfzehn Jahre alt!« sagte sie, »ich weiß, daß gerade ich die Welt dort oben und die Menschen, die darauf bauen und wohnen, recht liebhaben werde!«

Endlich war sie fünfzehn Jahre alt.

»Sieh, nun bist du uns entwachsen«, sagte ihre Großmutter, die alte Königin-Witwe. »Komm nun und laß mich dich schmücken wie deine anderen Schwestern!« Nun setzte sie ihr einen Kranz von weißen Lilien auf das Haar, aber jedes Blumenblatt war die Hälfte einer Perle; und die alte Mutter ließ acht große Austern sich im Schwanze der Prinzessin festklemmen, um ihren hohen Stand kundzutun.

»Das tut weh!« sagte die kleine Seejungfrau.

»Ja, Hoffart will Zwang haben!« sagte die Großmutter.

Oh, sie würde gern auf alle diese Pracht verzichtet und den schweren Kranz abgelegt haben! Ihre roten Gartenblumen kleideten sie ungleich besser, aber das half nun weiter nichts. »Lebewohl!« sagte sie und stieg leicht und klar durch das Wasser empor.

Eben war die Sonne untergegangen, als sie den Kopf über den Meeresspiegel erhob, aber alle Wolken schimmerten noch wie Rosen und Gold, und mitten in der blaßroten Luft strahlte der Abendstern hell und herrlich, die Luft war mild und frisch, und kein Windhauch kräuselte das Meer. Dort lag ein großer Dreimaster, nur ein einziges Segel war aufgezogen, denn kein Lüftchen rührte sich, und ringsumher saßen im Tauwerk und auf dem Toppmast Matrosen. Da war Musik und Gesang, und als die Dunkelheit des Abends zunahm, wurden Hunderte von farbigen Laternen angezündet; sie sahen aus, als ob die Flaggen aller Nationen in der Luft wehten. Die kleine Seejungfrau schwamm bis an das Kajütenfenster, und jedesmal, wenn das Wasser sie emporhob, konnte sie durch die spiegelhellen Fensterscheiben hineinschauen, wo viele geputzte Menschen standen, aber der Schönste war doch der junge Prinz mit den großen schwarzen Augen. Er war gewiß nicht viel über sechzehn Jahre alt, sein Geburtstag wurde gerade gefeiert, und deshalb herrschte all diese Pracht. Die Matrosen tanzten auf dem Verdecke, und als der Prinz zu ihnen hinaustrat, stiegen über hundert Raketen in die Luft empor. Sie leuchteten wie der helle Tag, so daß sich die kleine Seejungfrau entsetzte und aus Furcht unter das Wasser tauchte. Aber sie streckte den Kopf bald wieder hervor, und da war es ihr, als ob alle Sterne des Himmels zu ihr herniederfielen. Nie hatte sie ein solches Feuerwerk gesehen. Große Sonnen drehten sich zischend im Kreise, prächtige Feuerfische schwangen sich in die blaue Luft empor, und von allem zeigte sich ein flimmernder Widerschein in der klaren, stillen See. Auf dem Schiffe selbst war es so hell, daß man auch das kleinste Tau bemerken konnte, geschweige die Menschen. Wie schön der junge Prinz doch war, und er drückte den Leuten die Hände unter freundlichem Lächeln, während die Musik durch die herrliche Nacht erklang.

Es wurde spät, aber die kleine Seejungfrau konnte die Augen nicht von dem Schiffe und dem schönen Prinzen abwenden. Die farbigen Laternen erloschen, die Raketen stiegen nicht mehr in die Luft, keine Kanonenschüsse donnerten mehr, aber tief unten im Meere summte und brummte es. Mittlerweile saß die kleine Seejungfrau auf dem Wasser und schaukelte auf und nieder, so daß sie in die Kajüte hineinschauen konnte. Aber hurtiger schoß das Schiff durch die Wellen, ein Segel nach dem anderen breitete sich aus, stärker schlugen die Wogen, ein schwarzes Gewölk zog sich zusammen, es wetterleuchtete in der Ferne. Oh, ein entsetzliches Unwetter sollte losbrechen! Deshalb refften die Matrosen die Segel ein. Das große Schiff schaukelte in fliegender Fahrt auf der wilden See; großen schwarzen Bergen gleich schäumte das Wasser empor, das sich über die Masten zu wälzen drohte, aber das Schiff tauchte wie ein Schwan zwischen den hohen Wogen hinunter und ließ sich wieder auf die aufgetürmten Wasser heben. Der kleinen Seejungfrau kam es gerade wie eine Lustfahrt vor, aber als eine solche betrachteten es die Seeleute nicht, das Schiff stöhnte und krachte, die dicken Planken bogen sich bei den heftigen Stößen, welche die See gegen das Schiff führte, der Hauptmast brach mitten durch, als wenn er ein Rohr wäre, und das Schiff legte sich auf die Seite, während das Wasser in den Raum eindrang. Nun sah die kleine Seejungfrau, daß die Seeleute in Gefahr schwebten, sie mußte sich selbst vor den Balken und Schiffstrümmern, die auf dem Wasser trieben, in acht nehmen. Einen Augenblick war es so stockfinster, daß sie nicht das geringste wahrnehmen konnte, wenn es dann aber blitzte, wurde es wieder so hell, daß die kleine Seejungfrau alle auf dem Schiffe erkannte. Jeder tummelte sich, so gut er konnte. Vorzüglich schaute sie sich nach dem jungen Prinzen um und sah ihn, als das Schiff barst, in die tiefe See versinken. Im ersten Augenblicke war sie sehr froh, denn nun kam er zu ihr hinunter, dann aber fiel ihr ein, daß ja die Menschen im Wasser nicht leben können und daß er also nur tot zum Schlosse des Meerkönigs gelangen könnte. Nein, sterben durfte er nicht! Deshalb schwamm die kleine Seejungfrau zwischen den Balken und Planken, die auf dem Meere trieben, hindurch, vergaß völlig die eigene Gefahr, tauchte tief unter das Wasser und stieg wieder hoch zwischen den Wogen empor. Zuletzt erreichte sie so den jungen Prinzen, der kaum noch länger in der erregten See schwimmen konnte. Seine Arme und Beine begannen zu ermatten, die schönen Augen schlossen sich, er hätte sterben müssen, wäre sie nicht hinzugekommen. Sie hielt seinen Kopf über das Wasser empor und ließ sich dann mit ihm von den Wogen treiben, wohin sie wollten.

Gegen Morgen war das Unwetter vorüber. Vom Schiffe war auch nicht ein Span mehr zu sehen. Rot und glühend erhob sich die Sonne aus dem Wasser; es war gerade, als ob des Prinzen Wangen dadurch Leben bekämen, doch blieben seine Augen geschlossen. Die kleine Seejungfrau küßte seine hohe, schöne Stirn und strich sein nasses Haar zurück. Es kam ihr fast vor, als gliche er dem Marmorbilde dort unten in dem kleinen Garten. Sie küßte ihn wieder und wieder und wünschte, er möchte doch leben bleiben.

Nun tauchte das feste Land auf; hohe blaue Berge, auf deren Gipfeln der weiße Schnee flimmerte, als wären es Schwäne, die dort lägen. Unten an der Küste waren prächtige grüne Wälder, und im Vordergrunde lag eine Kirche oder ein Kloster, man konnte es noch nicht recht unterscheiden, aber ein Gebäude war es. Zitronen- und Apfelsinenbäume wuchsen da im Garten, und vor dem Eingang standen hohe Palmbäume. Das Meer bildete hier eine kleine Bucht, in der das Wasser ganz still, aber sehr tief war, und die von einer Klippe begrenzt wurde, wo der feine weiße Sand angespült war. Hierher schwamm die kleine Seejungfrau mit dem schönen Prinzen, legte ihn in den Sand und trug dabei hauptsächlich Sorge, daß sein Haupt hoch im warmen Sonnenscheine lag.

Da läuteten die Glocken in dem großen, weißen Gebäude, und darauf wandelten viele junge Mädchen durch den Garten. Da schwamm die kleine Seejungfrau weiter hinaus hinter einige hohe Steine, die aus dem Wasser hervorragten, bedeckte Haar und Busen mit Schaum des Meeres, so daß niemand ihr liebliches Gesicht bemerken konnte, und gab nun acht, wer zu dem armen Prinzen kommen würde.

Es währte nicht lange, bis ein junges Mädchen dorthin kam. Es erschrak, wie es schien, heftig, aber nur einen Augenblick, dann holte es mehrere Menschen, und die kleine Seejungfrau sah, daß der Prinz wieder zu sich kam und alle ringsumher anlächelte, aber zu seiner Retterin lächelte er nicht hinaus, er wußte ja auch nicht, daß er ihr das Leben zu verdanken hatte. Sie fühlte sich so betrübt, daß sie, als er in das große Gebäude geführt wurde, traurig unter das Wasser tauchte und zum Schlosse ihres Vaters zurückkehrte.

Sie war immer still und sinnend gewesen, aber nun wurde sie es noch mehr. Die Schwestern fragten sie, was sie das erstemal dort oben gesehen hätte, aber sie erzählte ihnen nichts.

Manchen Abend und Morgen stieg sie zu der Stelle empor, wo sie den Prinzen verlassen hatte. Sie sah, wie die Früchte des Gartens reiften und abgepflückt wurden, sie sah, wie der Schnee auf den hohen Bergen schmolz, aber den Prinzen sah sie nicht, und immer trauriger kehrte sie deshalb wieder heim. Ihr einziger Trost war es, in ihrem Gärtchen zu sitzen und ihre Arme um das schöne Marmorbild zu schlingen, das dem Prinzen ähnelte, aber ihre Blumen pflegte sie nicht, sie wuchsen wie in einer Wildnis über die Steige hinaus, und ihre langen Stengel und Blätter verflochten sich mit den Zweigen der Bäume, so daß es dort ganz dunkel war.

Endlich konnte sie es nicht länger aushalten, sondern erzählte es einer ihrer Schwestern, und da erfuhren es gleich alle anderen, aber beileibe niemand weiter als diese und ein paar andere Seejungfrauen, die es aber nur ihren nächsten Freundinnen erzählten. Eine von ihnen konnte über den Prinzen Auskunft geben, sie hatte auch die Geburtstagsfeier auf dem Schiffe mit angesehen, wußte, woher er war und wo sein Königreich lag.

»Komm, Schwesterchen!« sagten die anderen Prinzessinnen, und einander die Arme um die Schultern schlingend, stiegen sie in einer langen Reihe aus dem Meere empor, dort wo das Schloß des Prinzen lag.

Dieses war aus einer hellgelben, glänzenden Steinart aufgeführt, mit großen Marmortreppen, deren eine gerade in das Meer hinabführte. Prächtige vergoldete Kuppeln erhoben sich über dem Dache, und zwischen den Säulen, welche das ganze Gebäude umgaben, standen Marmorbilder, die wie lebende Wesen aussahen. Durch das helle Glas in den hohen Fenstern sah man in die prächtigsten Säle hinein, wo kostbare seidene Vorhänge und Tapeten aufgehängt und alle Wände mit großen Gemälden geschmückt waren, daß es eine wahre Lust war, das alles anzuschauen. Mitten in dem größten Saale plätscherte ein hoher Springbrunnen, seine Strahlen erhoben sich bis zur Glaskuppel an der Decke, durch welche die Sonne auf das Wasser und die schönen Pflanzen herabschien, die in dem großen Becken wuchsen.

Nun wußte sie, wo er wohnte, und dort zeigte sie sich manchen Abend und manche Nacht auf dem Wasser; sie schwamm weit näher an das Land heran, als irgendeine andere gewagt hatte, ja sie ging den schmalen Kanal ganz hinauf, bis unter den prächtigen Marmoraltan, der einen langen Schatten über das Wasser warf. Hier saß sie und betrachtete den jungen Prinzen, der allein in dem klaren Mondschein zu weilen glaubte.

Sie sah ihn manchen Abend in seinem prächtigen, mit Flaggen geschmückten Boote unter Musik dahinsegeln; sie schaute zwischen dem grünen Schilf hervor, und wenn der Wind ihren langen, silberweißen Schleier erfaßte und es jemand sah, so dachte er, es wäre ein Schwan, welcher die Flügel ausbreitete.

Sie hörte manche Nacht, wenn die Fischer bei Fackelschein auf der See fischten, daß sie viel Gutes von dem jungen Prinzen erzählten, und es freute sie, daß sie ihm das Leben gerettet hatte, als er halbtot auf den Wogen umhertrieb, und sie dachte daran, wie fest sein Haupt an ihrer Brust geruht und wie innig sie ihn da geküßt hatte. Davon wußte er gar nichts, konnte von ihr nicht einmal träumen.

Mehr und mehr begann sie die Menschen zu lieben, mehr und mehr wünschte sie zu ihnen emporsteigen und unter ihnen wandeln zu dürfen, deren Welt ihr weit größer als die ihrige zu sein schien. Sie konnten ja auf Schiffen über das Meer fliegen, auf den hohen Bergen hoch über die Wolken emporsteigen, und die Länder, die sie besaßen, erstreckten sich mit ihren Wäldern und Feldern weiter, als sie zu überblicken vermochte. Da war so vieles, was sie zu wissen wünschte, doch waren die Schwestern nicht imstande, ihr auf alles Antwort zu geben, weshalb sie die alte Großmutter danach fragte, welche die höhere Welt, wie sie die Länder über dem Meere sehr richtig nannte, gar wohl kannte.

»Wenn die Menschen nicht ertrinken«, fragte die kleine Seejungfrau, »können sie dann ewig leben, sterben sie nicht, wie wir hier unten auf dem Meeresgrunde?«

»O ja«, sagte die Alte, »sie müssen ebenfalls sterben, und ihre Lebenszeit ist sogar noch kürzer als die unsrige. Wir können dreihundert Jahre alt werden, aber wenn wir zu sein aufhören, verwandeln wir uns nur in Schaum und haben hier unten nicht einmal ein Grab unter unseren Lieben. Wir haben keine unsterbliche Seele, werden nie mehr zum Leben erweckt, wir gleichen dem grünen Schilf, das, einmal abgeschnitten, nie wieder grünen kann! Die Menschen dagegen haben eine Seele, die ewig lebt, lebt, nachdem der Körper wieder zu Erde geworden. Sie schwingt sich durch den Äther empor, hinauf zu all den glänzenden Sternen! Gerade wie wir aus dem Meere emportauchen und der Menschen Länder schauen, so erheben auch sie sich zu unbekannten herrlichen Stätten, die wir nie zu sehen bekommen.«

»Weshalb erhielten wir keine unsterbliche Seele?« fragte betrübt die kleine Seejungfrau. »Gern wollte ich alle meine Hunderte von Jahren, die ich zu leben habe, dahingeben, um nur einen Tag Mensch zu sein und dann an der himmlischen Welt Anteil zu erhalten!«

»Daran darfst du nicht denken!« sagte die Alte, »wir haben es viel glücklicher und besser als die Menschen da droben!«

»Ich werde also sterben und als Schaum auf dem Meere dahinfließen, werde der Wogen Musik nicht mehr hören, die schönen Blumen und die rote Sonne nicht mehr sehen! Kann ich denn gar nichts tun, um eine ewige Seele zu gewinnen?«

»Nein!« sagte die Alte, »nur wenn dich ein Mensch so liebgewönne, daß du ihm mehr als Vater und Mutter wärest, wenn er mit all seinen Gedanken und seiner Liebe an dir hinge und begehrte, daß der Geistliche seine rechte Hand in die deinige legte mit dem Gelübde der Treue hier und in alle Ewigkeit, dann flösse seine Seele in deinen Körper über und auch du erhieltest Anteil an dem Glücke der Menschen. Er gäbe dir Seele und behielte doch seine eigene. Aber das kann nie geschehen! Was gerade hier im Meere für schön gilt, dein Fischschwanz, finden sie oben auf der Erde häßlich! Es fehlt ihnen nun einmal das richtige Verständnis, dort muß man ein paar unbeholfene Säulen haben, die sie Beine nennen, um für schön zu gelten!«

Da seufzte die kleine Seejungfrau und sah betrübt auf ihren Fischschwanz.

»Laß uns fröhlich sein!« sagte die Alte, »hüpfen und springen wollen wir in den uns vergönnten dreihundert Jahren, das ist fürwahr hinlängliche Zeit, nachher kann man um so unbekümmerter ausruhen. Heute abend werden wir Hofball haben!«

Es war auch eine Pracht, wie man sie auf Erden nie erblickt. Wände und Decke des großen Tanzsaales waren von dickem, aber durchsichtigem Glase. Mehrere hundert kolossale Muschelschalen, rosenrote und grasgrüne, standen reihenweise an jeder Seite mit einer blau brennenden Flamme, die den ganzen Saal erleuchtete und selbst durch die Wände hindurchschien, so daß die See ringsumher in einem Lichtmeere schwamm. Man konnte alle die unzähligen Fische, große und kleine, wahrnehmen, wie sie auf die Glasmauern zuschwammen; auf einigen blinkten purpurrote Schuppen, auf anderen glänzten sie goldig und silbern.

Mitten durch den Saal floß ein breiter, sanft dahinrieselnder Strom, und auf diesem tanzten die Meermänner und Seejungfrauen nach ihrem eigenen lieblichen Gesange. So schöne Stimmen haben die Menschen auf Erden nicht. Die jüngste Prinzessin sang am schönsten von allen, man klatschte ihr Beifall, und für einen Augenblick fühlte sie Freude in ihrem Herzen, denn sie wußte, daß sie die schönste Stimme von allen auf Erden und im Meere hatte. Aber bald begann sie wieder der Welt über sich zu gedenken. Sie konnte den schönen Prinzen und ihren Schmerz, keine unsterbliche Seele, wie er, zu besitzen, nicht vergessen. Deshalb schlich sie sich aus dem Schlosse ihres Vaters hinaus, und während drinnen alles Gesang und Jubel war, saß sie betrübt in ihrem Gärtchen. Da hörte sie plötzlich ein Waldhorn durch das Wasser zu ihr herniedertönen, und sie dachte: Jetzt segelt er gewiß dort oben, er, den ich mehr als Vater und Mutter liebe, er, an dem ich mit allen Gedanken hänge und in dessen Hand ich so gern mein Lebensglück legen möchte. Alles will ich wagen, um ihn und eine unsterbliche Seele zu gewinnen! Während meine Schwestern drinnen im Schlosse meines Vaters tanzen, will ich zur Meerhexe gehen. Bisher habe ich immer ein Grausen vor ihr gehabt, aber vielleicht kann sie mir Rat und Hilfe gewähren.

Nun trat die Prinzessin aus ihrem Garten hinaus und eilte zu dem brausenden Strudel, hinter dem die Hexe wohnte. Den Weg hatte sie nie zuvor betreten; hier wuchs keine Blume, kein Seegras, nur der nackte graue Sandboden erstreckte sich bis zu dem Strudel, wo das Wasser wie brausende Mühlräder schäumend wirbelte und alles, was es ergriff, mit sich in die Tiefe hinunterriß. Mitten zwischen diesen alles zerschmetternden Wirbeln mußte sie hindurchschreiten, um das Gebiet der Meerhexe zu erreichen, und hier gab es eine große Strecke lang keinen anderen Weg als über warmen, schwankenden Schlamm, den die Hexe ihr Tiefmoor nannte. Dahinter lag ihr Haus mitten in einem seltsamen Walde. Alle Bäume und Büsche waren Polypen, halb Tier und halb Pflanze, sie sahen aus wie hundertköpfige Schlangen, die aus der Erde hervorwuchsen; alle Zweige waren lange, schlammige Arme, mit Fingern gleich gelenkigen Würmern, und Glied für Glied bewegte sich von der Wurzel bis zum äußersten Gipfel. Alles, was sie im Meere ergreifen konnten, umschlangen sie unlösbar und ließen es nie wieder los. Die kleine Prinzessin blieb erschrocken vor diesem Walde stehen; ihr Herz klopfte vor Angst; beinahe wäre sie umgekehrt, aber da dachte sie an den Prinzen und die zu gewinnende Menschenseele und faßte wieder Mut. Ihr langes, frei hinabwallendes Haar band sie fest um den Kopf, damit sie die Polypen nicht daran ergreifen konnten, beide Hände kreuzte sie über die Brust und eilte dann vorwärts, wie der Fisch nur immer durch das Wasser schießen kann, zwischen den widrigen Polypen hindurch, die ihre gelenkigen Arme und Finger hinter ihr herstreckten. Sie bemerkte, wie jeder von ihnen einen Gegenstand, den er ergriffen hatte, mit Hunderten von kleinen Armen, wie mit starken Eisenbanden, gepackt hielt. Menschen, die in der See umgekommen und hinabgesunken waren, schauten als weiße Gerippe aus den Armen der Polypen hervor. Schiffsruder und Kisten hielten sie umklammert, Gerippe von Landtieren, und was ihr fast das Schrecklichste war, eine Seejungfrau, die sie gefangen und erstickt hatten.

Nun kam sie zu einem großen, fast überall mit Schleim überzogenen Platz im Walde, wo große, fette Wasserschlangen sich ringelten und ihren garstigen weißgelben Bauch zeigten. Mitten auf dem Platze war ein Haus aus den weißen Knochen schiffbrüchiger Menschen errichtet; dort saß die Meerhexe und ließ eine Kröte aus ihrem Munde fressen, wie die Menschen ein Kanarienvögelchen Zucker naschen lassen. Die häßlichen fetten Wasserschlangen nannte sie ihre niedlichen Küchelchen und ließ dieselben sich auf ihrem großen, schwammigen Busen umherwälzen.

»Ich weiß schon, was du willst!« sagte die Meerhexe, »dumm genug! Indes sollst du deinen Willen bekommen, denn er wird dich ins Unglück stürzen, mein holdes Prinzeßchen. Du möchtest deinen Fischschwanz los werden und dafür zwei Stummel wie die Menschen zum Gehen haben, damit sich der junge Prinz in dich verliebt und du ihn und eine unsterbliche Seele erhalten kannst!«

Dabei lachte die Hexe so laut und häßlich, daß die Kröte und die Schlangen auf die Erde fielen und sich dort umherwälzten. »Du konntest zu keiner bessern Zeit eintreffen. Morgen, wenn die Sonne aufgeht, könnte ich dir nicht helfen, bis wieder ein Jahr verstrichen ist. Ich werde dir einen Trank kochen, mit dem du noch vor Sonnenaufgang an das Land schwimmen, dich an das Ufer setzen und ihn austrinken mußt; dann schrumpft dein Schwanz zu dem zusammen, was die Menschen niedliche Beine nennen, aber es tut weh, es ist als wenn ein scharfes Schwert dich durchbohrte. Alle, die dich erblicken, werden sagen, du seist das schönste Menschenkind, das sie gesehen! Du behältst deinen schwebenden Gang, keine Tänzerin kann einherschweben wie du, aber bei jedem Schritt, den du tust, ist es, als ob du auf ein scharfes Messer trätest, daß dein Blut fließen möchte. Willst du dies alles aushalten, dann will ich dir helfen!«

»Ja!« sagte die kleine Seejungfrau mit bebender Stimme und dachte an den Prinzen und die zu gewinnende Seele.

»Aber merk wohl«, sagte die Hexe, »wenn du einmal menschliche Gestalt erhalten hast, kannst du nie wieder eine Seejungfrau werden! Du kannst nie wieder durch das Wasser zu deinen Schwestern und dem Schlosse deines Vaters hinuntersteigen, und gewinnst du nicht die Liebe des Prinzen, so daß er Vater und Mutter um deinetwillen vergißt, mit all seinen Sinnen an dir hängt und dem Geistlichen befiehlt, daß derselbe eure Hände ineinanderlege, so daß ihr Mann und Frau werdet, dann bekommst du keine unsterbliche Seele! Am ersten Morgen nach seiner Verheiratung mit einer anderen wird dir das Herz brechen, und du wirst zu Schaum auf dem Wasser.«

»Ich will es!« sagte die kleine Seejungfrau und war bleich wie der Tod.

»Du mußt mich aber auch bezahlen!« sagte die Hexe, »und es ist nicht wenig, was ich verlange. Du hast die schönste Stimme von allen hier unten auf dem Meeresboden, mit der hoffst du ihn zu bezaubern, aber die Stimme mußt du mir geben. Das Beste, was du besitzest, will ich für meinen köstlichen Trank! Mein eigen Blut muß ich ja dazu geben, damit der Trank scharf wird wie ein zweischneidig Schwert!«

»Aber wenn du mir meine Stimme nimmst«, sagte die kleine Seejungfrau, »was behalte ich denn übrig?«

»Deine schöne Gestalt«, sagte die Hexe, »deinen schwebenden Gang und deine sprechenden Augen, womit du schon ein Menschenherz betören kannst. Nun, hast du den Mut verloren? Streck deine kleine Zunge heraus, dann schneide ich sie für meine Bemühung ab und du bekommst den kräftigen Trank!«

»Es geschehe!« sagte die kleine Seejungfrau, und die Hexe setzte den Kessel auf, um den Zaubertrank zu kochen. »Reinlichkeit ist das halbe Leben!« sagte sie und scheuerte den Kessel mit den Schlangen aus, die sie in einen Knoten gebunden hatte. Nun ritzte sie sich selber die Brust und ließ ihr schwarzes Blut hineintröpfeln. Der Dampf bildete die seltsamsten Gestalten, so daß einem angst und bange werden mußte. Jeden Augenblick tat die Hexe neue Sachen in den Kessel, und als es recht kochte, war es gerade, als wenn ein Krokodil weinte. Endlich war der Trank fertig; er sah aus wie das klarste Wasser.

»Da hast du ihn!« sagte die Hexe und schnitt der kleinen Seejungfrau die Zunge ab; sie war nun stumm, konnte weder singen noch sprechen.

»Falls dich die Polypen ergreifen sollten, wenn du wieder durch meinen Wald zurückkehrst«, sagte die Hexe, »so besprenge sie nur mit einem einzigen Tropfen dieses Trankes, dann zerspringen ihre Arme und Finger in tausend Stücke!« Aber das hatte die Prinzessin nicht nötig, die Polypen zogen sich erschreckt vor ihr zurück, als sie den funkelnden Trank sahen, der in ihrer Hand wie ein strahlender Stern leuchtete. So kam sie bald durch den Wald, das Moor und den Strudel.

Sie konnte das Schloß ihres Vaters erblicken; die Fakkeln im großen Tanzsaale waren erloschen; sie schliefen drinnen sicher schon alle, aber sie wagte gleichwohl nicht, sie aufzusuchen, jetzt wo sie stumm war und auf immer von ihnen scheiden wollte. Es war, als ob ihr das Herz vor Trauer brechen sollte. Sie schlich sich in den Garten hinein, brach eine Blume von jedem Beete ihrer Schwestern, warf dem Schlosse Tausende von Kußfingern zu und stieg durch die dunkelblaue See empor.

Die Sonne war noch nicht aufgegangen, als sie das Schloß des Prinzen gewahrte und die prächtige Marmortreppe hinaufschritt. Der Mond schien wunderbar klar. Die kleine Seejungfrau trank den brennend scharfen Trank, und es war, als ob ein zweischneidig Schwert ihren feinen Körper durchdrang, sie verlor die Besinnung und lag wie tot da. Als die Sonne über die See hin schien, erwachte sie und fühlte einen heftigen Schmerz, aber dicht vor ihr stand der holde junge Prinz, der seine kohlschwarzen Augen auf sie heftete, so daß sie die ihrigen niederschlagen mußte, wobei sie bemerkte, daß ihr Fischschwanz verschwunden war und sie die niedlichsten, kleinen weißen Beinchen hatte, die ein hübsches Mädchen nur haben kann. Sie war aber ganz nackend, weshalb sie sich in ihr starkes, langes Haar einhüllte. Der Prinz fragte, wer sie wäre und wie sie hierhergekommen, und sie sah ihn mit ihren dunkelblauen Augen gar mild und doch auch so traurig an, denn sprechen konnte sie ja nicht. Da nahm er sie bei der Hand und führte sie in das Schloß. Bei jedem Schritt, den sie tat, war es ihr, wie ihr ja die Hexe vorausgesagt hatte, als wenn sie auf spitze Nadeln und scharfe Messer träte, aber das ertrug sie gern. An der Hand des Prinzen stieg sie so leicht wie eine Wasserblase die Treppe hinauf, und er sowohl wie alle anderen bewunderten ihren anmutigen schwebenden Gang.

Kostbare Kleider von Seide und Musselin wurden ihr nun gereicht, im Schlosse war sie die Schönste von allen, aber sie war stumm, konnte weder singen noch reden. Schöne Sklavinnen, in Seide und Gold gekleidet, kamen hervor und sangen vor dem Prinzen und seinen königlichen Eltern. Eine sang lieblicher als alle die anderen, und der Prinz klatschte Beifall und lächelte sie an; da wurde die kleine Seejungfrau betrübt, sie wußte, daß sie selbst weit schöner gesungen hätte. Oh! sprach sie bei sich selbst, wenn er nur wüßte, daß ich, um bei ihm zu sein, meine Stimme für alle Ewigkeit dahingegeben habe!

Nun tanzten die Sklavinnen reizende, schwebende Tänze zur herrlichsten Musik; da erhob die kleine Seejungfrau ihre schönen weißen Arme, stellte sich auf die Fußspitzen und schwebte über den Fußboden, tanzend, wie noch keine getanzt hatte. Bei jeder Bewegung trat ihre Schönheit mehr hervor, und ihre Augen redeten inniger und tiefer zum Herzen als der Sklavinnen Gesang.

Alle waren davon bezaubert, besonders der Prinz, der die Prinzessin sein liebes Findelkind nannte; und sie tanzte ununterbrochen, obgleich es ihr, so oft ihr Fuß die Erde berührte, vorkam, als ob sie auf scharfe Messer träte. Der Prinz sagte, sie sollte immer um ihn sein, und sie erhielt sogar die Erlaubnis, vor seiner Tür auf einem Samtkissen zu schlafen.

Er ließ ihr eine Männertracht anfertigen, damit sie ihn auch zu Pferde begleiten könnte. Sie ritten durch die duftenden Wälder, wo die grünen Zweige ihre Schultern streiften und die Vöglein hinter den frischen Blättern sangen. Sie erkletterte mit dem Prinzen die hohen Berge, und obgleich ihre zierlichen Füßchen sichtlich bluteten, lachte sie doch darüber und folgte ihm, bis sie die Wolken tief unter sich segeln sahen, als ob es ein Vogelschwarm wäre, der nach fremden Ländern zöge.

Daheim im Schlosse des Prinzen ging sie, wenn in der Nacht die anderen schliefen, auf die breite Marmortreppe hinaus und kühlte ihre brennenden Füße im kalten Seewasser, und dabei gedachte sie der Ihrigen in der Tiefe.

In einer Nacht kamen ihre Schwestern Arm in Arm; sie sangen, während sie über das Wasser dahinschwammen, gar traurige Weisen. Sie winkte ihnen, und sie erkannten sie und erzählten, wie tief sie sie alle betrübt hätte. Seitdem besuchten sie sie jede Nacht, und in einer Nacht gewahrte sie in weiter Ferne die alte Großmutter, die schon seit vielen Jahren nicht zur Oberfläche emporgestiegen war, und den Meerkönig mit seiner Krone auf dem Haupte. Sie streckten die Hände nach ihr aus, wagten sich aber beide nicht so nahe an das Land wie die Schwestern.

Tag für Tag gewann sie der Prinz lieber, er liebte sie, wie man nur ein gutes, holdes Kind lieben kann, aber sie zur Königin zu machen, das fiel ihm nicht im entferntesten ein, und seine Gemahlin mußte sie doch werden, sonst bekam sie keine unsterbliche Seele, sondern mußte an seinem Hochzeitsmorgen zu Schaum auf dem Meere werden.

»Hast du mich nicht am liebsten von allen?« schienen die Augen der kleinen Prinzessin zu sagen, wenn er sie in seine Arme nahm und auf die schöne Stirn küßte.

»Ja, du bist mir die Liebste!« sagte der Prinz, »denn du hast das beste Herz von allen, du bist mir am meisten ergeben und ähnelst einem jungen Mädchen, das ich einmal sah, aber wohl schwerlich wiederfinden werde. Ich war auf einem Schiffe, welches scheiterte; die Wogen trieben mich in der Nähe eines heiligen Tempels, in dem mehrere junge Mädchen den Dienst verrichteten, an das Land. Das jüngste derselben fand mich dort am Ufer und rettete mir das Leben; nur zweimal sah ich dasselbe. Es wäre die einzige Jungfrau, die ich in dieser Welt lieben könnte, aber du ähnelst ihr, du verdrängst fast ihr Bild in meiner Seele. Sie gehört dem heiligen Tempel an, und deshalb hat dich mir mein gutes Glück gesandt; niemals wollen wir uns voneinander trennen!«

Ach, er weiß nicht, daß ich ihm das Leben gerettet habe! dachte die kleine Prinzessin, ich trug ihn über die See zu dem Walde hin, wo der Tempel steht; ich sah ihn hinter dem Schaume und schaute aus, ob kein Mensch ihm nahen würde. Ich sah das schöne Mädchen, das er mehr liebt als mich! Die kleine Seejungfrau seufzte tief, weinen konnte sie nicht. Das Mädchen gehört dem heiligen Tempel an, hat er gesagt; nie kommt es in die Welt hinaus, sie begegnen einander nicht mehr, ich bin bei ihm, sehe ihn jeden Tag, ich will ihn pflegen, ihn lieben, ihm mein Leben opfern!

Aber nun sollte der Prinz sich verheiraten und die Tochter des Nachbarkönigs zur Frau bekommen; deshalb rüstete man ein Schiff so prächtig aus. Der Prinz reist, um die Länder des Nachbarkönigs kennen zu lernen, heißt es zwar, aber eigentlich geschieht es, um sich die Tochter des Nachbarkönigs anzusehen; ein großes Gefolge soll er mitnehmen. Die kleine Seejungfrau schüttelte das Köpfchen und lächelte; sie kannte die Gedanken des Prinzen weit besser als alle anderen. »Ich muß reisen!« hatte er zu ihr gesagt, »ich muß mir die schöne Prinzessin ansehen; meine Eltern verlangen es, aber sie als meine Braut heimzuführen, dazu wollen sie mich nicht zwingen. Ich kann sie nicht lieben! Sie ähnelt nicht dem schönen Mädchen im Tempel, dem du ähnelst. Sollte ich einmal eine Braut wählen, so würde die Wahl eher auf dich fallen, mein stummes Findelkindchen mit den redenden Augen!« Dabei küßte er sie auf ihren roten Mund, spielte mit ihrem langen Haar und legte sein Haupt an ihr Herz, daß es lebhafter von Menschenglück und einer unsterblichen Seele träumte.

»Du fürchtest dich doch nicht vor dem Meere, du stummes Kind?« fragte er, als sie auf dem prächtigen Schiffe standen, das ihn nach dem Lande des Nachbarkönigs führen sollte, und er erzählte ihr von Stürmen und von Windstille, von merkwürdigen Fischen in der Tiefe und was die Taucher dort erblickt hätten, und sie lächelte bei seiner Erzählung, denn sie wußte ja besser als irgendein anderer auf dem Meeresgrunde Bescheid.

In der mondhellen Nacht, als alle schliefen, nur der Steuermann an seinem Ruder nicht, da saß sie am Rande des Schiffes und starrte durch das klare Wasser hinunter, und es kam ihr vor, als erblickte sie das Schloß ihres Vaters; auf dem höchsten Turme desselben stand die alte Großmutter mit der Silberkrone auf dem Haupte und schaute unverwandt durch den reißenden Strom zum Kiele des Schiffes empor. Da tauchten ihre Schwestern aus dem Wasser hervor, sahen sie wehmütig an und rangen ihre weißen Hände. Sie winkte ihnen zu, lächelte und wollte erzählen, daß alles gut und glücklich ginge, aber der Schiffsjunge näherte sich ihr, und die Schwestern tauchten unter, so daß er wähnte, das Weiße, was er gesehen hatte, wäre nur Schaum auf der See.

Am folgenden Morgen segelte das Schiff in den Hafen der prächtigen Hauptstadt des Nachbarkönigs. Alle Kirchenglocken läuteten, und von den hohen Türmen erklangen Posaunen, während die Soldaten mit wehenden Fahnen und blitzenden Bajonetten in Parade aufmarschiert standen. Jeder Tag wurde festlich begangen. Bälle und Gesellschaften folgten einander, aber die Prinzessin war noch nicht da, sie würde weit entfernt in einem heiligen Tempel erzogen, hieß es, wo sie alle königlichen Tugenden erlernte. Endlich traf sie ein.

Die kleine Seejungfrau brannte vor Begierde, ihre Schönheit zu sehen, und mußte eingestehen, daß sie eine liebreizendere Gestalt nie erblickt hätte. Ihre Haut war fein und durchsichtig, und hinter den langen, dunklen Augenwimpern lächelten ein Paar schwarzblaue, treue Augen.

»Du bist es!« rief der Prinz freudig, »du, die mich gerettet hat, als ich wie tot am Strande lag!« und er drückte sie als seine errötende Braut in seine Arme. »Oh, ich bin zu glücklich!« sagte er zur kleinen Seejungfrau. »Das Beste, das ich nie zu erlangen glaubte, ist mir erfüllt. Du wirst dich über mein Glück freuen, denn du hast mich am liebsten von allen!« Die kleine Seejungfrau küßte ihm die Hand, und es war ihr jetzt schon, als fühlte sie ihr Herz brechen. Des Prinzen Hochzeitsmorgen sollte ihr ja den Tod geben und sie in Schaum auf dem Meere verwandeln.

Alle Kirchenglocken läuteten, die Herolde ritten in der Stadt umher und verkündeten die Verlobung. Auf allen Altaren brannte duftendes Öl in kostbaren Silberlampen. Die Priester schwangen die Rauchfässer, und Braut und Bräutigam reichten einander die Hand und empfingen den Segen des Bischofs. Die kleine Seejungfrau stand in Seide und Gold und hielt die Schleppe der Braut, aber ihr Ohr hörte nicht die festliche Musik, ihr Auge sah nicht die heilige Handlung, sie gedachte ihrer Todesnacht, dachte an alles, was sie in dieser Welt verloren hatte.

Noch an demselben Abende gingen Braut und Bräutigam an Bord des Schiffes; die Kanonen donnerten, alle Flaggen wehten, und mitten auf dem Schiffe war ein königliches Zelt von Gold und Purpur errichtet und mit den herrlichsten Polsterkissen ausgestattet, wo das Brautpaar in der stillen, kühlen Nacht ruhen sollte.

Der Wind schwellte die Segel, und das Schiff glitt leicht und ohne heftiges Schwanken über die klare See dahin.

Als die Dämmerung hereinbrach, wurden farbige Lampen angezündet, und die Seeleute tanzten lustige Tänze auf dem Verdeck. Die kleine Meerprinzessin erinnerte sich dabei jenes Abends, als sie zum erstenmal aus dem Meere aufgetaucht war und dieselbe Pracht und Freude gesehen hatte, und nun wirbelte sie mit im Tanze, schwebend, wie die Schwalbe schwebt, wenn sie verfolgt wird, und alle jubelten ihr Bewunderung zu, nie hatte sie so herrlich getanzt. Wie scharfe Messer schnitt es in ihre zarten Füße, aber sie fühlte es nicht, schmerzlicher schnitt es ihr noch durch das Herz. Sie wußte, daß es der letzte Abend war, wo sie ihn sah, für den sie Freundschaft und Heimat verlassen, ihre herrliche Stimme dahingegeben und täglich unendliche Schmerzen erlitten hatte, ohne daß er auch nur eine Ahnung davon hatte. Es war die letzte Nacht, wo sie dieselbe Luft wie er einatmete, das tiefe Meer und den sternblauen Himmel sah. Eine ewige Nacht ohne Denken und Träumen wartete ihrer, die keine Seele hatte und nimmer eine gewinnen konnte. Alles war Freude und Lustbarkeit auf dem Schiffe, weit über Mitternacht hinaus; sie lächelte und tanzte mit Todesgedanken in ihrem Herzen. Der Prinz küßte seine schöne Braut, und sie spielte mit seinem schwarzen Haare, und Arm in Arm gingen sie in das prächtige Zelt zur Ruhe.

Es wurde ruhig und still auf dem Schiffe, nur der Steuermann stand am Ruder; die kleine Seejungfrau legte ihre weißen Arme auf den Schiffsrand und schaute gegen Osten nach der Morgenröte aus. Der erste Sonnenstrahl war, wie sie wußte, ihr Todesbote. Da sah sie ihre

Schwestern aus dem Meere emporsteigen, sie waren bleich wie sie selber, ihr langes schönes Haar flatterte nicht mehr im Winde, es war abgeschnitten.

»Wir haben es der Hexe gegeben, damit sie Hilfe bringe und du diese Nacht nicht sterben mußt! Sie hat uns ein Messer gegeben, hier ist es! Siehst du, wie scharf es ist? Bevor noch die Sonne aufgeht, mußt du es dem Prinzen in das Herz stoßen, und wenn sein warmes Blut auf deine Füße spritzt, dann wachsen deine Füße zu einem Fischschwanze zusammen und du wirst wieder eine Seejungfrau, kannst in das Wasser zu uns herniedersteigen und deine dreihundert Jahre leben, ehe du der tote salzige Seeschaum wirst. Eile, eile! Er oder du mußt vor Sonnenaufgang sterben. Unsere alte Großmutter trauert, so daß ihr ihr weißes Haar ausgefallen ist, wie das unsrige vor der Schere der Hexe gefallen. Töte den Prinzen und komm zurück! Beeile dich, siehst du den roten Streifen am Himmel? In wenigen Minuten erhebt sich die Sonne, und du mußt sterben!« Und sie stießen einen eigentümlichen, tiefen Seufzer aus und sanken in die Wogen zurück.

Die kleine Seejungfrau zog den Purpurvorhang vor dem Zelte fort, und sie sah die schöne Braut mit ihrem Haupte an der Brust des Prinzen ruhen, und sie neigte sich hinab, küßte ihn auf seine schöne Stirn, schaute zum Himmel empor, wo die Morgenröte immer glühendere Farben annahm, sah das scharfe Messer an und heftete dann wieder ihre Blicke auf den Prinzen, der im Traum den Namen seiner Braut rief, sie allein lebte in seinen Gedanken und das Messer zitterte in der Hand der kleinen Seejungfrau – – aber dann warf sie es weit hinaus in die Wogen, die, wo es hinfiel, rot aufleuchteten; es sah aus, als spritzten Blutstropfen aus dem Wasser in die Höhe. Noch einmal schaute sie den Prinzen mit halbgebrochenem Blick an, stürzte sich vom Schiff in das Meer hinunter und merkte, wie ihr Körper sich in Schaum auflöste.

Jetzt stieg die Sonne aus dem Meere empor, mild und warm fielen ihre Strahlen auf den todeskalten Meeresschaum und die kleine Meerprinzessin fühlte nichts vom Tode. Sie erblickte die Sonne und dicht über ihr schwebten Hunderte von durchsichtigen, herrlichen Wesen; sie vermochte durch sie hindurch die weißen Segel des Schiffes und die roten Wolken am Himmel wahrzunehmen. Ihre Stimme war wie Sphärenklang, aber so geistig, daß kein menschliches Ohr sie vernehmen, wie auch kein irdisches Auge diese himmlischen Wesen erblicken konnte. Ohne Flügel schwebten sie vermöge ihrer eigenen Leichtigkeit durch die Luft. Die kleine Seejungfrau sah, daß sie einen Körper wie sie hatte, der sich mehr und mehr aus dem Schaume erhob.

»Zu wem komme ich?« fragte sie, und ihre Stimme klang wie die der anderen Wesen, so geistig, daß keine irdische Musik sie wiedergeben kann.

»Zu den Töchtern der Luft!« antworteten die anderen. »Eine Seejungfrau hat keine unsterbliche Seele, kann sie nie erhalten, wenn es ihr nicht gelingt, eines Menschen Liebe zu gewinnen! Von einer fremden Macht hängt ihr ewiges Dasein ab. Die Töchter der Luft haben auch keine unsterbliche Seele, aber sie können sich selbst eine durch gute Handlungen verschaffen. Wir fliegen nach den warmen Ländern, wo der brodelnde Atem der Pestluft die Menschen tötet; dort fächeln wir Kühlung. Wir breiten den Duft der Blumen durch die Luft aus und senden Erquickung und Genesung. Haben wir dreihundert Jahre lang gestrebt, das Gute zu tun, was wir vermochten, dann empfangen wir eine unsterbliche Seele und nehmen an dem ewigen Glücke der Menschen teil. Du arme Seejungfrau, du hast von ganzem Herzen nach demselben Ziele wie wir gestrebt, hast gelitten und ge-

d. Rivalin für d. Seej. – Strac
→ wieder Parall. zu Fouqué

duldet, hast dich nun zur Welt der Luftgeister erhoben, jetzt kannst du dir selbst nach drei Jahrhunderten eine unsterbliche Seele durch gute Taten schaffen!«

Die kleine Seejungfrau hob ihre lichten Arme zu Gottes Sonne empor, und zum erstenmal fühlte sie Tränen. – Auf dem Schiffe herrschte wieder Lärm und Leben; sie bemerkte, wie der Prinz mit seiner schönen Braut nach ihr suchten, wehmütig hefteten sie ihre Blicke auf den wallenden Schaum, als ob sie wüßten, daß sie sich in die Wogen gestürzt hätte. Unsichtbar küßte sie die Stirn der Braut, lächelte ihn an und stieg mit den anderen Kindern der Luft zu der rosenroten Wolke empor, die in der Luft einherschwamm.

»Nach dreihundert Jahren schweben wir so in Gottes Reich hinüber!«

»Sogar noch früher können wir hineingelangen!« flüsterte einer der Luftgeister. »Unsichtbar schweben wir in die Häuser der Menschen hinein, wo es Kinder gibt, und für jeden Tag, an dem wir ein gutes Kind finden, das seinen Eltern Freude macht und ihre Liebe verdient, verkürzt uns Gott unsere Prüfungszeit. Das Kind weiß nicht, wann wir durch das Zimmer fliegen, und sobald wir aus Freude über dasselbe lächeln, werden die dreihundert Jahre um eins vermindert, sehen wir aber ein unartiges und böses Kind, so müssen wir Tränen der Trauer weinen, und jede Träne legt unserer Prüfungszeit einen Tag zu!«

auch hier aus der Perspektive der Seejungfrau erzählt. Menschen werden eher von außen betrachtet

KARL KROLOW

Undine

Wozu sind Dichtungen gut,
Wenn nicht für den Tau.
Pablo Neruda

I

Die rissigen Glasuren
Der Schattenfrüchte,
Durch die die Blitze fuhren,
Die dunklen Süchte:

Gestreichelt von den spitzen
Undinenfingern,
Die leicht die Teichhaut ritzen
Und im geringern

Lichte der Dämmrung fühlen
Am Kern der Mandel
Die Bitternis, den kühlen,
Den Zeitenwandel.

Ihr Glieder, unvergänglich
Aus Mond und Zauber,
Olivenantlitz, bänglich
Beim Ruf des Tauber,

Mund, in die Luft geschnitten,
Sanft überm Glase
Des Wassers hingeglitten,
Verzehrt vom Grase!

Ein Bild im Wind, verflogen
Wie Ton der Biene,
Wie Echo hingebogen
Im Laub: Undine ...

II

Zweikampf der Schatten im Laub,
Leicht wie das Gleiten von Fischen,
Die in der Dämmrung verwischen,
Schuppen aus grünlichem Staub!

In der geronnenen Luft
Blitzen die Dolche der Fluten,
Ziehen wie Schiffe die Gluten
Des Kalmus vorüber als Duft.

Mit blauem Tau unterm Lid,
Tauchst du, den Nacken gebogen
– Den schweigsamen Schnee – aus den Wogen,
Tauchst aus dem bronzenen Ried.

Unter die Otterhaut
Fahren die schwärzlichen Flammen
Der Hitze, schlagen zusammen
Über dir: feuriger Laut!

Und du läßt aus der Hand
Aale schlüpfen in raschen
Wind, der zerrissene Maschen
Der Netze treibt auf den Strand.

Messerwurf hing wie ein Schrei
Im Himmel von tödlicher Süße.
Wasser begrub deine Füße,
Stieg an der Stirn dir vorbei.

Tief in Gebüschen aus Zorn
Wuchsen die Fischerbrauen,
Drohten die Stimmen, die rauhen,
Unter des Mittagsmonds Horn.

Aber du hattest gemischt
Dich unter Vögel und Schatten,
Eins mit dem duftenden, matten
Teichfeuer, eh es erlischt.

Undine

Aus ihren Schatten
herauf
die ungesprochene Rede,
aus Blättern
ein gebogener Arm.

Du betrittst eine Brücke.
Du trägst eine Blüte über dem Mund.
Du verbirgst dich an Türmen.
Du wirfst den springenden Kiesel fort.

Feuer habe ich nicht.
Im Stroh die Vögel schlafen
Hörbar leben im Dach
Flügel und Futterschrei.

Atem,
trag mich.
Dunkel,
sprich mit den Händen.
Wassergeräusch baut Nester
in die gefiederte Stille.
Unter dem Wasser die Hauser
halten Türen geöffnet,
Fenster, aus Steinen eine
Treppe tritt vor.

PARACELSUS

Liber de nymphis, sylphis, pygmaeis et salamandris et de caeteris spiritibus

Auszüge

Ein jeglich Werk, das Gott geschaffen hat, deß Wesen und Eigenschaft ist dem Menschen möglich zu ergründen; denn es ist nichts geschaffen, das nicht dem Menschen zu ergründen sei ... Seliger ists zu beschreiben die Nymphen, denn zu beschreiben die Orden; seliger ist zu beschreiben den Ursprung der Riesen, denn zu beschreiben die Hofzucht; seliger ist zu beschreiben Melusinam, denn zu beschreiben Reiterei und Artillerei; seliger zu beschreiben die Bergleute unter der Erde, denn zu beschreiben Fechten und den Frauen dienen ...

Also hat Gott diese Kreaturen dem Menschen auch etwa vorgestellt, und sie sehen lassen, mit den Menschen wandeln, reden und dergleichen, auf daß dem Menschen im Wissen sei, daß solche Kreaturen in den vier Elementen sind, die da wunderbarlich vor unsern Augen erscheinen. Und damit wir der Dinge einen guten Bericht haben, sind die Wasserleute von Menschen nicht allein mit den Augen gesehen worden, sondern auch mit ihnen vermählet und haben ihnen Kinder geboren ... die Nymphen erscheinen uns, wir aber ihnen nicht, außer was sie in ihrer Welt von uns sagen, als ein Pilger, der in fernen Landen gewesen wäre ...

So sie nun sollen geoffenbaret werden, so geschieht solches mit einem göttlichen Urteil; gleicher Weise als Gott einen Engel zu uns schickt und ihm sein Geschöpf befiehlt, hernach ihn wieder hinwegnimmt. Also werden auch diese Dinge genugsam vor unsere Augen gestellt. Als nämlich die Wasserleute kommen aus ihren Wassern heraus zu uns, lassen sich kennen, handeln und wandeln mit uns, gehen wieder hinweg in ihr Wasser, kommen wieder, alles dem Menschen zu einem Ansehen göttlicher Werke. Nun aber sind sie Menschen, aber allein im Tierischen, ohne die Seele. Daher geschieht es nun, daß sie zum Menschen verheiratet werden, also daß eine Wasserfrau einen Mann aus Adam nimmt, und hält mit ihm Haus, und gebiert. Von den Kindern wisset, daß solches Gebären dem Mann nachschlägt; darum, daß der Vater ein Mensch ist aus Adam, darum wird dem Kind eine Seele eingegossen, und wird gleich einem rechten Menschen, der eine Seele hat und das Ewige. Weiter aber so ist das auch in gutem Wissen, zu ermessen, daß auch solche Frauen Seelen empfangen, indem sie vermählt werden, also daß sie wie andre Frauen vor Gott und durch Gott erlöst sind. Denn das probiert sich in mancherlei Wege, daß sie nicht ewig sind, aber bei den Menschen, so sie verbunden werden, ewig werden, das ist geseelet wie der Mensch. Denn Gott hat sie dermaßen dem Menschen gleich und so ähnlich geschaffen, daß ihm nichts Gleicheres sein mag, und da ein Wunderwerk mit lassen laufen, daß sie keine Seele haben; aber so sie mit dem Menschen in Bündnis kommen, alsdann gibt das Bündnis die Seele ... Daraus folgt nun, daß sie um den Menschen buhlen, zu ihm sich fleißig und heimlich machen. Zu gleicher Weise, als ein Heide, der um die Taufe bittet und buhlt, auf daß er seine Seele erlange, und lebendig werde in Christo: also stellen sie nach solcher Liebe gegen den Menschen, auf daß sie mit den Menschen in demselbigen Bündnis seien. Denn aller Verstand und Weisheit ist bei ihnen, außer der Seele und ihrer Eigenschaft. Also empfangen sie die Seele, und ihre Kinder auch, in Kraft der adamischen Frucht, und die Freiheit und Macht, so sie gegen Gott hat und trägt. Nicht minder ist zu gedenken von diesen Dingen, was Gott aus ihnen am letzten machen wird, dieweil sie so nahe beim Menschen sind, und sind gleich wie die wilden Menschen; als wie man sagt, der Wolf ist ein wilder Hund, der Steinbock ein wilder Geißbock und dergleichen ...

Nun wie gesagt, die Nymphen gehen aus dem Wasser zu uns; und sitzen am Gestade der Bäche, da sie ihre Wohnung haben; da sie denn gesehen, auch genommen und gefangen werden, und vermählet, wie obsteht ...

Aber so diese Dinge nicht durch den Teufel einfallen, so sind sie menschlich, und suchen Bündnis, wie vorgehalten ist; aber sie behalten die Art der Geister mit dem Verschwinden. Als einer, der eine Nymphe hat zum Weibe, der lasse sie zu keinem Wasser kommen, oder beleidige sie nicht auf Wassern ...

Nachdem nun genugsam ist vorgehalten, wie sie zum Menschen kommen: so wisset auch weiter von ihrem Hinwegkommen, und vom Wandel bei uns, mit viel dergleichen Historien und Geschichten, so durch sie in viele Wege seltsam beschehen sind. Nämlich so sie bei Menschen vermählet sind und gebären bei ihnen Kinder, wie obsteht, alsdann aber bei den Männern erzürnt werden auf den Wassern, und dergleichen: so fallen sie nur in das Wasser, und niemand findet sie mehr. Nun lasse sichs der Mann gleich sein, als sei sie ertrunken, denn er gesieht sie nimmer. Dabei ist auch zu wissen, daß er sie nicht soll für tot und gestorben halten, wiewohl sie in das Wasser gefallen ist, sondern für lebendig; und daß er auch kein ander Weib soll nehmen. Denn wo das geschieht, so wird er sein Leben darum geben müssen und nimmermehr an die Welt kommen; denn die Ehe ist nicht geschieden, sondern sie ist noch ganz ... Nun aber dieweil sie in das Wasser fällt, verläßt Mann und Kinder, und doch die Ehe noch ganz ist: so wisset, daß sie der Bündnis und Pflicht halben am jüngsten Tag erscheinen wird; denn es wird die Seele von ihr nicht genommen noch geschieden, sie muß ihr nachgehn und der Pflicht auswarten. Wiewohl sie bleibt eine Wasserfrau und eine Nymphe, so muß sie doch dermaßen sich halten, wie der Seele zusteht, und der Pflicht, die sie getan hat; nur daß sie geschieden sind voneinander, und da ist kein Wiederkommen, es sei denn, daß der Mann ein ander Weib nehme, und sie komme und ihm den Tod zufüge, wie denn oft geschehen ...

Also ist auch eine wahrhafte Historie von der Nymphe in Staufenberg, die sich mit ihrer Schöne in den Weg gesetzt hat und ihren Herrn, den sie sich vornahm, erwartet. Nun ist zwar bei den Theologen solch Ding ein Teufelsgespenst; aber fürwahr nicht bei den rechten Theologen. Was ist in der Schrift größer denn nichts verachten, alle Dinge wohl ermessen, mit zeitigem Verstand und Urteil, und alle Dinge ergründen, und unergründet nichts verwerfen? Da sich denn wohl zeigt, daß sie wenig in den Dingen verstehn, überhobelns mit der Kürze, sagen es seien Teufel, so sie doch den Teufel selbst auch nicht wohl kennen. Das sollt ihr aber wissen, daß Gott solche Mirakel geschehen läßt, nicht daß wir alle dermaßen sollen zu Nymphen weiben, oder bei ihnen wohnen, sondern etwan einer zu einem Anzeigen der seltsamen Werke in göttlichen Kreaturen, und daß wir sehen die Werke seiner Arbeit. So es aber ein Werk vom Teufel wäre, so solls verachtet werden; das es aber nicht ist, denn das kann er nicht, allein Gott kanns. Nun war dieselbige Nymphe eine Wasserfrau, versprach sich demselbigen von Staufenberg, blieb auch bei ihm, so lange bis er ein ander Eheweib nahm, und sie für eine Teufelin hielt. Da er sie dafür achtete und nahm ein ander Weib, so brach er ihr folglich das Gelübde: darum sie ihm auf der Hochzeit Wahrzeichen gab durch die Bühne, auf seinem Tisch, bei ihrem Schenkel, und er also am dritten Tag tot war. In solchen Dingen zu urteilen, braucht große Erfahrenheit; denn Gelübde brechen bleibt nicht ungerochen, sie geschehen wie sie wollen, zu Ehren und Ehrbarkeit, und zu Nutz, vorzukommen anderm Übel und Laster. So sie ein Gespenst gewesen wäre, woher hätte sie Fleisch und Blut genommen? So sie ein Teufel gewesen wäre, wo wären denn die teufelischen Zeichen geblieben, die allemal mitlaufen? Ist es denn ein Geist gewesen, was hat er der Dinge bedurft? Es ist ein Mensch gewesen und eine Nymphe, wie beschrieben ist, eine Frau zu Ehren, und nicht zu Unehren; darum sie die Pflicht und Treue hat wollen gehalten haben. Da es aber nicht geschehen war, da strafte sie den Ehebruch aus göttlicher Verhängnis selbst; denn kein Richter urteilte auf ihr Begehren, weil sie nicht von Adam war. Solchemnach ward ihr von Gott die Strafe, so einem Ehebruch gebührt, zugelassen, und selbst da Richter zu sein, dieweil die Welt sie verwarf als einen Geist oder Teufelin.

Solcher Dinge sind viel mehr geschehen, die von Menschen in Verachtung gestellt sind, ist aber übel geschehen, und eine Anzeige großer Torheit.

Nicht minder ist mit der Melusina ein trefflich Aufmerken zu haben: denn sie ist nicht der Art gewesen, als sie geachtet worden von den Theologen, sondern eine Nymphe. Aber das ist wahr, besessen mit dem bösen Geist, den sie von sich gebracht hätte, so sie geblieben wäre bis zum Ende bei ihrem Herrn. Denn dermaßen ist der Beelzebub, daß er die Dinge verwandelt in andere Form, wie er das auch den Hexen tut, sie in Katzen, Werwölfe, Hunde etc. verwandelt; also ist auch ihr geschehen, denn der Hexerei ist sie nicht los gewesen, sie hat ein Teil damit gehabt. Daraus denn gefolget ist eine Superstition, daß sie hat müssen am Samstag ein Wurm sein, welches ihr Gelübde gewesen ist gegen Beelzebub, auf daß er ihr hinter den Mann hälfe. Außerdem ist sie eine Nymphe gewesen mit Fleisch und Blut, fruchtbar und bärhaft, von den Nymphen gekommen zu den Menschen auf Erden, und hat also da gewohnt. Und weiter, wie denn die Superstitio alle Dinge verführt und ärgert, ist sie in der Superstition wieder hinweggefahren von den Ihrigen, in die Orte, da die verführten Leute, die in Superstitionen verzaubert und inkantiert sind, hinkommen; wohl zu achten, sie sei derselbige Wurm geblieben bis zu Ende ihres Lebens, das Gott weiß wie lange währet. Also sind uns diese Dinge Exempel, dabei wir verstehen sollen, was wir auf Erden sind, und mit was seltsamer Art der Beelzebub in allen Winkeln mit uns handle und auf uns stelle, daß in Mitte des Meers ihm nichts verborgen ist, noch in Mitte der Erde, da er sich versäumte. Aber wo wir sind, da ist auch Gott, der erlöst die Seinen an allen Orten. Daß aber deswegen solche Frauen, weil sie nicht aus Adam sind, wollen für Teufel und Gespenster geachtet werden, ist töricht, nämlich daß

Gott in seinen Werken für so klein gehalten wird; wie auch daß sie verworfen werden, weil sie Superstitiones haben: so doch der Superstitionen in der Römischen Kirche mehr sind, denn bei allen diesen Frauen und Hexen. So mag es denn wohl sein, daß es ein Exempel sei, so die Superstition einen Menschen zu einem Wurm macht, daß sie ihn auch zu einem Teufel machen kann; das ist, geht es den Nymphen also, so wird es euch in der Römischen Kirche auch also gehen, ihr werdet auch in solche Würme verwandelt werden, die ihr jetzt hübsch und schön seid, mit großen Diadematen und Geschmukken geziert, welches wird zuletzt in einen Wurm und Drachen geraten, wie die Melusina und andre ihresgleichen.

Darum ermesset alle wohl solche Dinge, und seid nicht blind mit sehenden Augen, und stumm mit guten Zungen, dieweil ihr doch nicht stumm noch blind geheißen sein wollt.

wir auf einen guten Namen für das Kind, das wir ohnehin noch nicht ordentlich zu rufen wußten. Wir meinten endlich, Dorothea werde sich am besten für sie schicken, weil ich einmal gehört hatte, das heiße Gottesgabe, und sie uns doch von Gott als eine Gabe zugesandt war, als ein Trost in unserm Elend. Sie hingegen wollte nichts davon hören und meinte, Undine sei sie von ihren Eltern genannt worden, Undine wolle sie auch ferner heißen. Nun kam mir das wie ein heidnischer Name vor, der in keinem Kalender stehe, und ich holte mir deshalben Rat bei einem Priester in der Stadt. Der wollte auch nichts von dem Undinen-Namen hören und kam auf mein vieles Bitten mit mir durch den verwunderlichen Wald zur Vollziehung der Taufhandlung hier herein in meine Hütte. Die Kleine stand so hübsch geschmückt und holdselig vor uns, daß dem Priester alsbald sein ganzes Herz vor ihr aufging, und sie wußte ihm so artig zu schmeicheln und mitunter so drollig zu trotzen, daß er sich endlich auf keinen der Gründe, die er gegen den Namen Undine vorrätig gehabt hatte, mehr besinnen konnte. Sie ward denn also Undine getauft und betrug sich während der heiligen Handlung außerordentlich sittig und anmutig, so wild und unstet sie auch übrigens immer war. Denn darin hat meine Frau ganz recht: was Tüchtiges haben wir mit ihr auszustehen gehabt. Wenn ich Euch erzählen sollte –«

Der Ritter unterbrach den Fischer, um ihn auf ein Geräusch wie von gewaltig rauschenden Wasserfluten aufmerksam zu machen, das er schon früher zwischen den Reden des Alten vernommen hatte und das nun mit wachsendem Ungestüm vor den Hüttenfenstern dahinströmte. Beide sprangen nach der Tür. Da sahen sie draußen im jetzt aufgegangenen Mondenlicht den Bach, der aus dem Walde hervorrann, wild über seine Ufer hinausgerissen und Steine und Holzstämme in reißenden

Wirbeln mit sich fortschleudern. Der Sturm brach, wie von dem Getöse erweckt, aus den mächtigen Gewölken, diese pfeilschnell über den Mond hinjagend, hervor, der See heulte unter des Windes schlagenden Fittichen, die Bäume der Landzunge ächzten von Wurzel zu Wipfel hinauf und beugten sich wie schwindelnd über die reißenden Gewässer: – »Undine! Um Gottes Willen, Undine!« riefen die zwei beängstigten Männer. – Keine Antwort kam ihnen zurück, und achtlos nun jeglicher andern Erwägung, rannten sie, suchend und rufend, einer hier, der andere dort hin, aus der Hütte fort.

Drittes Kapitel

Wie sie Undinen wiederfanden

Dem Huldbrand ward es immer ängstlicher und verworrner zu Sinn, je länger er unter den nächtlichen Schatten suchte, ohne zu finden. Der Gedanke, Undine sei nur eine bloße Walderscheinung gewesen, bekam aufs neue Macht über ihn, ja er hätte unter dem Geheul der Wellen und Stürme, dem Krachen der Bäume, der gänzlichen Umgestaltung der kaum noch so still anmutigen Gegend die ganze Landzunge samt der Hütte und ihren Bewohnern fast für eine trügerisch neckende Bildung gehalten; aber von fern hörte er doch immer noch des Fischers ängstliches Rufen nach Undinen, der alten Hausfrau lautes Beten und Singen durch das Gebraus. Da kam er endlich dicht an des übergetretenen Baches Rand und sah im Mondenlicht, wie dieser seinen ungezähmten Lauf gerade vor den unheimlichen Wald hin genommen hatte, so daß er nun die Erdspitze zur Insel machte. – O lieber Gott, dachte er bei sich selbst, wenn es Undine gewagt hätte, ein paar Schritte in den fürchterlichen Forst hinein zu tun; vielleicht eben in ihrem anmutigen Eigensinn, weil ich ihr nichts davon erzählen sollte – und nun wäre der Strom dazwischen gerollt, und sie weinte nun einsam drüben bei den Gespenstern! – Ein Schrei des Entsetzens entfuhr ihm, und er klomm einige Steine und umgestürzte Fichtenstämme hinab, um in den reißenden Strom zu treten und watend oder schwimmend die Verirrte drüben zu suchen. Es fiel ihm zwar alles Grausenvolle und Wunderliche ein, was ihm schon bei Tage unter den jetzt rauschenden und heulenden Zweigen begegnet war. Vorzüglich kam es ihm vor, als stehe ein langer weißer Mann, den er nur allzu gut kannte, grinsend und nickend am jenseitigen Ufer: aber eben diese ungeheuern Bilder rissen ihn gewaltig nach sich hin, weil er bedachte, daß Undine in Todesängsten unter ihnen sei, und allein.

Schon hatte er einen starken Fichtenast ergriffen und stand, auf diesen gestützt, in den wirbelnden Fluten, gegen die er sich kaum aufrecht zu erhalten vermochte; aber er schritt getrosten Mutes tiefer hinein. Da rief es neben ihm mit anmutiger Stimme: »Trau nicht, trau nicht! Er ist tückisch, der Alte, der Strom!« – Er kannte diese lieblichen Laute, er stand wie betört unter den Schatten, die sich eben dunkel über den Mond gelegt hatten, und ihn schwindelte vor dem Gerolle der Wogen, die er pfeilschnell an seinen Schenkeln hinschießen sah. Dennoch wollte er nicht ablassen. »Bist du nicht wirklich da, gaukelst du nur neblicht um mich her, so mag auch ich nicht leben und will ein Schatten werden wie du, du liebe, liebe Undine!« Dies rief er laut und schritt wieder tiefer in den Strom. »Sieh dich doch um, ei sieh dich doch um, du schöner, betörter Jüngling!« so rief es abermal dicht bei ihm, und seitwärts blickend, sah er im eben sich wieder enthüllenden Mondlicht unter den Zweigen hoch verschlungener Bäume auf einer durch die Überschwemmung gebildeten kleinen Insel Undinen lächelnd und lieblich in die blühenden Gräser hingeschmiegt.

O wieviel freudiger brauchte nun der junge Mann seinen Fichtenast zum Stabe als vorhin! Mit wenigen Schritten war er durch die Flut, die zwischen ihm und dem Mägdlein hinstürmte, und neben ihr stand er auf der kleinen Rasenstelle, heimlich und sicher von den uralten Bäumen überrauscht und beschirmt. Undine hatte sich etwas emporgerichtet und schlang nun in dem grünen Laubgezelte ihre Arme um seinen Nacken, so daß sie ihn auf ihren weichen Sitz neben sich niederzog. »Hier sollst du mir erzählen, hübscher Freund«, sagte sie leise flüsternd; »hier hören uns die grämlichen Alten nicht. Und so viel als ihre ärmliche Hütte ist doch hier unser Blätterdach wohl noch immer wert.« – »Es ist der Himmel!« sagte Huldbrand und umschlang inbrünstig küssend die schmeichelnde Schöne.

Da war unterdessen der alte Fischer an das Ufer des Stromes gekommen und rief zu den beiden jungen Leuten herüber: »Ei, Herr Ritter, ich habe Euch aufgenommen, wie es ein biederherziger Mann dem andern zu tun pflegt, und nun kost Ihr mit meinem Pflegekinde so heimlich und laßt mich noch obendrein in der Angst nach ihr durch die Nacht umherlaufen.« – »Ich habe sie selbst erst eben jetzt gefunden, alter Vater«, rief ihm der Ritter zurück. – »Desto besser«, sagte der Fischer, »aber nun bringt sie mir auch ohne Verzögern an das feste Land herüber.« Davon aber wollte Undine wieder gar nichts hören. Sie meinte, eher wolle sie mit dem schönen Fremden in den wilden Forst vollends hinein als wieder in die Hütte zurück, wo man ihr nicht ihren Willen tue und aus welcher der hübsche Ritter doch über kurz oder lang scheiden werde. Mit unsäglicher Anmut sang sie, Huldbranden umschlingend:

»Aus dunst'gem Tal die Welle,
Sie rann und sucht' ihr Glück!
Sie kam ins Meer zur Stelle
Und rinnt nicht mehr zurück.«

Der alte Fischer weinte bitterlich in ihr Lied, aber es schien sie nicht sonderlich zu rühren. Sie küßte und streichelte ihren Liebling, der endlich zu ihr sagte: »Undine, wenn dir des alten Mannes Jammer das Herz nicht trifft, so trifft er's mir. Wir wollen zurück zu ihm.« – Verwundert schlug sie die großen blauen Augen gegen ihn auf und sprach endlich langsam und zögernd: »Wenn du es so meinst – gut; mir ist alles recht, was du meinst. Aber versprechen muß mir erst der alte Mann da drüben, daß er dich ohne Widerrede will erzählen lassen, was du im Walde gesehen hast, und – nun das andre findet sich wohl.« – »Komm nur, komm!« rief der Fischer ihr zu, ohne mehr Worte herausbringen zu können. Zugleich streckte er seine Arme weit über die Flut ihr entgegen und nickte mit dem Kopfe, um ihr die Erfüllung ihrer Forderung zuzusagen, wobei ihm die weißen Haare seltsam über das Gesicht herüberfielen, und Huldbrand an den nickenden weißen Mann im Forste denken mußte. Ohne sich aber durch irgend etwas irremachen zu lassen, faßte der junge Rittersmann das schöne Mädchen in seine Arme und trug sie über den kleinen Raum, welchen der Strom zwischen ihrem Inselchen und dem festen Ufer durchbrauste. Der Alte fiel um Undines Hals und konnte sich gar nicht satt freuen und küssen; auch die alte Frau kam herbei und schmeichelte der Wiedergefundenen auf das herzlichste. Von Vorwürfen war gar nicht die Rede mehr, um so minder, da auch Undine, ihres Trotzes vergessend, die beiden Pflegeeltern mit anmutigen Worten und Liebkosungen fast überschüttete.

Als man endlich nach der Freude des Wiederhabens sich recht besann, blickte schon das Morgenrot leuchtend über den Landsee herein, der Sturm war stille geworden, die Vöglein sangen lustig auf den genäßten Zweigen. Weil nun Undine auf die Erzählung der verheißnen Geschichte des Ritters bestand, fügten sich die beiden Alten lächelnd und willig in ihr Begehr. Man brachte ein Frühstück unter die Bäume, welche hinter der Hütte gegen den See zu standen, und setzte sich, von Herzen vergnügt, dabei nieder, Undine, weil sie es durchaus nicht anders haben wollte, zu den Füßen des Ritters ins Gras. Hierauf begann Huldbrand folgendermaßen zu sprechen.

Viertes Kapitel

Von dem, was dem Ritter im Walde begegnet war

»Es mögen nun etwa acht Tage her sein, da ritt ich in die freie Reichsstadt ein, welche dort jenseits des Forstes gelegen ist. Bald darauf gab es darin ein schönes Turnieren und Ringelrennen, und ich schonte meinen Gaul und meine Lanze nicht. Als ich nun einmal an den Schranken stillhalte, um von der lustigen Arbeit zu rasten, und den Helm an einen meiner Knappen zurückreiche, fällt mir ein wunderschönes Frauenbild in die Augen, das im allerherrlichsten Schmuck auf einem der Altane stand und zusah. Ich fragte meinen Nachbar und erfuhr, die reizende Jungfrau heiße Bertalda und sei die Pflegetochter eines der mächtigen Herzoge, die in dieser Gegend wohnen. Ich merkte, daß sie auch mich ansah, und wie es nun bei uns jungen Rittern zu kommen pflegt: hatte ich erst brav geritten, so ging es nun noch ganz anders los. Den Abend beim Tanze war ich Bertaldas Gefährte, und das blieb so alle die Tage des Festes hindurch.«

Ein empfindlicher Schmerz an seiner linken herunterhängenden Hand unterbrach hier Huldbrands Rede und bin etwas früh hinaus gewesen, um zu sehen, ob der Oheim Wort halte. Er hat schon alle Fluten wieder in sein stilles Bett zurückgelenkt und rinnt nun nach wie vor einsiedlerisch und sinnend durch den Wald. Seine Freunde in Wasser und Luft haben sich auch zur Ruhe gegeben; es wird wieder alles ordentlich und ruhig in diesen Gegenden zugehen, und du kannst trocknen Fußes heimreisen, sobald du willst.« – Es ward Huldbranden zumute, als träumte er wachend fort, so wenig konnte er sich in die seltsame Verwandtschaft seiner Frau finden. Dennoch ließ er sich nichts merken, und die unendliche Anmut des holden Weibes wiegte auch bald jedwede unheimliche Ahnung zur Ruhe. – Als er nach einer Weile mit ihr vor der Tür stand und die grünende Seespitze mit ihren klaren Wassergrenzen überschaute, ward es ihm so wohl in dieser Wiege seiner Liebe, daß er sagte: »Was sollen wir denn auch heute schon reisen? Wir finden wohl keine vergnügtern Tage in der Welt haußen, als wir sie an diesem heimlichen Schutzörtlein verlebten. Laß uns immer noch zwei- oder dreimal die Sonne hier untergehen sehen.« – »Wie mein Herr es gebeut«, entgegnete Undine in freundlicher Demut. »Es ist nur, daß sich die alten Leute ohnehin schon mit Schmerzen von mir trennen werden, und wenn sie nun erst die treue Seele in mir spüren und wie ich jetzt innig lieben und ehren kann, bricht ihnen wohl gar vor vielen Tränen das schwache Augenlicht. Noch halten sie meine Stille und Frömmigkeit für nichts Besseres, als es sonst in mir bedeutete, für die Ruhe des Sees, wenn eben die Luft still ist, und sie werden sich nun ebensogut einem Bäumchen oder Blümlein befreunden lernen als mir. Laß mich ihnen dies neugeschenkte von Liebe wallende Herz nicht kundgeben in Augenblicken, wo sie es für diese Erde verlieren sollen, und wie könnt' ich es bergen, blieben wir länger zusammen?« –

Huldbrand gab ihr recht; er ging zu den Alten und besprach die Reise mit ihnen, die noch in dieser Stunde vor sich gehen sollte. Der Priester bot sich den beiden jungen Eheleuten zum Begleiter an, er und der Ritter hoben nach kurzem Abschied die schöne Frau aufs Pferd und schritten mit ihr über das ausgetrocknete Bette des Waldstroms eilig dem Forste zu. Undine weinte still, aber bitterlich, die alten Leute klagten ihr laut nach. Es schien, als sei diesen eine Ahnung aufgegangen von dem, was sie eben jetzt an der holden Pflegetochter verloren.

Die drei Reisenden waren schweigend in die dichtesten Schatten des Waldes gelangt. Es mochte hübsch anzusehen sein in dem grünen Blättersaal, wie die schöne Frauengestalt auf dem edlen, zierlich geschmückten Pferde saß und von einer Seite der ehrwürdige Priester in seiner weißen Ordenstracht, von der andern der blühende junge Ritter in bunten, hellen Kleidern, mit seinem prächtigen Schwerte umgürtet, achtsam beiher schritten. Huldbrand hatte nur Augen für sein holdes Weib; Undine, die ihre lieben Tränen getrocknet hatte, nur Augen für ihn, und sie gerieten bald in ein stilles, lautloses Gespräch mit Blicken und Winken, aus dem sie erst spät durch ein leises Reden erweckt wurden, welches der Priester mit einem vierten Reisegesellschafter hielt, der indes unbemerkt zu ihnen gekommen war.

Er trug ein weißes Kleid, fast wie des Priesters Ordenshabit, nur daß ihm die Kappe ganz tief ins Gesicht hereinhing, und das Ganze in so weiten Falten um ihn herflog, daß er alle Augenblicke mit Aufraffen und Über-den-Arm-Schlagen oder sonst dergleichen Anordnungen zu tun hatte, ohne daß er doch dadurch im geringsten im Gehen behindert schien. Als die jungen Eheleute seiner gewahr wurden, sagte er eben: »Und so wohn ich denn schon seit vielen Jahren hier im Walde, mein ehrwürdiger Herr, ohne daß man mich Eurem

Sinne nach einen Eremiten nennen könnte. Denn wie gesagt, von Buße weiß ich nichts und glaube sie auch nicht sonderlich zu bedürfen. Ich habe nur deswegen den Wald so lieb, weil es sich auf eine ganz eigne Weise hübsch ausnimmt und mir Spaß macht, wenn ich in meinen flatternden weißen Kleidern durch die finstern Schatten und Blätter hingehe und dann bisweilen ein süßer Sonnenstrahl unvermutet auf mich herunterblitzt.« – »Ihr seid ein höchst seltsamer Mann«, entgegnete der Priester, »und ich möchte wohl nähere Kunde von Euch haben.« – »Und wer seid Ihr denn, von einem aufs andre zu kommen?« fragte der Fremde. »Sie nennen mich den Pater Heilmann«, sprach der Geistliche, »und ich komme aus Kloster Mariagruß von jenseit des Sees.« – »So, so«, antwortete der Fremde. »Ich heiße Kühleborn, und wenn es auf Höflichkeit ankommt, könnte man mich auch wohl ebensogut Herr von Kühleborn betiteln oder Freiherr von Kühleborn; denn frei bin ich wie der Vogel im Walde und wohl noch ein bißchen drüber. Zum Exempel, jetzt hab ich der jungen Frau dorten etwas zu erzählen.« Und ehe man sich's versah, war er auf der andern Seite des Priesters, dicht neben Undinen, und reckte sich hoch in die Höhe, um ihr etwas ins Ohr zu flüstern. Sie aber wandte sich erschrocken ab, sagend: »Ich habe nichts mit Euch mehr zu schaffen.« – »Hoho«, lachte der Fremde, »was für eine ungeheuer vornehme Heirat habt Ihr denn getan, daß Ihr Eure Verwandten nicht mehr kennt? Wißt Ihr denn nicht vom Oheim Kühleborn, der Euch auf seinem Rücken so treu in diese Gegend trug?« – »Ich bitte Euch aber«, entgegnete Undine, »daß Ihr Euch nicht wieder vor mir sehen laßt. Jetzt fürcht ich Euch; und soll mein Mann mich scheuen lernen, wenn er mich in so seltsamer Gesellschaft und Verwandtschaft sieht?« – »Nichtchen«, sagte Kühleborn, »Ihr müßt nicht vergessen, daß ich hier zum Geleiter bei Euch bin; die spukenden Erdgeister möchten sonst dummen Spaß mit Euch treiben. Laßt mich also doch immer ruhig mitgehen; der alte Priester dort wußte sich übrigens meiner besser zu erinnern, als Ihr es zu tun scheint, denn er versicherte vorhin, ich käme ihm sehr bekannt vor und ich müsse wohl mit im Nachen gewesen sein, aus dem er ins Wasser fiel. Das war ich auch freilich, denn ich war just die Wasserhose, die ihn herausriß, und schwemmt' ihn hernach zu deiner Trauung vollends ans Land.«

Undine und der Ritter sahen nach Pater Heilmann; der aber schien in einem wandelnden Traume fortzugehen und von allem, was gesprochen ward, nichts mehr zu vernehmen. Da sagte Undine zu Kühleborn: »Ich sehe dort schon das Ende des Waldes. Wir brauchen Eurer Hilfe nicht mehr, und nichts macht uns Grauen als Ihr. Drum bitt Euch in Lieb' und Güte, verschwindet und laßt uns in Frieden ziehen.« Darüber schien Kühleborn unwillig zu werden: er zog ein häßliches Gesicht und grinste Undinen an, die laut aufschrie und ihren Freund zu Hilfe rief. Wie ein Blitz war der Ritter um das Pferd herum und schwang die scharfe Klinge gegen Kühleborns Haupt. Aber er hieb in einen Wasserfall, der von einer hohen Klippe neben ihnen herabschäumte und sie plötzlich mit einem Geplätscher, das beinahe wie Lachen klang, übergoß und bis auf die Haut durchnetzte. Der Priester sagte, wie plötzlich erwachend: »Das hab ich lange gedacht, weil der Bach so dicht auf der Anhöhe neben uns herlief. Anfangs wollt' es mir gar vorkommen, als wär' er ein Mensch und könne sprechen.« In Huldbrands Ohr rauschte der Wasserfall ganz vernehmlich diese Worte: »Rascher Ritter, rüst'ger Ritter, ich zürne nicht, ich zanke nicht; schirm nur dein reizend Weiblein stets so gut, du Ritter rüstig, du rasches Blut!«

Nach wenigen Schritten waren sie im Freien. Die Reichsstadt lag glänzend vor ihnen, und die Abendsonne, welche deren Türme vergoldete, trocknete freundlich die Kleider der durchnäßten Wandrer.

Zehntes Kapitel

Wie sie in der Stadt lebten

Daß der junge Ritter Huldbrand von Ringstetten so plötzlich vermißt worden war, hatte großes Aufsehen in der Reichsstadt erregt und Bekümmernis bei den Leuten, die ihn allesamt wegen seiner Gewandtheit bei Turnier und Tanz, wie auch wegen seiner milden, freundlichen

Sitten liebgewonnen hatten. Seine Diener wollten nicht ohne ihren Herrn von dem Orte wieder weg, ohne daß doch einer den Mut gefaßt hätte, ihm in die Schatten des gefürchteten Forstes nachzureiten. Sie blieben also in ihrer Herberge, untätig hoffend, wie es die Menschen zu tun pflegen und durch ihre Klagen das Andenken des Verlornen lebendig erhalten. Wie nun bald darauf die großen Unwetter und Überschwemmungen merkbarer wurden, zweifelte man um so minder an dem gewissen Untergange des schönen Fremden, den auch Bertalda ganz unverhohlen betrauerte und sich selbst verwünschte, daß sie ihn zu dem unseligen Ritte nach dem Walde gelockt habe. Ihre herzoglichen Pflegeeltern waren gekommen, sie abzuholen, aber Bertalda bewog sie, mit ihr zu bleiben, bis man gewisse Nachricht von Huldbrands Leben oder Tod einziehe. Sie suchte verschiedne junge Ritter, die emsig um sie warben, zu bewegen, daß sie dem edlen Abenteurer in den Forst nachziehen möchten. Aber ihre Hand mochte sie nicht zum Preise des Wagestücks ausstellen, weil sie vielleicht noch immer hoffte, dem Wiederkehrenden angehören zu können, und um Handschuh oder Band oder auch selbst um einen Kuß wollte niemand sein Leben daransetzen, einen so gar gefährlichen Nebenbuhler zurückzuholen.

Nun, da Huldbrand unerwartet und plötzlich erschien, freuten sich Diener und Stadtbewohner und überhaupt fast alle Leute, nur Bertalda eben nicht, denn wenn es den andern auch ganz lieb war, daß er eine so wunderschöne Frau mitbrachte und den Pater Heilmann als Zeugen der Trauung, so konnte doch Bertalda nicht anders, als sich deshalb betrüben. Erstlich hatte sie den jungen Rittersmann wirklich von ganzer Seele liebgewonnen, und dann war durch ihre Trauer über sein Wegbleiben den Augen der Menschen weit mehr davon kundgeworden, als sich nun eben schicken wollte. Sie tat deswegen aber doch immer als ein kluges Weib, fand sich in die Umstände und lebte aufs allerfreundlichste mit Undinen, die man in der ganzen Stadt für eine Prinzessin hielt, welche Huldbrand im Walde von irgendeinem bösen Zauber erlöst habe. Wenn man sie selbst oder ihren Eheherrn darüber befragte, wußten sie zu schweigen oder geschickt auszuweichen, des Vater Heilmann Lippen waren für jedes eitle Geschwätz versiegelt, und ohnehin war er gleich nach Huldbrands Ankunft wieder in sein Kloster zurückgegangen, so daß sich die Leute mit ihren seltsamen Mutmaßungen behelfen mußten und auch selbst Bertalda nicht mehr als jeder andre von der Wahrheit erfuhr.

Undine gewann übrigens dies anmutige Mädchen mit jedem Tage lieber. »Wir müssen uns einander schon eher gekannt haben«, pflegte sie ihr öfters zu sagen, »oder es muß sonst irgendeine wundersame Beziehung unter uns geben, denn so ganz ohne Ursache, versteht mich, ohne tiefe, geheime Ursache, gewinnt man ein andres nicht so lieb, als ich Euch gleich vom ersten Anblicke her gewann.« Und auch Bertalda konnte sich nicht ableugnen, daß sie einen Zug der Vertraulichkeit und Liebe zu Undinen empfinde, wie sehr sie übrigens meinte, Ursache zu den bittersten Klagen über diese glückliche Nebenbuhlerin zu haben. In dieser gegenseitigen Neigung wußte die eine bei ihren Pflegeeltern, die andre bei ihrem Ehegatten den Tag der Abreise weiter und weiter hinauszuschieben; ja, es war schon die Rede davon gewesen, Bertalda solle Undinen auf einige Zeit nach Burg Ringstetten an die Quellen der Donau begleiten.

Sie sprachen auch einmal eines schönen Abends davon, als sie eben bei Sternenschein auf dem mit hohen Bäumen eingefaßten Markte der Reichsstadt umherwandelten. Die beiden jungen Eheleute hatten Bertalden noch spät zu einem Spaziergange abgeholt, und alle drei zogen vertraulich unter dem tiefblauen Himmel auf und ab, oftmals in ihren Gesprächen durch die Bewunderung unterbrochen, die sie dem kostbaren Springborn in der Mitte des Platzes und seinem wundersamen Rauschen und Sprudeln zollen mußten. Es war ihnen so lieb und heimlich zu Sinn; zwischen die Baumschatten durch stahlen sich die Lichtschimmer der nahen Häuser, ein stilles Gesumse von spielenden Kindern und andern lustwandelnden Menschen wogte um sie her; man war so allein und doch so freundlich in der heitern, lebendigen Welt mitten inne; was bei Tage Schwierigkeit geschienen hatte, das ebnete sich nun wie von selber, und die drei Freunde konnten gar nicht mehr begreifen, warum wegen Bertaldas Mitreise auch nur die geringste Bedenklichkeit habe obwalten mögen. Da kam, als sie eben den Tag ihrer gemeinschaftlichen Abfahrt bestimmen wollten, ein langer Mann von der Mitte des Marktplatzes her auf sie zugegangen, neigte sich ehrerbietig vor der Gesellschaft und sagte der jungen Frau etwas ins Ohr. Sie trat, unzufrieden über die Störung und über den Störer, einige Schritte mit dem Fremden zur Seite, und beide begannen miteinander zu flüstern, es schien in einer fremden Sprache. Huldbrand glaubte den seltsamen Mann zu kennen und sah so starr auf ihn hin, daß er Bertaldas staunende Fragen weder hörte noch beantwortete. Mit einem Male klopfte Undine freudig in die Hände und ließ den Fremden lachend stehen, der sich mit vielem Kopfschütteln und hastigen, unzufriedenen Schritten entfernte und in den Brunnen hineinstieg. Nun glaubte Huldbrand seiner Sache ganz gewiß zu sein, Bertalda aber fragte: »Was wollte dir denn der Brunnenmeister, liebe Undine?« Die junge Frau lachte heimlich in sich hinein und erwiderte: »Übermorgen, auf deinen Namenstag sollst du's erfahren, du liebliches Kind.« Und weiter war nichts aus ihr herauszubringen. Sie lud

nun Bertalda und durch sie ihre Pflegeeltern an dem bestimmten Tage zur Mittagstafel, und man ging bald darauf auseinander.

»Kühleborn?« fragte Huldbrand mit einem geheimen Schauder seine schöne Gattin, als sie von Bertalda Abschied genommen hatten und nun allein durch die dunkler werdenden Gassen nach Haus gingen. »Ja, er war es«, antwortete Undine, »und er wollte mir auch allerhand dummes Zeug vorsprechen! Aber mitten darin hat er mich, ganz gegen seine Absicht, mit einer höchst willkommenen Botschaft erfreut. Willst du diese nun gleich wissen, mein holder Herr und Gemahl, so brauchst du nur zu gebieten, und ich spreche mir alles vom Herzen los. Wolltest du aber deiner Undine eine recht, recht große Freude gönnen, so ließest du es bis übermorgen und hättest dann auch an der Überraschung dein Teil.«

Der Ritter gewährte seiner Gattin gern, warum sie so anmutig bat, und noch im Entschlummern lispelte sie lächelnd vor sich hin: »Was sie sich freuen wird und sich wundern über ihres Brunnenmeisters Botschaft, die liebe, liebe Bertalda!«

Elftes Kapitel
Bertaldas Namensfeier

Die Gesellschaft saß bei Tafel, Bertalda mit Kleinodien und Blumen, den mannigfachen Geschenken ihrer Pflegeeltern und Freunde geschmückt wie eine Frühlingsgöttin obenan, zu ihrer Seiten Undine und Huldbrand. Als das reiche Mahl zu Ende ging und man den Nachtisch auftrug, blieben die Türen offen; nach alter guter Sitte in deutschen Landen, damit auch das Volk zusehen könne und sich an der Lustigkeit der Herrschaften mit freuen. Bediente trugen Wein und Kuchen unter den Zuschauern herum. Huldbrand und Bertalda warteten mit heimlicher Ungeduld auf die versprochene Erklärung und verwandten, so sehr es sich tun ließ, kein Auge von Undinen. Aber die schöne Frau blieb noch immer still und lächelte nur heimlich und innig froh vor sich hin. Wer um ihre getane Verheißung wußte, konnte sehen, daß sie ihr erquickendes Geheimnis alle Augenblick verraten wollte und es doch noch immer in lüsterner Entsagung zurücklegte, wie es Kinder bisweilen mit ihren liebsten Leckerbissen tun. Bertalda und Huldbrand teilten dies wonnige Gefühl, in hoffender Bangigkeit das neue Glück erwartend, welches von ihrer Freundin Lippen auf sie herniedertauen sollte. Da baten verschiedene von der Gesellschaft Undinen um ein Lied. Es schien ihr gelegen zu kommen, sie ließ sich sogleich ihre Laute bringen und sang folgende Worte:

»Morgen so hell,
Blumen so bunt,
Gräser so duftig und hoch
An wallenden Sees Gestade!
Was zwischen den Gräsern
Schimmert so licht?
Ist's eine Blüte weiß und groß,
Vom Himmel gefallen in Wiesenschoß?
Ach, ist ein zartes Kind! –
Unbewußt mit Blumen tändelt's,
Faßt nach goldnen Morgenlichtern; –
O woher? Woher, du Holdes? –
Fern vom unbekannten Strande
Trug es hier der See heran; –
Nein, fasse nicht, du zartes Leben,
Mit deiner kleinen Hand herum;
Nicht Hand wird dir zurückgegeben.
Die Blumen sind so fremd und stumm.
Die wissen wohl sich schön zu schmücken,
Zu duften auch nach Herzenslust,
Doch keine mag dich an sich drücken,
Fern ist die traute Mutterbrust.
So früh noch an des Lebens Toren,
Noch Himmelslächeln im Gesicht,
Hast du das Beste schon verloren,
O armes Kind, und weißt es nicht.
Ein edler Herzog kommt geritten
Und hemmt vor dir des Rosses Lauf;
Zu hoher Kunst und reinen Sitten
Zieht er in seiner Burg dich auf.
Du hast unendlich viel gewonnen,

Du blühst, die Schönst' im ganzen Land,
Doch ach! die allerbesten Wonnen
Ließ'st du am unbekannten Strand.«

Undine senkte mit einem wehmütigen Lächeln ihre Laute; die Augen der herzoglichen Pflegeeltern Bertaldas standen voller Tränen. »So war es am Morgen, wo ich dich fand, du arme, holde Waise«, sagte der Herzog tief bewegt; »die schöne Sängerin hat wohl recht; das Beste haben wir dir dennoch nicht zu geben vermocht.« –

»Wir müssen aber auch hören, wie es den armen Eltern ergangen ist«, sagte Undine, schlug die Saiten und sang:

»Mutter geht durch ihre Kammern,
Räumt die Schränke ein und aus,
Sucht, und weiß nicht was, mit Jammern,
Findet nichts als leeres Haus.

Leeres Haus! O Wort der Klage
Dem, der einst ein holdes Kind
Drin gegängelt hat am Tage,
Drin gewiegt in Nächten lind.

Wieder grünen wohl die Buchen,
Wieder kommt der Sonne Licht,
Aber, Mutter, laß dein Suchen,
Wieder kommt dein Liebes nicht.

Und wenn Abendlüfte fächeln,
Vater heim zum Herde kehrt,
Regt sich's fast in ihm wie Lächeln,
Dran doch gleich die Träne zehrt.

Vater weiß, in seinen Zimmern
Findet er die Todesruh',
Hört nur bleicher Mutter Wimmern,
Und kein Kindlein lacht ihm zu.«

»Oh, um Gott, Undine, wo sind meine Eltern?« rief die weinende Bertalda. »Du weißt es gewiß, du hast es erfahren, du wundersame Frau, denn sonst hättest du mir das Herz nicht so zerrissen. Sind sie vielleicht schon hier? Wär' es?« – Ihr Auge durchflog die glänzende Gesellschaft und weilte auf einer regierenden Herrin, die ihrem Pflegevater zunächst saß. Da beugte sich Undine nach der Tür zurück, ihre Augen flossen in der süßesten Rührung über. »Wo sind denn die armen, harrenden Eltern?« fragte sie, und der alte Fischer mit seiner Frau wankten aus dem Haufen der Zuschauer vor. Ihre Augen hingen fragend bald an Undinen, bald an dem schönen Fräulein, das ihre Tochter sein sollte. »Sie ist es!« stammelte die entzückte Geberin, und die zwei alten Leute hingen laut weinend und Gott preisend an dem Halse der Wiedergefundnen.

Aber entsetzt und zürnend riß sich Bertalda aus ihrer Umarmung los. Es war zu viel für dieses stolze Gemüt, eine solche Wiedererkennung in dem Augenblicke, wo sie fest gemeint hatte, ihren bisherigen Glanz noch zu steigern, und die Hoffnung Thronhimmel und Kronen über ihr Haupt herunterregnen ließ. Es kam ihr vor, als habe ihre Nebenbuhlerin dies alles ersonnen, um sie nur recht ausgesucht vor Huldbranden und aller Welt zu demütigen. Sie schalt Undinen, sie schalt die beiden Alten; die häßlichen Worte: »Betrügerin und erkauftes Volk!« rissen sich von ihren Lippen. Da sagte die alte Fischerfrau nur ganz leise vor sich hin: »Ach Gott, sie ist ein böses Weibsbild geworden; und dennoch fühl ich's im Herzen, daß sie von mir geboren ist.« Der alte Fischer aber hatte seine Hände gefaltet und betete still, daß die hier seine Tochter nicht sein möge. – Undine wankte todesbleich von den Eltern zu Bertalda, von Bertalda zu den Eltern, plötzlich aus all den Himmeln, die sie sich geträumt hatte, in eine Angst und ein Entsetzen gestürzt, das ihr bisher auch nicht im Traume kundgeworden war. »Hast du denn eine Seele? Hast du denn wirklich eine Seele, Bertalda?« schrie sie einige Male in ihre zürnende Freundin hinein, als wolle sie sie aus einem plötzlichen Wahnsinn oder einem tollmachenden Nachtgesichte gewaltsam zur Besinnung bringen. Als aber Bertalda nur immer noch ungestümer wütete, als die verstoßenen Eltern laut zu heulen anfingen und die Gesellschaft sich streitend und eifernd in verschiedne Parten teilte, erbat sie sich mit einem Male so würdig und ernst die Freiheit, in den Zimmern ihres Mannes zu reden, daß alles um sie her wie auf einen Wink stille ward. Sie trat darauf an das obere Ende des Tisches, wo Bertalda gesessen hatte, demütig und stolz, und sprach, während sich aller Augen unverwandt auf sie richteten, folgendergestalt:

»Ihr Leute, die ihr so feindlich ausseht und so zerstört und mir mein liebes Fest so grimm zerreißt, ach Gott, ich wußte von euren törichten Sitten und eurer harten Sinnesweise nichts und werde mich wohl mein lebelang nicht dreinfinden. Daß ich alles verkehrt angefangen habe, liegt nicht an mir; glaubt mir, es liegt einzig an euch, so wenig es euch auch danach aussehen mag. Ich habe euch auch deshalb nur wenig zu sagen, aber das eine muß gesagt sein: ich habe nicht gelogen. Beweise kann und will ich euch außer meiner Versicherung nicht geben, aber beschwören will ich es. Mir hat es derselbe gesagt, der Bertalda von ihren Eltern weg ins Wasser lockte und sie nachher dem Herzog in seinen Weg auf die grüne Wiese legte.«

»Sie ist eine Zauberin«, rief Bertalda, »eine Hexe, die mit bösen Geistern Umgang hat! Sie bekennt es ja selbst.«

»Das tue ich nicht«, sagte Undine, einen ganzen Himmel der Unschuld und Zuversicht in ihren Augen. »Ich bin auch keine Hexe; seht mich nur darauf an.«

»So lügt sie und prahlt«, fiel Bertalda ein, »und kann nicht behaupten, daß ich dieser niedern Leute Kind sei. Meine herzoglichen Eltern, ich bitte euch, führt mich aus dieser Gesellschaft fort und aus dieser Stadt, wo man nur darauf ausgeht, mich zu schmähen.«

Der alte, ehrsame Herzog aber blieb fest stehen, und seine Gemahlin sagte: »Wir müssen durchaus wissen, woran wir sind. Gott sei vor, daß ich eher nur einen Fuß aus diesem Saale setze.« Da näherte sich die alte Fischerin, beugte sich tief vor der Herzogin und sagte: »Ihr schließt mir das Herz auf, hohe, gottesfürchtige Frau. Ich muß Euch sagen, wenn dieses böse Fräulein meine Tochter ist, trägt sie ein Mal, gleich einem Veilchen, zwischen beiden Schultern, und ein gleiches auf dem Spann ihres linken Fußes. Wenn sie sich nur mit mir aus dem Saale entfernen wollte.« – »Ich entblöße mich nicht vor der Bäuerin«, sagte Bertalda, ihr stolz den Rücken wendend. – »Aber vor mir doch wohl«, entgegnete die Herzogin mit großem Ernst. »Ihr werdet mir in jenes Gemach folgen, Jungfrau, und die gute Alte kommt mit.« Die drei verschwanden, und alle übrigen blieben in großer Erwartung schweigend zurück. Nach einer kleinen Weile kamen die Frauen wieder, Bertalda totenbleich, und die Herzogin sagte: »Recht muß Recht bleiben; deshalb erklär ich, daß unsre Frau Wirtin vollkommen wahr gesprochen hat. Bertalda ist des Fischers Tochter, und so viel ist, als man hier zu wissen braucht.« Das fürstliche Ehepaar ging mit der Pflegetochter fort; auf einen Wink des Herzogs folgte ihnen der Fischer mit seiner Frau. Die andern Gäste entfernten sich schweigend oder heimlich murmelnd, und Undine sank herzlich weinend in Huldbrands Arme.

Zwölftes Kapitel

Wie sie aus der Reichsstadt abreisten

Dem Herrn von Ringstetten wär' es freilich lieber gewesen, wenn sich alles an diesem Tage anders gefügt hätte; aber auch so, wie es nun einmal war, konnte es ihm nicht unlieb sein, da sich seine reizende Frau so fromm und gutmütig und herzlich bewies. – »Wenn ich ihr eine Seele gegeben habe«, mußt' er bei sich selber sagen, »gab ich ihr wohl eine bessere als meine eigne ist«; und nun dachte er einzig darauf, die Weinende zufrieden zu sprechen und gleich des andern Tages einen Ort mit ihr zu verlassen, der ihr seit diesem Vorfalle zuwider sein mußte. Zwar ist es an dem, daß man sie eben nicht ungleich beurteilte. Weil man schon früher etwas Wunderbares von ihr erwartete, fiel die seltsame Entdeckung von Bertaldas Herkommen nicht allzu sehr auf, und nur gegen diese war jedermann, der die Geschichte und ihr stürmisches Betragen dabei erfuhr, übel gesinnt. Davon wußten aber der Ritter und seine Frau noch nichts; außerdem wäre eins für Undinen so schmerzhaft gewesen als das andre, und so hatte man nichts Besseres zu tun, als die Mauern der alten Stadt bald möglichst hinter sich zu lassen.

Mit den ersten Strahlen des Morgens hielt ein zierlicher Wagen für Undinen vor dem Tore der Herberge; Huldbrands und seiner Knappen Hengste stampften daneben das Pflaster. Der Ritter führte seine schöne Frau aus der Tür, da trat ihnen ein Fischermädchen in den Weg. »Wir brauchen deine Ware nicht«, sagte Huldbrand zu ihr, »wir reisen eben fort.« Da fing das Fischermädchen bitterlich an zu weinen, und nun erst sahen die Eheleute, daß es Bertalda war. Sie traten gleich mit ihr in das Gemach zurück und erfuhren von ihr, der Herzog und die Herzogin seien so erzürnt über ihre gestrige

Härte und Heftigkeit, daß sie die Hand gänzlich von ihr abgezogen hätten, nicht ohne ihr jedoch vorher eine reiche Aussteuer zu schenken. Der Fischer sei gleichfalls wohl begabt worden und habe noch gestern abends mit seiner Frau wieder den Weg nach der Seespitze eingeschlagen.

»Ich wollte mit ihnen gehen«, fuhr sie fort: »Aber der alte Fischer, der mein Vater sein soll –«

»Er ist es auch wahrhaftig, Bertalda«; unterbrach sie Undine. »Sieh nur, der, welchen du für den Brunnenmeister ansahst, erzählte mir's ausführlich. Er wollte mich abreden, daß ich dich nicht mit nach Burg Ringstetten nehmen sollte, und da fuhr ihm dieses Geheimnis heraus.«

»Nun denn«, sagte Bertalda, »mein Vater – wenn es denn so sein soll –, mein Vater sprach: ›Ich nehme dich nicht mit, bis du anders worden bist. Wage dich allein durch den verrufenen Wald zu uns hinaus; das soll die Probe sein, ob du dir etwas aus uns machst. Aber komm mir nicht wie ein Fräulein, wie eine Fischerdirne komm!‹ – Da will ich denn tun, wie er gesagt hat; denn von aller Welt bin ich verlassen und will als ein armes Fischerkind bei den ärmlichen Eltern einsam leben und sterben. Vor dem Walde graut es mir freilich sehr. Es sollen abscheuliche Gespenster drinnen hausen, und ich bin so furchtsam. Aber was hilft's? – Hierher kam ich nur noch, um bei der edlen Frau von Ringstetten Verzeihung dafür zu erflehen, daß ich mich gestern so ungebührlich erzeigte. Ich fühle wohl, Ihr habt es gut gemeint, holde Dame, aber Ihr wußtet nicht, wie Ihr mich verletzen würdet, und da strömte mir denn in der Angst und Überraschung gar manch unsinnig-verwegenes Wort über die Lippen. Ach verzeiht, verzeiht! Ich bin ja so unglücklich schon. Denkt nur selbsten, was ich noch gestern in der Frühe war, noch gestern zu Anfang Eures Festes, und was nun heut! –«

Die Worte gingen ihr unter in einem schmerzlichen Tränenstrom, und gleichfalls bitterlich weinend fiel ihr Undine um den Hals. Es dauerte lange, bis die tief gerührte Frau ein Wort hervorbringen konnte; dann aber sagte sie: »Du sollst ja mit uns nach Ringstetten; es soll ja alles bleiben, wie es früher abgeredet war; nur nenne mich wieder du und nicht Dame und edle Frau! Sieh, wir wurden als Kinder miteinander vertauscht; da schon verzweigte sich unser Geschick, und wir wollen es fürder so innig verzweigen, daß es keine menschliche Gewalt zu trennen imstande sein soll. Nur erst mit uns nach Ringstetten! Wie wir als Schwestern miteinander teilen wollen, besprechen wir dort.« – Bertalda sah scheu nach Huldbrand empor. Ihn jammerte des schönen, bedrängten Mägdleins; er bot ihr die Hand und redete ihr kosend zu, sich ihm und seiner Gattin anzuvertrauen. – »Euren Eltern«, sagte er, »schicken wir Botschaft, warum Ihr nicht gekommen seid«; – und noch manches wollte er wegen der guten Fischersleute hinzusetzen, aber er sah, wie Bertalda bei deren Erwähnung schmerzhaft zusammenfuhr, und ließ also lieber das Reden davon sein. Aber unter den Arm faßte er sie, hob sie zuerst in den Wagen, Undinen ihr nach und trabte fröhlich beiher, trieb auch den Fuhrmann so wacker an, daß sie das Gebiet der Reichsstadt und mit ihm alle trüben Erinnerungen in kurzer Zeit überflogen hatten und nun die Frauen mit besserer Lust durch die schönen Gegenden hinrollten, welche ihr Weg sie entlangführte.

Nach einigen Tagereisen kamen sie eines schönen Abends auf Burg Ringstetten an. Dem jungen Rittersmann hatten seine Vögte und Mannen viel zu berichten, so daß Undine mit Bertalda allein blieb. Die beiden ergingen sich auf dem hohen Walle der Feste und freuten sich an der anmutigen Landschaft, die sich ringsum durch das gesegnete Schwaben ausbreitete. Da trat ein langer Mann zu ihnen, der sie höflich grüßte, und der Bertalden beinah vorkam, wie jener Brunnenmeister in der Reichsstadt. Noch unverkennbarer ward ihr die Ähnlichkeit, als Undine ihn unwillig, ja drohend zurückwinkte und er sich mit eiligen Schritten und schüttelndem Kopfe fortmachte wie damals, worauf er in einem nahen Gebüsche verschwand. Undine aber sagte: »Fürchte dich nicht, liebes Bertaldchen; diesmal soll dir der häßliche Brunnenmeister nichts zuleide tun.« Und damit erzählte sie ihr die ganze Geschichte ausführlich und auch, wer sie selbst sei, und wie Bertalda von den Fischersleuten weg, Undine aber dahin gekommen war. Die Jungfrau entsetzte sich anfänglich vor diesen Reden; sie glaubte, ihre Freundin sei von einem schnellen Wahnsinn befallen. Aber mehr und mehr überzeugte sie sich, daß alles wahr sei, an Undines zusammenhängenden Worten, die zu den bisherigen Begebenheiten so gut paßten, und noch mehr an dem innern Gefühl, mit welchem sich die Wahrheit uns kundzugeben nie ermangelt. Es war ihr seltsam, daß sie nun selbst wie mitten in einem von den Märchen lebe, die sie sonst nur erzählen gehört. Sie starrte Undinen mit Ehrfurcht an, konnte sich aber eines Schauders, der zwischen sie und ihre Freundin trat, nicht mehr erwehren und mußte sich beim Abendbrot sehr darüber wundern, wie der Ritter gegen ein Wesen so verliebt und freundlich tat, welches ihr seit den letzten Entdeckungen mehr gespenstisch als menschlich vorkam.

Dreizehntes Kapitel

Wie sie auf Burg Ringstetten lebten

Der diese Geschichte aufschreibt, weil sie ihm das Herz bewegt und weil er wünscht, daß sie auch andern ein Gleiches tun möge, bittet dich, lieber Leser, um eine Gunst. Sieh es ihm nach, wenn er jetzt über einen ziemlich langen Zeitraum mit kurzen Worten hingeht und dir nun im allgemeinen sagt, was sich darin begeben hat. Er weiß wohl, daß man es recht kunstgemäß und Schritt vor Schritt entwickeln könnte, wie Huldbrands Gemüt begann, sich von Undinen ab- und Bertalden zuzuwenden, wie Bertalda dem jungen Mann mit glühender Liebe immer mehr entgegenkam und er und sie die arme Ehefrau als ein fremdartiges Wesen mehr zu fürchten als zu bemitleiden schienen, wie Undine weinte und ihre Tränen Gewissensbisse in des Ritters Herzen anregten, ohne jedoch die alte Liebe zu erwecken, so daß er ihr wohl bisweilen freundlich tat, aber ein kalter Schauer ihn bald von ihr weg und dem Menschenkinde Bertalda entgegentrieb; – man könnte dies alles, weiß der Schreiber, ordentlich ausführen, vielleicht sollte man's auch. Aber das Herz tut ihm dabei allzu weh, denn er hat ähnliche Dinge erlebt und scheut sich in der Erinnerung auch noch vor ihrem Schatten. Du kennst wahrscheinlich ein ähnliches Gefühl, lieber Leser, denn so ist nun einmal der sterblichen Menschen Geschick. Wohl dir, wenn du dabei mehr empfangen als ausgeteilt hast, denn hier ist Nehmen seliger als Geben. Dann schleicht dir nur ein geliebter Schmerz bei solchen Erwähnungen durch die Seele, und vielleicht eine linde Träne die Wange herab, um deine verwelkten Blumenbeete, deren du dich so herzlich gefreut hattest. Damit sei es aber auch genug; wir wollen uns nicht mit tausendfach vereinzelten Stichen das Herz durchprickeln, sondern nur kurz dabei bleiben, daß es nun einmal so gekommen war, wie ich es vorhin sagte. Die arme Undine war sehr betrübt, die andern beiden waren auch nicht eben vergnügt; sonderlich meinte Bertalda bei der geringsten Abweichung von dem, was sie wünschte, den eifersüchtigen Druck der beleidigten Hausfrau zu spüren. Sie hatte sich deshalb ordentlich ein herrisches Wesen angewöhnt, dem Undine in wehmütiger Entsagung nachgab und das durch den verblendeten Huldbrand gewöhnlich aufs entschiedenste unterstützt ward. – Was die Burggesellschaft noch mehr verstörte, waren allerhand wunderliche Spukereien, die Huldbranden und Bertalden in den gewölbten Gängen des Schlosses begegneten und von denen vorher seit Menschengedenken nichts gehört worden war. Der lange, weiße Mann, in welchem Huldbrand den Oheim Kühleborn, Bertalda den gespenstischen Brunnenmeister nur allzu wohl erkannte, trat oftmals drohend vor beide, vorzüglich aber vor Bertalden hin, so daß diese schon einigemal vor Schrecken krank darnieder gelegen hatte und manchmal daran dachte, die Burg zu verlassen. Teils aber war ihr Huldbrand allzu lieb, und sie stützte sich dabei auf ihre Unschuld, weil es nie zu einer eigentlichen Erklärung unter ihnen gekommen war; teils auch wußte sie nicht, wohin sie sonst ihre Schritte richten solle. Der alte Fischer hatte auf des Herrn von Ringstetten Botschaft, daß Bertalda bei ihm sei, mit einigen schwer zu lesenden Federzügen, so wie sie ihm Alter und lange Gewöhnung verstatteten, geantwortet: »Ich bin nun ein armer alter Witwer geworden, denn meine liebe treue Frau ist mir gestorben. Wie sehr ich aber auch allein in der Hütte sitzen mag, Bertalda ist mir lieber dort als bei mir. Nur daß sie meiner lieben Undine nichts zuleide tue! Sonst hätte sie meinen Fluch.« Die letztern Worte schlug Bertalda in den Wind, aber das wegen des Wegbleibens von dem Vater behielt sie gut, so wie wir

Menschen in ähnlichen Fällen es immer zu machen pflegen.

Eines Tages war Huldbrand eben ausgeritten, als Undine das Hausgesinde versammelte, einen großen Stein herbeibringen hieß und den prächtigen Brunnen, der sich in der Mitte des Schloßhofes befand, sorgfältig damit zu bedecken befahl. Die Leute wandten ein, sie würden alsdann das Wasser weit unten aus dem Tale heraufzuholen haben. Undine lächelte wehmütig. – »Es tut mir leid um eure vermehrte Arbeit, liebe Kinder«, entgegnete sie; »ich möchte lieber selbst die Wasserkrüge heraufholen, aber dieser Brunnen muß nun einmal zu. Glaubt es mir aufs Wort, daß es nicht anders angeht und daß wir nur dadurch ein größeres Unheil zu vermeiden imstande sind.« – Die ganze Dienerschaft freute sich, ihrer sanften Hausfrau gefällig sein zu können; man fragte nicht weiter, sondern ergriff den ungeheuren Stein. Dieser hob sich unter ihren Händen und schwebte bereits über dem Brunnen, da kam Bertalda gelaufen und rief, man solle innehalten; aus diesem Brunnen lasse sie das Waschwasser holen, welches ihrer Haut so vorteilhaft sei, und sie werde nimmermehr zugeben, daß man ihn verschließe. Undine aber blieb diesmal, obgleich auf gewohnte Weise sanft, dennoch auf ungewohnte Weise bei ihrer Meinung fest; sie sagte, als Hausfrau gebühre ihr, alle Anordnungen der Wirtschaft nach bester Überzeugung einzurichten und niemandem habe sie darüber Rechenschaft abzulegen als ihrem Ehegemahl und Herrn. – »Seht, o seht doch«, rief Bertalda unwillig und ängstlich, »das arme, schöne Wasser kräuselt sich und windet sich, weil es vor der klaren Sonne versteckt werden soll und vor dem erfreulichen Anblick der Menschengesichter, zu deren Spiegel es erschaffen ist!« – In der Tat zischte und regte sich die Flut im Brunnen ganz wunderlich; es war, als wollte sich etwas daraus hervorringen, aber Undine drang nur um so ernstlicher auf die Erfüllung ihrer Befehle. Es brauchte dieses Ernstes kaum. Das Schloßgesinde war ebenso froh, seiner milden Herrin zu gehorchen, als Bertaldas Trotz zu brechen, und so ungebärdig diese auch schelten und drohen mochte, lag dennoch in kurzer Zeit der Stein über der Öffnung des Brunnens fest. Undine lehnte sich sinnend darüber hin und schrieb mit den schönen Fingern auf die Fläche. Sie mußte aber wohl etwas sehr Scharfes und Ätzendes dabei in der Hand gehabt haben, denn als sie sich abwandte und die andern näher hinzutraten, nahmen sie allerhand seltsame Zeichen auf dem Steine wahr, die keiner vorher an demselben gesehen haben wollte.

Den heimkehrenden Ritter empfing am Abend Bertalda mit Tränen und Klagen über Undinens Verfahren. Er warf ernste Blicke auf diese, und die arme Frau sah betrübt vor sich nieder. Doch sagte sie mit großer Fassung: »Mein Herr und Ehegemahl schilt ja keinen Leibeignen, bevor er ihn hört, wie minder dann sein angetrautes Weib.« – »Sprich, was dich zu jener seltsamen Tat bewog«, sagte der Ritter mit finsterem Antlitz. – »Ganz allein möcht' ich es dir sagen!« seufzte Undine. – »Du kannst es ebensogut in Bertaldas Gegenwart«, entgegnete er. – »Ja, wenn du es gebeutst«, sagte Undine; »aber gebeut es nicht! O bitte, bitte, gebeut es nicht!« – Sie sah so demütig, hold und gehorsam aus, daß des Ritters Herz sich einem Sonnenblick aus bessern Zeiten erschloß. Er faßte sie freundlich unter den Arm und führte sie in sein Gemach, wo sie folgendermaßen zu sprechen begann:

»Du kennst ja den bösen Oheim Kühleborn, mein geliebter Herr, und bist ihm öfters unwillig in den Gängen dieser Burg begegnet. Bertalden hat er gar bisweilen zum Krankwerden erschreckt. Das macht, er ist seelenlos, ein bloßer elementarischer Spiegel der Außenwelt, der das Innere nicht widerzustrahlen vermag. Da sieht er denn bisweilen, daß du unzufrieden mit mir bist, daß ich in meinem kindischen Sinne darüber weine, daß Bertalda vielleicht eben in derselben Stunde zufällig lacht. Nun bildet er sich allerhand Ungleiches ein und mischt sich auf vielfache Weise ungebeten in unsern Kreis. Was hilft's, daß ich ihn ausschelte? Daß ich ihn unfreundlich wegschicke? Er glaubt mir nicht ein Wort. Sein armes Leben hat keine Ahnung davon, wie Liebesleiden und Liebesfreuden einander so anmutig gleichsehen und so innig verschwistert sind, daß keine Gewalt sie zu trennen vermag. Unter der Träne quillt das Lächeln vor, das Lächeln lockt die Träne aus ihren Kammern.«

Sie sah lächelnd und weinend nach Huldbrand in die Höhe, der allen Zauber der alten Liebe wieder in seinem Herzen empfand. Sie fühlte das, drückte ihn inniger an sich und fuhr unter freudigen Tränen also fort:

»Da sich der Friedenstörer nicht mit Worten weisen ließ, mußte ich wohl die Tür vor ihm zusperren. Und die einzige Tür, die er zu uns hat, ist jener Brunnen. Mit den andern Quellgeistern hier in der Gegend ist er entzweit, von den nächsten Tälern an und erst weiterhin auf der Donau, wenn einige seiner guten Freunde hineingeströmt sind, fängt sein Reich wieder an. Darum ließ ich den Stein über des Brunnens Öffnung wälzen und schrieb Zeichen darauf, die alle Kraft des eifernden Oheims lähmen, so daß er nun weder dir noch mir, noch Bertalden in den Weg kommen soll. Menschen freilich können trotz der Zeichen mit ganz gewöhnlichem Bemühen den Stein wieder abheben; die hindert es nicht. Willst du also, so tu nach Bertaldas Begehr, aber wahrhaftig, sie weiß nicht, was sie bittet. Auf sie hat es der ungezogne Kühleborn ganz vorzüglich angesehen, und wenn manches käme, was er mir prophezeien wollte und was doch wohl geschehen könnte, ohne daß du es übel meintest – ach Lieber, so wärest ja auch du nicht außer Gefahr!«

Huldbrand fühlte tief im Herzen die Großmut seiner holden Frau, wie sie ihren furchtbaren Beschützer so emsig aussperrte und noch dazu von Bertalden darüber gescholten worden war. Er drückte sie daher aufs liebreichste in seine Arme und sagte gerührt: »Der Stein bleibt liegen, und alles bleibt und soll immer bleiben, wie du es haben willst, mein holdes Undinchen.« Sie schmeichelte ihm demütig froh über die lang entbehrten Worte der Liebe und sagte endlich: »Mein allerliebster Freund, da du heute so überaus mild und gütig bist, dürft' ich es wohl wagen, dir eine Bitte vorzutragen? Sieh nur, es ist mit dir wie mit dem Sommer. Eben in seiner besten Herrlichkeit setzt sich der flammende und donnernde Kronen von schönen Gewittern auf, darin er als ein rechter König und Erdengott anzusehen ist. So schiltst auch du bisweilen und wetterleuchtest mit Zung' und Augen, und das steht dir sehr gut, wenn ich auch bisweilen in meiner Torheit darüber zu weinen anfange. Aber tu das nie gegen mich auf einem Wasser oder wo wir auch nur einem Gewässer nahe sind. Siehe, dann bekämen die Verwandten ein Recht über mich. Unerbittlich würden sie mich von dir reißen in ihrem Grimm, weil sie meinten, daß eine ihres Geschlechts beleidigt sei, und ich müßte lebenslang drunten in den Kristallpalästen wohnen und dürfte nie wieder zu dir herauf, oder sendeten sie mich zu dir herauf, o Gott, dann wär' es noch unendlich schlimmer. Nein, nein, du süßer Freund, dahin laß es nicht kommen, so lieb dir die arme Undine ist.«

Er verhieß feierlich, zu tun, wie sie begehre, und die beiden Eheleute traten unendlich froh und liebevoll wieder aus dem Gemach. Da kam Bertalda mit einigen Werkleuten, die sie unterdes schon hatte bescheiden lassen, und sagte mit einer mürrischen Art, die sie sich zeither angenommen hatte: »Nun ist doch wohl das geheime Gespräch zu Ende, und der Stein kann herab. Geht nur hin, ihr Leute, und richtet's aus.« Der Ritter aber, ihre Unart empört fühlend, sagte in kurzen und sehr ernstlichen Worten: »Der Stein bleibt liegen.« Auch verwies er Bertalden ihre Heftigkeit gegen seine Frau, worauf die Werkleute mit heimlich vergnügtem Lächeln fortgingen, Bertalda aber von der andern Seite erbleichend nach ihren Zimmern eilte.

Die Stunde des Abendessens kam heran, und Bertalda ließ sich vergeblich erwarten. Man schickte nach ihr; da fand der Kämmerling ihre Gemächer leer und brachte nur ein versiegeltes Blatt, an den Ritter überschrieben, mit zurück. Dieser öffnete es bestürzt und las:

»Ich fühle mit Beschämung, wie ich nur eine arme Fischersdirne bin. Daß ich es auf Augenblicke vergaß, will ich in der ärmlichen Hütte meiner Eltern büßen. Lebt wohl mit Eurer schönen Frau!«

Undine war von Herzen betrübt. Sie bat Huldbranden inbrünstig, der entflohenen Freundin nachzueilen und sie wieder mit zurückzubringen. Ach, sie hatte nicht nötig zu treiben! Seine Neigung für Bertalden brach wieder heftig hervor. Er eilte im ganzen Schloß umher, fragend, ob niemand gesehen habe, welches Weges die schöne Flüchtige gegangen sei. Er konnte nichts erfahren und saß schon im Burghofe zu Pferde, entschlossen, aufs Geratewohl dem Wege nachzureiten, den er Bertalden hierher geführt hatte. Da kam ein Schildbub und versicherte, er sei dem Fräulein auf dem Pfade nach dem Schwarztale begegnet. Wie ein Pfeil sprengte der Ritter durch das Tor, der angewiesenen Richtung nach, ohne Undines ängstliche Stimme zu hören, die ihm aus dem Fenster nachrief: »Nach dem Schwarztal? O dahin nicht! Huldbrand, dahin nicht! Oder um Gottes willen, nimm mich mit!« – Als sie aber all ihr Rufen vergeblich sah, ließ sie eilig ihren weißen Zelter satteln und trabte dem Ritter nach, ohne irgendeines Dieners Begleitung annehmen zu wollen.

Vierzehntes Kapitel

Wie Bertalda mit dem Ritter heimfuhr

Das Schwarztal liegt tief in die Berge hinein. Wie es jetzo heißt, kann man nicht wissen. Damals nannten es die Landleute so wegen der tiefen Dunkelheit, welche von hohen Bäumen, worunter es vorzüglich viele Tannen gab, in die Niederung heruntergestreuet ward. Selbst der Bach, der zwischen den Klippen hinstrudelte, sah davon ganz schwarz aus und gar nicht so fröhlich, wie es Gewässer wohl zu tun pflegen, die den blauen Himmel unmittelbar über sich haben. Nun, in der hereinbrechenden Dämmerung, war es vollends sehr wild und finster zwischen den Höhen geworden. Der Ritter trabte ängstlich die Bachesufer entlängst; er fürchtete bald, durch Verzögerung die Flüchtige zu weit voraus zu lassen, bald wieder, in der großen Eile sie irgendwo, dafern sie sich vor ihm verstecken wolle, zu übersehen. Er war indes schon ziemlich tief in das Tal hineingekommen und konnte nun denken, das Mägdlein bald eingeholt zu haben, wenn es anders auf der rechten Spur war. Die Ahnung, daß er das auch wohl nicht sein könne, trieb sein Herz zu immer ängstlichern Schlägen. Wo sollte die zarte Bertalda bleiben, wenn er sie nicht fand, in der drohenden Wetternacht, die sich immer furchtbarer über das Tal hereinbog? Da sah er endlich etwas Weißes am Hange des Berges durch die Zweige schimmern. Er glaubte Bertaldas Gewand zu erkennen und machte sich hinzu. Sein Roß aber wollte nicht hinan; es bäumte sich so ungestüm, und er wollte so wenig Zeit verlieren, daß er – zumal da ihm wohl ohnehin zu Pferde das Gesträuch allzu hinderlich geworden wäre – absaß und den schnaubenden Hengst an eine Rüster band, worauf er sich dann vorsichtig durch die Büsche hinarbeitete. Die Zweige schlugen ihm unfreundlich Stirn und Wangen mit der kalten Nässe des Abendtaus, ein ferner Donner murmelte jenseit der Berge hin, es sah alles so seltsam aus, daß er anfing, eine Scheu vor der weißen Gestalt zu empfinden, die nun schon unfern von ihm am Boden lag. Doch konnte er ganz deutlich unterscheiden, daß es ein schlafendes oder ohnmächtiges Frauenzimmer in langen, weißen Gewändern war, wie sie Bertalda heute getragen hatte. Er trat dicht vor sie hin, rauschte an den Zweigen, klirrte an seinem Schwerte – sie regte sich nicht. – »Bertalda!« sprach er; erst leise, dann immer lauter – sie hörte nicht. Als er zuletzt den teuern Namen mit gewaltsamer Anstrengung rief, hallte ein dumpfes Echo aus den Berghöhlen des Tales lallend zurück: »Bertalda!« – aber die Schläferin blieb unerweckt. Er beugte sich zu ihr nieder; die Dunkelheit des Tales und der einbrechenden Nacht ließen keinen ihrer Gesichtszüge unterscheiden. Als er sich nun eben mit einigem gramvollen Zweifel ganz nahe zu ihr an den Boden gedrückt hatte, fuhr ein Blitz schnell erleuchtend über das Tal hin. Er sah ein abscheulich verzerrtes Antlitz dicht vor sich, das mit dumpfer Stimme rief: »Gib mir 'nen Kuß, du verliebter Schäfer.« Vor Entsetzen schreiend, fuhr Huldbrand in die Höhe, die häßliche Gestalt ihm nach. – »Zu Haus!« murmelte sie; »die Unholde sind wach. Zu Haus! Sonst hab ich dich!« – Und es griff nach ihm mit langen weißen Armen. – »Tückischer Kühleborn«, rief der Ritter, sich ermannend, »was gilt's, du bist es, du Kobold! Da hast du 'nen Kuß!« – Und wütend hieb er mit dem Schwerte gegen die Gestalt. Aber die zerstob, und ein durchnässender Wasserguß ließ dem Ritter keinen Zweifel darüber, mit welchem Feinde er gestritten habe.

»Er will mich zurückschrecken von Bertalden«, sagte er laut zu sich selbst; »er denkt, ich soll mich vor seinen albernen Spukereien fürchten und ihm das arme, geängstete Mädchen hingeben, damit er sie seine Rache könne fühlen lassen. Das soll er doch nicht, der schwächliche Elementargeist. Was eine Menschenbrust vermag, wenn sie so recht will, so recht aus ihrem besten Leben will, das versteht der ohnmächtige Gaukler nicht.« – Er fühlte die Wahrheit seiner Worte, und daß er sich selbst dadurch einen ganz erneuten Mut in das Herz gesprochen habe. Auch schien es, als trete das Glück mit ihm in Bund, denn noch war er nicht wieder bei seinem angebundenen Rosse, da hörte er schon ganz deutlich Bertaldas klagende Stimme, wie sie unfern von ihm durch das immer lauter werdende Geräusch des Donners und Sturmwindes hinüber weinte. Beflügelten Fußes eilt' er dem Schalle nach und fand die erbebende Jungfrau, wie sie eben die Höhe hinanzuklimmen versuchte, um sich auf alle Weise aus dem schaurigen Dunkel dieses Tales zu retten. Er aber trat ihr liebkosend in den Weg, und so kühn und stolz auch früher ihr Entschluß mochte gewesen sein, empfand sie doch jetzt nur allzu lebendig das Glück, daß ihr im Herzen geliebter Freund sie aus der furchtbaren Einsamkeit erlöse und das helle Leben in der befreundeten Burg so anmutige Arme nach ihr ausstrecke. Sie folgte fast ohne Widerspruch, aber so ermattet, daß der Ritter froh war, sie bis zu seinem Rosse geleitet zu haben, welches er nun eilig losknüpfte, um die schöne Wandrerin hinaufzuheben und es alsdann am Zügel sich durch die ungewissen Schatten der Talgegend vorsichtig nachzuleiten.

Aber das Pferd war ganz verwildert durch Kühleborns tolle Erscheinung. Selbst der Ritter würde Mühe gebraucht haben, auf des bäumenden, wildschnaubenden Tieres Rücken zu springen; die zitternde Bertalda hinaufzuheben, war eine volle Unmöglichkeit. Man beschloß also, zu Fuße heimzukehren. Das Roß am Zügel nachzerrend, unterstützte der Ritter mit der andern Hand das schwankende Mägdlein. Bertalda machte sich so stark als möglich, um den furchtbaren Talgrund schnell zu durchwandeln, aber wie Blei zog die Müdigkeit sie herab, und zugleich bebten ihr alle Glieder zusammen, teils noch von mancher überstandnen Angst, womit Kühleborn sie vorwärts gehetzt hatte, teils auch in der fortdauernden Bangigkeit vor dem Geheul des Sturmes und Donners durch die Waldung des Gebirges.

Endlich entglitt sie dem stützenden Arm ihres Führers, und auf das Moos hingesunken, sagte sie: »Laßt mich nur hier liegen, edler Herr. Ich büße meiner Torheit Schuld und muß nun doch auf alle Weise hier verkommen vor Mattigkeit und Angst.« – »Nimmermehr, holde Freundin, verlaß ich Euch!« rief Huldbrand, vergeblich bemüht, den brausenden Hengst an seiner Hand zu bändigen, der ärger als vorhin zu tosen und zu schäumen begann; der Ritter war endlich nur froh, daß er ihn von der hingesunknen Jungfrau fern genug hielt, um sie nicht durch die Furcht vor ihm noch mehr zu erschrecken. Wie er sich aber mit dem tollen Pferde nur kaum einige Schritte entfernte, begann sie auch gleich, ihm auf das allerjämmerlichste nachzurufen, des Glaubens, er wolle sie wirklich hier in der entsetzlichen Wildnis verlassen. Er wußte gar nicht mehr, was er beginnen sollte. Gern hätte er dem wütenden Tiere volle Freiheit gegeben, durch die Nacht hinzustürmen und seine Raserei auszutoben, hätte er nur nicht fürchten müssen, es würde in diesem engen Paß mit seinen beerzten Hufen eben über die Stelle hindonnern, wo Bertalda lag.

Während dieser großen Not und Verlegenheit war es ihm unendlich trostreich, daß er einen Wagen langsam den steinigen Weg hinter sich herabfahren hörte. Er rief um Beistand; eine männliche Stimme antwortete, verwies ihn zur Geduld, aber versprach zu helfen, und bald darauf leuchteten schon zwei Schimmel durch das Gebüsch, der weiße Kärrnerkittel ihres Führers nebenher, worauf sich denn auch die große weiße Leinewand sehen ließ, mit welcher die Waren, die er bei sich führen mochte, überdeckt waren. Auf ein lautes Brr! aus dem Munde ihres Herrn standen die gehorsamen Schimmel. Er kam gegen den Ritter heran und half ihm das schäumende Tier bändigen. – »Ich merke wohl«, sagte er dabei, »was der Bestie fehlt. Als ich zuerst durch diese Gegend zog, ging es meinen Pferden nicht besser. Das macht, hier wohnt ein böser Wassernix, der an solchen Neckereien Lust hat. Aber ich hab ein Sprüchlein gelernt; wenn Ihr mir vergönnen wolltet, dem Rosse das ins Ohr zu sagen, so sollt' es gleich so ruhig stehen wie meine Schimmel da.« – »Versucht Eu'r Heil, und helft nur bald!« – schrie der ungeduldige Ritter. Da bog der Fuhrmann den Kopf des bäumenden Pferdes zu sich herunter und sagte ihm einige Worte ins Ohr. Augenblicklich stand der Hengst gezähmt und friedlich still, und nur ein erhitztes Keuchen und Dampfen zeugte noch von der vorherigen Unbändigkeit. Es war nicht viel Zeit für Huldbranden, lange zu fragen, wie dies zugegangen sei. Er ward mit dem Kärrner einig, daß er Bertalden auf den Wagen nehmen solle, wo, seiner Aussage nach, die weichste Baumwolle in Ballen lag, und so möge er sie bis nach Burg Ringstetten führen; der Ritter wolle den Zug zu Pferde begleiten. Aber das Roß schien von seinem vorigen Toben zu erschöpft, um noch seinen Herrn so weit zu tragen, weshalb diesem der Kärrner zuredete, mit Bertalden in den Wagen zu steigen. Das Pferd könne man ja hinten anbinden. – »Es geht bergunter«, sagte er, »und da wird's meinen Schimmeln leicht.« – Der Ritter nahm dies Erbieten an, er bestieg mit Bertalden den Wagen, der Hengst folgte geduldig nach, und rüstig und achtsam schritt der Fuhrmann beiher.

In der Stille der tiefer dunkelnden Nacht, aus der das Gewitter immer ferner und schweigsamer abdonnerte, in dem behaglichen Gefühl der Sicherheit und des bequemen Fortkommens entspann sich zwischen Huldbrand und Bertalda ein trauliches Gespräch. Mit schmeichelnden Worten schalt er sie um ihr trotziges Flüchten; mit Demut und Rührung entschuldigte sie sich, und aus allem, was sie sprach, leuchtete es hervor gleich einer Lampe, die dem Geliebten zwischen Nacht und Geheimnis kundgibt, die Geliebte harre noch sein. Der Ritter fühlte den Sinn dieser Reden weit mehr, als daß er auf die Bedeutung der Worte achtgegeben hätte, und antwortete auch einzig auf jenen. Da rief der Fuhrmann plötzlich mit kreischender Stimme: »Hoch, ihr Schimmel! Hoch den Fuß! Nehmt euch zusammen, Schimmel! Denkt hübsch, was ihr seid!« – Der Ritter beugte sich aus dem Wagen und sah, wie die Pferde mitten im schäumenden Wasser dahinschritten oder fast schon schwammen, des Wagens Räder wie Mühlenräder blinkten und rauschten, der Kärrner vor der wachsenden Flut auf das Fuhrwerk gestiegen war. – »Was soll das für ein Weg sein? Der geht ja mitten in den Strom!« rief Huldbrand seinem Führer zu. »Nein, Herr«, lachte dieser zurück; »es ist grad' umgekehrt. Der Strom geht mitten in unsern Weg. Seht Euch nur um, wie alles übergetreten ist.«

In der Tat wogte und rauschte der ganze Talgrund von plötzlich empörten, sichtbar steigenden Wellen. »Das ist der Kühleborn, der böse Wassernix, der uns ersäufen will!« rief der Ritter. »Weißt du kein Sprüchlein wider ihn, Gesell?« – »Ich wüßte wohl eins«, sagte der Fuhrmann, »aber ich kann und mag es nicht eher brauchen, als bis Ihr wißt, wer ich bin.« – »Ist es hier Zeit zu Rätseln?« schrie der Ritter. »Die Flut steigt immer höher, und was geht es mich an, zu wissen, wer du bist?« – »Es geht Euch aber doch was an«, sagte der Fuhrmann, »denn ich bin Kühleborn.« Damit lachte er, verzerrten Antlitzes, zum Wagen herein, aber der Wagen blieb nicht Wagen mehr, die Schimmel nicht Schimmel; alles verschäumte, verrann in zischenden Wogen, und selbst der Fuhrmann bäumte sich als eine riesige Welle empor, riß den vergeblich arbeitenden Hengst unter die Gewässer hinab und wuchs dann wieder und wuchs über den Häuptern des schwimmenden Paares wie zu einem feuchten Turme an und wollte sie eben rettungslos begraben. –

Da scholl Undines anmutige Stimme durch das Getöse hin, der Mond trat aus den Wolken, und mit ihm ward Undine auf den Höhen des Talgrundes sichtbar. Sie schalt, sie drohte in die Fluten hinab, die drohende Turmeswoge verschwand murrend und murmelnd, leise rannen die Wasser im Mondglanze dahin, und wie eine weiße Taube sah man Undinen von der Höhe hinabtauchen, den Ritter und Bertalden erfassen und mit sich nach einem frischen, grünen Rasenfleck auf der Höhe emporheben, wo sie mit ausgesuchten Labungen Ohnmacht und Schrecken vertrieb; dann half sie Bertalden zu dem weißen Zelter, der sie selbst hergetragen hatte, hinaufheben, und so gelangten alle drei nach Burg Ringstetten zurück.

Funfzehntes Kapitel

Die Reise nach Wien

Es lebte sich seit der letzten Begebenheit still und ruhig auf dem Schloß. Der Ritter erkannte mehr und mehr seiner Frauen himmlische Güte, die sich durch ihr Nacheilen und Retten im Schwarztale, wo Kühleborns Gewalt wieder anging, so herrlich offenbart hatte; Undine selbst empfand den Frieden und die Sicherheit, deren ein Gemüt nie ermangelt, solange es mit Besonnenheit fühlt, daß es auf dem rechten Wege sei, und zudem gingen ihr in der neu erwachenden Liebe und Achtung ihres Ehemannes vielfache Schimmer der Hoffnung und Freude auf. Bertalda hingegen zeigte sich dankbar, demütig und scheu, ohne daß sie wieder diese Äußerungen als etwas Verdienstliches angeschlagen hätte. Sooft ihr eines der Eheleute über die Verdeckung des Brunnens oder über die Abenteuer im Schwarztale irgend etwas Erklärendes sagen wollte, bat sie inbrünstig, man möge sie damit verschonen, weil sie wegen des Brunnens allzu viele Beschämung und wegen des Schwarztales allzu viele Schrecken empfinde. Sie erfuhr daher auch von beiden weiter nichts; und wozu schien es auch nötig zu sein? Der Friede und die Freude hatten ja ihren sichtbaren Wohnsitz in Burg Ringstetten genommen. Man ward darüber ganz sicher und meinte, nun könne das Leben gar nichts mehr tragen als anmutige Blumen und Früchte.

In so erlabenden Verhältnissen war der Winter gekommen und vorübergegangen, und der Frühling sah mit seinen hellgrünen Sprossen und seinem lichtblauen Himmel zu den fröhlichen Menschen herein. Ihm war zumut' wie ihnen, und ihnen wie ihm. Was Wunder, daß seine Störche und Schwalben auch in ihnen die Reiselust anregten! Während sie einmal nach den Donauquellen hinab lustwandelten, erzählte Huldbrand von der Herrlichkeit des edlen Stromes, und wie er wachsend durch gesegnete Länder fließe, wie das köstliche Wien an seinen Ufern emporglänze und er überhaupt mit jedem Schritte seiner Fahrt an Macht und Lieblichkeit gewinne. – »Es müßte herrlich sein, ihn so bis Wien einmal hinabzufahren!« brach Bertalda aus, aber gleich darauf in ihre jetzige Demut und Bescheidenheit zurückgesunken, schwieg sie errötend still. Eben dies rührte Undinen sehr, und im lebhaftesten Wunsch, der lieben Freundin eine Lust zu machen, sagte sie: »Wer hindert uns denn, die Reise anzutreten?« – Bertalda hüpfte vor Freuden in die Höhe, und die beiden Frauen begannen sogleich, sich die anmutige Donaufahrt mit den allerhellsten Farben vor die Sinne zu rufen. Auch Huldbrand stimmte fröhlich darin ein; nur sagte er einmal besorgt Undinen ins Ohr: »Aber weiterhin ist Kühleborn wieder gewaltig?« – »Laß ihn nur kommen«, entgegnete sie lachend; »ich bin ja dabei, und vor mir wagt er sich mit keinem Unheil hervor.« Damit war das letzte Hindernis gehoben, man rüstete sich zur Fahrt und trat sie alsbald mit frischem Mut und den heitersten Hoffnungen an.

Wundert euch aber nur nicht, ihr Menschen, wenn es dann immer ganz anders kommt, als man gemeint hat. Die tückische Macht, die lauert, uns zu verderben, singt ihr auserkornes Opfer gern mit süßen Liedern und goldnen Märchen in den Schlaf. Dagegen pocht der rettende Himmelsbote oftmals scharf und erschreckend an unsre Tür.

Sie waren die ersten Tage ihrer Donaufahrt hindurch außerordentlich vergnügt gewesen. Es ward auch alles immer besser und schöner, so wie sie den stolzen flutenden Strom weiter hinunterschifften. Aber in einer sonst höchst anmutigen Gegend, von deren erfreulichem Anblick sie sich die beste Freude versprochen hatten, fing der unbändige Kühleborn ganz unverhohlen an, seine hier eingreifende Macht zu zeigen. Es blieben zwar bloß Neckereien, weil Undine oftmals in die empörten Wellen oder in die hemmenden Winde hinein schalt und sich dann die Gewalt des Feindseligen augenblicklich in Demut ergab, aber wieder kamen die Angriffe, und wieder brauchte es der Mahnung Undines, so daß die Lustigkeit der kleinen Reisegesellschaft eine gänzliche Störung erlitt. Dabei zischelten sich noch immer die Fährleute zagend in die Ohren und sahen mißtrauisch auf die drei Herrschaften, deren Diener selbsten mehr und mehr etwas Unheimliches zu ahnen begannen und ihre Gebieter mit seltsamen Blicken verfolgten. Huldbrand sagte öfters bei sich im stillen Gemüte: »Das kommt davon, wenn gleich sich nicht zu gleich gesellt, wenn Mensch und Meerfräulein ein wunderliches Bündnis schließen.« Sich entschuldigend, wie wir es denn überhaupt lieben, dachte er freilich oftmals dabei: »Ich hab es ja nicht gewußt, daß sie ein Meerfräulein war. Mein ist das Unheil, das jeden meiner Schritte durch der tollen Verwandtschaft Grillen bannt und stört, aber mein ist nicht die Schuld.« Durch solcherlei Gedanken fühlte er sich einigermaßen gestärkt, aber dagegen ward er immer verdrießlicher, ja feindseliger wider Undinen gestimmt. Er sah sie schon mit mürrischen Blicken an, und die arme Frau verstand deren Bedeutung wohl. Dadurch und durch die beständige Anstrengung wider Kühleborns Listen erschöpft, sank sie gegen Abend, von der sanft gleitenden Barke angenehm gewiegt, in einen tiefen Schlaf.

Kaum aber, daß sie die Augen geschlossen hatte, so wähnte jedermann im Schiffe, nach der Seite, wo er gerade hinaussah, ein ganz abscheuliches Menschenhaupt zu erblicken, das sich aus den Wellen emporhob, nicht wie das eines Schwimmenden, sondern ganz senkrecht, wie auf den Wasserspiegel gerade eingepfählt, aber mitschwimmend, so wie die Barke schwamm. Jeder wollte dem andern zeigen, was ihn erschreckte, und jeder fand zwar auf des andern Gesicht das gleiche Entsetzen, Hand und Auge aber nach einer andern Richtung hinzeigend, als wo ihm selbst das halb lachende, halb dräuende Scheusal vor Augen stand. Wie sie sich nun aber einander darüber verständigen wollten, und alles rief: »Sieh dorthin, nein dorthin!« – da wurden jedwedem die Greuelbilder aller sichtbar, und die ganze Flut um das Schiff her wimmelte von den entsetzlichsten Gestalten. Von dem Geschrei, das sich darüber erhob, erwachte Undine. Vor ihren aufgehenden Augenlichtern verschwand der mißgeschaffenen Gesichter tolle Schar. Aber Huldbrand war empört über so viele häßliche Gaukeleien. Er wäre in wilde Verwünschungen ausgebrochen, nur daß Undine mit den demütigsten Blicken, und ganz leise bittend, sagte: »Um Gott, mein Eheherr, wir sind auf den Fluten, zürne jetzt nicht auf mich.« Der Ritter schwieg, setzte sich und versank in ein tiefes Nachdenken. Undine sagte ihm ins Ohr: »Wär' es nicht besser, mein Liebling, wir ließen die törichte Reise und kehrten nach Burg Ringstetten in Frieden zurück?« Aber Huldbrand murmelte feindselig: »Also ein Gefangener soll ich sein auf meiner eigenen Burg? Und atmen nur können, solange der Brunnen zu ist? So wollt' ich, daß die tolle Verwandtschaft« – Da drückte Undine schmeichelnd ihre schöne Hand auf seine Lippen. Er schwieg auch und hielt sich still, so manches, was ihm Undine früher gesagt hatte, erwägend.

Indessen hatte Bertalda sich allerhand seltsam umschweifenden Gedanken überlassen. Sie wußte vieles von Undines Herkommen und doch nicht alles, und vorzüglich war ihr der furchtbare Kühleborn ein schreckliches, aber noch immer ganz dunkles Rätsel geblieben, so daß sie nicht einmal seinen Namen je vernommen hatte. Über alle diese wunderlichen Dinge nachsinnend, knüpfte sie, ohne sich dessen recht bewußt zu werden, ein goldnes Halsband los, welches ihr Huldbrand auf einer der letzten Tagereisen von einem herumziehenden Handelsmann gekauft hatte, und ließ es dicht über der Oberfläche des Flusses spielen, sich, halb träumend, an dem lichten Schimmer ergötzend, den es in die abendhellen Gewässer warf. Da griff plötzlich eine große Hand aus der Donau herauf, erfaßte das Halsband und fuhr damit unter die Fluten. Bertalda schrie laut auf, und ein höhnisches Gelächter schallte aus den Tiefen des Stroms drein. Nun hielt sich des Ritters Zorn nicht länger. Aufspringend schalt er in die Gewässer hinein, verwünschte alle, die sich in seine Verwandtschaft und sein Leben drängen wollten, und forderte sie auf, Nix oder Sirene, sich vor sein blankes Schwert zu stellen. Bertalda weinte indes um den verlornen, ihr so innig lieben Schmuck und goß mit ihren Tränen Öl in des Ritters Zorn, während Undine ihre Hand über den Schiffesbord in die Wellen getaucht hielt, in einem fort sacht vor sich hinmurmelnd und nur manchmal ihr seltsam heimliches Geflüster unterbrechend, indem sie bittend zu ihrem Eheherrn sprach: »Mein Herzlichlieber, hier schilt mich nicht, schilt alles, was du willst, aber hier mich nicht. Du weißt ja!« – Und wirklich enthielt sich seine vor Zorn stammelnde Zunge noch jedes Wortes unmittelbar wider sie. Da brachte sie mit der feuchten Hand, die sie unter den Wogen gehalten hatte, ein wunderschönes Korallenhalsband hervor, so herrlich blitzend, daß allen davon die Augen fast geblendet wurden. »Nimm hin«, sagte sie, es Bertalden freundlich hinhaltend; »das hab ich dir zum Ersatz bringen lassen, und sei nicht weiter betrübt, du armes Kind.« Aber der Ritter sprang dazwischen. Er riß den schönen Schmuck Undinen aus der Hand, schleuderte ihn wieder in den Fluß und schrie wutentbrannt: »So hast du denn immer Verbindung mit ihnen? Bleib bei ihnen in aller Hexen Namen mit all deinen Geschenken und laß uns Menschen zufrieden, Gauklerin du!« Starren, aber tränenströmenden Blickes sah ihn die arme Undine an, noch immer die Hand ausgestreckt, mit welcher sie Bertalden ihr hübsches Geschenk so freundlich hatte hinreichen wollen. Dann fing sie immer herzlicher an zu weinen wie ein recht unverschuldet und recht bitterlich gekränktes liebes Kind. Endlich sagte sie ganz matt: »Ach, holder Freund, ach, lebe wohl! Sie sollen dir nichts tun; nur bleibe treu, daß ich sie dir abwehren kann. Ach, aber fort muß ich, muß fort auf diese ganze junge Lebenszeit. O weh, o weh, was hast du angerichtet! O weh, o weh!«

Und über den Rand der Barke schwand sie hinaus. – Stieg sie hinüber in die Flut, verströmte sie darin, man wußt' es nicht, es war wie beides und wie keins. Bald aber war sie in die Donau ganz verronnen; nur flüsterten noch kleine Wellchen schluchzend um den Kahn, und fast vernehmlich war's, als sprächen sie: »O weh, o weh! Ach bleibe treu! O weh!« –

Huldbrand aber lag in heißen Tränen auf dem Verdecke des Schiffes, und eine tiefe Ohnmacht hüllte den Unglücklichen bald in ihre mildernden Schleier ein.

Sechzehntes Kapitel

Von Huldbrands fürderm Ergehen

Soll man sagen, leider! oder zum Glück! daß es mit unsrer Trauer keinen rechten Bestand hat? Ich meine, mit unsrer so recht tiefen und aus dem Borne des Lebens schöpfenden Trauer, die mit dem verlorenen Geliebten so eines wird, daß er ihr nicht mehr verloren ist und sie ein geweihtes Priestertum an seinem Bilde durch das ganze Leben durchführen will, bis die Schranke, die ihm gefallen ist, auch uns zerfällt! Freilich bleiben wohl gute Menschen wirklich solche Priester, aber es ist doch nicht die erste, rechte Trauer mehr. Andre, fremdartige Bilder haben sich dazwischen gedrängt, wir erfahren endlich die Vergänglichkeit aller irdischen Dinge sogar an unserm Schmerz, und so muß ich denn sagen: »Leider, daß es mit unsrer Trauer keinen rechten Bestand hat!«

Der Herr von Ringstetten erfuhr das auch: ob zu seinem Heile, werden wir im Verfolg dieser Geschichte hören. Anfänglich konnte er nichts als immer recht bitterlich weinen, wie die arme, freundliche Undine geweint hatte, als er ihr den blanken Schmuck aus der Hand riß, mit dem sie alles so schön und gut machen wollte. Und dann streckte er die Hand aus, wie sie es getan hatte, und weinte immer wieder von neuem wie sie. Er hegte die heimliche Hoffnung, endlich auch ganz in Tränen zu verrinnen, und ist nicht selbst manchem von uns andern in großem Leide der ähnliche Gedanke mit schmerzender Lust durch den Sinn gezogen? Bertalda weinte mit, und sie lebten lange ganz still beieinander auf Burg Ringstetten, Undines Andenken feiernd und der ehemaligen Neigung fast gänzlich vergessen habend. Dafür kam auch um diese Zeit oftmals die gute Undine zu Huldbrands Träumen; sie streichelte ihn sanft und freundlich und ging dann stillweinend wieder fort, so daß er im Erwachen oftmals nicht recht wußte, wovon seine Wangen so naß waren: kam es von ihren oder bloß von seinen Tränen?

Die Traumgesichte wurden aber mit der Zeit seltner, der Gram des Ritters matter, und dennoch hätte er vielleicht nie in seinem Leben einen andern Wunsch gehegt, als so stille fort Undines zu gedenken und von ihr zu sprechen, wäre nicht der alte Fischer unvermutet auf dem Schloß erschienen und hätte Bertalden nun alles Ernstes als sein Kind zurückgeheischt. Undines Verschwinden war ihm kundgeworden, und er wollte es nicht länger zugeben, daß Bertalda bei dem unverehlichten Herrn auf der Burg verweile. – »Denn ob meine Tochter mich lieb hat oder nicht«, sprach er, »will ich jetzt gar nicht wissen, aber die Ehrbarkeit ist im Spiel, und wo die spricht, hat nichts andres mehr mitzureden.«

Diese Gesinnung des alten Fischers und die Einsamkeit, die den Ritter aus allen Sälen und Gängen der verödeten Burg schauerlich nach Bertaldas Abreise zu erfassen drohte, brachten zum Ausbruch, was früher entschlummert und in dem Gram über Undinen ganz vergessen war: die Neigung Huldbrands für die schöne Bertalda. Der Fischer hatte vieles gegen die vorgeschlagene Heirat einzuwenden. Undine war dem alten Manne sehr lieb gewesen, und er meinte, man wisse ja noch kaum, ob die liebe Verschwundene recht eigentlich tot sei. Liege aber ihr Leichnam wirklich starr und kalt auf dem Grunde der Donau oder treibe mit den Fluten ins Weltmeer hinaus, so habe Bertalda an ihrem Tode mit Schuld, und nicht gezieme es ihr, an den Platz der armen Verdrängten zu treten. Aber auch den Ritter hatte der Fischer sehr lieb; die Bitten der Tochter, die um vieles sanfter und ergebner geworden war, wie auch ihre Tränen um Undinen kamen dazu, und er mußte wohl endlich seine Einwilligung gegeben haben, denn er blieb ohne Widerrede auf der Burg, und ein Eilbote ward abgesandt, den Pater Heilmann, der in frühern glücklichen Tagen Undinen und Huldbranden eingesegnet hatte, zur zweiten Trauung des Ritters nach dem Schlosse zu holen.

Der fromme Mann aber hatte kaum den Brief des Herrn von Ringstetten durchlesen, so machte er sich in noch viel größerer Eile nach dem Schlosse auf den Weg, als der Bote von dorten zu ihm gekommen war. Wenn ihm auf dem schnellen Gange der Atem fehlte oder die alten Glieder schmerzten vor Müdigkeit, pflegte er zu sich selber zu sagen: »Vielleicht ist noch Unrecht zu hindern; sinke nicht eher als am Ziele, du verdorrter Leib!« – Und mit erneuter Kraft riß er sich alsdann auf und wallte und wallte, ohne Rast und Ruh, bis er eines Abends spät in den belaubten Hof der Burg Ringstetten eintrat.

Die Brautleute saßen Arm in Arm unter den Bäumen, der alte Fischer nachdenklich neben ihnen. Kaum nun, daß sie den Pater Heilmann erkannten, so sprangen sie auf und drängten sich bewillkommend um ihn her. Aber er, ohne viele Worte zu machen, wollte den Bräutigam mit sich in die Burg ziehen; als indessen dieser staunte und zögerte, den ernsten Winken zu gehorchen, sagte der fromme Geistliche: »Was halte ich mich denn lange dabei auf, Euch in geheim sprechen zu wollen, Herr von Ringstetten? Was ich zu sagen habe, geht Bertalden und den Fischer ebensogut mit an, und was einer doch irgendeinmal hören muß, mag er lieber gleich so bald hören, als es nur möglich ist. Seid Ihr denn so gar gewiß, Ritter Huldbrand, daß Eure erste Gattin wirklich gestorben ist? Mir kommt es kaum so vor. Ich will zwar weiter nichts darüber sprechen, welch eine wundersame Bewandtnis es mit ihr gehabt haben mag, weiß auch davon nichts Gewisses. Aber ein frommes, vielgetreues Weib war sie, so viel ist außer allem Zweifel. Und seit vierzehn Nächten hat sie in Träumen an meinem Bette gestanden, ängstlich die zarten Händlein ringend und in einem fort seufzend: ›Ach, hindr' ihn, lieber Vater! Ich lebe noch! Ach, rett ihm den Leib! Ach, rett ihm die Seele!‹ – Ich verstand nicht, was das Nachtgesicht haben wollte; da kam Euer Bote, und nun eilt' ich hierher, nicht zu trauen, wohl aber zu trennen, was nicht zusammengehören darf. Laß von ihr, Huldbrand! Laß von ihm, Bertalda! Er gehört noch einer andern, und siehst du nicht den Gram um die verschwundene Gattin auf seinen bleichen Wangen? So sieht kein Bräutigam aus, und der Geist sagt es mir: ›Ob du ihn auch nicht lässest, doch nimmer wirst du seiner froh.‹«

Die drei empfanden im innersten Herzen, daß der Pater Heilmann die Wahrheit sprach, aber sie wollten es nun einmal nicht glauben. Selbst der alte Fischer war nun bereits so betört, daß er meinte, anders könne es gar nicht kommen, als sie es in diesen Tagen ja schon oft miteinander besprochen hätten. Daher stritten sie denn alle mit einer wilden, trüben Hast gegen des Geistlichen Warnungen, bis dieser sich endlich kopfschüttelnd und traurig aus der Burg entfernte, ohne die dargebotene Herberge auch nur für diese Nacht annehmen zu wollen oder irgendeine der herbeigeholten Labungen zu genießen. Huldbrand aber überredete sich, der Geistliche sei ein Grillenfänger, und sandte mit Tagesanbruch nach einem Pater aus dem nächsten Kloster, der auch ohne Weigerung verhieß, die Einsegnung in wenigen Tagen zu vollziehen.

Siebzehntes Kapitel

Des Ritters Traum

Es war zwischen Morgendämmerung und Nacht, da lag der Ritter halb wachend, halb schlafend, auf seinem Lager. Wenn er vollends einschlummern wollte, war es, als stände ihm ein Schrecken entgegen, und scheuchte ihn zurück, weil es Gespenster gäbe im Schlaf. Dachte er aber sich alles Ernstes zu ermuntern, so wehte es um ihn her wie mit Schwanenfittichen und mit schmeichelndem Wogenklang, davon er allemal wieder in den zweifelhaften Zustand angenehm betört zurücktaumelte. Endlich aber mochte er doch wohl ganz entschlafen sein, denn es kam ihm vor, als ergreife ihn das Schwanengesäusel auf ordentlichen Fittichen und trage ihn weit fort über Land und See und singe immer aufs anmutigste dazu. »Schwanenklang! Schwanengesang!« mußte er immerfort zu sich selbst sagen; »das bedeutet ja wohl den Tod?« Aber es hatte vermutlich noch eine andere Bedeutung. Ihm ward nämlich auf einmal, als schwebe er über dem Mittelländischen Meer. Ein Schwan sang ihm gar tönend in die Ohren, dies sei das Mittelländische Meer. Und während er in die Fluten hinuntersah, wurden sie zu lauterm Kristalle, daß er hineinschauen konnte bis auf den Grund. Er freute sich sehr darüber, denn er konnte Undinen sehen, wie sie unter den hellen Kristallgewölben saß. Freilich weinte sie sehr und sah viel betrübter aus als in den glücklichen Zeiten, die sie auf Burg Ringstetten miteinander verlebt hatten, vorzüglich zu Anfang und auch nachher, kurz ehe sie die unselige Donaufahrt begannen. Der Ritter mußte an alle das sehr ausführlich und innig denken, aber es schien nicht, als werde Undine seiner gewahr. Indessen war Kühleborn zu ihr getreten und wollte sie über ihr Weinen ausschelten. Da nahm sie sich zusammen und sah ihn vornehm und gebietend an, daß er fast davor erschrak. »Wenn ich hier auch unter den Wassern wohne«, sagte sie, »so hab ich doch meine Seele mit heruntergebracht. Und darum darf ich wohl weinen, wenn du auch gar nicht erraten kannst, was solche Tränen sind. Auch die sind selig, wie alles selig ist, dem, in welchem treue Seele lebt.« Er schüttelte ungläubig mit dem Kopfe und sagte nach einigem Besinnen: »Und doch, Nichte, seid Ihr unseren Elementargesetzen unterworfen, und doch müßt Ihr ihn richtend ums Leben bringen, dafern er sich wieder verehelicht und Euch untreu wird.« – »Er ist noch bis diese Stunde ein Witwer«, sagte Undine, »und hat mich aus traurigem Herzen lieb.« – »Zugleich ist er aber auch ein Bräutigam«, lachte Kühleborn höhnisch, »und laßt nur erst ein paar Tage hingehen, dann ist die priesterliche Einsegnung erfolgt, und dann müßt Ihr doch zu des Zweiweibrigen Tode hinauf.« – »Ich kann ja nicht«, lächelte Undine zurück. »Ich habe ja den Brunnen versiegelt, für mich und meinesgleichen fest.« – »Aber wenn er von seiner Burg geht«, sagte Kühleborn, »oder wenn er einmal den Brunnen wieder öffnen läßt! Denn er denkt gewiß blutwenig an alle diese Dinge.« – »Eben deshalb«, sprach Undine und lächelte noch immer unter ihren Tränen, »eben deshalb schwebt er jetzt im Geiste über dem Mittelmeer und träumt zur Warnung dies unser Gespräch. Ich hab es wohlbedächtig so eingerichtet.« Da sah Kühleborn ingrimmig zu dem Ritter hinauf, dräuete, stampfte mit den Füßen und schoß gleich darauf pfeilschnell unter den Wellen fort. Es war, als schwelle er vor Bosheit zu einem Walfisch auf. Die Schwäne begannen wieder zu tönen, zu fächeln, zu fliegen; dem Ritter war es, als schwebe er über Alpen und Ströme hin, schwebe endlich zur Burg Ringstetten herein und erwache auf seinem Lager.

Wirklich erwachte er auf seinem Lager, und eben trat sein Knappe herein und berichtete ihm, der Pater Heilmann weile noch immer hier in der Gegend; er habe ihn gestern zu Nacht im Forste getroffen, unter einer Hütte, die er sich von Baumästen zusammengebogen habe und mit Moos und Reisig belegt. Auf die Frage, was er denn hier mache? denn einsegnen wolle er ja doch nicht! sei die Antwort gewesen: »Es gibt noch andere Einsegnungen als die am Traualtar, und bin ich nicht zur Hochzeit gekommen, so kann es ja doch zu einer andern Feier gewesen sein. Man muß alles abwarten. Zudem ist ja

Trauen und Trauern gar nicht so weit auseinander, und wer sich nicht mutwillig verblendet, sieht es wohl ein.«

Der Ritter machte sich allerhand wunderliche Gedanken über diese Worte und über seinen Traum. Aber es hält sehr schwer, ein Ding zu hintertreiben, was sich der Mensch einmal als gewiß in den Kopf gesetzt hat, und so blieb denn auch alles beim alten.

Achtzehntes Kapitel

Wie der Ritter Huldbrand Hochzeit hielt

Wenn ich euch erzählen sollte, wie es bei der Hochzeitfeier auf Burg Ringstetten zuging, so würde euch zumute werden, als sähet ihr eine Menge von blanken und erfreulichen Dingen aufgehäuft, aber drüberhin einen schwarzen Trauerflor gebreitet, aus dessen verdunkelnder Hülle hervor die ganze Herrlichkeit minder einer Lust gliche als einem Spott über die Nichtigkeit aller irdischen Freuden. Es war nicht etwa, daß irgendein gespenstisches Unwesen die festliche Geselligkeit verstört hätte, denn wir wissen ja, daß die Burg vor den Spukereien der dräuenden Wassergeister eine gefeite Stätte war. Aber es war dem Ritter und dem Fischer und allen Gästen zumute, als fehle noch die Hauptperson bei dem Feste und als müsse diese Hauptperson die allgeliebte freundliche Undine sein. Sooft eine Tür aufging, starrten aller Augen unwillkürlich dahin, und wenn es dann weiter nichts war als der Hausmeister mit neuen Schüsseln oder der Schenk mit einem Trunk noch edlern Weins, blickte man wieder trüb vor sich hin, und die Funken, die etwa hin und her von Scherz und Freude aufgeblitzt waren, erloschen in dem Tau wehmütigen Erinnerns. Die Braut war von allen die Leichtsinnigste und daher auch die Vergnügteste; aber selbst ihr kam es bisweilen wunderlich vor, daß sie in dem grünen Kranze und den goldgestickten Kleidern an der Oberstelle der Tafel sitze, während Undine als Leichnam starr und kalt auf dem Grunde der Donau liege oder mit den Fluten forttreibe ins Weltmeer hinaus. Denn seit ihr Vater ähnliche Worte gesprochen hatte, klangen sie ihr immer vor den Ohren und wollten vorzüglich heute weder wanken noch weichen.

Die Gesellschaft verlor sich bei kaum eingebrochner Nacht; nicht aufgelöst durch des Bräutigams hoffende Ungeduld wie sonsten Hochzeitversammlungen, sondern nur ganz trüb und schwer auseinandergedrückt durch freudlose Schwermut und Unheil kündende Ahnungen. Bertalda ging mit ihren Frauen, der Ritter mit seinen Dienern, sich auszukleiden: von dem scherzend fröhlichen Geleit der Jungfrauen und Junggesellen bei Braut und Bräutigam war an diesem trüben Feste die Rede nicht.

Bertalda wollte sich aufheitern: sie ließ einen prächtigen Schmuck, den Huldbrand ihr geschenkt hatte, samt reichen Gewanden und Schleiern vor sich ausbreiten, ihren morgenden Anzug aufs schönste und heiterste daraus zu wählen. Ihre Dienerinnen freueten sich des Anlasses, vieles und Fröhliches der jungen Herrin vorzusprechen, wobei sie nicht ermangelten, die Schönheit der Neuvermählten mit den lebhaftesten Worten zu preisen. Man vertiefte sich mehr und mehr in diese Betrachtungen, bis endlich Bertalda, in einen Spiegel blickend, seufzte: »Ach, aber seht ihr wohl die werdenden Sommersprossen hier seitwärts am Halse?« Sie sahen hin und fanden es freilich, wie es die schöne Herrin gesagt hatte, aber ein liebliches Mal nannten sie's, einen kleinen Flekken, der die Weiße der zarten Haut noch erhöhe. Bertalda schüttelte den Kopf und meinte, ein Makel bleib' es doch immer. »Und ich könnt' es los sein«, seufzte sie endlich. »Aber der Schloßbrunnen ist zu, aus dem ich sonst immer das köstliche, hautreinigende Wasser schöpfen ließ. Wenn ich doch heut nur eine Flasche davon hätte?« – »Ist es nur das?« lachte die behende Dienerin und schlüpfte aus dem Gemach. »Sie wird doch nicht so toll sein«, fragte Bertalda wohlgefällig erstaunt, »noch heut abend den Brunnenstein abwälzen zu lassen?« Da hörte man bereits, daß Männer über den Hof gingen, und konnte aus dem Fenster sehen, wie die gefällige Dienerin sie gerade auf den Brunnen losführte und sie Hebebäume und anderes Werkzeug auf den Schultern trugen. »Es ist freilich mein Wille«, lächelte Bertalda; »wenn es nur nicht zu lange währt.« Und froh im Gefühl, daß ein Wink von ihr jetzt vermöge, was ihr vormals so schmerzhaft geweigert worden war, schaute sie auf die Arbeit in den mondhellen Burghof hinab.

Die Männer hoben mit Anstrengung an dem großen Stein; bisweilen seufzte wohl einer dabei, sich erinnernd, daß man hier der geliebten vorigen Herrin Werk zerstöre. Aber die Arbeit ging übrigens viel leichter, als man gemeint hatte. Es war, als hülfe eine Kraft aus dem Brunnen heraus, den Stein emporbringen. »Es ist ja«, sagten die Arbeiter erstaunt zueinander, »als wäre das Wasser drinnen zum Springborne worden.« Und mehr und mehr hob sich der Stein, und fast ohne Beistand der Werkleute rollte er langsam mit dumpfem Schallen auf das Pflaster hin. Aber aus des Brunnens Öffnung stieg es gleich einer weißen Wassersäule feierlich herauf; sie dachten erst, es würde mit dem Springbrunnen ernst, bis sie gewahrten, daß die aufsteigende Gestalt ein bleiches, weißverschleiertes Weibsbild war. Das weinte bitterlich, das hob die Hände ängstlich ringend über das Haupt und schritt mit langsam ernstem Gange nach dem Schloßgebäu. Auseinander stob das Burggesind' vom Brunnen fort, bleich stand, Entsetzens starr, mit ihren Dienerinnen die Braut am Fenster. Als die Gestalt nun dicht unter deren Kammern hinschritt, schaute sie winselnd nach ihr empor, und Bertalda meinte, unter dem Schleier Undines bleiche Gesichtszüge zu erkennen. Vorüber aber zog die Jammernde, schwer, gezwungen, zögernd, wie zum Hochgericht. Bertalda schrie, man solle den Ritter rufen; es wagte sich keine der Zofen aus der Stelle, und auch die Braut selber verstummte wieder, wie vor ihrem eigenen Laut erbebend.

Während jene noch immer bang am Fenster standen, wie Bildsäulen regungslos, war die seltsame Wandrerin in die Burg gelangt, die wohlbekannten Treppen hinauf, die wohlbekannten Hallen durch, immer in ihren Tränen still. Ach, wie so anders war sie einstens hier umhergewandelt! –

Der Ritter aber hatte seine Diener entlassen. Halb ausgekleidet, im betrübten Sinnen, stand er vor einem großen Spiegel; die Kerze brannte dunkel neben ihm. Da klopfte es an die Tür mit leisem, leisem Finger. Undine hatte sonst wohl so geklopft, wenn sie ihn freundlich necken wollte. »Es ist alles nur Phantasterei!« sagte er zu sich selbst. »Ich muß ins Hochzeitbett.« – »Das mußt du, aber in ein kaltes!« hörte er eine weinende Stimme draußen vor dem Gemache sagen, und dann sah er im Spiegel, wie die Türe aufging, langsam, langsam und wie die weiße Wandrerin hereintrat und sittig das Schloß wieder hinter sich zudrückte. »Sie haben den Brunnen aufgemacht«, sagte sie leise, »und nun bin ich hier, und nun mußt du sterben.« Er fühlte in seinem stockenden Herzen, daß es auch gar nicht anders sein könne, deckte aber die Hände über die Augen und sagte: »Mache mich nicht in meiner Todesstunde durch Schrecken toll. Wenn du ein entsetzliches Antlitz hinter dem Schleier trägst, so lüfte ihn nicht, und richte mich, ohne daß ich dich schaue.« – »Ach«, entgegnete die Wandrerin, »willst du mich denn nicht noch ein einziges Mal sehen? Ich bin schön, wie als du auf der Seespitze um mich warbst.« – »Oh, wenn das wäre!« seufzte Huldbrand; »und wenn ich sterben dürfte an einem Kusse von dir.« – »Recht gern, mein Liebling«, sagte sie. Und ihre Schleier schlug sie zurück, und himmlisch schön lächelte ihr holdes Antlitz daraus hervor. Bebend vor Liebe und Todesnähe neigte sich der Ritter ihr entgegen, sie küßte ihn mit einem himmlischen Kusse, aber sie ließ ihn nicht mehr los, sie drückte ihn inniger an sich, und weinte, als wolle sie ihre Seele fortweinen. Die Tränen drangen in des Ritters Augen und wogten im lieblichen Wehe durch seine Brust, bis ihm endlich der Atem entging und er aus den schönen Armen als ein Leichnam sanft auf die Kissen des Ruhebettes zurücksank.

»Ich habe ihn totgeweint!« sagte sie zu einigen Dienern, die ihr im Vorzimmer begegneten, und schritt durch die Mitte der Erschreckten langsam nach dem Brunnen hinaus.

Neunzehntes Kapitel

Wie der Ritter Huldbrand begraben ward

Der Pater Heilmann war auf das Schloß gekommen, sobald des Herrn von Ringstetten Tod in der Gegend kundgeworden war, und just zur selben Stunde erschien er, wo der Mönch, welcher die unglücklichen Vermählten getraut hatte, von Schreck und Grausen überwältigt, aus den Toren floh. – »Es ist schon recht«, entgegnete Heilmann, als man ihm dieses ansagte: »Und nun geht mein Amt an, und ich brauche keines Gefährten.« Darauf begann er die Braut, welche zur Witwe geworden war, zu trösten, so wenig Frucht es auch in ihrem weltlich lebhaften Gemüte trug. Der alte Fischer hingegen fand sich, obzwar von Herzen betrübt, weit besser in das Geschick, welches Tochter und Schwiegersohn betroffen hatte, und während Bertalda nicht ablassen konnte, Undinen Mörderin zu schelten und Zauberin, sagte der alte Mann gelassen: »Es konnte nun einmal nicht anders sein. Ich sehe nichts darin als die Gerichte Gottes, und es ist wohl niemandem Huldbrands Tod mehr zu Herzen gegangen als der, die ihn verhängen mußte, der armen, verlaßnen Undine!« Dabei half er die Begräbnisfeier anordnen, wie es dem Range des Toten geziemte. Dieser sollte in einem Kirchdorfe begraben werden, auf dessen Gottesacker alle Gräber seiner Ahnherren standen und welches sie, wie er selbst, mit reichlichen Freiheiten und Gaben geehrt hatten. Schild und Helm lagen bereits auf dem Sarge, um mit in die Gruft versenkt zu werden, denn Herr Huldbrand von Ringstetten war als der letzte seines Stammes verstorben; die Trauerleute begannen ihren schmerzvollen Zug, Klagelieder in das heiterstille Himmelblau hinaufsingend, Heilmann schritt mit einem hohen Kruzifix voran, und die trostlose Bertalda folgte, auf ihren alten Vater gestützt. – Da nahm man plötzlich inmitten der schwarzen Klagefrauen in der Wittib Gefolge eine schneeweiße Gestalt wahr, tief verschleiert, und die ihre Hände inbrünstig jammernd emporwand. Die, neben welchen sie ging, kam ein heimliches Grauen an, sie wichen zurück oder seitwärts, durch ihre Bewegung die andern, neben die nun die weiße Fremde zu gehen kam, noch sorglicher erschreckend, so daß schier darob eine Unordnung unter dem Trauergefolge zu entstehen begann. Es waren einige Kriegsleute so dreist, die Gestalt anreden und aus dem Zuge fortweisen zu wollen, aber denen war sie wie unter den Händen fort und ward dennoch gleich wieder mit langsam feierlichem Schritte unter dem Leichengefolge mitziehend gesehen. Zuletzt kam sie während des beständigen Ausweichens der Dienerinnen bis

dicht hinter Bertalda. Nun hielt sie sich höchst langsam in ihrem Gange, so daß die Wittib ihrer nicht gewahr ward und sie sehr demütig und sittig hinter dieser ungestört fortwandelte.

Das währte, bis man auf den Kirchhof kam und der Leichenzug einen Kreis um die offne Grabstätte schloß. Da sah Bertalda die ungebetene Begleiterin, und halb in Zorn, halb in Schreck auffahrend, gebot sie ihr, von der Ruhestätte des Ritters zu weichen. Die Verschleierte aber schüttelte sanft verneinend ihr Haupt und hob die Hände wie zu einer demütigen Bitte gegen Bertalda auf, davon diese sich sehr bewegt fand und mit Tränen daran denken mußte, wie ihr Undine auf der Donau das Korallenhalsband so freundlich hatte schenken wollen. Zudem winkte Pater Heilmann und gebot Stille, da man über dem Leichnam, dessen Hügel sich eben zu häufen begann, in stiller Andacht beten wolle. Bertalda schwieg und kniete, und alles kniete und die Totengräber auch, als sie fertig geschaufelt hatten. Da man sich aber wieder erhob, war die weiße Fremde verschwunden; an der Stelle, wo sie gekniet hatte, quoll ein silberhelles Brünnlein aus dem Rasen, das rieselte und rieselte fort, bis es den Grabhügel des Ritters fast ganz umzogen hatte; dann rannte es fürder und ergoß sich in einen stillen Weiher, der zur Seite des Gottesackers lag. Noch in späten Zeiten sollen die Bewohner des Dorfes die Quelle gezeigt und fest die Meinung gehegt haben, dies sei die arme, verstoßene Undine, die auf diese Art noch immer mit freundlichen Armen ihren Liebling umfasse.

Undine hat die Macht des Wortes in dieser Geschichte

Kühleborn ist stets ein Held des „als ob"
(also nicht wirklich)
integrierte Perspektive der Wasserfrau
(→) läßt sie selbst zu Wort kommen

Undine

»Ondine«, 1938 geschrieben und am 27. April 1939 in Paris uraufgeführt, folgt in der Handlung der Fouquéschen Vorlage, mit der sich Giraudoux schon als Student auseinandergesetzt hatte. Vom Wasserkönig ist Undine dem alten Fischerpaar Eugenie und Andreas zugeführt worden, während er deren Tochter Bertha an den Königshof entführt hat. Im 1. Akt verirrt sich der Ritter Hans von Wittenstein in die Fischerhütte, ist von Undines Schönheit und quirligem Wesen bezaubert und verbindet sich mit ihr, wobei sich Undine auf einen Pakt mit dem Wasserkönig einlassen muß: »Mein Onkel, der Wasserkönig, hat mir gesagt: ›Wir dürfen ihn töten, wenn er dir untreu wird?‹ Hätte ich nein gesagt, hätte ich Hans vor ihnen erniedrigt und zugegeben, daß ich ihm mißtraue. Mir selbst hätte ich dann mißtraut. Darum habe ich ja gesagt.« Der 2. Akt spielt im Königspalast, dessen Gesellschaft Hans seine junge Gemahlin »nach zwölf langen Flitterwochen« nun vorstellen will. Undine, deren »einziger Hofmeister die Natur war«, bringt in ihrer Redseligkeit – nach Hans' Worten »stammt ihr Wortschatz von Fröschen und ihre Grammatik vom Wind« – das Hofzeremoniell gründlich durcheinander, und als auch ihr gutgemeinter Versuch scheitert, Bertha ihren richtigen Eltern wieder zuzuführen, verläßt das Paar den Hof und begibt sich zusammen mit Bertha auf Schloß Wittenstein.

Dritter Akt

Schloßhof.

Erste Szene

Bertha. Hans. Zwei Diener.

ERSTER DIENER. Die Chorknaben begeben sich schon auf die Empore.

HANS. Was willst du?

ZWEITER DIENER. Er meint die Sänger, die die Feierlichkeiten Ihrer Hochzeit durch schöne Kehlen ausschmücken wollen.

HANS. Kannst du das nicht anders ausdrücken? Hast du keine schlichteren Worte, he?

ERSTER DIENER. Lang lebe Bertha! Lang lebe die junge Ehefrau!

HANS. Pack dich! ...

BERTHA. Warum ein solcher Zorn an solchem Tag?

HANS. Fängst du jetzt auch an?

BERTHA. Ich soll deine Gemahlin werden, und was machst du für ein Gesicht!

HANS. Du fängst auch noch an! Redest schon wie die Diener!

BERTHA. Was haben sie Schlimmes gesagt? Sie freuen sich über unser Glück.

HANS. Das sage noch einmal! ... Rasch! Rasch! ... Ohne ein Wort zu ändern!

BERTHA. Sie freuen sich über unser Glück ...

HANS. Endlich! Danke!

BERTHA. Du machst mir Angst, Hans! Seit einigen Tagen machst du mir Angst ...

HANS. Alles weißt du über die Wittenstein, eins mußt du noch lernen: am Tag, an dem die Dienerschaft ohne Grund anfängt, feierlich zu reden, besucht uns das

Unglück. Ihre Sätze bekommen Rhythmus, ihre Worte werden edel. Alles, was in dieser Welt deine Dichter sich vorbehalten haben, geht plötzlich auf Waschfrauen und Stallburschen über. Kleine Leute sehen, was sie sonst niemals sehen, die Krümmung der Flüsse, das Sechseck der Honigwaben. Sie denken an die Natur. Sie denken an die Seele ... Am Abend kommt dann das Unglück.

BERTHA. Aber ihre Worte waren bestimmt keine Verse. Sie reimten sich nicht.

HANS. Gott behüte! Wenn ein Wittenstein plötzlich einen Diener in Reimen reden, ein Gedicht aufsagen hört, steht der Tod vor der Tür.

BERTHA. Das kommt nur daher, daß in großen Stunden das Ohr der Wittenstein jeden Klang veredelt. Aber sicherlich gilt es für beides, für die Trauer wie für die Freude!

HANS. Es geht bis zum Schweinehirten! Gleich werden wir es erleben. *(Zu einem Diener.)* Weißt du, wo der Schweinehirt ist?

ZWEITER DIENER. Auf der mit Stechginster bestandenen Anhöhe ...

HANS. Halt den Mund ... Hol mir den Schweinehirten ...

ZWEITER DIENER. Unter einer Akazie träumend ...

HANS. Und nimm die Beine unter den Arm!

(Der Diener geht ab.)

BERTHA. O Hans, muß ich den Dienern nicht dankbar sein, daß sie heute morgen die schlichten Worte mir überlassen, um dir zu sagen, wie ich dich liebe? Du hältst mich in deinen Armen. Warum das finstre Gesicht? Was kann dir heute noch fehlen?

HANS. Warum habe ich mich gerächt? Warum habe ich sie gezwungen, vor der ganzen Stadt ihre Schuld zu gestehen?

BERTHA. Hast du Undine in den sechs Monaten, die sie nun fort ist, immer noch nicht vergessen? Heute ist der Tag, sie zu vergessen!

HANS. Heute am wenigsten! Wenn ich heute als mißtrauischer Bräutigam vor dich trete, weil ich gedemütigt und verwirrt bin: sie hat es bewirkt ... Und wie hat sie mich belogen!

BERTHA. Sie hat dich nicht belogen. Jeder außer dir hätte gemerkt, daß sie nicht von unserer Welt ist. Hat sie sich ein einziges Mal beklagt? Hat sie ein einziges Mal widersprochen? Hast du sie zornig gesehen, oder krank, oder hochfahrend? Woran sonst erkennt man die wahren Frauen?

HANS. Daß sie betrügen ... Sie hat mich betrogen.

BERTHA. Du allein wolltest nicht sehen. Dir allein ist es nicht aufgefallen, daß sie das Wort Frau nie in den Mund genommen hat. Hast du sie jemals sagen hören: so etwas sagt man nicht zu einer Frau, so etwas tut man einer Frau nicht an? ... Nein.

HANS. Erlaubt sie mir wenigstens, sie zu vergessen? Der Schrei, der mich am Morgen ihrer Flucht aufgeweckt hat: ich habe dich mit Bertram betrogen ...!

ECHO. Ich habe dich mit Bertram betrogen ...!

HANS. Dieser Schrei steigt noch jeden Morgen aus den Flüssen, den Quellen und Brunnen empor! Aus Fontänen und Teichen hallen Burg und Stadt von ihm wider! ... Ruft nicht die hölzerne Nixe in der großen Uhr es jeden Mittag öffentlich aus? Warum liegt ihr so viel daran, die Welt wissen zu lassen, daß sie mich mit Bertram betrogen hat?

ECHO. Mit Bertram betrogen hat ...

BERTHA. Seien wir ehrlich, Hans. Wir beide hatten sie vorher betrogen. Vielleicht hat sie uns belauscht, und nun will sie sich rächen.

HANS. Wo ist sie? Was treibt sie? All meine Jäger, all

meine Fischer suchen sie seit Monaten vergeblich. Und doch kann sie nicht weit sein. Morgens hat man an der Kapellentür einen Kranz aus Seesternen und Seeigeln gefunden ... Nur sie konnte ihn hinlegen, mich zu verhöhnen ...

BERTHA. Glaube doch das nicht ... Abenteurerinnen sind nicht beharrlich. Wenn man sie einmal entlarvt hat, verschwinden sie, tauchen sie unter ... Ich vermute, der Ausdruck eignet sich auch für Wassergeister ... Sie ist wieder untergetaucht.

HANS. Ich habe dich mit Bertram betrogen ...!

ECHO. Mit Bertram!

HANS. Wer hat jetzt geredet?

BERTHA. O Hans, wir müssen deinen Irrtum gemeinsam bezahlen. Was hat dich an diesem Mädchen bestricken können? Wer hat dir einreden können, daß du für die großen Abenteuer geboren seist? Du, als Jäger von Feen? Ich kenne dich viel zu gut. Wenn du aufrichtig gegen dich selbst sein willst, gibst du mir zu, was in einem Zauberwald dein Herz stets am höchsten schlagen ließ: eine verlassene Köhlerhütte zu entdecken, mit gebeugtem Kopf einzutreten, beim Geruch feuchter Möbel einige noch nicht verloschene Kohlen zu finden, auf denen du dir einen Krammetsvogel brätst, und dir schließlich die Pfeife anzustecken ... Und ich sehe dich in den sogenannten Zauberschlössern: bestimmt hast du deine Zeit damit verbracht, Schränke zu öffnen, Kleider herauszunehmen, dich mit alten Helmen zu schmücken ... Du dachtest, daß du nach Geistern suchst. Aber du bist immer auf irdischer Fährte geblieben ...

HANS. Wie schlecht bin ich dieser Fährte gefolgt!

BERTHA. Du hast sie verloren, aber hast sie wiedergefunden. In jener Winternacht, als du mir sagtest, daß du mich immer noch liebst, und ich dir fortlief; du hast sie wiedergefunden, als du meine Spuren im Schnee sahst. Es waren große und tiefe Spuren; meine ganze Ermattung lag darin, meine Not, meine Liebe. Das waren nicht Abdrücke, wie sie, deinen Hunden kaum wahrnehmbar, Undines Fuß hinterläßt, Schaum auf der festen Erde – es waren die Abdrücke einer Frau, die menschliches Leben in sich trägt, deinen künftigen Sohn in sich trägt: deiner Frau. Zurück hat die Spur nicht geführt. Denn du hast mich auf deinen Armen getragen.

HANS. Ja ... Wie Bertram sie auf seinen Armen getragen hat ... *(Der Diener kommt zurück.)* Was willst du schon wieder?

DIENER. Der Schweinehirt, Herr, Sie haben ihn kommen lassen.

(Der Schweinehirt tritt auf.)

HANS. Tritt näher. Was machen deine Schweine?

HIRT. Aus Weidenholz ist meine Pfeife, mein Taschenmesser ist aus Buchsbaum.

HANS. Ich frage nach deinen Schweinen, deinen Säuen!

HIRT. Unter der blühenden Akazie ...

HANS. Sei still!

DIENER. Geben Sie sich keine Mühe! Er ist taub.

HIRT. In ihrem sanften Schatten ...

HANS. Drücke ihm die Hand auf den Mund!

DIENER. Er redet in meine Hand. Er redet von einem Sechseck ...

HANS *(zu einem anderen Diener)*. Auch der soll den Mund halten ...

ZWEITER DIENER *(der dem ersten seine Hand auf den Mund gedrückt hat)*. Ich weiß nicht, was sie haben. Jetzt sagen sie ein Gedicht.

HANS. Holt mir die Spülmagd. Verstanden? Wir wollen hören, was für eine Sprache die Spülmagd führt!

Zweite Szene

Die Vorigen. Bertha. Hans. Zwei Fischer.

ERSTER FISCHER. Herr! Herr!

ZWEITER FISCHER. Wir haben sie! Gefangen!

HANS. Ihr habt Undine?

ERSTER FISCHER. Im Rhein, während sie sang.

ZWEITER FISCHER. Sie ist wie der Auerhahn. Wenn sie singt, merkt sie nichts.

HANS. Seid ihr ganz sicher?

ERSTER FISCHER. Unfehlbar sicher! Sie hat sich die Haare übers Gesicht gehängt, aber ihre Stimme ist herrlich, ihre Haut wie Samt. Sie kann einem den Kopf verdrehen, sie muß sehr böse sein.

ZWEITER FISCHER. Es ist gut, daß die Richter gleich mitkommen.

BERTHA. Was für Richter?

ERSTER FISCHER. Die Richter der geistlichen und der weltlichen Macht, die das Übernatürliche richten.

ZWEITER FISCHER. Sie waren grad in der Gegend, kommen aus Bingen, wo sie eine Schlange gehenkt haben.

BERTHA. Warum halten sie Gericht in der Burg? Haben sie unten nicht ihren Saal?

ERSTER FISCHER. Sie sagen, Frau Gräfin, daß man Wassergeister stets auf einer Anhöhe richten muß ...

ZWEITER FISCHER. Recht weit von Fluß oder Teich, weil sie sich wie ein Aal auf dem Bauch ins Wasser zurückschlängeln können. Da muß man achtgeben. Außerdem ist der Ritter Kläger in diesem Prozeß.

HANS. Das bin ich ... Seit sechs Monaten warte ich darauf ... Laß uns allein, Bertha.

BERTHA. Du darfst Undine nicht wiedersehn!

HANS. Ich werde sie auch nicht wiedersehn. Du hast ja gehört ... Ich werde ein Geschöpf wiedersehn, das aus den Wassern kommt, mit Menschenstimme, und nichts mit Menschen gemein hat. Es wird mich nicht einmal wiedererkennen.

BERTHA. Hans, als Kind hatte ich mich in einen Luchs verliebt. Den gab es nur in meiner Einbildung. Aber wir schliefen zusammen. Wir hatten Kinder zusammen. Jetzt noch bleibe ich in einem Tiergarten bebend vor dem Käfig des Luchses stehn. Auch er hat mich vergessen. Auch er hat vergessen, daß ich ihn in Purpur gehüllt habe, daß er mich vor Riesenzwergen gerettet hat, daß unsere Zwillinge Genoveva und Berthelinga den König von Asien geheiratet haben. Aber er sitzt da, mit seinem Fell, seinem Bart, seinem Geruch. Und mein Herz klopft gewaltig. Ich würde mich schuldig fühlen, wenn ich an meinem Hochzeitstag ginge, ihn zu betrachten ...

ZWEITER FISCHER. Da kommen die Richter.

HANS. Noch einen Augenblick, Bertha. Dann haben wir unsern Frieden.
(Bertha geht ab.)

Dritte Szene

Hans. Die Richter. Volk.

ERSTER RICHTER. Wundervoll! ... Hier sind wir auf mittlerer Höhe: genau über dem Reich des Wassers, genau unter dem Reich der Luft.

ZWEITER RICHTER. Auf eine solche Anhöhe, liebe Leute, hat sich die Arche gesenkt, als die Sintflut nachließ und Noah viel Grund hatte, die Meerungeheuer zu richten, deren höllische Paare durch die Luken in sein Gefährt eingedrungen waren ... Unsern Gruß, Ritter!

HANS. Sie kommen zur rechten Zeit.

ERSTER RICHTER. Die Tatsache, daß wir im Übernatürlichen heimisch sind, erhebt unser Ahnungsvermögen beträchtlich über das unsrer Kollegen für gemeines Recht oder Wilddieberei ...

ZWEITER RICHTER. Unsere Arbeit ist auch viel schwerer.

ERSTER RICHTER. Natürlich ist es leichter, die Grenze zwischen den Weinbergen zweier Bürger zu bestimmen als die Grenze zwischen Menschen und Geistern. Aber die heutige Verhandlung scheint leicht zu werden. Zum ersten Mal sitzen wir über eine Nixe zu Gericht, die nicht bestreitet, Nixe zu sein.

ZWEITER RICHTER. Aber es gibt keine List, deren solche Geschöpfe sich nicht bedienen, um unseren Fragen zu entschlüpfen. Und oft genug spotten sie unserer Wissenschaft.

ERSTER RICHTER. Ganz richtig, mein lieber Kollege, wie vorgestern in dieser Kreuznacher Sache, als wir die Magd des Schöffen, die angebliche Dorothea, zu richten hatten. Sie waren der Meinung, daß es sich um eine Feuerbewohnerin handelte. Wir haben sie auf den Holzstoß gelegt, um es auszuprobieren: sie ist verbrannt ... Also war sie ein Wassergeist.

ZWEITER RICHTER. Ist es uns in Tübingen anders gegangen, verehrter Präsident? Sie besinnen sich auf die Kellnerin Gertrud, die Rothaarige mit den wäßrigen Augen ... Die Bierkrüge füllten sich immer von selbst. Es sprudelte nur so. Sie vermuteten eine Nixe. Also haben wir sie an einem Draht unter Wasser gehalten. Sie ist ertrunken. Sie war eben eine Feuerbewohnerin.

HANS. Ist Undine mit Ihnen heraufgekommen?

ERSTER RICHTER. Ehe wir sie einlassen, wäre uns wichtig zu hören, da Sie der Kläger sind, welche Strafe Sie fordern.

HANS. Was ich fordere? Was jeder einzelne Knecht, jede einzelne Magd auch fordert! Ich fordere das Recht für die Menschen, ein wenig für sich allein auf der Erde zu sein. Es ist nicht allzu viel, was Gott ihnen zugestanden hat, diese zwei Meter Länge zwischen Himmel und Hölle! ... Es ist nicht allzu begeisternd, dieses menschliche Leben, mit Händen, die man waschen, verschnupften Nasen, die man putzen muß, mit Haaren, die uns ausgehn! ... Was ich verlange, ist nur ein Leben, bei dem man keine übernatürlichen Wesen, wie sie sich uns seit einigen Monaten aufdrängen, rings um sich wimmeln spürt, keine Karpfen mit Frauenkörpern, keine Schwimmblasen mit Kinderköpfen, keine Eidechsen mit Brillen und Nymphenschenkeln ... An meinem Hochzeitsmorgen fordere ich nichts anderes, als in einer Welt zu sein, worin sie nicht mehr geistern, sich nicht mehr necken und paaren – allein zu sein mit meiner Braut, endlich allein.

ERSTER RICHTER. Auf nichts hat der Mensch einen höheren Anspruch.

ZWEITER RICHTER. Ganz meine Ansicht. Es kann uns mit Recht peinlich werden, daß sie uns am vergnügtesten zusehen, wenn wir uns die Füße waschen, unsere Frauen oder Mägde abküssen, unsere Kinder verprügeln. Aber die Tatsache ist unleugbar: jede menschliche Handlung, die niedrigste wie die edelste, wird von Wesen umschwirrt, die sich hastig in ein Gerippe oder in eine Samthaut geworfen haben, einen Rüssel oder einen Wespenschwanz umbinden ...

HANS. Gibt es ein Zeitalter, ein Jahrhundert, das nicht von ihnen verpestet ist?

ERSTER RICHTER

Ein Zeitalter? Ein Jahrhundert? Ich erinnre
mich nur an einen Tag. Nur einen Tag
schien mir die Welt von bösen Geistern frei.
Letzten August war's, auf den sanften Hügeln
bei Augsburg. Das Korn wurde geschnitten.

Kein Mohn, kein Unkraut zwischen den fetten
Ähren.
Ich lag am Boden, unter einer Esche,
und über mir saß sorglos eine Elster,
der kein Rabe wie ein böser Schatten folgte.
Bis zu den Alpen sah ich mein Schwabenland,
grünend und blauend. Nirgends in der Luft
Engel mit Schnäbeln. Nirgends in den Schluchten
rote Dämonen. Auf der Straße, zu Pferd,
ein Landsknecht, dem der Sensenritter diesmal
nicht das Geleit gab. Die Schnitter tanzten
in Paaren unter Garben, und keine Fratze
mit einem Hechtgesicht mengte sich ein.
Ich sah, wie sich das Mühlrad drehte, doch
das große Rad, das nackte Verdammte
niederschaufelt,
diesmal sah ich es nicht. Alles war Arbeit,
war Freudenlaut und Tanz. Zum ersten Mal
erspürte ich, wie glücklich Menschen sind,
glücklich, wenn man sie nur in Ruhe läßt ...
Das Posthorn durchdrang die Täler, und sein Echo
klang nicht wie die Posaune des Gerichts ...
Zum einzigen Mal im Leben, fühlte ich,
hatten die Geister unsere Mutter Erde
den Menschen überlassen. In andere
Verstecke, auf andere Planeten hatte
ein plötzliches Geheiß sie abberufen ...
Wenn dies gedauert hätte, lieber Kollege,
war es vorbei mit unserer Laufbahn. Aber
nichts sollte uns gefährlich werden, denn
auf einmal hockte hinter dem Landsknecht wieder
der Tod, drängten sich Fratzen an die Tänzer,
Besen und Lanzen hingen in den Wolken ...
Der andere Planet hatte die Geister
enttäuscht, sie kehrten heim. Im Augenblick

waren sie alle wieder da, hatten
Kometen, Firmament und Himmelsfeuer
im Stich gelassen, nur um mir zuzusehen,
wie ich mich schneuzte, wie ich mir den Schweiß
mit besticktem Tüchlein von der Stirne strich ...

Da kommt die Angeklagte. Jemand muß achtgeben, daß sie aufrecht stehenbleibt. Sobald sie sich auf den Bauch legt, ist sie wie die Aalfrau vom letzten Sonntag schneller am Rhein als wir.

Vierte Szene

Die Vorigen. Undine.

ZWEITER RICHTER. Ihre Hände sind ohne Schwimmhäute! Sie trägt einen Ring.

HANS. Nehmt ihr ihn ab!

UNDINE. Nein! Nein!

HANS. Es ist ein Hochzeitsring. Ich brauche ihn selbst.

ERSTER RICHTER. Herr von Wittenstein ...

HANS. Auch das Halsband! In dem Medaillon hat sie mein Bild!

UNDINE. Laß mir das Halsband, Hans!

ERSTER RICHTER. Herr von Wittenstein, darf ich erinnern, daß eine Verhandlung sachlich geführt werden muß. So berechtigt Ihre Empörung ist, sie könnte Verwirrung stiften ... Zuerst müssen wir die Personalien aufnehmen, wie?

HANS. Das ist sie!

ERSTER RICHTER. Gut, gut. Aber jetzt soll der Fischer vortreten, der sie gefangen hat. Wo ist er?

ERSTER FISCHER. Es ist das erste Mal, daß ich so einen Fang gemacht habe, Herr Richter. Wie bin ich froh!

ERSTER RICHTER. Unsern Glückwünsch. Was hat sie getan?

ERSTER FISCHER. Ich spürte, daß es mir glücken würde. Seit dreißig Jahren spüre ich, daß es mir eines Tags glücken würde. Aber heute früh war ich sicher.

ERSTER RICHTER. Ich frage dich, was sie tat, Dickkopf!

ERSTER FISCHER. Und ich habe sie lebend gefangen! Die von Regensburg hatte man mit dem Ruder erschlagen. Ich habe ihr nur eben den Kopf gegen den Kahn gedrückt, und da war sie betäubt.

HANS. Das sieht man, du Bestie, sie blutet.

ERSTER RICHTER. Beantworte, was man dich fragt! Ist sie umhergeschwommen, als du sie fingst?

ERSTER FISCHER. Sie ist geschwommen; mal zeigte sie ihre Brust, mal ihre Hinterbacke. Sie kann zehn Minuten lang unter Wasser bleiben. Ich habe gezählt.

ERSTER RICHTER. Hat sie gesungen?

ERSTER FISCHER. Das gerade nicht, es war so ein kleines rauhes Bellen. Oder ein Jaulen. Was sie da jaulte, weiß ich noch ganz genau: ich habe dich betrogen mit Bertram.

ZWEITER RICHTER. Du bist nicht bei Verstand. Du willst Bellen und Jaulen verstehn?

ERSTER FISCHER. Für gewöhnlich nicht. Jaulen ist eben nur Jaulen. Aber dieses hab ich verstanden.

ERSTER RICHTER. Als du sie herauszogst, roch sie nach Schwefel?

ERSTER FISCHER. Nein. Sie roch nach Algen, nach Weißdorn.

ZWEITER RICHTER. Das ist nie und nimmer dasselbe. Roch sie nach Algen oder nach Weißdorn?

ERSTER FISCHER. Sie roch nach Algen, nach Weißdorn.

ERSTER RICHTER. Übergehen wir das, lieber Amtsbruder.

ERSTER FISCHER. Sie roch nach etwas, das sagte: ich habe dich betrogen mit Bertram.

ERSTER RICHTER. Jetzt reden auch schon die Gerüche zu dir?

ERSTER FISCHER. Da haben Sie recht. Ein Geruch ist ein Geruch. Aber dieser da hat geredet.

ERSTER RICHTER. Hat sie sich sehr gewehrt?

ERSTER FISCHER. Nein. Im Gegenteil! Sie ließ sich leicht greifen. Sie hat nur gebebt. Ihre Lenden haben gebebt, als wollten sie sagen: ich habe dich betrogen mit Bertram!

HANS. Das haben wir oft genug gehört, Esel!

ERSTER RICHTER. Ich bitte für ihn um Verzeihung. Kein Wunder, daß er nicht bei der Sache bleibt. Solche Erlebnisse verwirren eine einfache Seele. Aber es ist Vorschrift, daß beim Fang eines Wasserungetüms ein Berufsfischer aussagt ... Daß er eins erbeutet hat, scheint ihm nicht zweifelhaft.

ERSTER FISCHER. Das kann ich vor Gott beschwören. Von Kopf und Brust ist sie genauso wie die in Nürnberg, die man im Schwimmbad großzog. Man hatte einen Seehund zu ihr gesetzt ... Sie spielten zusammen Ball ... Sogar Kinder bekamen sie ... Ich frage mich, ob es nicht dieselbe sein könnte ... Die Prämie ist verdoppelt, wenn man sie lebend fängt, wie?

ERSTER RICHTER. Du kannst sie dir heute abend abholen ... Das genügt. Danke.

ERSTER FISCHER. Und mein Netz? Kann ich mein Netz wieder mitnehmen?

ERSTER RICHTER. Du bekommst es nach Vorschrift: am zweiten Tag nach der Verhandlung.

ERSTER FISCHER. Das mach ich nicht mit! Ich will es sofort. Es ist mein unentbehrliches Handwerkszeug. Ich muß heute abend fischen! ...

ZWEITER RICHTER. Packst du dich endlich! Es ist konfisziert, weil die Maschen nicht die richtige Größe haben.

ERSTER RICHTER. Beenden wir die Aufnahme des Tatbestands, lieber Kollege.

HANS. Halt! Was wollen Sie?

ZWEITER RICHTER. Ich will den Körper der Angeklagten untersuchen; ich bin nämlich auch Arzt.

HANS. Undine wird von niemandem untersucht.

ERSTER RICHTER. Mein Kollege genießt als Arzt einen ungewöhnlichen Ruf. Ihm wurde die Ehre zuteil, die Unberührtheit der Kurfürstin Josepha festzustellen, damit ihre Ehe annulliert werden konnte. Die Kurfürstin hat seinem Takt hohe Anerkennung gezollt.

HANS. Ich bekunde, daß sie Undine ist. Das muß genügen.

ZWEITER RICHTER. Ich verstehe, Herr, daß es Ihnen peinlich ist, diejenige untersucht zu sehen, die Ihre Genossin war, aber ich kann, ohne sie zu berühren, die Teile ihres Körpers mit der Lupe studieren, an denen die Verschiedenheiten vom menschlichen Körper beginnen.

HANS. Untersuchen Sie sie mit bloßem Auge, und bleiben Sie, wo Sie sind!

ZWEITER RICHTER. Mit bloßem Auge das Netz der dreigeteilten Adern betrachten, womit die Versucherin Schlange die Achselhöhle der Nixen zeichnet? Das scheint mir nicht durchführbar. Könnte sie nicht wenigstens vor uns hin- und hergehen, das Netz abwerfen, die Beine spreizen?

HANS. Rühre dich nicht von der Stelle, Undine!

ERSTER RICHTER. Es wäre unliebenswürdig, auf dieser Forderung zu bestehen. Die Ermittlungen haben im allgemeinen befriedigt ... Ist jemand unter euch, liebe Leute, der bestreitet, daß diese Frau eine Nixe war?

MAGD. Sie war immer so gut!

ZWEITER RICHTER. Sie war eben eine gute Nixe, weiter nichts ...

SCHWEINEHIRT. Sie hat uns geliebt. Wir haben sie geliebt!

ZWEITER RICHTER. Es gibt sogar eine Eidechsenart, die Gefühlsregungen kennt ...

ERSTER RICHTER. Treten wir in die Verhandlung ein. Sie also, Kläger, beschuldigen in Ihrer Eigenschaft als Gemahl und Gebieter dieses Geschöpf, durch seine Eigenschaften tausendfache Verwirrung in Ihrer Umgebung gestiftet zu haben?

HANS. Ich denke nicht dran!

ERSTER RICHTER. Sie klagen sie nicht an, in Ihre Welt das Seltsame, das Übernatürliche, das Dämonische eingeführt zu haben?

HANS. Undine dämonisch? Wer bringt solchen Unsinn über die Lippen?

ERSTER RICHTER. Sie werden verhört! Was ist ungewöhnlich an dieser Frage?

WASSERKÖNIG *(als Mann des Volks)*. Undine dämonisch!

ERSTER RICHTER. Wer bist denn du? he?

UNDINE. Er soll nicht reden! Er lügt!

ZWEITER RICHTER. In einem solchen Prozeß darf jeder seine Meinung vorbringen.

WASSERKÖNIG. Undine dämonisch! Im Gegenteil, sie hat ihre Brüder und Schwestern verleugnet, verraten! Sie hätte deren Kräfte, deren Wissen behalten können. Zwanzig Mal am Tag hätte sie tun können, was ihr Wunder vollbringen nennt: dem Pferd ihres Manns einen Rüssel und Flügel seinem Hund wachsen lassen. Ihrer Stimme könnte der Rhein, könnte der Himmel antworten – aber sie zog die Verengung vor, das Heufieber, das mit Speck Gebratene! Ist das die Wahrheit, Ritter?

ERSTER RICHTER. Sie klagen sie also an, wenn ich recht verstehe, in heuchlerischer Absicht jenes gefällige Aussehen angenommen zu haben, das den Menschen ihre Geheimnisse entlockt?

HANS. Ich? Ganz gewiß nicht! ...

WASSERKÖNIG. Eure Geheimnisse? Wenn sich jemand über die Geheimnisse der Menschen lustig machte, dann sie! Die Menschen haben ja wohl ihre Schätze, ihr Gold, ihre Edelsteine, aber Undine fand nur an den einfachsten Dingen Gefallen: an ihrem Schemel, an ihrem Löffel. Die Menschen freuen sich an Seide und Samt, ihr gefällt rohes Leinen. Sie als Schwester der Elemente hat die Elemente verraten, denn sie liebte das Feuer wegen der Kaminböcke und Blasebälge, das Wasser wegen der Kannen und Gußsteine, die Luft wegen der Laken, die man zwischen den Weiden aufhängt! Seht euch doch an, was sie in der Hand hält, was sie sich als Erinnerung an die Menschenwelt aufhebt: einen Fingerhut! Schreiber, wenn du etwas aufschreiben willst, dann nichts andres, als daß sie die menschenähnlichste Frau war, die es jemals gegeben hat, denn sie war es aus freiem Willen.

ERSTER RICHTER. Zeugen bekunden, daß sie sich viele Stunden lang einschloß? ...

WASSERKÖNIG. Das ist richtig. Aber Grete, was tat deine Herrin, als sie sich einschloß?

MAGD. Sie hat gebacken, Herr Zeuge. Sie hat zwei Monate gebraucht, bis ihr der Blätterteig glückte.

ZWEITER RICHTER. Das ist eins der angenehmsten menschlichen Geheimnisse ... Aber da wird erzählt, daß sie in einem unzugänglichen Hof Tiere gezüchtet hat ...

SCHWEINEHIRT. Ja, Kaninchen. Ich selbst habe den Klee gebracht.

ZWEITER RICHTER. Bist du ganz sicher, mein Kind, daß ihre Hunde und Katzen nicht sprechen konnten?

MAGD. Ich selbst habe mit ihnen gesprochen. Ich spreche sehr gern mit Hunden ... Nur haben sie niemals geantwortet.

ERSTER RICHTER. Wir danken der Zeugin. Wir werden

diese Aussagen beim Fällen des Urteils verwerten. Daß die Geister und andere unerwünschte Besucher menschliche Einrichtungen bewundern, daß sie unsere Backwaren hoch einschätzen, unsere Kupferschmiedekunst, unsere schnell haftenden Pflaster für Verwundungen und Geschwüre – das können wir ihnen kaum zur Last legen.

ZWEITER RICHTER. Ich persönlich esse Blätterteig gern. Hat sie viel Butter vergeudet, ehe er ihr gelang?

MAGD. Ganze Fässer voll!

ERSTER RICHTER. Ruhe ... Jetzt sind wir beim Kern der Sache. Jetzt begreife ich endlich den Kläger ... Frau, dieser Ritter beschuldigt dich, an Stelle einer wahrhaft Liebenden, auf die er ein Recht hatte und die du ihm zeitweise verdrängt hast, in sein Haus ein Geschöpf eingeführt zu haben, das sich gefühllos und egoistisch nur den kleinen verächtlichen Annehmlichkeiten des Lebens hingab ...

HANS. Undine hätte mich nicht geliebt? Wer wagt das zu behaupten?

ERSTER RICHTER. Es ist wirklich sehr schwer, hinter Ihre Gedanken zu kommen, Ritter ...

HANS. Undine hat mich geliebt, wie kein Mann je geliebt worden ist ...

ZWEITER RICHTER. Sind Sie dessen so sicher? Betrachten Sie sie: während sie Ihnen zuhört, bebt sie vor Angst.

HANS. Vor Angst? Richter, diese Angst solltest du mit deiner Lupe betrachten! Vor Angst bebt sie nicht, sondern vor Liebe ... Gut, da ich jetzt Klage führen soll, klage ich an. Nimm deine Feder zur Hand, Schreiber. Setze dein Barett auf, Richter! Man urteilt besser, wenn der Kopf angewärmt ist. Ich klage diese Frau an, aus Liebe für mich zu beben, nur mich als Gedanken, als Speise, als Gott zu besitzen. Ich bin der Gott dieser Frau, habt ihr verstanden?

ERSTER RICHTER. Ritter ...

HANS. Zweifelt ihr immer noch? Undine, wer ist dein Gedanke?

UNDINE. Du.

HANS. Wer ist dein Brot und dein Wein?

UNDINE. Du.

HANS. Als du zuoberst an meinem Tisch saßt, als du den Becher hobst: was hast du getrunken?

UNDINE. Dich.

HANS. Undine, wer ist dein Gott?

UNDINE. Du.

HANS. Haben Sie das gehört? Sie liebt bis zur Lästerung.

ERSTER RICHTER. Übertreiben wir nichts. Erschweren Sie sich den Fall nicht: sie will nur bekunden, daß sie Sie hoch verehrt.

HANS. Irrtum! Ich weiß, was ich sage. Ich habe Beweise. Du wirfst dich vor meinem Bild auf die Knie, nicht wahr, Undine? Du küßt meine Kleider! Du redest in deinen Gebeten mich an!

UNDINE. Ja.

HANS. Ihre Heiligen – das war ich. Ihre Sonntage, das war ich. Und am Palmsonntag, wen sahst du auf einem Esel in Jerusalem einziehen, und seine Füße schleppten nach auf der Erde?

UNDINE. Dich.

HANS. Mich.

ERSTER RICHTER. Wohin führt uns das alles? Wir haben eine Nixe abzuurteilen und nicht die Liebe.

HANS. Doch, nur die Liebe! Soll der Liebesgott vor diese Schranke treten, mit seinen Bändchen am Hintern und seinem Köcher! Er ist der Angeklagte! Die Liebe klage ich an: je wahrer sie ist, desto falscher beträgt sie sich; je leidenschaftlicher sie sich gibt, desto gemeiner empfindet sie. Denn diese Frau, die nur in der Liebe zu mir lebte, hat mich mit Bertram betrogen!

ECHO. Mit Bertram!

ERSTER RICHTER. Wir geraten ins Uferlose. Eine Frau, die Sie dermaßen liebt, kann Sie niemals betrügen.

HANS. Gib Antwort! Hast du mich mit Bertram betrogen?

UNDINE. Ja.

HANS. Beschwöre es vor den Richtern!

UNDINE. Ich schwöre, daß ich dich mit Bertram betrogen habe.

ERSTER RICHTER. Dann hat sie Sie eben nicht geliebt. Die Antworten auf Ihre Fragen beweisen noch gar nichts, denn Sie legen sie ihr in den Mund. Mein lieber Amtsbruder, der Sie sogar Genoveva von Brabant überführt haben, als sie erklärte, ihre Hindin ihrem Mann vorzuziehen, die Nüstern der Hindin den Wangen des Ehemanns – stellen Sie der Angeklagten die drei vorgeschriebenen Fragen. Erstens ...

ZWEITER RICHTER *(deutet auf Hans)* Undine, wenn dieser Mann schnell gelaufen ist, was geschieht mit dir?

UNDINE. Mir geht der Atem aus.

ERSTER RICHTER. Zweitens –

ZWEITER RICHTER. Wenn er sich verletzt hat?

UNDINE. Blute ich.

ERSTER RICHTER. Drittens –

ZWEITER RICHTER. Wenn er im Schlaf redet, wenn er schnarcht ... Sie entschuldigen, Ritter.

UNDINE. Höre ich Gesang.

ZWEITER RICHTER Ich finde in ihren Worten kein Falsch ... Und den Menschen, der alles für dich bedeutet, hast du betrogen?

UNDINE. Ja, ich habe ihn mit Bertram betrogen ...

WASSERKÖNIG. Du brauchst nicht so zu schreien, ich habe gehört ...

ZWEITER RICHTER. Du liebst nur ihn. Es gibt niemanden als ihn. Und du hast ihn betrogen?

UNDINE. Mit Bertram.
HANS. Jetzt wißt ihr alles.
ERSTER RICHTER. Du weißt, welche Strafe auf eine Ehebrecherin wartet? Du weißt, daß ein Geständnis dein Verfehlen nicht mindert, sondern verschärft?
UNDINE. Ja, aber ich habe ihn mit Bertram betrogen.
WASSERKÖNIG. Das ist alles für mich bestimmt, nicht wahr, Undine? Auf mich soll das Eindruck machen? Wie du willst! Mein Verhör wird knapper sein als das deiner Richter. Undine, wo ist jetzt Bertram?
UNDINE. In Burgund. Dort erwartet er mich.
WASSERKÖNIG. Wo hast du deinen Gemahl mit ihm betrogen?
UNDINE. Im Wald.
WASSERKÖNIG. Am Morgen? Am Abend?
UNDINE. Mittags.
WASSERKÖNIG. War es kalt? War es heiß?
UNDINE. Es fror. Bertram sagte noch: soll das Eis unsere Liebe frisch halten! ... Solche Worte vergißt man nicht.
WASSERKÖNIG. Sehr schön ... Bringt Bertram herein ... Die Wahrheit wird nur von Stirn zu Stirn geboren.
ZWEITER RICHTER. Seit drei Monaten ist Graf Bertram nicht mehr zu finden.
WASSERKÖNIG. Nicht mehr zu finden! Da ist er! *(Bertram tritt auf.)*
UNDINE. Bertram! Geliebter!
ERSTER RICHTER. Sie sind Graf Bertram?
BERTRAM. Ja.
ERSTER RICHTER. Diese Frau behauptet, daß sie den Ritter mit Ihnen betrogen hat.
BERTRAM. Wenn sie es sagt, ist es wahr.
ERSTER RICHTER. Wo ist das gewesen?
BERTRAM. In ihrem Schlafzimmer, hier in der Burg.
ERSTER RICHTER. Am Morgen? Am Abend?

BERTRAM. Um Mitternacht.

ERSTER RICHTER. War es kalt? War es heiß?

BERTRAM. Im Kamin brannten die Scheite. Undine sagte noch: es wird heiß, wenn man dem Höllentor nahe kommt ... Solche Worte erfindet man nicht.

WASSERKÖNIG. Ausgezeichnet. Alles ist klar!

UNDINE. Was findest du klar? Was gibt es an unsern Worten zu zweifeln? Unsere Antworten stimmen nicht überein, weil wir den Verstand vor Liebe verloren, weil die Leidenschaft unser Gedächtnis getilgt hat ... Nur die falschen Schuldigen, die sich vorher verabreden, geben mit gleichen Worten Antwort!

WASSERKÖNIG. Graf Bertram, nehmen Sie diese Frau in die Arme und küssen Sie sie ...

BERTRAM. Nur sie hat mir zu befehlen.

ZWEITER RICHTER. Ihr Herz gibt Ihnen keine Befehle?

WASSERKÖNIG. Fordere ihn auf, dich zu küssen, Undine! Wie soll man dir glauben, wenn du ihm nicht erlaubst, dich zu küssen?

UNDINE. Also küsse mich, Bertram.

BERTRAM. Ist es Ihr Wunsch?

UNDINE. Ich verlange es ... Rasch, küsse mich ... Einen ganz kurzen Augenblick! ... Wenn ich zucke bei deinem Nahen, Bertram, mich rückwärts neige – ich tue es wider Willen. Beachte es nicht.

WASSERKÖNIG. Wir warten.

UNDINE. Darf ich keinen Mantel haben, kein Kleid?

WASSERKÖNIG. Nein. Bleib, wie du bist: mit nackten Armen!

UNDINE. Um so besser ... Ich liebe es, wenn Bertram mich küßt und dabei meine nackten Schultern liebkost. Du erinnerst dich, Bertram! ... Warte noch! ... Wenn du mich in die Arme nimmst, Bertram, und ich schreie, dann ist nur dieser Tag daran schuld. Sei mir nicht böse ... Es kann auch sein, daß ich nicht schreie ...

WASSERKÖNIG. Entschließt euch.

UNDINE. Oder daß ich die Besinnung verliere. Dann kannst du mich küssen, Bertram, wie du willst, ganz wie du willst.

WASSERKÖNIG. Wir warten.

BERTRAM. Undine! *(Er küßt sie.)*

UNDINE *(sich sträubend)*. Hans! Hans!

WASSERKÖNIG. Da hätten wir den Beweis, ihr Richter! Für den Ritter, für mich ist die Verhandlung zu Ende.

UNDINE. Welchen Beweis? *(Die Richter sind aufgestanden.)* Was hast du? Was glaubst du? Weil ich Hans rufe, wenn Bertram mich küßt, ist bewiesen, daß ich Hans nicht betrogen habe? Ich rufe bei jeder Gelegenheit Hans, weil ich ihn nicht mehr liebe! Sein Name steigt aus mir auf, um sich zu verflüchten! Sooft ich Hans sage, habe ich ein Stück von ihm abgeschüttelt. Warum sollte ich Bertram nicht lieben? Seht ihn doch an! Er ist so groß wie Hans! Hat die Stirn von Hans!

ZWEITER RICHTER. Das Gericht hat das Wort.

ERSTER RICHTER. Unsere Rolle in dieser Sache scheint beendet, Ritter. Erlauben Sie uns, das Urteil zu fällen. Dieses Mädchen hat gefrevelt, weil es uns zu Irrtum verleitete, weil es sein eigentliches Wesen aufgab. Aber es stellt sich heraus, daß es nur Güte und Liebe in diese Welt gebracht hat.

ZWEITER RICHTER. Etwas zuviel. Wenn man sich so lieben wollte in dieser Welt, würde das Leben zu schwer ...

ERSTER RICHTER. Warum sie uns ihre Verbindung mit Bertram so hartnäckig aufreden will, verstehen wir nicht. Wir wollen nicht weiter nachforschen, denn das wäre Sache des Ehemanns. Wir schlagen indessen vor, daß wir uns alle zurückziehen und Undine in so viel

Einsamkeit lassen, wie sie braucht, um zu verschwinden und für immer zu ihren Schwestern zurückzukehren.

ZWEITER RICHTER. Und da der Hochzeitszug vor der Kapelle wartet, wird jeder am besten tun, sich ihm anzuschließen und Ihnen das Beste zu wünschen ... Was haben Sie, Ritter?

(Die Spülmagd erscheint: sie ist für die einen die Schönheit selbst, für die andern eine schmutzige Schlampe.)

HANS. Wer ist das?

ZWEITER RICHTER. Wen meinen Sie?

HANS. Wer ist das, die geradenwegs auf mich zugeht, wie eine Blinde, wie eine Seherin?

ERSTER RICHTER. Wir kennen sie nicht.

DIENER. Die Spülmagd, Herr; Sie haben sie kommen lassen.

HANS. Wie ist sie schön!

ERSTER RICHTER. Schön, diese Schlampe?

MAGD. Wie ist sie schön!

DIENER. Schön? Sie ist beinahe sechzig!

ERSTER RICHTER. Kommen Sie mit uns zur Kapelle.

HANS. Nein, zuvor muß ich die Spülmagd anhören. Sie wird uns das Ende sagen ... Spülmagd, alle hören dir zu.

ZWEITER RICHTER. Er verliert den Verstand ...

ERSTER RICHTER. Mir tut er leid. Aber ein geringerer Anlaß hätte genügt ...

SPÜLMAGD.

Ich bin das Mädchen, das die Teller spült,
sich arm an Leib, reich an der Seele fühlt.

HANS. Aber das ist ein Gedicht!

ERSTER RICHTER. Auf keinen Fall.

SPÜLMAGD.

Den Diensten, die man mich verrichten läßt,
erscheint das Strümpfestopfen wie ein Fest.

HANS. Hören Sie nicht die Reime?
ERSTER RICHTER. Ihnen klingen die Ohren.
SCHWEINEHIRT. Das sind Verse, gewiß!
DIENER. Für deine Schweine! Für uns ist das Prosa.
SPÜLMAGD.

Ranzige Butter ist auf meinem Brot,
jedoch von höchstem Rang sind meine Leiden.
Ich wüßte eines Pferdeburschen Not
nicht von dem Gram der Königin zu scheiden.
Wie wirst du uns erkennen, Jesus Christ,
wenn wir vor Toren deiner Burg einst stehn?
Da jede von uns gleich gezeichnet ist
von Dornen, die im Hauch der Seufzer wehn.
Weil du nicht sehn kannst, daß ich Spülmagd bin,
reichst du die Krone mir dereinst hinaus
und deutest still auf deines Vaters Haus:
hier seid ihr alle eine Königin.

HANS. Wenn das kein Gedicht war ...!
ERSTER RICHTER. Ein Gedicht! Ein schmutziges Mädchen hat uns etwas vorgewimmert, weil man sie beschuldigt, einen silbernen Teller gestohlen zu haben.
ZWEITER RICHTER. Und daß die Frostbeulen an ihren Füßen nun schon seit November bluten.
HANS. Ist es eine Sense, die sie da festhält?
ERSTER RICHTER. Nein. Ein Spinnrad.
MAGD. Eine Sense, eine goldene Sense!
DIENER. Ein halbzerbrochenes Spinnrad!
SCHWEINEHIRT. Eine Sense, und wohlgeschärft! Ich kenne mich aus!
HANS. Ich danke dir, Spülmagd. Ich werde die Abrede halten ...! Kommen Sie, meine Herren!
DIENER. Der Gottesdienst fängt an, gnädiger Herr.
(Alle gehen ab außer Undine und ihrem Onkel.)

Fünfte Szene

Undine. Der Wasserkönig.

WASSERKÖNIG.
Das Ende naht, Undine ...

UNDINE.
Töte ihn nicht ...

WASSERKÖNIG.
Unser Pakt will es. Er ist dir untreu geworden.

UNDINE.
Ja, er ist mir untreu geworden. Ja, ich wollte
dich glauben machen, ich hätte ihn zuerst
betrogen. Aber miß mit unseren Maßen
nicht das Gefühl der Menschen. Oft lieben Menschen
die Frau, die sie betrügen. Oft ist am treusten,
wer untreu ist. Viele auch betrügen
die Frauen, die sie lieben, nur, um nicht stolz
zu werden, um abzudanken, um sich klein
vor der zu fühlen, die ihnen alles ist.
Hans wollte aus mir seine Lilie machen,
die Rose seiner Treue, die Unfehlbare,
die nie versagt ... Er war zu gut ...
Er hat mich betrogen.

WASSERKÖNIG.
Jetzt wirst du beinah selbst zur Menschenfrau,
arme Undine!

UNDINE.
Ihm blieb nichts anderes übrig ...
Auch ich sehe keinen anderen Weg für ihn.

WASSERKÖNIG.
Dir hat es stets an Phantasie gefehlt.

UNDINE.
Oft sieht man, am Abend eines Festtags, die Männer
mit geducktem Rücken, Geschenke in den Händen,

heimkehren: sie haben gerade ihre Frauen
betrogen. Und das verklärt die Frauen.

WASSERKÖNIG.
Dein Unglück verdankst du ihm ...

UNDINE. Ich weiß.
Jetzt aber redest du, wie nur Menschen reden.
Denn all mein Unglück will noch nicht bedeuten,
daß ich nicht glücklich bin. Du verstehst mich nicht: –
auf dieser Erde, von Schönheit überdeckt,
den einzigen Platz zu suchen, wo man Lüge,
Verrat und alles Zweifelhafte trifft,
und dort mit aller Kraft sich zu vergeuden –
das ist es, was die Menschen glücklich macht.
Wer da nicht mittut, wird den andern fremd.
Je mehr man leidet, desto glücklicher!
Ich bin glücklich. Ich bin die glücklichste.

WASSERKÖNIG.
Er muß sterben, Undine.

UNDINE.
Rette ihn.

WASSERKÖNIG.
Was hättest du davon!
Ein paar Minuten sind dir noch gegeben,
dann ist dein menschliches Gedächtnis erloschen:
dreimal werden dich deine Schwestern rufen,
beim dritten Mal hast du ihn schon vergessen.
Gut, ich gestehe dir zu, daß er erst stirbt,
sobald du ihn vergißt. Ist das nicht menschlich?
Auch brauche ich ihn dann nicht selbst zu töten.
Er ist am Ende des Lebens.

UNDINE.
So jung, so stark!

WASSERKÖNIG.
Am Ende des Lebens,

und du, du bist der Grund für seinen Tod.
Undine, immer kommen in deinen Vergleichen
Seehunde vor ... So wirst du dich erinnern
an die Seehunde, die eines Tags zu einer großen
Tat aufbrachen. Sie durchquerten ohne Mühe
den Ozean, mitten im Sturm, doch
in einer leuchtenden Bucht, auf sanfter Welle
ist etwas in ihnen zerbrochen. Die ganze Schärfe
des Meers drang aus dem Saum einer sanften Welle.
Da sind ihre Augen acht Tage blaß gewesen,
ihre Münder gesunken. Sie hatten nichts,
sie sagten nichts – sie waren beim Sterben.
Und anders ist es bei den Menschen auch nicht.
Denn es sind nicht die Eichen, an denen die
Holzfäller,
die Verbrechen, an denen die Richter,
die Ungeheuer, an denen die fahrenden Ritter
zugrunde gehen: sondern an einem Weidenzweig,
an einer Unschuld, einem Kind, das liebt.
Noch eine Stunde hast du.

UNDINE.
Ich habe Bertha meinen Platz geräumt.
Alles wird für ihn gut.

WASSERKÖNIG.
Glaubst du! Alles
dreht sich ihm schon im Kopf, die Musik
der Sterbenden umkreist ihn. Was die Spülmagd
gejammert hat, wie teuer sie jetzt Käse
und Eier kämen, ihm war es Sphärenklang.
Er ist auch nicht bei Bertha, die vergeblich
in der Kapelle wartet: er ist bei seinem Pferd.
Sein Pferd spricht zu ihm: Geliebter Herr,
so sagt das Pferd, leb wohl, wir treffen uns
im Himmel und vor Gott ... Denn auch sein Pferd
spricht heute in Versen zu ihm ...

UNDINE.

Ich glaube dir nicht! Hör die Choräle!
Man feiert seine Hochzeit.

WASSERKÖNIG.

Er spottet seiner Hochzeit! . . .
Die Hochzeit ist ihm abgeglitten wie
ein Ring von einem zu mageren Finger.
Er irrt durchs Schloß, spricht schweifend zu sich selbst.
Das ist die Art der Menschen, sich aufzulösen,
nachdem sie auf eine Wahrheit, eine Schlichtheit,
einen Schatz gestoßen sind. Die andern sagen:
seht, er ist toll! Doch solch ein Mensch sieht klar,
verzichtet nicht auf das mehr, was ihm zukommt,
heiratet nicht mehr, wen er nie geliebt,
hat den Verstand der Pflanzen, Wasser, Götter:
kurz, er ist toll.

UNDINE.

Mich verflucht er!

WASSERKÖNIG.

Nein, er ist toll . . . Er liebt dich.
(Er geht ab.)

Sechste Szene

Undine. Hans.

HANS *(tritt hinter sie, wie Undine damals in der Fischerhütte hinter ihn trat).*

Und ich, ich heiße Hans.

UNDINE.

Ein schöner Name.

HANS.

Undine und Hans – auf der ganzen Welt sind das
die schönsten Namen.

UNDINE.

Oder Hans und Undine.

HANS.

O nein! Undine kommt zuerst. Denn diese
Geschichte wird sich nach Undine nennen.
Ich tappe wie ein unbeholfener Tölpel,
dumm wie ein Menschenwesen, darin herum.
Wie schön hat alles sich nur um mich gedreht!
Wie habe ich dich geliebt – weil du es wolltest!
Und dich betrogen – weil es mir auferlegt war!
Ich bin geboren, um zwischen Stall und Meute
zu leben ... Aber nein, zwischen Natur
und Schicksal ward ich wie eine Ratte geklemmt!

UNDINE.

Verzeih mir, Hans.

HANS.

Warum täuscht ihr euch immer, ob ihr nun
Artemis heißt, oder Cleopatra, oder Undine?
Die Männer, die geschaffen sind zur Liebe,
sind die kleinen Lehrer mit gewaltigen Nasen,
Rentner mit dicken Lippen, bebrillte Juden:
die alle haben Zeit, um zu genießen,
zu lachen und zu leiden ... Doch nein, ihr stürzt euch
auf einen Antonius, einen Hans, auf irgend
ein armes mittelmäßiges Geschöpf ...
Dann ist es um ihn geschehn. Ich war ausgefüllt
– jede Minute meines Lebens – durch Krieg und Jagd,
durch Pferdestriegeln und Fallenstellerei!
Doch nein, das war noch nicht genug, mir fehlte
Feuer in den Adern, Gift in den Augen,
Wohlgerüche und Galle im Mund!
Von Himmel bis Hölle hat es mich geschüttelt,
gehäutet und zerstoßen! Dabei bin

ich nicht einmal begabt, Reize
im Abenteuer zu sehn . . . Es ist nicht sehr gerecht.

UNDINE.

Leb wohl, Hans.

HANS.

Da wären wir! Eines Tages
ziehn sie davon. Genau an dem Tag,
der Klarheit bringt, an dem man endlich sieht,
daß man nie eine andere geliebt hat,
daß man sterben muß, sobald sie uns verlassen:
genau an dem Tag ziehen sie davon.
Man findet sie, man findet alles wieder
für alle Zeit, an jenem Tag – da wissen
sie ihn zu nützen: ihr Schiff macht sich bereit,
ihre Flügel öffnen sich, ihre Flossen schlagen,
und du hörst: Leb wohl.

UNDINE.

Sehr bald verliere ich mein Gedächtnis, Hans.

HANS.

Es ist ein wahres Lebwohl. Wenn sich sonst
zwei Liebende im Blick des Todes trennen,
wissen sie schon, daß sie sich wiedersehen,
im künftigen Leben sich finden ohne Ende,
sich ohne Unterlaß zur Seite sind,
ohne Unterlaß einander tief durchdringen –
denn sie werden Schatten im gleichen Land sein.
Sie haben sich getrennt, um sich nie zu trennen.
Aber Undine und ich ziehen die Segel
für immer nach getrennten Küsten auf,
und ihr Ziel ist das Vergessen, meins das Nichts.
Das muß man sich bewahren . . . Der erste
Abschied,
Undine, der seinen Namen treu verdient.

UNDINE.

Versuche zu leben . . . Auch du wirst vergessen.

HANS.

Versuche zu leben! Das ist leicht gesagt.
Wenn mir nur daran läge, noch zu atmen!
Seit du fort bist, muß ich meinem Körper alles
befehlen, was er bisher von selbst tat. Ich kann nur
sehen, wenn ich die Augen darum bitte.
Ich sehe nicht, wie grün der Rasen ist,
wenn ich den Augen nicht sage: seht ihn grün!
Glaubst du, das ist vergnüglich – ein schwarzer
Rasen?
Fünf Sinne habe ich ihre Pflicht zu lehren,
und dreißig Muskeln, und alle meine Knochen.
Gäbe ich einen Augenblick nicht acht,
Vergäße ich zu hören, zu atmen ... Dann sagt man,
er ist gestorben, weil ihn das Atmen störte.
Ist an der Liebe gestorben! Was wolltest du mir
sagen,
Undine? Warum hast du dich fangen lassen?

UNDINE.

Dir zu sagen, daß ich deine Witwe bleibe.

HANS.

Auch das nicht. Ich werde keine Witwe haben.
Als erster meines Hauses hinterlasse
ich keine Witwe, die Trauer um mich trägt
und sagt: »Er sieht mich nicht, du darfst
schön sein ...
Er hört mich nicht, also rede für ihn!«
Es gibt nur eine Undine, immer die gleiche –
bald hat sie mich vergessen ... Auch das ist nicht
gerecht ...

UNDINE.

Darum soll es dich nicht bedrücken ... Ich habe
vorgesorgt.
Du hast mich getadelt, weil ich dein Haus
stets auf die gleiche Art betrat, verließ,

mit gleicher Gebärde stets meine Schritte zählte.
Das war schon alles für den Tag geplant,
an dem ich wieder in das Wasser steigen
und mein Gedächtnis mir nicht folgen würde.
Darum gewöhnte, zwang ich meinen Körper
in einen starren Rhythmus. Auf dem Grund
des Rheins, ohne Gedächtnis, würde er sich
bewegen,
wie ich es tat, als ich noch bei dir war.
Die Kraft, die ich brauche, daß ich von der Grotte
zur Wurzel gelange, wird dem Aufwand gleichen,
der mich von meinem Tisch zum Fenster trug.
Ich rolle eine Muschel auf den Sand,
als ob ich Teig für meine Kuchen wellte.
Ich tauche empor, als stiege ich auf den Turm ...
Ich werde ewig wie eine Bürgersfrau
neben der Torheit meiner Schwestern scheinen.
Was hast du?

HANS.
Nichts, ich vergaß nur ...

UNDINE.
Zu atmen?

HANS.
Nein. Den Himmel blau zu sehen. Sprich weiter,
Undine.

UNDINE.
Sie alle werden mich die Menschin nennen.
Weil ich nicht mehr kopfüber tauchen werde,
sondern die Wassertreppe abwärts gehen.
Weil ich im Wasser Fenster öffnen werde,
Bücher durchblättern. Alles ist vorbereitet.
Du konntest meine Leuchter, meine Wanduhr,
meine Möbel nicht mehr finden ... Ich habe sie
in den Fluß werfen lassen. Dort sind sie aufgestellt.
Ich habe mich ihrer entwöhnt. Ich finde sie

unsicher, schwebend. Aber heute abend,
ach, werden sie mir fest und sicher scheinen
wie die Schnellen im Strom. Ich weiß nicht mehr
genau,
was sie bedeuten, aber ich werde um sie herum
leben.
Es wäre seltsam, wenn ich nicht Lust verspürte,
im Sessel auszuruhen, den Glanz des Rheins
an Kerzen zu entzünden. In meinen Spiegeln
mich zu betrachten ... Dann wird die Wanduhr
schlagen ...
Auf Ewigkeit werde ich die Stunde hören ...
Und tief im Wasser steht noch unser Zimmer.

HANS.
Ich danke dir.

UNDINE.
Getrennt durch das Vergessen, durch den Tod,
durch Zeit und Rasse, werden wir uns hören,
und sind uns treu.

ERSTE STIMME.
Undine!

HANS.
Sie rufen dich.

UNDINE.
Sie müssen dreimal rufen. Ich vergesse
erst beim dritten Mal. O mein kleiner Hans,
laß mich die letzten Augenblicke nutzen,
befrage mich! Fache die Feuer der Erinnerung an,
die gleich in Asche sinken! Was hast du?
Du bist so blaß ...

HANS.
Mich ruft man auch, Undine;
die große Blässe, die große Kälte rufen!

UNDINE.
Befrage mich!

HANS.
Was hast du gesagt, Undine, am ersten Abend,
als du im Gewitter in die Hütte tratest?
UNDINE.
Ich habe gesagt: wie ist er schön!
HANS.
Und als du mich die Forelle essen sahst?
UNDINE.
Habe ich gesagt: wie ist er dumm!
HANS.
Als ich sagte: denkst du daran?
UNDINE.
Da habe ich gesagt: an diese Stunde
erinnern wir uns später – an die Stunde,
in der du mich noch nicht geküßt.
HANS.
Wir können uns solche Freuden nicht mehr gönnen,
weil wir auf nichts mehr warten – küsse mich.
ZWEITE STIMME.
Undine!
UNDINE.
Schnell, frage! Frage noch!
Alles verwirrt sich schon in mir!
HANS.
Du mußt wählen, Undine: reden oder mich küssen.
UNDINE.
Ich schweige.
HANS.
Da kommt das Mädchen, das die Teller spült,
sich arm an Leib, reich an der Seele fühlt.
(Die Spülmagd ist aufgetreten. Er fällt tot zurück.)
UNDINE.
Helft! Helft!

Siebente Szene

Undine. Bertha und die übrigen. Der Wasserkönig.

BERTHA. Wer ruft?

UNDINE. Hans geht es nicht gut! Hans stirbt!

DRITTE STIMME. Undine!

BERTHA. Du! Hast du ihn getötet?

UNDINE. Wen habe ich getötet? ... Von wem sprichst du? Wer bist du?

BERTHA. Du kennst mich nicht mehr, Undine?

UNDINE. Sie, gnädige Frau? Wie schön Sie sind! ... Wo bin ich? ... Hier soll man schwimmen? Alles ist fest, oder leer ... Ist das die Erde?

WASSERKÖNIG. Noch die Erde ...

NIXE *(nimmt Undine bei der Hand)*. Verlaß sie! Schnell, Undine!

UNDINE. Ja, ich verlasse sie ... Warte! Wer liegt hier? Wie ist er schön!

WASSERKÖNIG. Einer, der Hans heißt.

UNDINE. Ein schöner Name! Was hat er? Warum rührt er sich nicht?

WASSERKÖNIG. Er ist nur tot.

UNDINE. Wie er mir gefällt! Kann man ihn nicht lebendig machen?

WASSERKÖNIG. Nein! Er kann dich auch nicht mehr befragen.

UNDINE. Wie ist das schade! Wie hätte ich ihn geliebt! *(Sie läßt sich fortziehen.)*

Magritte

Undine geht

Ihr Menschen! Ihr Ungeheuer!

Ihr Ungeheuer mit Namen Hans! Mit diesem Namen, den ich nie vergessen kann.

Immer wenn ich durch die Lichtung kam und die Zweige sich öffneten, wenn die Ruten mir das Wasser von den Armen schlugen, die Blätter mir die Tropfen von den Haaren leckten, traf ich auf einen, der Hans hieß.

Ja, diese Logik habe ich gelernt, daß einer Hans heißen muß, daß ihr alle so heißt, einer wie der andere, aber doch nur einer. Immer einer nur ist es, der diesen Namen trägt, den ich nicht vergessen kann, und wenn ich euch auch alle vergesse, ganz und gar vergesse, wie ich euch ganz geliebt habe. Und wenn eure Küsse und euer Samen von den vielen großen Wassern – Regen, Flüssen, Meeren – längst abgewaschen und fortgeschwemmt sind, dann ist doch der Name noch da, der sich fortpflanzt unter Wasser, weil ich nicht aufhören kann, ihn zu rufen, Hans, Hans ...
Ihr Monstren mit den festen und unruhigen Händen, mit den kurzen blassen Nägeln, den zerschürften Nägeln mit schwarzen Rändern, den weißen Manschetten um die Handgelenke, den ausgefransten Pullovern, den uniformen grauen Anzügen, den groben Lederjacken und den losen Sommerhemden! Aber laßt mich genau sein, ihr Ungeheuer, und euch jetzt einmal verächtlich machen, denn ich werde nicht wiederkommen, euren Winken nicht mehr folgen, keiner Einladung zu einem Glas

Wein, zu einer Reise, zu einem Theaterbesuch. Ich werde nie wiederkommen, nie wieder Ja sagen und Du und Ja. All diese Worte wird es nicht mehr geben, und ich sage euch vielleicht, warum. Denn ihr kennt doch die Fragen, und sie beginnen alle mit »Warum?«. Es gibt keine Fragen in meinem Leben. Ich liebe das Wasser, seine dichte Durchsichtigkeit, das Grün im Wasser und die sprachlosen Geschöpfe (und so sprachlos bin auch ich bald!), mein Haar unter ihnen, in ihm, dem gerechten Wasser, dem gleichgültigen Spiegel, der es mir verbietet, euch anders zu sehen. Die nasse Grenze zwischen mir und mir ...

Ich habe keine Kinder von euch, weil ich keine Fragen gekannt habe, keine Forderung, keine Vorsicht, Absicht, keine Zukunft und nicht wußte, wie man Platz nimmt in einem anderen Leben. Ich habe keinen Unterhalt gebraucht, keine Beteuerung und Versicherung, nur Luft, Nachtluft, Küstenluft, Grenzluft, um immer wieder Atem holen zu können für neue Worte, neue Küsse, für ein unaufhörliches Geständnis: Ja. Ja. Wenn das Geständnis abgelegt war, war ich verurteilt zu lieben; wenn ich eines Tages freikam aus der Liebe, mußte ich zurück ins Wasser gehen, in dieses Element, in dem niemand sich ein Nest baut, sich ein Dach aufzieht über Balken, sich bedeckt mit einer Plane. Nirgendwo sein, nirgendwo bleiben. Tauchen, ruhen, sich ohne Aufwand von Kraft bewegen – und eines Tages sich besinnen, wieder auftauchen, durch eine Lichtung gehen, *ihn* sehen und »Hans« sagen. Mit dem Anfang beginnen.

»Guten Abend.«

»Guten Abend.«

»Wie weit ist es zu dir?«

»Weit ist es, weit.«

»Und weit ist es zu mir.«

Einen Fehler immer wiederholen, den einen machen, mit dem man ausgezeichnet ist. Und was hilft's dann, mit allen Wassern gewaschen zu sein, mit den Wassern der Donau und des Rheins, mit denen des Tiber und des Nils, den hellen Wassern der Eismeere, den tintigen Wassern der Hochsee und der zaubrischen Tümpel? Die heftigen Menschenfrauen schärfen ihre Zungen und blitzen mit den Augen, die sanften Menschenfrauen lassen still ein paar Tränen laufen, die tun auch ihr Werk. Aber die Männer schweigen dazu. Fahren ihren Frauen, ihren Kindern treulich übers Haar, schlagen die Zeitung auf, sehen die Rechnungen durch oder drehen das Radio laut auf und hören doch darüber den Muschelton, die Windfanfare, und dann noch einmal, später, wenn es dunkel ist in den Häusern, erheben sie sich heimlich, öffnen die Tür, lauschen den Gang hinunter, in den Garten, die Alleen hinunter, und nun hören sie es ganz deutlich: Den Schmerzton, den Ruf von weither, die geisterhafte Musik. Komm! Komm! Nur einmal komm!

Ihr Ungeheuer mit euren Frauen!

Hast du nicht gesagt: Es ist die Hölle, und warum ich bei ihr bleibe, das wird keiner verstehen. Hast du nicht gesagt: Meine Frau, ja, sie ist ein wunderbarer Mensch, ja, sie braucht mich, wüßte nicht, wie ohne mich leben –? Hast du's nicht gesagt! Und hast du nicht gelacht und im Übermut gesagt: Niemals schwer nehmen, nie dergleichen schwer nehmen. Hast du nicht gesagt: So soll es immer sein, und das andere soll nicht sein, ist ohne Gültigkeit! Ihr Ungeheuer mit euren Redensarten, die ihr die Redensarten der Frauen sucht, damit euch nichts fehlt, damit die Welt rund ist. Die ihr die Frauen zu euren Geliebten und Frauen macht, Eintagsfrauen, Wochenendfrauen, Lebenslangfrauen und euch zu ihren Männern machen laßt. (Das ist vielleicht ein Erwachen wert!) Ihr mit eurer Eifersucht auf eure Frauen, mit eurer hochmütigen Nachsicht und eurer Tyrannei, eurem Schutzsuchen bei euren Frauen, ihr mit eurem Wirtschaftsgeld und euren gemeinsamen Gutenachtgesprächen, diesen Stärkungen, dem Rechtbehalten gegen draußen, ihr mit euren hilflos gekonnten, hilflos zerstreuten Umarmungen. Das hat mich zum Staunen gebracht, daß ihr euren Frauen Geld gebt zum Einkaufen und für die Kleider und für die Sommerreise, da ladet ihr sie ein (ladet sie ein, zahlt, es versteht sich). Ihr kauft und laßt euch kaufen. Über euch muß ich lachen und staunen, Hans, Hans, über euch kleine Studenten und brave Arbeiter, die ihr euch Frauen nehmt zum Mitarbeiten, da arbeitet ihr beide, jeder wird klüger an einer anderen Fakultät, jeder kommt voran in einer anderen Fabrik, da strengt ihr euch an, legt das Geld zusammen und spannt euch vor die Zukunft. Ja, dazu nehmt ihr euch die Frauen auch, damit ihr die Zukunft erhärtet, damit sie Kinder kriegen, da werdet ihr mild, wenn sie furchtsam und glücklich herumgehen mit den Kindern in ihrem Leib. Oder ihr verbietet euren Frauen, Kinder zu haben, wollt ungestört sein und hastet ins Alter mit eurer gesparten Jugend. O das wäre ein großes Erwachen wert! Ihr Betrüger und ihr Betrogenen. Versucht das nicht mit mir. Mit mir nicht!

Ihr mit euren Musen und Tragtieren und euren gelehrten, verständigen Gefährtinnen, die ihr zum Reden zulaßt ... Mein Gelächter hat lang die Wasser bewegt, ein gurgelndes Gelächter, das ihr manchmal nachgeahmt habt mit Schrecken in der Nacht. Denn gewußt habt ihr immer, daß es zum Lachen ist und zum Erschrecken und daß ihr euch genug seid und nie einverstanden wart. Darum ist es besser, nicht aufzustehen in der Nacht, nicht den Gang hinunterzugehen, nicht zu lauschen im Hof, nicht im Garten, denn es wäre nichts als das

Eingeständnis, daß man noch mehr als durch alles andere verführbar ist durch einen Schmerzton, den Klang, die Lockung und ihn ersehnt, den großen Verrat. Nie wart ihr mit euch einverstanden. Nie mit euren Häusern, all dem Festgelegten. Über jeden Ziegel, der fortflog, über jeden Zusammenbruch, der sich ankündigte, wart ihr froh insgeheim. Gern habt ihr gespielt mit dem Gedanken an Fiasko, an Flucht, an Schande, an die Einsamkeit, die euch erlöst hätten von allem Bestehenden. Zu gern habt ihr in Gedanken damit gespielt. Wenn ich kam, wenn ein Windhauch mich ankündigte, dann sprangt ihr auf und wußtet, daß die Stunde nah war, die Schande, die Ausstoßung, das Verderben, das Unverständliche. Ruf zum Ende. Zum Ende. Ihr Ungeheuer, dafür habe ich euch geliebt, daß ihr wußtet, was der Ruf bedeutet, daß ihr euch rufen ließt, daß ihr nie einverstanden wart mit euch selber. Und ich, wann war ich je einverstanden? Wenn ihr allein wart, ganz allein, und wenn eure Gedanken nichts Nützliches dachten, nichts Brauchbares, wenn die Lampe das Zimmer versorgte, die Lichtung entstand, feucht und rauchig der Raum war, wenn ihr so dastandet, verloren, für immer verloren, aus Einsicht verloren, dann war es Zeit für mich. Ich konnte eintreten mit dem Blick, der auffordert: Denk! Sei! Sprich es aus! Ich habe euch nie verstanden, während ihr euch von jedem Dritten verstanden wußtet. Ich habe gesagt: Ich verstehe dich nicht, verstehe nicht, kann nicht verstehen! Das währte eine herrliche und große Weile lang, daß ihr nicht verstanden wurdet und selbst nicht verstandet, nicht warum dies und das, warum Grenzen und Politik und Zeitungen und Banken und Börse und Handel und dies immerfort.

Denn ich habe die feine Politik verstanden, eure Ideen, eure Gesinnungen, Meinungen, die habe ich sehr wohl verstanden und noch etwas mehr. Eben darum verstand ich nicht. Ich habe die Konferenzen so vollkommen verstanden, eure Drohungen, Beweisführungen, Verschanzungen, daß sie nicht mehr zu verstehen waren. Und das war es ja, was euch bewegte, die Unverständlichkeit all dessen. Denn das war eure wirkliche große verborgene Idee von der Welt, und ich habe eure große Idee hervorgezaubert aus euch, eure unpraktische Idee, in der Zeit und Tod erschienen und flammten, alles niederbrannten, die Ordnung, von Verbrechen bemäntelt, die Nacht, zum Schlaf mißbraucht. Eure Frauen, krank von eurer Gegenwart, eure Kinder, von Euch zur Zukunft verdammt, die haben euch nicht den Tod gelehrt, sondern nur beigebracht kleinweise. Aber ich habe euch mit einem Blick gelehrt, wenn alles vollkommen, hell und rasend war – ich habe euch gesagt: Es ist der Tod darin. Und: Es ist die Zeit daran. Und zugleich: Geh Tod! Und: Steh still, Zeit! Das habe ich euch gesagt. Und du hast geredet, mein Geliebter, mit einer verlangsamten Stimme, vollkommen wahr und gerettet, von allem dazwischen frei, hast deinen traurigen Geist hervorgekehrt, den traurigen, großen, der wie der Geist aller Männer ist und von der Art, die zu keinem Gebrauch bestimmt ist. Weil ich zu keinem Gebrauch bestimmt bin und ihr euch nicht zu einem Gebrauch bestimmt wußtet, war alles gut zwischen uns. Wir liebten einander. Wir waren vom gleichen Geist.

Ich habe einen Mann gekannt, der hieß Hans, und er war anders als alle anderen. Noch einen kannte ich, der war auch anders als alle anderen. Dann einen, der war ganz anders als alle anderen und er hieß Hans, ich liebte ihn. In der Lichtung traf ich ihn, und wir gingen so fort, ohne Richtung, im Donauland war es, er fuhr mit mir Riesenrad, im Schwarzwald war es, unter Platanen auf den großen Boulevards, er trank mit mir Pernod. Ich liebte ihn. Wir standen auf einem Nordbahnhof, und der Zug ging vor Mitternacht. Ich winkte nicht; ich machte mit der Hand ein Zeichen für Ende. Für das Ende, das kein Ende findet. Es war nie zu Ende. Man soll ruhig das Zeichen machen. Es ist kein trauriges Zeichen, es umflort die Bahnhöfe und Fernstraßen nicht, weniger als das täuschende Winken, mit dem so viel zu Ende geht. Geh, Tod, und steh still, Zeit. Keinen Zauber nutzen, keine Tränen, kein Händeverschlingen, keine Schwüre, Bitten. Nichts von alledem. Das Gebot ist: Sich verlassen, daß Augen den Augen genügen, daß ein Grün genügt, daß das Leichteste genügt. So dem Gesetz gehorchen und keinem Gefühl. So der Einsamkeit gehorchen. Einsamkeit, in die mir keiner folgt.

Verstehst du es wohl? Deine Einsamkeit werde ich nie teilen, weil da die meine ist, von länger her, noch lange hin. Ich bin nicht gemacht, um eure Sorgen zu teilen. Diese Sorgen nicht! Wie könnte ich sie je anerkennen, ohne mein Gesetz zu verraten? Wie könnte ich je an die Wichtigkeit eurer Verstrickungen glauben? Wie euch glauben, solange ich euch wirklich glaube, ganz und gar glaube, daß ihr mehr seid als eure schwachen, eitlen Äußerungen, eure schäbigen Handlungen, eure törichten Verdächtigungen. Ich habe immer geglaubt, daß ihr mehr seid, Ritter, Abgott, von einer Seele nicht weit, der allerköniglichsten Namen würdig. Wenn dir nichts mehr einfiel zu deinem Leben, dann hast du ganz wahr geredet, aber auch nur dann. Dann sind alle Wasser über die Ufer getreten, die Flüsse haben sich erhoben, die Seerosen sind gleich hundertweis erblüht und ertrunken, und das Meer war ein machtvoller Seufzer, es schlug, schlug und rannte und rollte gegen die Erde an, daß seine Lefzen trieften von weißem Schaum.

Verräter! Wenn euch nichts mehr half, dann half die Schmähung. Dann wußtet ihr plötzlich, was euch an mir verdächtig war, Wasser und Schleier und was sich nicht festlegen läßt. Dann war ich plötzlich eine Gefahr, die ihr noch rechtzeitig erkanntet, und verwünscht war ich und bereut war alles im Handumdrehen. Bereut habt ihr auf den Kirchenbänken, vor euren Frauen, euren Kindern, eurer Öffentlichkeit. Vor euren großen großen Instanzen wart ihr so tapfer, mich zu bereuen und all das zu befestigen, was in euch unsicher geworden war. Ihr wart in Sicherheit. Ihr habt die Altäre rasch aufgerichtet und mich zum Opfer gebracht. Hat mein Blut geschmeckt? Hat es ein wenig nach dem Blut der Hindin geschmeckt und nach dem Blut des weißen Wales? Nach deren Sprachlosigkeit?

Wohl euch! Ihr werdet viel geliebt, und es wird euch viel verziehen. Doch vergeßt nicht, daß ihr mich gerufen habt in die Welt, daß euch geträumt hat von mir, der anderen, dem anderen, von eurem Geist und nicht von eurer Gestalt, der Unbekannten, die auf euren Hochzeiten den Klageruf anstimmt, auf nassen Füßen kommt und von deren Kuß ihr zu sterben fürchtet, so wie ihr zu sterben wünscht und nie mehr sterbt: ordnungslos, hingerissen und von höchster Vernunft.

Warum sollt ich's nicht aussprechen, euch verächtlich machen, ehe ich gehe.

Ich gehe ja schon.

Denn ich habe euch noch einmal wiedergesehen, in einer Sprache reden gehört, die ihr mit mir nicht reden sollt. Mein Gedächtnis ist unmenschlich. An alles habe ich denken müssen, an jeden Verrat und jede Niedrigkeit. An denselben Orten habe ich euch wiedergesehen; da schienen mir Schandorte zu sein, wo einmal helle Orte waren. Was habt ihr getan! Still war ich, kein Wort habe ich gesagt. Ihr sollt es euch selber sagen. Eine Handvoll Wasser habe ich über die Orte gesprengt, damit sie grünen mögen wie Gräber. Damit sie zuletzt hell bleiben mögen.

Aber so kann ich nicht gehen. Drum laßt mich euch noch einmal Gutes nachsagen, damit nicht so geschieden wird. Damit nichts geschieden wird.

Gut war trotzdem euer Reden, euer Umherirren, euer Eifer und euer Verzicht auf die ganze Wahrheit, damit die halbe gesagt wird, damit Licht auf die eine Hälfte der Welt fällt, die ihr grade noch wahrnehmen könnt in eurem Eifer. So mutig wart ihr und mutig gegen die anderen – und feig natürlich auch und oft mutig, damit ihr nicht feige erschient. Wenn ihr das Unheil von dem Streit kommen saht, strittet ihr dennoch weiter und beharrtet auf eurem Wort, obwohl euch kein Gewinn davon wurde. Gegen ein Eigentum und für ein Eigentum habt ihr gestritten, für die Gewaltlosigkeit und für die Waffen, für das Neue und für das Alte, für die Flüsse und für die Flußregulierung, für den Schwur und gegen das Schwören. Und wißt doch, daß ihr gegen euer Schweigen eifert und eifert trotzdem weiter. Das ist vielleicht zu loben.

In euren schwerfälligen Körpern ist eure Zartheit zu loben. Etwas so besonders Zartes erscheint, wenn ihr einen Gefallen erweist, etwas Mildes tut. Viel zarter als alles Zarte von euren Frauen ist eure Zartheit, wenn ihr euer Wort gebt oder jemand anhört und versteht. Eure schweren Körper sitzen da, aber ihr seid ganz schwerelos, und eine Traurigkeit, ein Lächeln von euch können so sein, daß selbst der bodenlose Verdacht eurer Freunde einen Augenblick lang ohne Nahrung ist.

Zu loben sind eure Hände, wenn ihr zerbrechliche

Dinge in die Hand nehmt, sie schont und zu erhalten wißt, und wenn ihr die Lasten tragt und das Schwere aus einem Weg räumt. Und gut ist es, wenn ihr die Körper der Menschen und der Tiere behandelt und ganz vorsichtig einen Schmerz aus der Welt schafft. So Begrenztes kommt von euren Händen, aber manches Gute, das für euch einstehen wird.

Zu bewundern ist auch, wenn ihr euch über Motoren und Maschinen beugt, sie macht und versteht und erklärt, bis vor lauter Erklärungen wieder ein Geheimnis daraus geworden ist. Hast du nicht gesagt, es sei dieses Prinzip und jene Kraft? War das nicht gut und schön gesagt? Nie wird jemand wieder so sprechen können von den Strömen und Kräften, den Magneten und Mechaniken und von den Kernen aller Dinge.

Nie wird jemand wieder so sprechen von den Elementen, vom Universum und allen Gestirnen.

Nie hat jemand so von der Erde gesprochen, von ihrer Gestalt, ihren Zeitaltern. In deinen Reden war alles so deutlich: die Kristalle, die Vulkane und Aschen, das Eis und die Innenglut.

So hat niemand von den Menschen gesprochen, von den Bedingungen, unter denen sie leben, von ihren Hörigkeiten, Gütern, Ideen, von den Menschen auf dieser Erde, auf einer früheren und einer künftigen Erde. Es war recht, so zu sprechen und so viel zu bedenken.

Nie war so viel Zauber über den Gegenständen, wie wenn du geredet hast, und nie waren Worte so überlegen. Auch aufbegehren konnte die Sprache durch dich, irre werden oder mächtig werden. Alles hast du mit den Worten und Sätzen gemacht, hast dich verständigt mit ihnen oder hast sie gewandelt, hast etwas neu benannt; und die Gegenstände, die weder die geraden noch die ungeraden Worte verstehen, bewegten sich beinahe davon.

Ach, so gut spielen konnte niemand, ihr Ungeheuer! Alle Spiele habt ihr erfunden, Zahlenspiele und Wortspiele, Traumspiele und Liebesspiele.

Nie hat jemand so von sich selber gesprochen. Beinahe wahr. Beinahe mörderisch wahr. Übers Wasser gebeugt, beinah aufgegeben. Die Welt ist schon finster, und ich kann die Muschelkette nicht anlegen. Keine Lichtung wird sein. Du anders als die anderen. Ich bin unter Wasser. Bin unter Wasser.

Und nun geht einer oben und haßt Wasser und haßt Grün und versteht nicht, wird nie verstehen. Wie ich nie verstanden habe.

Beinahe verstummt,
beinahe noch
den Ruf
hörend.

Komm. Nur einmal.
Komm.

PETER RÜHMKORF

Undine

Zieh sie an Land,
die säuselnde Sirene;
frag nicht, wer dich belügt –
Ein Kopf voll Haare und das Maul voll Zähne
genügt.

Schmeckt nur die Brust nicht schal;
wo hätte Wahnsinn je das Glück gemindert?
Du – krank im Geiste
und sie gehbehindert,
egal – egal.

Der Wind zieht an und schleift die Wolkenreiche;
langsam
steigt dir der Whisky
zum Zenit.
Wer weiß – du nicht – ob auf der Knochenbleiche
nochmal die Primel blüht.

Ob das nochmal zuhauf,
nochmal zusammenkommt, der Wust an Gottes-
Schon – schnappen – deine Lungen [wundern …
wie zwei Flundern,
die Jadebucht reißt auf:

Wasser strömt vor,
ein Sturmtief wirft
Meerflocken über das entflammte Laken.
Komm, kucken, Kunst:
die japsenden Kloaken –
der Bagger seufzt und schlürft.

Undine, schlafend

I

Ihre Träume, ihre Empfindungen, ihre Glieder
Sind mit sich einverstanden.
Wenn sie sich wäscht
Fließt das Wasser über ihren Leib
Wie über gewachsenen, moosigen Fels,
Den das Frühlicht ertastet:
Rosig, zärtlich und scheu.

II

Ihr Atem an meinem Hals
Weht als ruhige Brandung.
– Wie die Flaumfedern stoben,
Damals, als der Berberfalke
Vor meinen Augen den Fasan schlug! –
Ein Zucken wetterleuchtet
Über ihrer Haut.

III

Ihre geöffneten Hände
Über der Decke
Verschweben reglos.
Sie entlassen mich erst,
Wenn das Winterlicht
Die verblassende Silhouette berührt
Und verflüchtigt.

Der Abend kommt gezogen,
Der Nebel bedeckt die See;
Geheimnisvoll rauschen die Wogen,
Da steigt es weiß in die Höh.

Die Meerfrau steigt aus den Wellen,
Und setzt sich zu mir an den Strand;
Die weißen Brüste quellen
Hervor aus dem Schleiergewand.

Sie drückt mich und sie preßt mich,
Und tut mir fast ein Weh; –
Du drückst ja viel zu fest mich,
Du schöne Wasserfee!

»Ich preß dich, in meinen Armen,
Und drücke dich mit Gewalt;
Ich will bei dir erwarmen,
Der Abend ist gar zu kalt.«

Der Mond schaut immer blasser
Aus dämmriger Wolkenhöh; –
Dein Auge wird trüber und nasser,
Du schöne Wasserfee!

»Es wird nicht trüber und nasser,
Mein Aug ist naß und trüb,
Weil, als ich stieg aus dem Wasser,
Ein Tropfen im Auge blieb.«

Die Möwen schrillen kläglich,
Es grollt und brandet die See; –

Dein Herz pocht wild beweglich,
Du schöne Wasserfee!

»Mein Herz pocht wild beweglich,
Es pocht beweglich wild,
Weil ich dich liebe unsäglich,
Du liebes Menschenbild!«

Peter von Staufenberg

Zum Kreis der Sagen und Märchen, die von einer »gestörten Mahrtenehe« erzählen, also von der Verbindung eines Menschen mit einem überirdischen Wesen, gehört der Stoff des »Peter von Staufenberg«. Achim von Arnims Romanzenzyklus, der 1805 im 1. Band von »Des Knaben Wunderhorn« erschien, geht auf ein 1598 erschienenes Buch zurück, das einer Kooperation Johann Fischarts mit dem Straßburger Domorganisten Bernhard Schmidt entstammt und das seinerseits auf eine kurz nach 1300 entstandene mittelhochdeutsche Versnovelle zurückgeht. In der Konzentration auf den Kern der Erzählung – Verbindung des Ritters mit der übernatürlichen Geliebten, das glückliche Leben der beiden, Bruch des gegebenen Versprechens durch die Ehe mit einer anderen Frau, Tod des treulosen Ritters – und in ihrer Anreicherung mit romantischen Motiven übte Arnims Version unter den zahlreichen Überlieferungen der Sage den nachhaltigsten Einfluß auf spätere Dichtungen, zumal auf Fouqués »Undine«, aus.

Erst 1834 veröffentlicht, aber schon vor 1800 von dem badischen Oberst Heinrich Medicus aufgezeichnet wurde der zweite hier abgedruckte Text zur Staufenberger-Sage, der den Stoff mit Motiven der Melusinen-Sage verknüpft. Der Ritter ist, als Sohn eines Amtmanns, verbürgerlicht und heißt hier Sebald. Die »Meerfei« der »Wunderhorn«-Fassung bekommt den Namen Melusine, und konsequenterweise stößt bei der Hochzeit des Treulosen als unheilvolles Zeichen auch nicht, wie bei Arnim, ein Fuß, sondern ein Schlangenschweif durch die Decke.

Ritter Peter von Stauffenberg und die Meerfeie

I. Romanze

Vorüber zieht manch edler Aar,
Herr Peter ein teurer Ritter war,
Er war so keusch, er war so rein,
Wie seines Antlitz edler Schein,
Er war bereit zu jeder Zeit,
Zu Schimpf, zu Ernst, zu Lust, zu Streit.

In junger Kraft, in fremdem Land,
Sein Mannheit machte ihn bekannt,
Als er nach Hause kehrt zurück,
Bedenkt in sich sein hohes Glück,
Langsam zur Burg hinauf tut reiten,
Was sieht sein Knecht zu einer Seiten?

Er sieht ein schönes Weib da sitzen,
Von Gold und Silber herrlich blitzen,
Von Perlen und von Edelstein,
Wie eine Sonne reich und rein,
Der Knecht winkt seinen Herrn zu sich:
»Gern diente dieser Fraue ich!«

Der Ritter grüßt in großer Zucht,
Er drückt an sich die edle Frucht:
»Ihr seid es Ritter, edler Herr,
Das Wunder das mich treibet her,
In allen Landen, wo Ihr wart,
Hab ich Euch glücklich stets bewahrt.«

»Kein schöner Weib hab ich erblickt,
Ich lieb Euch wie es aus mir blickt.
Ich sah Euch oft im tiefsten Traum,
Jetzt glaub ich meinen Sinnen kaum,
Wollt Gott, Ihr wärt mein ehlich Weib,
In Ehren dient' ich Eurem Leib.«

»Nun so wohl hin«, sprach da die Zart:
»Auf diese Red hab ich gewart,
Ich zog dich auf mit Liebeskraft,
Die alles wirkt, die alles schafft,
Ich bin die deine, ewig dein,
Doch mußt du auch der meine sein.

Nie darfst du nehmen ein ander Weib,
Dir eigen ist mein schöner Leib,
In jeder Nacht, wo du begehrst,
Und Macht und Reichtum dir beschert,
Ein ewig endeloses Leben,
Will ich durch meine Kraft dir geben.

Unangefocht wirst du nicht bleiben,
Man wird dich treiben, dich zu weiben,
Wo du's dann tust, red ich ohn Zagen,
So bist du tot in dreien Tagen;
Sieh weg von mir und denke nach,
Was dir dein eignes Herze sagt.«

»Nun herzigs Weib ist dem also,
So werdet meiner Treue froh,
Was soll ich für ein Zeichen haben,
Daß Ihr von mir wollt nimmer lassen?«
»So trag von mir den goldnen Ring,
Vor Unglück schützet dich der Ring.«

Mit spielendem Kuß er Abschied nahm,
Zur Messe er nach Nußbach kam,
Da ging er mit den Kreuzen auch,
Und nahte sich dem Weiherauch,
Sein Leib und Seel er Gott befahl,
Er sollt ihn schützen überall.

II. Romanze

Als er auf Stauffenberg nun kam,
Schnell sprang da ab der edle Mann,
Ein jeder wollt ihn sehen, hören,
Ein jeder wollt ihn höher ehren,
Von seinen Dienern große Eil,
Von Fraun und Mädchen groß Kurzweil.

Zu Bette trachtet nur der Herr,
Nach seiner Frau verlangt er sehr,
Viel herrlich Rauchwerk ward gemacht,
Das Bett verhängt mit großer Pracht,
Den Dienern bald erlauben tät,
Daß sie sich legten all zu Bett.

Er zog sich ab, setzt sich aufs Bett,
Und zu sich selber also redt:
»O hätt ich sie im Arm allein,
Die heut ich fand auf hohem Stein!«
Als er die Worte kaum noch sprach,
Die Schöne er mit Augen sah.

Viel froher Minne sie begehn,
Sie mochten einander ins Herze sehn,
Wenn einer tät dem nachgedenken,
So möchte ihn wohl die Sehnsucht kränken.
Als er erwachte, glaubt er's kaum,
Er fand den Ring, sonst war's ein Traum.

III. Romanze

»Ihr wisset nun zu dieser Frist,
Daß unser Geschlecht im Abgang ist,
So nehmt ein Weib, berühmt und reich,
Ihr seid schon jedem Fürsten gleich,
Wir bringen euch viel Fräulein schön,
Die euch gar gerne alle sehn.«

Herr Peter war erschrocken sehr,
Sein Bruder schweiget, da sprach der Herr:
»Ich dank euch edle Brüder mein,
Doch kann es also noch nicht sein,
Zur Kaiserkrönung geh ich hin,
Nach Ruhm und Ehre steht mein Sinn.«

Die Meerfei gab ihm diesen Rat,
Sie hat es ihm voraus gesagt,
Sie gibt ihm Gold und edlen Schmuck,
Wie keiner ihn so herrlich trug,
Sie küsset ihn und warnet ihn,
Daß er sich nicht geb Weibern hin.

IV. Romanze

Der Zierlichste meinte ein jeder zu sein,
Der Stauffenberger zog auch ein,
Seinsgleichen war zugegen nicht,
Der so zierlich einher ritt,
Der König nahm sein eben wahr,
Dazu die Frauen ernsthaft gar.

Trommeten fingen an zu blasen,
Die Pferde fingen an zu tosen,

Da lustig ward so Roß als Mann,
Wie das Turnier gefangen an,
Herr Peter alle darnieder rennt,
Er macht dem Rennen bald ein End.

Als nun der Abend kam herbei,
Von neuem ging Trommetenschrei,
Als sie zu Hof gegessen hatten,
Den fürstlichen Tanz sie allda taten,
Des Königs Base schön geziert,
Den ersten Dank in Handen führt.

Von Gold und Perlen diesen Kranz,
Dem Ritter setzt sie auf zum Tanz,
Tät auf das gelbe Haar ihm setzen,
Tät freundlich ihm den Finger pfetzen,
Gab ihre Lieb ihm zu verstehn,
Durch manchen Blick schön anzusehn.

V. Romanze

Der König lag in seinem Bett,
Des Nachts seltsam Gedanken hätt,
Und seine Gedanken gingen ein
In einer Base Schlafkämmerlein,
Und immer schwerer kamen wieder,
Wie Bienen ziehn vom Schwärmen nieder.

Am Morgen schickt er seinen Zwerg,
Zu Peter Herrn von Stauffenberg:
»Die Base mein von hoher Art,
Die Fürstin, jung und reich und zart,
Die will ich geben euch zum Weib,
Mit ihrem Kärntnerland und Leut.«

Kein Wort kam aus des Ritters Mund,
Erschrocken stand er da zur Stund:
»Mein Red halt mir für keinen Spott,
Und nimm hiemit zu Zeugen Gott,
Daß es mein ewger Ernst fürwahr,
Daß Euer die Fürstin ganz und gar.«

Herr Peter sprach mit großen Treuen,
Der hohe Lohn könnt ihn nicht freuen,
Wie er der Meerfei schon verlobt,
Der Untreu sei der Tod gelobt,
Sonst sei er frei von Not und Leid,
Mit Gut und Geld von ihr erfreut.

»Weh eurer Seele an dem Ort,
Sie ist verloren hier und dort,
Seht Gottes Auge nimmermehr,
Wenn ihr euch nicht von ihr abkehrt;
Sollt ihr 'nen Geist zum Weibe haben,
Nie werden euch die Kinder laben.

Dem Teufel seid ihr zugesellt,
Ihr armer Mann! Ihr teurer Held!«
So sprach der Bischof und der König,
Der Ritter sagt darauf zum König:
»Es geht mir tief zu meinem Herzen,
Und Gottes Gnad will nicht verscherzen.«

Herr Peter ward verlobt sogleich,
An Gold und edlen Steinen reich,
O heller Glanz der Jungfrau fein,
Wem strahlet er mit Freudenschein.
Nach Stauffenberg sie ziehen fort,
Zu feiern ihre Hochzeit dort!

Ihr düstren Wälder auf dem Wege,
Was streckt die Äste ihr entgegen,
Viel froher Scharen ziehen ja,
Mit hellem Klange fern und nah,
Mit bunten Bändern, Scherz und Streit,
Ist alles Lust, ist alles Freud.

VI. Romanze

Auf Stauffenberg zur ersten Nacht,
Zur schönen Frau sein Herze dacht,
Alsbald an seinem Arme lag,
Die sein mit steten Treuen pflag,
Sie weinte, sprach: »Nun wehe dir,
Du folgtest gar zu wenig mir.

Daß du ein Weib nimmst zu der Eh,
Am dritten Tag du lebst nicht mehr,
Ich sag dir was geschehen muß,
Ich lasse sehen meinen Fuß,
Den sollen sehen Frau und Mann,
Und sollen sich verwundern dran.

So nun dein Aug den auch ersieht,
So sollst da länger säumen nicht,
Denn es sich immer anders wendt,
Empfangt das heilge Sakrament,
Du weißt, daß ich dir Glauben halten,
Auf ewig sind wir nun zerspalten.«

Mit nassem Aug sie zu ihm sprach:
»Herr denket fleißig nach der Sach,
Ihr dauret mich im Herzen mein,
Daß ich nicht mehr kann bei Euch sein,

zog seine Blicke nach der schmerzenden Stelle. Undine hatte ihre Perlenzähne scharf in seine Finger gesetzt und sah dabei recht finster und unwillig aus. Plötzlich aber schaute sie ihm freundlich wehmütig in die Augen und flüsterte ganz leise: »Ihr macht es auch danach.« Dann verhüllte sie ihr Gesicht, und der Ritter fuhr seltsam verwirrt und nachdenklich in seiner Geschichte fort:

»Es ist eine hochmütige, wunderliche Maid, diese Bertalda. Sie gefiel mir auch am zweiten Tage schon lange nicht mehr wie am ersten und am dritten noch minder. Aber ich blieb um sie, weil sie freundlicher gegen mich war als gegen andre Ritter, und so kam es auch, daß ich sie im Scherz um einen ihrer Handschuhe bat. ›Wenn Ihr mir Nachricht bringt und Ihr ganz allein‹, sagte sie, ›wie es im berüchtigsten Forste aussieht.‹ Mir lag eben nicht so viel an ihrem Handschuhe, aber gesprochen war gesprochen, und ein ehrliebender Rittersmann läßt sich zu solchem Probestücke nicht zweimal mahnen.«

»Ich denke, sie hatte Euch lieb«, unterbrach ihn Undine.

»Es sah so aus«, entgegnete Huldbrand.

»Nun«, rief das Mädchen lachend, »die muß recht dumm sein. Von sich zu jagen, was einem lieb ist! Und vollends in einen verrufnen Wald hinein. Da hätte der Wald und sein Geheimnis lange für mich warten können.«

»Ich machte mich denn gestern morgen auf den Weg«, fuhr der Ritter, Undinen freundlich anlächelnd, fort. »Die Baumstämme blitzten so rot und schlank im Morgenlichte, das sich hell auf dem grünen Rasen hinstreckte, die Blätter flüsterten so lustig miteinander, daß ich in meinem Herzen über die Leute lachen mußte, die an diesem vergnüglichen Orte irgend etwas Unheimliches erwarten konnten. ›Der Wald soll bald durchtrabt sein, hin und zurück‹, sagte ich in behaglicher Fröhlichkeit zu mir selbst, und eh' ich noch daran dachte, war ich tief in die grünenden Schatten hinein und nahm nichts mehr von der hinter mir liegenden Ebene wahr. Da fiel es mir erst aufs Herz, daß ich mich auch in dem gewaltigen Forste gar leichtlich verirren könne und daß dieses vielleicht die einzige Gefahr sei, welche den Wandersmann allhier bedrohe. Ich hielt daher stille und sah mich nach dem Stande der Sonne um, die unterdessen etwas höher gerückt war. Indem ich nun so emporblicke, sehe ich ein schwarzes Ding in den Zweigen einer hohen Eiche. Ich denke schon, es ist ein Bär, und fasse nach meiner

FRIEDRICH DE LA MOTTE FOUQUÉ

Undine

Erstes Kapitel

Wie der Ritter zu dem Fischer kam

Es mögen nun wohl schon viele hundert Jahre her sein, da gab es einmal einen alten, guten Fischer, der saß eines schönen Abends vor der Tür und flickte seine Netze. Er wohnte aber in einer überaus anmutigen Gegend. Der grüne Boden, worauf seine Hütte gebaut war, streckte sich weit in einen großen Landsee hinaus, und es schien ebensowohl, die Erdzunge habe sich aus Liebe zu der bläulich klaren, wunderhellen Flut in diese hineingedrängt, als auch, das Wasser habe mit verliebten Armen nach der schönen Aue gegriffen, nach ihren hochschwankenden Gräsern und Blumen und nach dem erquicklichen Schatten ihrer Bäume. Eins ging bei dem andern zu Gaste, und eben deshalb war jegliches so schön. Von Menschen freilich war an dieser hübschen Stelle wenig oder gar nichts anzutreffen, den Fischer und seine Hausleute ausgenommen. Denn hinter der Erdzunge lag ein sehr wilder Wald, den die mehrsten Leute wegen seiner Finsternis und Unwegsamkeit, wie auch wegen der wundersamen Kreaturen und Gaukeleien, die man darin antreffen sollte, allzusehr scheueten, um sich ohne Not hineinzubegeben. Der alte fromme Fischer jedoch durchschritt ihn ohne Anfechtung zu vielen Malen, wenn er die köstlichen Fische, die er auf seiner schönen Landzunge fing, nach einer großen Stadt trug, welche nicht sehr weit hinter dem großen Walde lag. Es ward ihm wohl mehrenteils deswegen so leicht, durch den Forst zu ziehen, weil er fast keine andre als fromme Gedanken hegte und noch außerdem jedesmal, wenn er die verrufenen Schatten betrat, ein geistliches Lied aus heller Kehle und aufrichtigem Herzen anzustimmen gewohnt war.

Da er nun an diesem Abend ganz arglos bei den Netzen saß, kam ihn doch ein unversehener Schrecken an, als er es im Waldesdunkel rauschen hörte, wie Roß und Mann, und sich das Geräusch immer näher nach der Landzunge herauszog. Was er in manchen stürmigen Nächten von den Geheimnissen des Forstes geträumt hatte, zuckte ihm nun auf einmal durch den Sinn, vor allem das Bild eines riesenmäßig langen, schneeweißen Mannes, der unaufhörlich auf eine seltsame Art mit dem Kopfe nickte. Ja, als er die Augen nach dem Walde aufhob, kam es ihm ganz eigentlich vor, als sehe er durch das Laubgegitter den nickenden Mann hervorkommen. Er nahm sich aber bald zusammen, erwägend, wie ihm doch niemals in dem Walde selbsten was Bedenkliches widerfahren sei und also auf der freien Landzunge der böse Geist wohl noch minder Gewalt über ihn ausüben dürfe. Zugleich betete er recht kräftiglich einen biblischen Spruch laut aus dem Herzen heraus, wodurch ihm der kecke Mut auch zurückkam und er fast lachend sah, wie sehr er sich geirrt hatte. Der weiße, nickende Mann ward nämlich urplötzlich zu einem ihm längst wohlbekannten Bächlein, das schäumend aus dem Forste hervorrann und sich in den Landsee ergoß. Wer aber das Geräusch verursacht hatte, war ein schön geschmückter Ritter, der zu Roß durch den Baumschatten gegen die Hütte vorgeritten kam. Ein scharlachroter Mantel hing ihm über sein veilchenblaues, goldgesticktes Wams herab; von dem goldfarbigen Barette wallten rote und veilchenblaue Federn, am goldnen Wehrgehenke blitzte ein ausnehmend schönes und reichverziertes Schwert. Der weiße Hengst, der den Ritter trug, war schlankeren Baues, als man es sonst bei Streitrossen zu sehen

Klinge; da sagt es mit einer Menschenstimme, aber recht rauh und häßlich, herunter: ›Wenn ich hier oben nicht die Zweige abknusperte, woran solltest du denn heut um Mitternacht gebraten werden, Herr Naseweis?‹ Und dabei grinst es und raschelt mit den Ästen, daß mein Gaul toll wird und mit mir durchgeht, eh' ich noch Zeit gewinnen konnte, zu sehen, was es denn eigentlich für eine Teufelsbestie war.«

»Den müßt Ihr nicht nennen«, sagte der alte Fischer, und kreuzte sich; die Hausfrau tat schweigend desgleichen; Undine sah ihren Liebling mit hellen Augen an, sprechend: »Das Beste bei der Geschichte ist, daß sie ihn doch nicht wirklich gebraten haben. Weiter, du hübscher Jüngling.«

Der Ritter fuhr in seiner Erzählung fort: »Ich wäre mit meinem scheuen Pferde fast gegen Baumstämme und Äste angerannt; es triefte von Angst und Erhitzung und wollte sich doch noch immer nicht halten lassen. Zuletzt ging es gerade auf einen steinigen Abgrund los; da kam mir's plötzlich vor, als werfe sich ein langer weißer Mann dem tollen Hengste quer vor in seinen Weg, der entsetzte sich davor und stand; ich kriegte ihn wieder in meine Gewalt und sah nun erst, daß mein Retter kein weißer Mann war, sondern ein silberheller Bach, der sich neben mir von einem Hügel herunterstürzte, meines Rosses Lauf ungestüm kreuzend und hemmend.«

»Danke, lieber Bach!« rief Undine, in die Händchen klopfend. Der alte Mann aber sah kopfschüttelnd in tiefem Sinnen vor sich nieder.

»Ich hatte mich noch kaum im Sattel wieder zurechtgesetzt und die Zügel wieder ordentlich recht gefaßt«, fuhr Huldbrand fort, »so stand auch schon ein wunderliches Männlein zu meiner Seiten, winzig und häßlich über alle Maßen, ganz braungelb und mit einer Nase, die nicht viel kleiner war als der ganze übrige Bursche selbst.

Dabei grinste er mit einer recht dummen Höflichkeit aus dem breitgeschlitzten Maule hervor und machte viele tausend Scharrfüße und Bücklinge gegen mich. Weil mir nun das Possenspiel sehr mißhagte, dankte ich ihm ganz kurz, warf meinen noch immer zitternden Gaul herum und gedachte, mir ein andres Abenteuer oder, dafern ich keines fände, den Heimweg zu suchen, denn die Sonne war während meiner tollen Jagd schon über die Mittagshöhe gen Westen gegangen. Da sprang aber der kleine Kerl mit einer blitzschnellen Wendung herum und stand abermals vor meinem Hengste. – ›Platz da!‹ sagt' ich verdrießlich, ›das Tier ist wild und rennet dich leichtlich um.‹ – ›Ei‹, schnarrte das Kerlchen und lachte noch viel entsetzlich dummer, ›schenkt mir doch erst ein Trinkgeld, denn ich hab ja Euer Rösselein aufgefangen; lägt Ihr doch ohne mich samt Eurem Rösselein in der Steinkluft da unten, hu!‹ – ›Schneide nur keine Gesichter weiter‹, sagte ich, ›und nimm dein Geld hin, wenn du auch lügst, denn siehe, der gute Bach dorten hat mich gerettet, nicht aber du, höchst ärmlicher Wicht.‹ Und zugleich ließ ich ein Goldstück in seine wunderliche Mütze fallen, die er bettelnd vor mir abgezogen hatte. Dann trabte ich weiter; er aber schrie hinter mir drein und war plötzlich mit unbegreiflicher Schnelligkeit neben mir. Ich sprengte mein Roß im Galopp an; er galoppierte mit, so sauer es ihm zu werden schien und so wunderliche, halb lächerliche, halb gräßliche Verrenkungen er dabei mit seinem Leibe vornahm, wobei er immerfort das Goldstück in die Höhe hielt und bei jedem Galoppsprunge schrie: ›Falsch Geld! Falsche Münze! Falsche Münze! Falsch Geld!‹ Und das krächzte er aus so hohler Brust heraus, daß man meinte, er müsse nach jeglichem Schreie tot zu Boden stürzen. Auch hing ihm die häßlich rote Zunge weit aus dem Schlunde. Ich hielt verstört; ich fragte: ›Was willst du mit deinem Geschrei? Nimm noch ein Goldstück, nimm noch zwei, aber dann laß ab von mir.‹ – Da fing er wieder mit seinem häßlich höflichen Grüßen an und schnarrte: ›Gold eben nicht, Gold soll es eben nicht sein, mein Jungherrlein; des Spaßes hab ich selbsten allzuviel; will's Euch mal zeigen.‹

Da ward es mir auf einmal, als könn' ich durch den grünen festen Boden durchsehen, als sei er grünes Glas und die ebene Erde kugelrund, und drinnen hielten eine Menge Kobolde ihr Spiel mit Silber und Gold. Kopfauf, kopfunten kugelten sie sich herum, schmissen einander zum Spaß mit den edlen Metallen und pusteten sich den Goldstaub neckend ins Gesicht. Mein häßlicher Gefährte stand halb drinnen, halb draußen; er ließ sich sehr, sehr viel Gold von den andern heraufreichen und zeigte es mir lachend und schmiß es dann immer wieder klingend in die unermeßlichen Klüfte hinab. Dann zeigte er wieder mein Goldstück, was ich ihm geschenkt hatte, den Kobolden drunten, und die wollten sich drüber halb totlachen und zischten mich aus. Endlich reckten sie alle die spitzigen metallschmutzigen Finger gegen mich aus, und wilder und wilder, und dichter und dichter, und toller und toller klomm das Gewimmel gegen mich herauf; – da erfaßte mich ein Entsetzen, wie vorhin meinen Gaul. Ich gab ihm beide Sporen und weiß nicht, wie weit ich zum zweiten Male toll in den Wald hineingejagt bin.

Als ich nun endlich wieder stillhielt, war es abendkühl um mich her. Durch die Zweige sah ich einen weißen Fußpfad leuchten, von dem ich meinte, er müsse aus dem Forste nach der Stadt zurückführen. Ich wollte mich dahin durcharbeiten, aber ein ganz weißes, undeutliches Antlitz mit immer wechselnden Zügen sah mir zwischen den Blättern entgegen; ich wollte ihm ausweichen, aber wo ich hinkam, war es auch. Ergrimmt gedacht' ich endlich mein Roß darauf loszutreiben, da sprudelte es mir und dem Pferde weißen Schaum entgegen, daß wir beide geblendet umwenden mußten. So trieb es uns von Schritt zu Schritt immer von dem Fußsteige abwärts und ließ uns überhaupt nur nach einer einzigen Richtung hin den Weg noch frei. Zogen wir aber auf dieser fort, so war es wohl dicht hinter uns, tat uns jedoch nicht das geringste zuleide. Wenn ich mich dann bisweilen nach ihm umsah, merkte ich wohl, daß das weiße, sprudelnde Antlitz auf einem ebenso weißen, höchst riesenmäßigen Körper saß. Manchmal dacht' ich auch, als sei es ein wandelnder Springbronn, aber ich konnte niemals recht darüber zu Gewißheit kommen. Ermüdet gaben Roß und Reiter dem treibenden weißen Manne nach, der uns immer mit dem Kopfe zunickte, als wolle er sagen: ›Schon recht! Schon recht!‹ – Und so sind wir endlich an das Ende des Waldes hier herausgekommen, wo ich Rasen und Seeflut und eure kleine Hütte sah, und wo der lange weiße Mann verschwand.«

»Gut, daß er fort ist«, sagte der alte Fischer, und nun begann er davon zu sprechen, wie sein Gast auf die beste Weise wieder zu seinen Leuten nach der Stadt zurückgelangen könne. Darüber fing Undine an, ganz leise in sich selbst hinein zu kichern. Huldbrand merkte es und sagte: »Ich dachte, du sähest mich gern hier; was freust du dich denn nun, da von meiner Abreise die Rede ist?«

»Weil du nicht fort kannst«, entgegnete Undine. »Prob es doch mal, durch den übergetretenen Waldstrom zu setzen, mit Kahn, mit Roß oder allein, wie du Lust hast. Oder prob es lieber nicht, denn du würdest zerschellt werden von den blitzschnell getriebenen Stämmen und Steinen. Und was den See angeht, da weiß ich wohl, der Vater darf mit seinem Kahne nicht weit genug darauf hinaus.«

Huldbrand erhob sich lächelnd, um zu sehen, ob es so sei, wie ihm Undine gesagt hatte, der Alte begleitete ihn, und das Mädchen gaukelte scherzend neben den Männern her. Sie fanden es in der Tat, wie Undine gesagt hatte, und der Ritter mußte sich drein ergeben, auf der zur Insel gewordenen Landspitze zu bleiben, bis die Fluten sich verliefen. Als die drei nach ihrer Wanderung wieder der Hütte zugingen, sagte der Ritter der Kleinen ins Ohr: »Nun, wie ist es, Undinchen? Bist du böse, daß ich bleibe?« – »Ach«, entgegnete sie mürrisch, »laßt nur. Wenn ich Euch nicht gebissen hätte, wer weiß, was noch alles von der Bertalda in Eurer Geschichte vorgekommen wäre!«

Fünftes Kapitel

Wie der Ritter auf der Seespitze lebte

Du bist vielleicht, mein lieber Leser, schon irgendwo, nach mannigfachem Auf- und Abtreiben in der Welt, an einen Ort gekommen, wo dir es wohl war; die jedwedem eingeborene Liebe zu eignem Herd und stillem Frieden ging wieder auf in dir; du meintest, die Heimat blühe mit allen Blumen der Kindheit und der allerreinsten, innigsten Liebe wieder aus teuren Grabstätten hervor und hier müsse gut wohnen und Hütten bauen sein. Ob du dich darin geirrt und den Irrtum nachher schmerzlich abgebüßt hast, das soll hier nichts zur Sache tun, und du wirst dich auch selbst wohl mit dem herben Nachschmack nicht freiwillig betrüben wollen. Aber rufe jene unaussprechliche süße Ahnung, jenen englischen Gruß des Friedens wieder in dir herauf, und du wirst ungefähr wissen können, wie dem Ritter Huldbrand während seines Lebens auf der Seespitze zu Sinne war.

Er sah oftmals mit innigem Wohlbehagen, wie der Waldstrom mit jedem Tage wilder einherrollte, wie er sich sein Bette breiter und breiter riß und die Abgeschiedenheit auf der Insel so für immer längere Zeit aus-

Bedeutung Kompositum
Wald-Strom

dehnte. Einen Teil des Tages über strich er mit einer alten Armbrust, die er in einem Winkel der Hütte gefunden und sich ausgebessert hatte, umher, nach den vorüberfliegenden Vögeln lauernd und, was er von ihnen treffen konnte, als guten Braten in die Küche liefernd. Brachte er nun seine Beute zurück, so unterließ Undine fast niemals, ihn auszuschelten, daß er den lieben, lustigen Tierchen oben im blauen Luftmeer so feindlich ihr fröhliches Leben stehle; ja, sie weinte oftmals bitterlich bei dem Anblicke des toten Geflügels. Kam er aber dann ein andermal wieder heim und hatte nichts geschossen, so schalt sie ihn nicht minder ernstlich darüber aus, daß man nun um seines Ungeschicks und seiner Nachlässigkeit willen mit Fischen und Krebsen vorliebnehmen müsse. Er freute sich allemal herzinniglich auf ihr anmutiges Zürnen, um so mehr, da sie gewöhnlich nachher ihre üble Laune durch die holdesten Liebkosungen wiedergutzumachen suchte. Die Alten hatten sich in die Vertraulichkeit der beiden jungen Leute gefunden; sie kamen ihnen vor wie Verlobte oder gar wie ein Ehepaar, das ihnen zum Beistand im Alter mit auf der abgerissenen Insel wohne. Eben diese Abgeschiedenheit brachte auch den jungen Huldbrand ganz fest auf den Gedanken, er sei bereits Undines Bräutigam. Ihm war zumute, als gäbe es keine Welt mehr jenseits dieser umgebenden Fluten oder als könne man doch nie wieder da hinüber zur Vereinigung mit andern Menschen gelangen; und wenn ihn auch bisweilen sein weidendes Roß anwieherte, wie nach Rittertaten fragend und mahnend, oder sein Wappenschild ihm von der Stickerei des Sattels und der Pferdedecke ernst entgegenleuchtete oder sein schönes Schwert unversehens vom Nagel, an welchem es in der Hütte hing, herabfiel, im Sturze aus der Scheide gleitend – so beruhigte er sein zweifelndes Gemüt damit: Undine sei gar keine Fischerstochter, sei vielmehr aller Wahrscheinlichkeit nach aus einem wundersamen hochfürstlichen Hause der Fremde gebürtig. Nur das war ihm in der Seele zuwider, wenn die alte Frau Undinen in seiner Gegenwart schalt. Das launische Mädchen lachte zwar meist ohne alles Hehl ganz ausgelassen darüber; aber ihm war es, als taste man seine Ehre an, und doch wußte er der alten Fischerin nicht unrecht zu geben, denn Undine verdiente immer zum wenigsten zehnfach soviel Schelte, als sie bekam, daher er denn auch der Hauswirtin im Herzen gewogen blieb, und das ganze Leben seinen stillen, vergnüglichen Gang fürder ging.

Es kam aber doch endlich eine Störung hinein; der Fischer und der Ritter waren nämlich gewohnt gewesen, beim Mittagsmahle und auch des Abends, wenn der Wind draußen heulte, wie er es fast immer gegen die Nacht zu tun pflegte, sich miteinander bei einem Kruge Wein zu ergötzen. Nun war aber der ganze Vorrat zu Ende gegangen, den der Fischer früher von der Stadt nach und nach mitgebracht hatte, und die beiden Männer wurden darüber ganz verdrießlich. Undine lachte sie den Tag über wacker aus, ohne daß beide so lustig wie gewöhnlich in ihre Scherze einstimmten. Gegen Abend war sie aus der Hütte gegangen: sie sagte, um den zwei langen und langweiligen Gesichtern zu entgehen. Weil es nun in der Dämmerung wieder nach Sturm aussah und das Wasser bereits heulte und rauschte, sprangen der Ritter und der Fischer erschreckt vor die Tür, um das Mädchen heimzuholen, der Angst jener Nacht gedenkend, wo Huldbrand zum erstenmal in der Hütte gewesen war. Undine aber trat ihnen entgegen, freundlich in ihre Händchen klopfend. »Was gebt ihr mir, wenn ich euch Wein verschaffe? Oder vielmehr, ihr braucht mir nichts zu geben«, fuhr sie fort, »denn ich bin schon zufrieden, wenn ihr lustiger ausseht und bessere Einfälle habt als diesen letzten langweiligen Tag hindurch.

Kommt nur mit; der Waldstrom hat ein Faß an das Ufer getrieben, und ich will verdammt sein, eine ganze Woche lang zu schlafen, wenn es nicht ein Weinfaß ist.« – Die Männer folgten ihr nach und fanden wirklich an einer umbüschten Bucht des Ufers ein Faß, welches ihnen Hoffnung gab, als enthalte es den edlen Trank, wonach sie verlangten. Sie wälzten es vor allem aufs schleunigste in die Hütte, denn ein schweres Wetter zog wieder am Abendhimmel herauf, und man konnte in der Dämmerung bemerken, wie die Wogen des Sees ihre weißen Häupter schäumend emporrichteten, als sähen sie sich nach dem Regen um, der nun bald auf sie herunterrauschen sollte. Undine half den beiden nach Kräften und sagte, als das Regenwetter plötzlich allzu schnell heraufheulte, lustig drohend in die schweren Wolken hinein: »Du! du! Hüte dich, daß du uns nicht naß machst; wir sind noch lange nicht unter Dach.« – Der Alte verwies ihr solches als eine sündhafte Vermessenheit, aber sie kicherte leise vor sich hin, und es widerfuhr auch niemandem etwas Übles darum. Vielmehr gelangten alle drei wider Vermutung mit ihrer Beute trocken an den behaglichen Herd, und erst, als man das Faß geöffnet und erprobt hatte, daß es einen wundersam trefflichen Wein enthalte, riß sich der Regen aus dem dunkeln Gewölke los, und rauschte der Sturm durch die Wipfel der Bäume und über des Sees empörte Wogen hin.

Einige Flaschen waren bald aus dem großen Fasse gefüllt, das für viele Tage Vorrat verhieß, man saß trinkend und scherzend und heimisch gesichert vor dem tobenden Unwetter an der Glut des Herdes beisammen. Da sagte der alte Fischer und ward plötzlich sehr ernst: »Ach großer Gott, wir freuen uns hier der edlen Gabe, und der, welchem sie zuerst angehörte und vom Strome genommen ward, hat wohl gar das liebe Leben drum lassen müssen.« – »Er wird ja nicht gerade!« meinte

gewohnt ist, und trat so leicht über den Rasen hin, daß dieser grünbunte Teppich auch nicht die mindeste Verletzung davon zu empfangen schien. Dem alten Fischer war es noch immer nicht ganz geheuer zumute, obwohl er einzusehen meinte, daß von einer so holden Erscheinung nichts Übles zu befahren sei, weshalb er auch seinen Hut ganz sittig vor dem näherkommenden Herrn abzog und gelassen bei seinen Netzen verblieb. Da hielt der Ritter stille und fragte, ob er wohl mit seinem Pferde auf diese Nacht hier Unterkommen und Pflege finden könne? – »Was Euer Pferd betrifft, lieber Herr«, entgegnete der Fischer, »so weiß ich ihm keinen bessern Stall

Die Nixe als mytholog. Figur
...t der Darstellung des Sinn-
Triumphs naturhafter lichkeit

anzuweisen als diese beschattete Wiese und kein besseres Futter als das Gras, welches darauf wächst. Euch selbst aber will ich gerne in meinem kleinen Hause mit Abendbrot und Nachtlager bewirten, so gut es unsereiner hat.« – Der Ritter war damit ganz wohl zufrieden, er stieg von seinem Rosse, welches die beiden gemeinschaftlich losgürteten und loszügelten, und ließ es alsdann auf den blumigen Anger hinlaufen, zu seinem Wirte sprechend: »Hätt' ich Euch auch minder gastlich und wohlmeinend gefunden, mein lieber alter Fischer, Ihr wäret mich dennoch wohl für heute nicht wieder losgeworden; denn, wie ich sehe, liegt vor uns ein breiter See, und mit sinkendem Abend in den wunderlichen Wald zurückzureiten, davor bewahre mich der liebe Gott!« – »Wir wollen nicht allzuviel davon reden«, sagte der Fischer und führte seinen Gast in die Hütte.

Darinnen saß bei dem Herde, von welchem aus ein spärliches Feuer die dämmernde, reinliche Stube erhellte, auf einem großen Stuhle des Fischers betagte Frau; beim Eintritte des vornehmen Gastes stand sie freundlich grüßend auf, setzte sich aber an ihren Ehrenplatz wieder hin, ohne diesen dem Fremdling anzubieten, wobei der Fischer lächelnd sagte: »Ihr müßt es ihr nicht verübeln, junger Herr, daß sie Euch den bequemsten Stuhl im Hause nicht abtritt; das ist so Sitte bei armen Leuten, daß der den Alten ganz ausschließlich gehört.« – »Ei, Mann«, sagte die Frau mit ruhigem Lächeln , »wo denkst du auch hin? Unser Gast wird doch zu den Christenmenschen gehören, und wie könnte es alsdann dem lieben jungen Blut einfallen, alte Leute von ihren Sitzen zu verjagen?« – »Setzt Euch, mein junger Herr«, fuhr sie, gegen den Ritter gewandt, fort; »es steht dorten noch ein recht artiges Sesselein, nur müßt Ihr nicht allzu ungestüm damit hin und her rutschen; denn das eine Bein ist nicht allzu feste mehr.« – Der Ritter holte den Sessel achtsam herbei, ließ sich freundlich darauf nieder, und es war ihm zumute, als sei er mit diesem kleinen Haushalt verwandt und eben jetzt aus der Ferne dahin heimgekehrt.

Die drei guten Leute fingen an, höchst freundlich und vertraulich miteinander zu sprechen. Vom Walde, nach welchem sich der Ritter einige Male erkundigte, wollte der alte Mann freilich nicht viel wissen; am wenigsten, meinte er, passe sich das Reden davon jetzt in der einbrechenden Nacht; aber von ihrer Wirtschaft und sonstigem Treiben erzählten die beiden Eheleute desto mehr und hörten auch gerne zu, als ihnen der Rittersmann von seinen Reisen vorsprach, und daß er eine Burg an den Quellen der Donau habe und Herr Huldbrand von Ringstetten geheißen sei. Mitten durch das Gespräch hatte der Fremde schon bisweilen ein Plätschern am niedrigen Fensterlein vernommen, als spritze jemand Wasser dagegen. Der Alte runzelte bei diesem Geräusche jedesmal unzufrieden die Stirn; als aber endlich ein ganzer Guß gegen die Scheiben flog und durch den schlecht verwahrten Rahmen in die Stube hereinsprudelte, stand er unwillig auf und rief drohend nach dem Fenster hin: »Undine! Wirst du endlich einmal die Kindereien lassen. Und ist noch obenein heut ein fremder Herr bei uns in der Hütte.« – Es ward auch draußen stille, nur ein leises Gekicher ließ sich noch vernehmen, und der Fischer sagte zurückkommend: »Das müßt Ihr nun schon zugute halten, mein ehrenwerter Gast, und vielleicht noch manche Ungezogenheit mehr, aber sie meint es nicht böse. Es ist nämlich unsere Pflegetochter Undine, die sich das kindische Wesen gar nicht abgewöhnen will, ob sie gleich bereits in ihr achtzehntes Jahr gehen mag. Aber wie gesagt, im Grunde ist sie doch von ganzem Herzen gut.« – »Du kannst wohl sprechen!« entgegnete kopfschüttelnd die Alte. »Wenn du so vom Fischfang heimkommst oder von der Reise, da mag es mit ihren Schäkereien ganz was Artiges sein. Aber sie den ganzen Tag lang auf dem Halse haben und kein kluges Wort hören, und statt bei wachsendem Alter Hilfe im Haushalte zu finden, immer nur dafür sorgen müssen, daß uns ihre Torheiten nicht vollends zugrunde richten – da ist es gar ein andres, und die heilige Geduld selbsten würd' es am Ende satt.« – »Nun, nun«, lächelte der Hausherr, »du hast es mit Undinen und ich mit dem See. Reißt mir der doch auch oftmals meine Dämme und Netze durch, aber ich hab ihn dennoch gern und du mit allem Kreuz und Elend das zierliche Kindlein auch. Nicht wahr?« – »Ganz böse kann man ihr eben nicht werden«, sagte die Alte und lächelte beifällig.

Da flog die Tür auf, und ein wunderschönes Blondinchen schlüpfte lachend herein und sagte: »Ihr habt mich nur gefoppt, Vater; wo ist denn nun Euer Gast?« – Selben Augenblicks aber ward sie auch den Ritter gewahr und blieb staunend vor dem schönen Jünglinge stehen. Huldbrand ergötzte sich an der holden Gestalt und wollte sich die lieblichen Züge recht achtsam einprägen, weil er meinte, nur ihre Überraschung lasse ihm Zeit dazu, und sie werde sich bald nachher in zwiefacher Blödigkeit vor seinen Blicken abwenden. Es kam aber ganz anders. Denn als sie ihn nun recht lange angesehen hatte, trat sie zutraulich näher, kniete vor ihm nieder und sagte, mit einem goldnen Schaupfennige, den er an einer reichen Kette auf der Brust trug, spielend: »Ei du schöner, du freundlicher Gast, wie bist du denn endlich in unsre arme Hütte gekommen? Mußtest du denn jahrelang in der Welt herumstreifen, bevor du dich auch einmal zu uns fandest? Kommst du aus dem wüsten Walde, du schöner Freund?« – Die scheltende Alte ließ ihm zur Antwort keine Zeit. Sie ermahnte das Mädchen, fein sittig aufzustehen und sich an ihre Arbeit zu begeben. Undine aber zog, ohne zu antworten, eine kleine

Fußbank neben Huldbrands Stuhl, setzte sich mit ihrem Gewebe darauf nieder und sagte freundlich: »Hier will ich arbeiten.« Der alte Mann tat, wie Eltern mit verzognen Kindern zu tun pflegen. Er stellte sich, als merkte er von Undines Unart nichts, und wollte von etwas anderm anfangen. Aber das Mädchen ließ ihn nicht dazu. Sie sagte: »Woher unser holder Gast kommt, habe ich ihn gefragt, und er hat mir noch nicht geantwortet.« – »Aus dem Walde komme ich, du schönes Bildchen«, entgegnete Huldbrand, und sie sprach weiter: »So mußt du mir erzählen, wie du da hineinkamst, denn die Menschen scheuen ihn sonst, und was für wunderliche Abenteuer du darinnen erlebt hast, weil es doch ohne dergleichen dorten nicht abgehen soll.« – Huldbrand empfing einen kleinen Schauer bei dieser Erinnerung und blickte unwillkürlich nach dem Fenster, weil es ihm zumute war, als müsse eine von den seltsamlichen Gestalten, die ihm im Forste begegnet waren, von dort hereingrinsen; er sah nichts als die tiefe, schwarze Nacht, die nun bereits draußen vor den Scheiben lag. Da nahm er sich zusammen und wollte eben seine Geschichte anfangen, als ihn der Alte mit den Worten unterbrach: »Nicht also, Herr Ritter; zu dergleichen ist jetzund keine gute Zeit.« – Undine aber sprang zornmütig von ihrem Bänkchen auf, setzte die schönen Arme in die Seiten und rief, sich dicht vor den Fischer hinstellend: »Er soll nicht erzählen, Vater? Er soll nicht? Ich aber will's; er soll! Er soll doch!« – Und damit trat das zierliche Füßchen heftig gegen den Boden, aber das alles mit solch einem drollig anmutigen Anstande, daß Huldbrand jetzt in ihrem Zorn fast weniger noch die Augen von ihr wegbringen konnte als vorher in ihrer Freundlichkeit. Bei dem Alten hingegen brach der zurückgehaltene Unwille in volle Flammen aus. Er schalt heftig auf Undines Ungehorsam und unsittiges Betragen gegen den Fremden, und die gute alte Frau stimmte mit ein. Da sagte Undine: »Wenn ihr zanken wollt und nicht tun, was ich haben will, so schlaft allein in eurer alten, räuchrigen Hütte!« – Und wie ein Pfeil war sie aus der Tür und flüchtigen Laufes in die finstere Nacht hinaus.

Zweites Kapitel

Auf welche Weise Undine zu dem Fischer gekommen war

Huldbrand und der Fischer sprangen von ihren Sitzen und wollten dem zürnenden Mädchen nach. Ehe sie aber in die Hüttentür gelangten, war Undine schon lange in dem wolkigen Dunkel draußen verschwunden, und auch kein Geräusch ihrer leichten Füße verriet, wohin sie ihren Lauf wohl gerichtet haben könne. Huldbrand sah fragend nach seinem Wirte; fast kam es ihm vor, als sei die ganze liebliche Erscheinung, die so schnell in die Nacht wieder untergetaucht war, nichts andres gewesen als eine Fortsetzung der wunderlichen Gebilde, die früher im Forste ihr loses Spiel mit ihm getrieben hatten, aber der alte Mann murmelte in seinen Bart: »Es ist nicht das erstemal, daß sie es uns also macht. Nun hat man die Angst auf dem Herzen und den Schlaf aus den Augen für die ganze Nacht; denn wer weiß, ob sie nicht dennoch einmal Schaden nimmt, wenn sie so draußen im Dunkel allein ist bis an das Morgenrot.« – »So laßt uns ihr doch nach, Vater, um Gott!« rief Huldbrand ängstlich aus. Der Alte erwiderte: »Wozu das? Es wär' ein sündlich Werk, ließ' ich Euch in Nacht und Einsamkeit dem törichten Mädchen so ganz alleine folgen, und meine alten Beine holen den Springinsfeld nicht ein, wenn man auch wüßte, wohin sie gerannt ist.« – »Nun müssen wir ihr doch nachrufen mindestens, und sie bitten, daß sie wiederkehrt«, sagte Huldbrand, und begann auf das beweglichste zu rufen: »Undine! Ach Undine! Komm doch zurück!« – Der Alte wiegte sein Haupt hin und her, sprechend, all das Geschrei helfe am Ende zu nichts; der Ritter wisse noch nicht, wie trotzig die Kleine sei. Dabei aber konnte er es doch nicht unterlassen, öfters mit in die finstere Nacht hinauszurufen: »Undine! Ach liebe Undine! Ich bitte dich, komm doch nur dies eine Mal zurück.«

Es ging indessen, wie es der Fischer gesagt hatte. Keine Undine ließ sich hören oder sehen, und weil der Alte durchaus nicht zugeben wollte, daß Huldbrand der Entflohenen nachspürte, mußten sie endlich beide wieder in die Hütte gehen. Hier fanden sie das Feuer des Herdes beinahe erloschen, und die Hausfrau, die sich Undines Flucht und Gefahr bei weitem nicht so zu Herzen nahm als ihr Mann, war bereits zur Ruhe gegangen. Der alte hauchte die Kohlen wieder an, legte trocknes Holz darauf und suchte bei der wieder auflodernden Flamme einen Krug mit Wein hervor, den er zwischen sich und seinen Gast stellte. »Euch ist auch Angst wegen des dummen Mädchens, Herr Ritter«, sagte er, »und wir wollen lieber einen Teil der Nacht verplaudern und vertrinken, als uns auf den Schilfmatten vergebens nach dem Schlafe herumwälzen. Nicht wahr?« Huldbrand war gerne damit zufrieden, der Fischer nötigte ihn auf den ledigen Ehrenplatz der schlafen gegangenen Hausfrau, und beide tranken und sprachen miteinander, wie es zwei wackern und zutraulichen Männern geziemt. Freilich, sooft sich vor den Fenstern das Geringste regte, oder auch bisweilen, wenn sich gar nichts regte, sah einer von beiden in die Höhe, sprechend: »Sie kommt.« Dann wurden sie ein paar Augenblicke stille und fuhren nachher, da nichts erschien, kopfschüttelnd und seufzend in ihren Reden fort.

Weil aber nun beide an fast gar nichts anders zu denken vermochten als an Undinen, so wußten sie auch nichts Bessers, als, der Ritter, zu hören, welchergestalt Undine zu dem alten Fischer gekommen sei, der alte Fischer, ebendiese Geschichte zu erzählen. Deshalben hub er folgendermaßen an:

»Es sind nun wohl fünfzehn Jahre vergangen, da zog ich einmal durch den wüsten Wald mit meiner Ware nach der Stadt. Meine Frau war daheim geblieben, wie gewöhnlich; und solches zu der Zeit auch noch um einer gar hübschen Ursache willen, denn Gott hatte uns in unserm damals schon ziemlich hohen Alter ein wunderschönes Kindlein beschert. Es war ein Mägdlein, und die Rede ging bereits unter uns, ob wir nicht, dem neuen Ankömmlinge zu Frommen, unsre schöne Landzunge verlassen wollten, um die liebe Himmelsgabe künftig an bewohnbaren Orten besser aufzuziehen. Es ist freilich bei armen Leuten nicht so damit, wie Ihr es meinen mögt, Herr Ritter; aber lieber Gott! jedermann muß doch einmal tun, was er vermag. – Nun, mir ging unterwegs die Geschichte ziemlich im Kopfe herum. Diese Landzunge war mir so im Herzen lieb, und ich fuhr ordentlich zusammen, wenn ich unter dem Lärm und Gezänke in der Stadt bei mir selbsten denken mußte: in solcher Wirtschaft nimmst auch du nun mit nächstem deinen Wohnsitz oder doch in einer nicht viel stillern! – Dabei aber hab ich nicht gegen unsern lieben Herrgott gemurret, vielmehr ihm im stillen für das Neugeborne gedankt; ich müßte auch lügen, wenn ich sagen wollte, mir wäre auf dem Hin- oder Rückwege durch den Wald irgend etwas Bedenklicheres aufgestoßen als sonst, wie ich denn nie etwas Unheimliches dorten gesehen habe. Der Herr war immer mit mir in den verwunderlichen Schatten.«

Da zog er sein Mützchen von dem kahlen Schädel und

blieb eine Zeitlang in betenden Gedanken sitzen. Dann bedeckte er sich wieder und sprach fort:

»Diesseits des Waldes, ach diesseits, da zog mir das Elend entgegen. Meine Frau kam gegangen mit strömenden Augen wie zwei Bäche; sie hatte Trauerkleider angelegt. ›O lieber Gott‹, ächzte ich, ›wo ist unser liebes Kind? Sag an.‹ – ›Bei dem, den du rufest, lieber Mann‹, entgegnete sie, und wir gingen nun stillweinend miteinander in die Hütte. – Ich suchte nach der kleinen Leiche; da erfuhr ich erst, wie alles gekommen war. Am Seeufer hatte meine Frau mit dem Kinde gesessen, und wie sie so recht sorglos und selig mit ihm spielt, bückt sich die Kleine auf einmal vor, als sähe sie etwas ganz Wunderschönes im Wasser; meine Frau sieht sie noch lachen, den lieben Engel, und mit den Händchen greifen; aber im Augenblick schießt sie ihr durch die rasche Bewegung aus den Armen und in den feuchten Spiegel hinunter. Ich habe viel gesucht nach der kleinen Toten; es war zu nichts; auch keine Spur von ihr war zu finden.

Nun, wir verwaisten Eltern saßen denn noch selbigen Abends still beisammen in der Hütte; zu reden hatte keiner Lust von uns, wenn man es auch gekonnt hätte vor Tränen. Wir sahen so in das Feuer des Herdes hinein. Da raschelt was draußen an der Tür; sie springt auf, und ein wunderschönes Mägdlein von etwa drei, vier Jahren steht reich geputzt auf der Schwelle und lächelt uns an. Wir blieben ganz stumm vor Erstaunen, und ich wußte erst nicht, war es ein ordentlicher kleiner Mensch, war es bloß ein gaukelhaftes Bildnis. Da sah ich aber das Wasser von den goldnen Haaren und den reichen Kleidern herabtröpfeln und merkte nun wohl, das schöne Kindlein habe im Wasser gelegen, und Hilfe tue ihm not. ›Frau‹, sagte ich, ›uns hat niemand unser liebes Kind erretten können; wir wollen doch wenigstens an andern Leuten tun, was uns selig auf Erden machen würde, vermöchte es jemand an uns zu tun.‹ – Wir zogen die Kleine aus, brachten sie zu Bett und reichten ihr wärmende Getränke, wobei sie kein Wort sprach und uns bloß aus den beiden seeblauen Augenhimmeln immerfort lächelnd anstarrte.

Des andern Morgens ließ sich wohl abnehmen, daß sie keinen weitern Schaden genommen hatte, und ich fragte nun nach ihren Eltern und wie sie hierhergekommen sei. Das aber gab eine verworrne, wundersamliche Geschichte. Von weit her muß sie wohl gebürtig sein, denn nicht nur, daß ich diese funfzehn Jahre her nichts von ihrer Herkunft erforschen konnte, so sprach und spricht sie auch bisweilen so absonderliche Dinge, daß unsereins nicht weiß, ob sie am Ende nicht gar vom Monde heruntergekommen sein könne. Da ist die Rede von goldnen Schlössern, von kristallnen Dächern, und Gott weiß, wovon noch mehr. Was sie am deutlichsten erzählte, war, sie sei mit ihrer Mutter auf dem großen See spazieren gefahren, aus der Barke ins Wasser gefallen und habe ihre Sinne erst hier unter den Bäumen wiedergefunden, wo ihr an dem lustigen Ufer recht behaglich zumute geworden sei.

Nun hatten wir noch eine große Bedenklichkeit und Sorge auf dem Herzen. Daß wir an der lieben Ertrunkenen Stelle die Gefundne behalten und auferziehen wollten, war freilich sehr bald ausgemacht; aber wer konnte nun wissen, ob das Kind getauft sei oder nicht? Sie selber wußte darüber keine Auskunft zu geben. Daß sie eine Kreatur sei, zu Gottes Preis und Freude geschaffen, wisse sie wohl, antwortete sie uns mehrenteils, und was zu Gottes Preis und Freude gereicht, sei sie auch bereit, mit sich vornehmen zu lassen. – Meine Frau und ich dachten so: ist sie nicht getauft, so gibt's da nichts zu zögern, ist sie es aber doch, so kann bei guten Dingen zu wenig eher schaden als zu viel. Und demzufolge sannen

Undine und schenkte dem Ritter lächelnd ein. Der aber sagte: »Bei meiner höchsten Ehre, alter Vater, wüßt' ich ihn zu finden und zu retten, mich sollte kein Gang in die Nacht hinaus dauern und keine Gefahr. So viel aber kann ich Euch versichern, komm ich je wieder zu bewohntern Landen, so will ich ihn oder seine Erben schon ausfindig machen und diesen Wein doppelt und dreifach ersetzen.« – Das freute den alten Mann; er nickte dem Ritter billigend zu und trank nun seinen Becher mit besserm Gewissen und Behagen leer. Undine aber sagte zu Huldbranden: »Mit der Entschädigung und mit deinem Golde halt es, wie du willst. Das aber mit dem Nachlaufen und Suchen war dumm geredet. Ich weinte mir die Augen aus, wenn du darüber verloren gingst, und nicht wahr, du möchtest auch lieber bei mir bleiben und bei dem guten Wein?« – »Das freilich«, entgegnete Huldbrand lächelnd. »Nun«, sagte Undine, »also hast du dumm gesprochen. Denn jeder ist sich doch selbst der Nächste, und was gehen einen die andern Leute an.« – Die Hauswirtin wandte sich seufzend und kopfschüttelnd von ihr ab, der Fischer vergaß seiner sonstigen Vorliebe für das zierliche Mägdlein und schalt. »Als ob dich Heiden und Türken erzogen hätten, klingt ja das«, schloß er seine Rede; »Gott verzeih' es mir und dir, du ungeratenes Kind.« – »Ja, aber mir ist doch nun einmal so zumute«, entgegnete Undine, »habe mich erzogen, wer da will, und was können da all eure Worte helfen.« – »Schweig!« fuhr der Fischer sie an, und sie, die ungeachtet ihrer Keckheit doch äußerst schreckhaft war, fuhr zusammen, schmiegte sich zitternd an Huldbrand und fragte ihn ganz leise: »Bist du auch böse, schöner Freund?« Der Ritter drückte ihr die zarte Hand und streichelte ihre Locken. Sagen konnte er nichts, weil ihm der Ärger über des Alten Härte gegen Undinen die Lippen schloß, und so saßen beide Paare mit einem Male unwillig und im verlegnen Schweigen einander gegenüber.

Sechstes Kapitel
Von einer Trauung

Ein leises Klopfen an die Tür klang durch diese Stille und erschreckte alle, die in der Hütte saßen, wie es denn wohl bisweilen zu kommen pflegt, daß auch eine Kleinigkeit, die ganz unvermutet geschieht, einem den Sinn recht furchtbarlich aufregen kann. Aber hier kam noch dazu, daß der verrufene Forst sehr nahe lag und daß die Seespitze für menschliche Besuche jetzt unzugänglich schien. Man sah einander zweifelnd an, das Pochen wiederholte sich, von einem tiefen Ächzen begleitet; der Ritter ging nach seinem Schwerte. Da sagte aber der alte Mann leise: »Wenn es das ist, was ich fürchte, hilft uns keine Waffe.« – Undine näherte sich indessen der Tür und rief ganz unwillig und keck: »Wenn ihr Unfug treiben wollt, ihr Erdgeister, so soll euch Kühleborn was Bessers lehren.« – Das Entsetzen der andern ward durch diese wunderlichen Worte vermehrt, sie sahen das Mädchen scheu an, und Huldbrand wollte sich eben zu einer Frage an sie ermannen, da sagte es von draußen: »Ich bin kein Erdgeist, wohl aber ein Geist, der noch im irdischen Körper hauset. Wollt ihr mir helfen und fürchtet ihr Gott, ihr drinnen in der Hütte, so tut mir auf.« Undine hatte bei diesen Worten die Tür bereits geöffnet und leuchtete mit einer Ampel in die stürmische Nacht hinaus, so daß man draußen einen alten Priester wahrnahm, der vor dem unverhofften Anblicke des wunderschönen Mägdleins erschreckt zurücktrat. Er mochte wohl denken, es müsse Spuk und Zauberei mit im Spiele sein, wo ein so herrliches Bild aus einer so niedern Hüttenpforte erscheine; deshalb fing er an zu beten: »Alle gute Geister loben Gott den Herrn!« – »Ich bin kein Gespenst«, sagte Undine lächelnd, »seh ich denn so häßlich aus? Zudem könnt Ihr ja wohl merken, daß mich kein frommer

Spruch erschreckt. Ich weiß doch auch von Gott und versteh ihn auch zu loben, jedweder auf seine Weise freilich, und dazu hat er uns erschaffen. Tretet herein, ehrwürdiger Vater, Ihr kommt zu guten Leuten.«

Der Geistliche kam neigend und umblickend herein und sah gar lieb und ehrwürdig aus. Aber das Wasser troff aus allen Falten seines dunkeln Kleides und aus dem langen weißen Bart und den weißen Locken des Hauptharres. Der Fischer und der Ritter führten ihn in eine Kammer und gaben ihm andre Kleider, während sie den Weibern die Gewande des Priesters zum Trocknen in das Zimmer reichten. Der fremde Greis dankte aufs demütigste und freundlichste, aber des Ritters glänzenden Mantel, den ihm dieser entgegenhielt, wollte er auf keine Weise umnehmen; er wählte statt dessen ein altes graues Oberkleid des Fischers. So kamen sie denn in das Gemach zurück, die Hausfrau räumte dem Priester alsbald ihren großen Sessel und ruhte nicht eher, bis er sich darauf niedergelassen hatte; »denn«, sagte sie, »Ihr seid alt und erschöpft und geistlich obendrein.« – Undine schob den Füßen des Fremden ihr kleines Bänkchen unter, worauf sie sonst neben Huldbranden zu sitzen pflegte, und bewies sich überhaupt in der Pflege des guten Alten höchst sittig und anmutig. Huldbrand flüsterte ihr darüber eine Neckerei ins Ohr, sie aber entgegnete sehr ernst: »Er dient ja dem, der uns alle geschaffen hat; damit ist nicht zu spaßen.« – Der Ritter und der Fischer labten darauf den Priester mit Speise und Wein, und dieser fing, nachdem er sich etwas erholt hatte, zu erzählen an, wie er gestern aus seinem Kloster, das fern über den großen Landsee hinaus liege, nach dem Sitze des Bischofs habe reisen sollen, um demselben die Not kundzutun, in welche durch die jetzigen wunderbaren Überschwemmungen das Kloster und dessen Zinsdörfer geraten seien. Da habe er nach langen Umwegen, um eben dieser Überschwemmung willen, sich heute gegen Abend dennoch genötigt gesehen, einen übergetretnen Arm des Sees mit Hilfe zweier guten Fährleute zu überschiffen. – »Kaum aber«, fuhr er fort, »hatte unser kleines Fahrzeug die Wellen berührt, so brach auch schon der ungeheure Sturm los, der noch jetzt über unsern Häuptern fortwütet. Es war, als hätten die Fluten nur auf uns gewartet, um die allertollsten, strudelndsten Tänze mit uns zu beginnen. Die Ruder waren bald aus meiner Führer Händen gerissen und trieben zerschmettert auf den Wogen weiter und weiter vor uns hinaus. Wir selbst flogen, hilflos und der tauben Naturkraft hingegeben, auf die Höhe des Sees zu euren fernen Ufern herüber, die wir schon zwischen den Nebeln und Wasserschäumen emporstreben sahen. Da drehte sich endlich der Nachen immer wilder und schwindliger; ich weiß nicht, stürzte er um, stürzte ich heraus. Im dunkeln Ängstigen des nahen schrecklichen Todes trieb ich weiter, bis mich eine Welle hier unter die Bäume an eure Insel warf.«

»Ja, Insel!« sagte der Fischer. »Vor kurzem war's noch eine Landspitze. Nun aber, seit Waldstrom und See schier toll geworden sind, sieht es ganz anders mit uns aus.«

»Ich merkte so etwas«, sagte der Priester, »indem ich im Dunkeln das Wasser entlängst schlich und, ringsum nur wildes Gebrause antreffend, endlich schaute, wie sich ein betretner Fußpfad gerade in das Getos' hinein verlor. Nun sah ich das Licht in eurer Hütte und wagte mich hierher, wo ich denn meinem himmlischen Vater nicht genug danken kann, daß er mich nach meiner Rettung aus dem Gewässer auch noch zu so frommen Leuten geführt hat als zu euch, und das um so mehr, da ich nicht wissen kann, ob ich außer euch vieren noch in diesem Leben andre Menschen wieder zu sehen bekomme.«

»Wie meint Ihr das?« fragte der Fischer.

»Wißt ihr denn, wie lange dieses Treiben der Elemente währen soll?« entgegnete der Geistliche. »Und ich bin alt an Jahren. Gar leichtlich mag mein Lebensstrom eher versiegend unter die Erde gehen als die Überschwemmung des Waldstromes da draußen. Und überhaupt, es wäre ja nicht unmöglich, daß mehr und mehr des schäumenden Wassers sich zwischen euch und den jenseitigen Forst drängte, bis ihr so weit von der übrigen Erde abgerissen würdet, daß euer Fischerkähnlein nicht mehr hinüberreichte und die Bewohner des festen Landes in ihren Zerstreuungen euer Alter gänzlich vergessen.«

Die alte Hausfrau fuhr hierüber zusammen, kreuzte sich und sagte: »Das verhüte Gott!« – Aber der Fischer sah sie lächelnd an und sprach: »Wie doch auch nun der Mensch ist! Es wäre ja dann nicht anders, wenigstens nicht für dich, liebe Frau, als es nun ist. Bist du denn seit vielen Jahren weiter gekommen als an die Grenze des Forstes? Und hast du andre Menschen gesehen als Undinen und mich? – Seit kurzem sind nun noch der Ritter und der Priester zu uns gekommen. Die blieben bei uns, wenn wir zur vergessenen Insel würden, also hättest du ja den besten Gewinn davon.«

»Ich weiß nicht«, sagte die alte Frau, »es wird einem doch unheimlich zumute, wenn man sich's nun so vorstellt, daß man unwiederbringlich von den andern Leuten geschieden wäre, ob man sie übrigens auch weder kennt noch sieht.«

»Du bliebest dann bei uns, du bliebest dann bei uns!« flüsterte Undine ganz leise, halb singend, und schmiegte sich inniger an Huldbrands Seite. Dieser aber war in tiefen und seltsamen Gebilden seines Innern verloren. Die Gegend jenseit des Waldwassers zog sich seit des

Priesters letzten Worten immer ferner und dunkler von ihm ab, die blühende Insel, auf welcher er lebte, grünte und lachte immer frischer in sein Gemüt herein. Die Braut glühte als die schönste Rose dieses kleinen Erdstriches und auch der ganzen Welt hervor, der Priester war zur Stelle. Dazu kam noch eben, daß ein zürnender Blick der Hausfrau das schöne Mädchen traf, weil sie sich in Gegenwart des geistlichen Herrn so dicht an ihren Liebling lehnte, und es schien, als wollte ein Strom von unerfreulichen Worten folgen. Da brach es aus des Ritters Munde, daß er, gegen den Priester gewandt, sagte: »Ihr seht hier ein Brautpaar vor Euch, ehrwürdiger Herr, und wenn dies Mädchen und die guten, alten Fischersleute nichts dawider haben, sollt Ihr uns heute abend noch zusammengeben.«

Die beiden alten Eheleute waren sehr verwundert. Sie hatten zwar bisher oft so etwas gedacht, aber ausgesprochen hatten sie es doch niemals, und wie nun der Ritter dies tat, kam es ihnen als etwas ganz Neues und Unerhörtes vor. Undine war plötzlich ernst geworden und sah tiefsinnig vor sich nieder, während der Priester nach den nähern Umständen fragte und sich bei den Alten nach ihrer Einwilligung erkundigte. Man kam nach mannigfachem Hin- und Herreden miteinander aufs reine; die Hausfrau ging, um den jungen Leuten das Brautgemach zu ordnen und zwei geweihte Kerzen, die sie seit langer Zeit verwahrt hielt, für die Trauungsfeierlichkeit hervorzusuchen. Der Ritter nestelte indes an seiner goldnen Kette und wollte zwei Ringe losdrehen, um sie mit der Braut wechseln zu können. Diese aber fuhr, es bemerkend, aus ihrem tiefen Sinnen auf und sprach: »Nicht also! Ganz bettelarm haben mich meine Eltern nicht in die Welt hineingeschickt; vielmehr haben sie gewißlich schon frühe darauf gerechnet, daß ein solcher Abend aufgehen solle.« – Damit war sie schnell aus der Tür und kam gleich darauf mit zwei kostbaren Ringen zurück, deren einen sie ihrem Bräutigam gab und den andern für sich behielt. Der alte Fischer war ganz erstaunt darüber, und noch mehr die Hausfrau, die eben wieder hereintrat, daß beide diese Kleinodien noch niemals bei dem Kinde gesehen hatten. – »Meine Eltern«, entgegnete Undine, »ließen mir diese Dingerchen in das schöne Kleid nähen, das ich gerade anhatte, da ich zu euch kam. Sie verboten mir auch, auf irgendeine Weise jemandem davon zu sagen vor meinem Hochzeitsabend. Da habe ich sie denn also stille herausgetrennt und verborgen gehalten bis heute.« – Der Priester unterbrach das weitere Fragen und Verwundern, indem er die geweihten Kerzen anzündete, sie auf einen Tisch stellte und das Brautpaar sich gegenübertreten hieß. Er gab sie sodann mit kurzen feierlichen Worten zusammen, die alten Eheleute segneten die jungen, und die Braut lehnte sich leise zitternd und nachdenklich an den Ritter. Da sagte der Priester mit einem Male: »Ihr Leute seid doch seltsam! Was sagt ihr mir denn, ihr wäret die einzigen Menschen hier auf der Insel? Und während der ganzen Trauhandlung sah zu dem Fenster mir gegenüber ein ansehnlicher, langer Mann im weißen Mantel herein. Er muß noch vor der Türe stehen, wenn ihr ihn etwa mit ins Haus nötigen wollt.« – »Gott bewahre!« sagte die Wirtin zusammenfahrend, der alte Fischer schüttelte schweigend den Kopf, und Huldbrand sprang nach dem Fenster. Es war ihm selbst, als sehe er noch einen weißen Streif, der aber bald im Dunkel gänzlich verschwand. Er redete dem Priester ein, daß er sich durchaus geirrt haben müsse, und man setzte sich vertraulich mitsammen um den Herd.

Siebentes Kapitel

Was sich weiter am Hochzeitsabend begab

Gar sittig und still hatte sich Undine vor und während der Trauung bewiesen, nun aber war es, als schäumten alle die wunderlichen Grillen, welche in ihr hausten, um so dreister und kecklicher auf der Oberfläche hervor. Sie neckte Bräutigam und Pflegeeltern und selbst den noch kaum so hoch verehrten Priester mit allerhand kindischen Streichen, und als die Wirtin etwas dagegen sagen wollte, brachten diese ein paar ernste Worte des Ritters, worin er Undinen mit großer Bedeutsamkeit seine Hausfrau nannte, zum Schweigen. Ihm selbst indessen, dem Ritter, gefiel Undines kindisches Bezeigen ebensowenig; aber da half kein Winken und kein Räuspern und keine tadelnde Rede. Sooft die Braut ihres Lieblings Unzufriedenheit merkte – und das geschah einigemal –, ward sie freilich stiller, setzte sich neben ihn, streichelte ihn, flüsterte ihm lächelnd etwas in das Ohr und glättete so die aufsteigenden Falten seiner Stirn. Aber gleich darauf riß sie irgendein toller Einfall wieder in das gaukelnde Treiben hinein, und es ging nur ärger als zuvor. Da sagte der Priester sehr ernsthaft und sehr freundlich: »Mein anmutiges junges Mägdlein, man kann Euch zwar nicht ohne Ergötzen ansehen, aber denkt darauf, Eure Seele beizeiten so zu stimmen, daß sie immer die Harmonie zu der Seele Eures angetrauten Bräutigams anklingen lasse.« – »Seele!« lachte ihn Undine an, »das klingt recht hübsch und mag auch für die mehrsten Leute eine gar erbauliche und nutzreiche Regel sein. Aber wenn nun eins gar keine Seele hat, bitt Euch, was soll es denn da stimmen? Und so geht es mir.« – Der Priester schwieg tief verletzt im frommen Zürnen und kehrte sein Antlitz wehmütig von dem Mädchen ab. Sie aber ging schmeichelnd auf ihn zu und sagte: »Nein, hört doch erst ordentlich, eh' Ihr böse ausseht, denn Euer Böseaussehen tut mir weh und Ihr müßt doch keiner Kreatur weh tun, die Euch ihrerseits nichts zuleide getan hat. Zeigt Euch nur duldsam gegen mich, und ich will's Euch ordentlich sagen, wie ich's meine.«

Man sah, sie stellte sich in Bereitschaft, etwas recht Ausführliches zu erzählen, aber plötzlich stockte sie, wie von einem innern Schauer ergriffen, und brach in einen reichen Strom der wehmütigsten Tränen aus. Sie wußten alle nicht mehr, was sie recht aus ihr machen sollten, und starrten sie in unterschiedlichen Besorgnissen schweigend an. Da sagte sie endlich, sich ihre Tränen abtrocknend und den Priester ernsthaft ansehend: »Es muß etwas Liebes, aber auch etwas höchst Furchtbares um eine Seele sein. Um Gott, mein frommer Mann, wär' es nicht besser, man würde ihrer nie teilhaftig?« Sie schwieg wieder still, wie auf Antwort wartend, ihre Tränen waren gehemmt. Alle in der Hütte hatten sich von ihren Sitzen erhoben und traten schaudernd vor ihr zurück. Sie aber schien nur für den Geistlichen Augen zu haben, auf ihren Zügen malte sich der Ausdruck einer fürchtenden Neubegier, die eben deshalb den andern höchst furchtbar vorkam. – »Schwer muß die Seele lasten«, fuhr sie fort, da ihr noch niemand antwortete, »sehr schwer! Denn schon ihr annahendes Bild überschattet mich mit Angst und Trauer. Und ach, ich war so leicht, so lustig sonst!« – Und in einen erneuten Tränenstrom brach sie aus und schlug das Gewand vor ihrem Antlitze zusammen. Da trat der Priester, ernsten Ansehens, auf sie zu und sprach sie an, und beschwur sie bei den heiligsten Namen, sie solle die lichte Hülle abwerfen, falls etwas Böses in ihr sei. Sie aber sank vor ihm in die Knie, alles Fromme wiederholend, was er sprach, und Gott lobend und beteuernd, sie meine es gut mit der ganzen Welt. Da sagte endlich der Priester zum Ritter: »Herr Bräutigam, ich lasse Euch allein mit der, die ich Euch angetraut habe. Soviel ich ergründen kann, ist nichts Übles an ihr, wohl aber des Wundersamen viel. Ich empfehle Euch Vorsicht, Liebe und Treue.« – Damit ging er hinaus, die Fischersleute folgten ihm, sich bekreuzend.

Undine war auf die Knie gesunken, sie entschleierte ihr Angesicht und sagte, scheu nach Huldbranden umblickend: »Ach, nun willst du mich gewiß nicht behalten; und hab ich doch nichts Böses getan, ich armes, armes Kind!« – Sie sah dabei so unendlich anmutig und rührend aus, daß ihr Bräutigam alles Grauens und aller Rätselhaftigkeit vergaß, zu ihr hineilend und sie in seinen Armen emporrichtend. Da lächelte sie durch ihre Tränen; es war, als wenn das Morgenrot auf kleinen Bächen spielt. – »Du kannst nicht von mir lassen!« flüsterte sie vertraulich und sicher und streichelte mit den zarten Händchen des Ritters Wangen. Dieser wandte sich darüber von den furchtbaren Gedanken ab, die noch im Hintergrunde seiner Seele lauerten und ihm einreden wollten, er sei an eine Fei oder sonst ein böslich neckendes Wesen der Geisterwelt angetraut; nur noch die einzige Frage ging fast unversehens über seine Lippen: »Liebes Undinchen, sage mir doch das eine, was war es, daß du von Erdgeistern sprachst, da der Priester an die Tür klopfte, und von Kühleborn?« – »Märchen! Kindermärchen!« sagte Undine lachend und ganz wieder in ihrer gewohnten Lustigkeit. »Erst hab ich euch damit bange gemacht, am Ende habt ihr's mich. Das ist das Ende vom Liede und vom ganzen Hochzeitsabend.« – »Nein, das ist es nicht«, sagte der von Liebe berauschte Ritter, löschte die Kerzen und trug seine schöne Geliebte unter tausend Küssen, vom Monde, der hell durch die Fenster hereinsah, anmutig beleuchtet, zu der Brautkammer hinein.

Achtes Kapitel

Der Tag nach der Hochzeit

Ein frisches Morgenlicht weckte die jungen Eheleute. Undine verbarg sich schamhaft unter ihre Decken, und Huldbrand lag still sinnend vor sich hin. Sooft er in der Nacht eingeschlafen war, hatten ihn wunderlich grausende Träume verstört von Gespenstern, die sich heimlich grinsend in schöne Frauen zu verkleiden strebten, von schönen Frauen, die mit einem Male Drachenangesichter bekamen. Und wenn er von den häßlichen Gebilden in die Höhe fuhr, stand das Mondenlicht bleich und kalt draußen vor den Fenstern; entsetzt blickte er nach Undinen, an deren Busen er eingeschlafen war und die in unverwandelter Schönheit und Anmut neben ihm ruhte. Dann drückte er einen leichten Kuß auf die rosigen Lippen und schlief wieder ein, um von neuen Schrecken erweckt zu werden. Nachdem er sich nun alles dieses recht im vollen Wachen überlegt hatte, schalt er sich selbst über jedweden Zweifel aus, der ihn an seiner schönen Frau hatte irremachen können. Er bat ihr auch sein Unrecht mit klaren Worten ab, sie aber reichte ihm nur die schöne Hand, seufzte aus tiefem Herzen und blieb still. Aber ein unendlich inniger Blick aus ihren Augen, wie er ihn noch nie gesehen hatte, ließ ihm keinen Zweifel, daß Undine von keinem Unwillen gegen ihn wisse. Er stand dann heiter auf und ging zu den Hausgenossen in das gemeinsame Zimmer vor. Die drei saßen mit besorglichen Mienen um den Herd, ohne daß sich einer getraut hätte, seine Worte laut werden zu lassen. Es sah aus, als bete der Priester in seinem Innern um Abwendung alles Übels. Da man nun aber den jungen Ehemann so vergnügt hervorgehen sah, glätteten sich auch die Falten in den übrigen Angesichtern; ja, der alte Fischer fing an, mit dem Ritter zu scherzen auf eine recht sittige, ehrbare Weise, so daß selbst die alte Hausfrau ganz freundlich dazu lächelte. Darüber war endlich Undine auch fertig geworden und trat nun in die Tür; alle wollten ihr entgegengehen, und alle blieben voll Verwunderung stehen, so fremd kam ihnen die junge Frau vor, und doch so wohlbekannt. Der Priester schritt zuerst mit Vaterliebe in den leuchtenden Blicken auf sie zu, und wie er die Hand zum Segnen emporhob, sank das schöne Weib andächtig schauernd vor ihm in die Knie. Sie bat ihn darauf mit einigen freundlich demütigen Worten wegen des Törichten, das sie gestern gesprochen haben möge, um Verzeihung und ersuchte ihn mit sehr bewegtem Tone, daß er für das Heil ihrer Seele beten wolle. Dann erhob sie sich, küßte ihre Pflegeeltern und sagte, für alles genossene Gute dankend: »Oh, jetzt fühle ich es im innersten Herzen, wie viel, wie unendlich viel ihr für mich getan habt, ihr lieben, lieben Leute!« – Sie konnte erst gar nicht wieder von ihren Liebkosungen abbrechen, aber kaum gewahrte sie, daß die Hausfrau nach dem Frühstücke hinsah, so stand sie auch bereits am Herde, kochte und ordnete an und litt nicht, daß die gute alte Mutter auch nur die geringste Mühwaltung über sich nahm.

Sie blieb den ganzen Tag lang so; still, freundlich und achtsam, ein Hausmütterlein und ein zart verschämtes, jungfräuliches Wesen zugleich. Die drei, welche sie schon länger kannten, dachten in jedem Augenblick irgendein wunderliches Wechselspiel ihres launischen Sinnes hervorbrechen zu sehen. Aber sie warteten vergebens darauf. Undine blieb engelmild und sanft. Der Priester konnte seine Augen gar nicht von ihr wegwenden und sagte mehrere Male zum Bräutigam: »Herr, einen Schatz hat Euch gestern die himmlische Güte durch mich Unwürdigen anvertraut; wahrt ihn, wie es sich gebührt, so wird er Euer ewiges und zeitliches Heil befördern.«

Gegen Abend hing sich Undine mit demütiger Zärtlichkeit an des Ritters Arm und zog ihn sanft vor die Tür hinaus, wo die sinkende Sonne anmutig über den frischen Gräsern und um die hohen, schlanken Baumstämme leuchtete. In den Augen der jungen Frau schwamm es wie Tau der Wehmut und der Liebe, auf ihren Lippen schwebte es wie ein zartes, besorgliches Geheimnis, das sich aber nur in kaum vernehmlichen Seufzern kundgab. Sie führte ihren Liebling schweigend immer weiter mit sich fort; was er sagte, beantwortete sie nur mit Blicken, in denen zwar keine unmittelbare Auskunft auf seine Fragen, wohl aber ein ganzer Himmel der Liebe und schüchternen Ergebenheit lag. So gelangte sie an das Ufer des übergetretenen Waldstroms, und der Ritter erstaunte, diesen in leisen Wellen verrinnend dahinrieseln zu sehen, so daß keine Spur seiner vorigen Wildheit und Fülle mehr anzutreffen war. – »Bis morgen wird er ganz versiegt sein«, sagte die schöne Frau weinerlich, »und du kannst dann ohne Widerspruch reisen, wohinaus du willst.« – »Nicht ohne dich, Undinchen«, entgegnete der lachende Ritter, »denke doch, wenn ich auch Lust hätte, auszureisen, so müßte ja Kirche und Geistlichkeit und Kaiser und Reich dreinschlagen und dir den Flüchtling wiederbringen.« – »Kommt alles auf dich an, kommt alles auf dich an«, flüsterte die Kleine, halb weinend, halb lächelnd. »Ich denke aber doch, du wirst mich wohl behalten, ich bin dir ja gar zu innig gut. Trage mich nun hinüber auf die kleine Insel, die vor uns liegt. Da soll sich's entscheiden. Ich könnte wohl leichtlich selbst durch die Wellchen schlüpfen, aber in deinen Armen ruht sich's so gut und verstößest du mich, so hab ich doch noch zum letzten Male anmutig darin geruht.« – Huldbrand, voll von einer seltsamen Bangigkeit und

Rührung, wußte ihr nichts zu erwidern. Er nahm sie in seine Arme und trug sie hinüber, sich nun erst besinnend, daß es dieselbe kleine Insel war, von wo er sie in jener ersten Nacht dem alten Fischer zurückgetragen hatte. Jenseits ließ er sie in das weiche Gras nieder und wollte sich schmeichelnd neben seine schöne Bürde setzen, sie aber sagte: »Nein, dorthin, mir gegenüber. Ich will in deinen Augen lesen, noch ehe deine Lippen sprechen. Höre nun recht achtsam zu, was ich dir erzählen will.« Und sie begann:

»Du sollst wissen, mein süßer Liebling, daß es in den Elementen Wesen gibt, die fast aussehen wie ihr und sich doch nur selten vor euch blicken lassen. In den Flammen glitzern und spielen die wunderlichen Salamander, in der Erden tief hausen die dürren tückischen Gnomen, durch die Wälder streifen die Waldleute, die der Luft angehören, und in den Seen und Strömen und Bächen lebt der Wassergeister ausgebreitetes Geschlecht. In klingenden Kristallgewölben, durch die der Himmel mit Sonn' und Sternen hereinsieht, wohnt sich's schön; hohe Korallenbäume mit blau und roten Früchten leuchten in den Gärten; über reinlichen Meeressand wandelt man und über schöne, bunte Muscheln, und was die alte Welt des also Schönen besaß, daß die heutige nicht mehr sich dran zu freuen würdig ist, das überzogen die Fluten mit ihren heimlichen Silberschleiern, und unten prangen nun die edlen Denkmale, hoch und ernst und anmutig betaut vom liebenden Gewässer, das aus ihnen schöne Moosblumen und kränzende Schilfbüschel hervorlockt. Die aber dorten wohnen, sind gar hold und lieblich anzuschauen, meist schöner als die Menschen sind. Manch einem Fischer ward es schon so gut, ein zartes Wasserweib zu belauschen, wie sie über die Fluten hervorstieg und sang. Der erzählte dann von ihrer Schöne weiter, und solche wundersame Frauen werden von den Menschen Undinen genannt. Du aber siehst jetzt wirklich eine Undine, lieber Freund.«

Der Ritter wollte sich einreden, seiner schönen Frau sei irgendeine ihrer seltsamen Launen wach geworden und sie finde ihre Lust daran, ihn mit bunt erdachten Geschichten zu necken. Aber sosehr er sich dies auch vorsagte, konnte er doch keinen Augenblick daran glauben; ein seltsamer Schauder zog durch sein Innres; unfähig, ein Wort hervorzubringen, starrte er unverwandten Auges die holde Erzählerin an. Diese schüttelte betrübt den Kopf, seufzte aus vollem Herzen und fuhr alsdann folgendermaßen fort:

»Wir wären weit besser daran, als ihr andern Menschen; – denn Menschen nennen wir uns auch, wie wir es denn der Bildung und dem Leibe nach sind; – aber es ist ein gar Übles dabei. Wir und unsresgleichen in den andern Elementen, wir zerstieben und vergehen mit Geist und Leib, daß keine Spur von uns rückbleibt, und wenn ihr andern dermaleinst zu einem reinern Leben erwacht, sind wir geblieben, wo Sand und Funk' und Wind und Welle blieb. Darum haben wir auch keine Seelen; das Element bewegt uns, gehorcht uns oft, solange wir leben, zerstäubt uns immer, sobald wir sterben, und wir sind lustig, ohne uns irgend zu grämen, wie es die Nachtigallen und Goldfischlein und andre hübsche Kinder der Natur ja gleichfalls sind. Aber alles will höher, als es steht. So wollte mein Vater, der ein mächtiger Wasserfürst im Mittelländischen Meere ist, seine einzige Tochter solle einer Seele teilhaftig werden und müsse sie darüber auch viele Leiden der beseelten Leute bestehen. Eine Seele aber kann unsersgleichen nur durch den innigsten Verein der Liebe mit einem eures Geschlechtes gewinnen. Nun bin ich beseelt, dir dank ich die Seele, o du unaussprechlich Geliebter, und dir werd' ich es danken, wenn du mich auch mein ganzes

Leben hindurch elend machst. Denn was soll aus mir werden, wenn du mich scheuest und mich verstößest? Durch Trug aber mocht' ich dich nicht behalten. Und willst du mich verstoßen, so tu es nun, so geh allein ans Ufer zurück. Ich tauche mich in diesen Bach, der mein Oheim ist und hier im Walde sein wunderliches Einsiedlerleben, von den übrigen Freunden entfernet, führt. Er ist aber mächtig und vielen großen Strömen wert und teuer, und wie er mich herführte zu den Fischern, mich leichtes und lachendes Kind, wird er mich auch wieder heimführen zu den Eltern, mich beseelte, liebende, leidende Frau.«

Sie wollte noch mehr sagen, aber Huldbrand umfaßte sie, voll der innigsten Rührung und Liebe, und trug sie wieder ans Ufer zurück. Hier erst schwur er unter Tränen und Küssen, sein holdes Weib niemals zu verlassen, und pries sich glücklicher als den griechischen Bildner Pygmalion, welchem Frau Venus seinen schönen Stein zur Geliebten belebt habe. Im süßen Vertrauen wandelte Undine an seinem Arme nach der Hütte zurück und empfand nun erst von ganzem Herzen, wie wenig sie die verlassenen Kristallpaläste ihres wundersamen Vaters bedauern dürfe.

Neuntes Kapitel

Wie der Ritter seine junge Frau mit sich führte

Als Huldbrand am andern Morgen vom Schlaf erwachte, fehlte seine schöne Genossin an seiner Seiten, und er fing schon an, wieder den wunderlichen Gedanken nachzuhängen, die ihm seine Ehe und die reizende Undine selbst als ein flüchtiges Blendwerk und Gaukelspiel vorstellen wollten. Aber da trat sie eben zur Tür herein, küßte ihn, setzte sich zu ihm aufs Bett und sagte: »Ich

Daß mich nun nimmer sieht ein Mann,
Ich fall in ewger Liebe Bann.«

Dem Ritter liefen die Augen über:
»Soll ich denn nie dich sehen wieder,
So sei's geklagt dem höchsten Gott,
Der ende balde meine Not,
Ach daß ich je zu Ruhm gekommen,
Daß mich ein fürstlich Weib genommen.«

Sie küßte ihn auf seinen Mund,
Sie weinten beide zu der Stund,
Umfingen einander noch mit Lieb,
Sie drückten zusammen beide Brüst:
»Ach sterben das ist jetzt Euer Gewinn,
Ich nimmermehr wieder bei Euch bin!«

VII. Romanze

Kein Hochzeit je mit solcher Pracht,
Gehalten ward bis tief in die Nacht,
Viel Lieder und viel Saitenspiel,
Man hörte in dem Schlosse viel,
Und alles bei dem Tische saß,
Man war da fröhlich ohne Maß.

Sie saßen da im großen Saal,
Alsbald da sah man überall,
Die Männer sahen's und die Frauen,
Sie konnten beide es anschauen,
Wie etwas durch die Bühne stieß,
Ein Menschen-Fuß sich sehen ließ.

Bloß zeigt er sich bis an die Knie,
Kein schönern Fuß sie sahen nie,

Der Fuß wohl überm Saal erscheint,
So schön und weiß wie Elfenbein,
Der Ritter still saß bei der Braut,
Die schrie auf und schrie laut.

Der Ritter, als er den Fuß ersah,
Erschrak er und ganz traurig sprach:
»O Weh, o Weh, mir armem Mann!«
Und wurde bleich von Stunde an.
Man bracht ihm sein kristallnes Glas,
Er sah es an und wurde blaß.

Er sah in dem kristallnen Pokale,
Ein Kind das schlief beim lauten Mahle.
Es schlief vom Weine überdeckt,
Ein Füßchen hat es vorgestreckt,
Doch wie der Wein getrunken aus,
So schwand das Kindlein auch hinaus.

Der Ritter sprach: »Der großen Not,
In dreien Tagen da bin ich tot.«
Der Fuß, der war verschwunden da,
Ein jeder trat der Bühne nah,
Wo doch der Fuß wär kommen hin,
Kein Loch sah man da in der Bühn.

All Freud und Kurzweil war zerstört,
Kein Instrument wurd nimmer gehört,
Aus war das Tanzen und das Singen,
Turnieren, Kämpfen, Fechten, Ringen,
Das alles still darnieder leit,
Die Gäste fliehn in die Felder weit.

Die Braut nur bleibt bei ihrem Mann,
Der Ritter sieht sie traurig an;

»Gesegne dich du edle Braut,
Du bleibest bei mir, hast mir vertraut.«
»Durch mich verliert Ihr Euer Leben,
In geistlichem Stand will ich nun leben.«

Das heilge Öl empfing er dann,
Nach dreien Tagen rief der Mann:
»Mein Herr und Gott in deine Händ,
Ich meine arme Seele send,
Mein Seel tu ich befehlen dir,
Ein sanftes Ende gibst du mir.«

Ein Denkmal ward ihm aufgericht,
Von seiner Frau aus Liebespflicht,
Dabei sie baut die Zelle klein,
Und betet da für ihn so rein:
Oft betend kam die Meerfei hin,
Sie sprach mit ihr aus gleichem Sinn.

Melusine im Stollenwald

Im Durbacher Tale sieht man noch im großen Stollenwald die Trümmer einer alten Burg, am Eingang des Tales aber erhebt sich links das Schloß Staufenberg. Von jener alten Burg geht folgende Sage.

Einst wohnte ein Amtmann zu Staufenberg, der hatte einen Sohn Sebald. Dieser liebte den Vogelfang und begab sich im Herbste oftmals an den Fuß des großen Stollenwaldes, um Meisen zu kloben. Da hörte er einmal vom Berg herab so lieblich singen, daß er hinaufging, um zu sehen, was es wäre. Auf dem Gipfel des Stollenberges erblickte er in einem Busche ein wunderschönes Weib, das zu ihm sagte: »Erbarme dich meiner, und erlöse mich; ich bin verwünscht, und harre seit langer Zeit auf dich, erhöre meine Bitte, du darfst mich nur dreimal dreifach küssen, so bin ich erlöst.« Sebald fragte sie, wer sie denn sei? und sie gab zur Antwort: »Ich bin Himmel-Stollens Tochter, und heiße Melusine, ich habe einen großen Brautschatz, und wenn du mich erlösest, so bin ich und der Schatz dein eigen. Du mußt mich drei Morgen nacheinander, um neun Uhr in der Frühe, auf beide Wangen und auf den Mund küssen, dann ist die Erlösung vollbracht. Fürchte dich nicht, besonders nicht am dritten Tag.« Sebald betrachtete Melusinen, die aus dem Busch hervorkam, sehr genau. Sie war blond, hatte blaue Augen und ein schönes Angesicht, aber an ihren Händen keine Finger, sondern eine trichterartige Höhlung, und statt der Füße einen Schlangenschwanz. Sebald gab ihr die ersten drei Küsse, worüber Melusine sehr froh war und ihn bat, am zweiten und dritten Tag wieder zur rechten Zeit da zu sein. Sie kroch in ihren Busch zurück und sang: »Komm und erlöse deine Braut, hüte dich wohl zu erschrecken,

> Sebald, nimm dich wohl in acht,
> einmal war es recht gemacht.«

Da versank sie in die Erde und Sebald ging heim. Am andern Tage kam er zur rechten Zeit wieder in den Stollenwald und hörte sie auf der Höhe singen. Dieses Mal hatte sie Flügel und einen Drachenschweif, aber Sebald nahte sich ohne Furcht und gab ihr die drei andern Küsse. Sie sang ihm wieder dankbar zu, wie am ersten Tage und bat ihn wieder zu kommen, worauf sie wieder in die Erde verschwand. Sebald konnte die Nacht kaum ruhen, er ging wieder früh in den Stollenwald und hörte ihr Lied, wie an den vorigen Tagen. Aber diesmal hatte sie einen Krötenkopf und der Drachenschwanz umschlang furchtbar ihren Leib. Es graute dem Sebald vor dieser giftigen Gestalt und er sprach zu ihr: »Kannst

du dein Antlitz nicht entblößen, so kann ich dich nicht küssen.« »Nein«, rief sie, und schlug mit einem lauten Schrei ihre Arme empor. Die Angst ergriff den Sebald, er sprang den Berg hinab und gerade schlug es neun Uhr, als er im schnellen Laufe in der Burg bei seinem Vater ankam. Diesem erzählte er, was ihm begegnet war, und er wurde über seine Furchtsamkeit von dem Vater gescholten, der die Geschichte zum ewigen Andenken aufschreiben ließ, wodurch sie bis auf den heutigen Tag bekannt ist.

So vergingen zwei Jahre. Sebald ging nicht mehr in den Stollenwald und dachte wohl manchmal daran, daß er die Melusine betrogen habe. Doch war ihm seitdem nichts geschehen. Als er nun den Dienst seines Vaters bekommen sollte, da sah sich dieser um eine Frau für seinen Sohn um, und gab ihm die Tochter eines Amtsvogtes. Bei der Hochzeit im Schlosse Staufenberg war alles recht fröhlich am Tische, als auf einmal die Decke des Saales einen Spalt bekam, woraus ein Tropfen in den Teller Sebalds fiel, der, ohne es zu wissen, die Speise aß, und sogleich tot niedersank. Man sah zu gleicher Zeit einen kleinen Schlangenschweif sich in die Decke zurückziehen. Noch ist die Geschichte in Stein gehauen auf dem Staufenberg zu sehen.

JOHANN WOLFGANG GOETHE

Der Fischer

Das Wasser rauscht', das Wasser schwoll,
Ein Fischer saß daran,
Sah nach dem Angel ruhevoll,
Kühl bis ans Herz hinan.
Und wie er sitzt, und wie er lauscht,
Teilt sich die Flut empor;
Aus dem bewegten Wasser rauscht
Ein feuchtes Weib hervor.

Sie sang zu ihm, sie sprach zu ihm:
»Was lockst du meine Brut
Mit Menschenwitz und Menschenlist
Hinauf in Todesglut?

Ach wüßtest du, wie's Fischlein ist
So wohlig auf dem Grund,
Du stiegst herunter, wie du bist,
Und würdest erst gesund.

Labt sich die liebe Sonne nicht,
Der Mond sich nicht im Meer?
Kehrt wellenatmend ihr Gesicht
Nicht doppelt schöner her?
Lockt dich der tiefe Himmel nicht,
Das feuchtverklärte Blau?
Lockt dich dein eigen Angesicht
Nicht her in ew'gen Tau?«

Das Wasser rauscht', das Wasser schwoll,
Netzt' ihm den nackten Fuß;
Sein Herz wuchs ihm so sehnsuchtsvoll,
Wie bei der Liebsten Gruß.
Sie sprach zu ihm, sie sang zu ihm;
Da war's um ihn geschehn:
Halb zog sie ihn, halb sank er hin,
Und ward nicht mehr gesehn.

Motiv der Wasserspiegelung (→ Narziß)

Motiv des Sirenengesangs

(Pointe: es bleibt offen, wer hier die treibende Kraft ist)

Seegespenst

Ich aber lag am Rande des Schiffes,
Und schaute, träumenden Auges,
Hinab in das spiegelklare Wasser,
Und schaute tiefer und tiefer –
Bis tief, im Meeresgrunde,
Anfangs wie dämmernde Nebel,
Jedoch allmählig farbenbestimmter,
Kirchenkuppel und Türme sich zeigten,
Und endlich, sonnenklar, eine ganze Stadt,
Altertümlich niederländisch,
Und menschenbelebt.
Bedächtige Männer, schwarzbemäntelt,
Mit weißen Halskrausen und Ehrenketten
Und langen Degen und langen Gesichtern,
Schreiten über den wimmelnden Marktplatz,
Nach dem treppenhohen Rathaus,
Wo steinerne Kaiserbilder
Wacht halten mit Zepter und Schwert.
Unferne, vor langen Häuserreihn,
Wo spiegelblanke Fenster
Und pyramidisch beschnittene Linden,
Wandeln seidenrauschende Jungfern,
Schlanke Leibchen, die Blumengesichter
Sittsam umschlossen von schwarzen Mützchen
Und hervorquellendem Goldhaar.
Bunte Gesellen, in spanischer Tracht,
Stolzieren vorüber und nicken.
Bejahrte Frauen,
In braunen, verschollnen Gewändern,
Gesangbuch und Rosenkranz in der Hand,

Eilen, trippelnden Schritts,
Nach dem großen Dome,
Getrieben von Glockengeläute
Und rauschendem Orgelton.

Mich selbst ergreift des fernen Klangs
Geheimnisvoller Schauer!
Unendliches Sehnen, tiefe Wehmut,
Beschleicht mein Herz,
Mein kaum geheiltes Herz; –
Mir ist als würden seine Wunden
Von lieben Lippen aufgeküßt,
Und täten wieder bluten, –
Heiße, rote Tropfen,
Die lang und langsam niederfalln
Auf ein altes Haus, dort unten
In der tiefen Meerstadt,
Auf ein altes, hochgegiebeltes Haus,
Das melancholisch menschenleer ist,
Nur daß am untern Fenster
Ein Mädchen sitzt,
Den Kopf auf den Arm gestützt,
Wie ein armes, vergessenes Kind –
Und ich kenne dich armes, vergessenes Kind!

So tief, meertief also
Verstecktest du dich vor mir,
Aus kindischer Laune,
Und konntest nicht mehr herauf,
Und saßest fremd unter fremden Leuten,
Jahrhunderte lang,
Derweilen ich, die Seele voll Gram,
Auf der ganzen Erde dich suchte,
Und immer dich suchte,
Du Immergeliebte,

Du Längstverlorene,
Du Endlichgefundene, –
Ich hab dich gefunden und schaue wieder
Dein süßes Gesicht,
Die klugen, treuen Augen,
Das liebe Lächeln –
Und nimmer will ich dich wieder verlassen,
Und ich komme hinab zu dir,
Und mit ausgebreiteten Armen
Stürz ich hinab an dein Herz –

Aber zur rechten Zeit noch
Ergriff mich beim Fuß der Kapitän,
Und zog mich vom Schiffsrand,
Und rief, ärgerlich lachend:
Doktor, sind Sie des Teufels?

Oceane von Parceval

Entwurf zu einer Novelle

Erstes Kapitel

Tendenz: allgemein, mit modernem und romantisierendem Anflug. *Szenerie:* Heringsdorf.

Grundidee: Es gibt Unglückliche, die statt des Gefühls nur die Sehnsucht nach dem Gefühl haben, und diese Sehnsucht macht sie reizend und tragisch. Die Elementargeister sind als solche uns unsympathisch, die Nixe bleibt uns gleichgültig; von dem Augenblick an aber, wo die Durchschnittsnixe zur exzeptionellen Melusine wird, wo sie sich einreihen möchte ins Schön-Menschliche und doch nicht kann, von diesem Augenblick an rührt sie uns. Oceane von Parceval ist eine solche moderne Melusine. Sie hat Liebe, aber keine Trauer, der Schmerz ist ihr fremd, alles, was geschieht, wird ihr zum Bild, und die Sehnsucht nach einer tieferen Herzensteilnahme mit den Schicksalen der Menschen wird ihr selber zum Schicksal. Sie wirft das Leben weg, weil sie fühlt, daß ihr Leben nur ein Scheinleben, aber kein wirkliches Leben ist. Sie weiß, daß es viele Melusinen gibt; aber Melusinen, die nicht wissen, daß sie's sind, sind keine; sie weiß es, und die Erkenntnis tötet sie.

Die Personen: Dr. Felgentreu, Germanist, Privatdozent an der Universität Berlin, Privatdozent mit drei Zuhörern, tres faciunt collegium. Er hat so viel Edda usw. gelesen, daß er mitunter in einen rhapsodischen Ton verfällt und in Alliterationen spricht. Er hat aus der Edda auch die Elementaranschauungen, d. h. die Anschauungen von der Wirksamkeit des Elementaren auch in der Menschennatur herübergenommen, Pantheismus, Naturkultus. Dabei hat er eine humoristische Ader und persifliert sich selbst. [Der Freund des »Helden«.] – Felgentreu war immer ein Krakeeler, ein Frondeur in der Politik, ein Krakeeler im Klub, ein Zweifler in der Gesellschaft. Was ist es denn mit diesem Kokettieren und diesen Wichtigtuereien, auf die er anspielt? Ist es denn nicht alles natürlich?

Die Mutter von Oceane ist von der Insel Jersey, also halb Französin, halb Engländerin, Oceane wurde in Dänemark geboren, und in Deutschland leben sie.

Baron Ewald v. Dircksen, Forstakademiker, Eberswalde, vorm Examen. Moderner Mensch, aber liebenswürdig. [Der »Held«.]

Einige Offiziere, junge Ministerialräte, Pastor Baltzer, Maler (See- und Marinemaler), Musiker usw. »Charles«, der Oberkellner.

Düne. Hotel. Rechts in der Ecke der Held, Situation, Gäste, Rast der Gesellschaft. Boote fahren nach dem »Ruden«. Er liest oder liest nicht. Die Parcevals kommen. Krimstecher oder Ferngläser. Der Kellner bringt Limonadegazeuse und natürliches Selterwasser. Westminster-Review. Oder so ähnlich. Er beobachtet sie. Beide sehr schön. Er sieht den Freund unten, telegraphiert mit den Händen: »Du fährst wohl mit?« »Nein.« »So so.« Die Damen sahen es und lächelten. Sie: Teint, rotblond, Herz – und zwei Marderzähne. Der Seewind ging. Bucheckern fielen nieder, Böllerschüsse, Musik. Szenerie. Die Damen brechen auf. Er sieht ihnen nach.

Nun kommt der Freund den Dünenweg herauf. Gespräch. Fragen. »Oh, das sind die Parcevals?« »Ich hielt sie für Engländer.« »Das paßt halb.« »Was ist es mit ihnen?« »Nun, die Tochter ist komplizierter Abstammung: aus einer französisch-englischen Ehe hervorgegangen, wurde sie in Dänemark geboren und ist seit frühester Jugend eine Deutsche. Ja, mehr noch, eine Berlinerin. Wenn ich dies als ›ein Mehr‹ bezeichne, so mögen mir das alle Schwaben verzeihen, die sich dies Plus zuschreiben – oder die deutschseiendsten Schwaben verzeihen.« »Sie würden dir vor allem diese Wortbildung verzeihen müssen. Vor allem, was meinst du von den Parcevals? Sind es gute Leute?« Der Freund lachte: »Du fragst, als ob es sich um einen Buchbindermeister handelte, der ins Kasino aufgenommen werden soll. Gute Leute. Wo denkst du hin? Damit mißt man die Parcevals nicht. Gut, gut – übrigens der Alte ist tot. Seit anderthalb Jahren etwa oder zwei; ich entsinne mich noch; es war ein großes Begräbnis, wie die Berliner sagen, eine ›große Leiche‹ mit chambre ardente und Palmenkübeln und die studiosi architecturae mit Fahnen und Schlägern.« »Warum die Architekten?« »Er war ein großes Licht in der Wissenschaft, in der Wasserbaukunde, dadurch hat er Karriere gemacht, ein Rechner comme il faut, der im Nu wußte: ein Eisenbahnzug von der Schwere eines Gebirgszuges braucht 100000 Eisenstangen von anderthalb Zoll Dicke und kostet 23 Millionen.« »Mark?« »Je nachdem. Am liebsten Taler. Übrigens kenne ich sie. D. h., eigentlich kenne ich sie nicht, aber ich kenne sie doch, und wenn du heute den Ball mitmachst, stell ich dich vor. Es sind interessante Damen, oder man kann sie wenigstens dafür gelten lassen; sehr belesen und wissen alles. Eigentlich, glaube ich, wissen sie nichts, aber es sieht doch so aus, als wüßten sie alles. Sie wissen immer, was in der Zeitung steht, und sind klug genug, nur aparte Zeitungen zu lesen.« »Wie das?« »Nun, sie werden nie sagen: die ›Kreuzzeitung‹ bestätigt es, oder: die ›Kölnische (National-)Zeitung‹ schrieb in voriger Woche schon, sie sagen nur: in ›Berlingske Tidende‹ stand neulich, oder: die ›Fanfulla‹ berichtete vorige Woche schon.« »Ist das gesucht, geziert?« »Ich glaube, nein, oder doch nur halb. All das macht sich bei ihnen ganz natürlich, sie haben etwas Kosmopolitisches, und als sie merkten, daß es den Leuten imponierte, waren sie klug genug, sich ein System daraus zu machen. Und nach dem leben sie nun. Es sind eigene Menschen.« »Aber doch im Guten?« »Was heißt im Guten? Ja, nein. Nun, du wirst ja selber sehen. Ich hole dich gleich nach neun ab. Eher beginnt es nicht.« Und danach trennten sie sich.

Zweites Kapitel

Es war an demselben Abend, und der Ball war noch nicht aus, aber viele waren schon gegangen. Auch die Parcevalschen Damen. Dies war das Zeichen zum Aufbruch auch für einige andere und darunter auch die beiden Freunde.

»Gehen wir nach Haus?«

»Nein, es ist noch zu früh. Und die Nächte am Meer sind so schön. Laß uns noch wieder auf die Düne gehen.«

»Wird es noch auf sein, das Hotel?«

»Wo denkst du hin? Wir leben hier wie im ›Kaiserhof‹ und haben einen Nachtdienst organisiert. Komm nur. Übrigens ist Charles mein Freund und tut ein übriges für uns. Komm nur.«

Und sie gingen erst in der Dünenkluse oder Senkung hin und stiegen dann die Serpentine zum Hotel auf. Aber die Konversation dauerte fort.

»Ich habe dich beim Konter mit ihr gesehen, und nachher sprachst du mit ihr und sehr intim; ihr überschlugt ja zwei Tänze. Hat sie von der ›Fanfulla‹ oder von ›Frazers Magazine‹ gesprochen?«

»Von keinem von beiden. Wir philosophierten mehr.«

»Also echte Ballunterhaltung. War sie für Schopenhauer? Aber was sag ich für Schopenhauer. Das ist viel zu trivial. Sie hat gewiß einen Spezialphilosophen entdeckt, einen Rabbi oder einen indisch-persischen. Es muß reizend gewesen sein. Übrigens ist sie wie zum Philosophieren geschaffen. Aber was war das Thema?«

»Das Thema war das Gefühl.«

»Ah.«

»Du lachst, und noch dazu so ironisch.«

»O nein, nein; ein wundervolles Thema. Das sie gewiß beherrscht. Nun, wie kamt ihr darauf?«

»Ich weiß nicht mehr recht, wie's kam; ich weiß nur noch, daß ich mich in einer Apotheose des Gefühls erging, es sei doch alles. Und ohne Gefühl sei gar kein Leben.«

»Und Oceane?«

»Sie stimmte mir bei, aber doch befangen, und es war fast, als ob sie Ausflüchte mache.«

»Sehr gut. Ausflüchte! Nun, worauf lief es hinaus?«

»Es lief darauf hinaus, daß ich recht hätte, daß die Welt der Empfindung das Eigentliche sei, das Schöne, das Göttliche. Aber gleich dahinter komme die Welt der Nicht-Empfindung, und wenn man glücklich sein könne, ohne zu fühlen, so möchte sie beinah sagen, diese Nicht-Empfindungswelt sei auch ein Glück. Ich bestritt es, als sie mir Einwendungen machte, wurde ich immer lebhafter und sagte: ohne Empfindung sei nicht bloß kein Glück denkbar, sondern auch kein Leben. Es sei dann alles tot, Schein, Komödie, deshalb der Verachtungsstrafe verfallen.«

»Und wie nahm sie das auf?«

»Sehr gut, d. h. sehr artig. Und sie sagte dann: Sie wollen mir dabei entgegenkommen. Aber wenn es unrecht sei, so trüge dieser Zustand die Strafe gleich mit sich, und es wäre nicht nötig, daß die Gesellschaft noch eine Strafe verhänge. Die Gebote seien zu erfüllen, weil sie Verbote seien; Regungen, die da seien, ließen sich bezwingen, aber das Schöne, Gute lasse sich nicht erzwingen. Es gäbe Personen, die beständig gerührt wären und beständig weinten, und es gäbe andere, die nie weinen könnten; das eine sei eine Organisation und das andere auch, vielleicht läge das Rechte in der Mitte, aber die Welt ginge immer mit den Rührseligen, und diese Bevorzugung sei ungerecht. Viele würden durch all und jedes erschüttert. Es müsse doch Naturen geben dürfen, an denen das Leben bilderhaft vorüberzieht, Naturen, denen sich die Unterschiede dieser Bilder klar darstellten, aber die die dunklen und heiteren gleichmäßig als Bilder nähmen. ›Der Tod ist auch nur ein Bild, etwas plötzlich in die Erscheinung Tretendes, ich sah es und damit gut.‹ Ein ruhiges Schauen und Betrachten sei vielleicht einc höhere Lebensform, nicht eine tiefere.«

Während dieses Gesprächs waren sie oben angekommen und nahmen unter dem weiten Vordach Platz. »Charles, zwei Schlummerpunsche oder Punsche, ich überlasse Ihnen die Fertigstellung des Richtigen . . . Und nun sieh, dies Bild. Hab ich dir zuviel versprochen?«

(Nun landschaftliche Schilderung.)

Als der Jüngere, der Neuling an dieser Stelle, ausbewundert hatte, sagte er: »Verzeih, wenn ich auf die Parcevals zurückkomme. Du hast mir keine Antwort gegeben; ich fand alles klug und gescheit und abweichend vom Gewöhnlichen, und es klang alles fast wie Confessions, wie eine Sehnsucht nach einem ihr verschlossenen Glück.«

Der Freund lachte: »Halb hast du recht. Es waren Confessions: Confessions, um sich pikant zu machen. Aber von Sehnsucht nach einem versagten Glück ist keine Rede. Sie will das Glück gar nicht; ihr ist in ihrem amphibialischen Zustand am wohlsten, und warum soll nicht ein Krokodil auch glücklich sein können? In einem Gedicht heißt es: ›Doch wenn die Sonne scheint, da lacht's.‹ Es kann also lachen, und wenn man lacht, ist man glücklich. Aber freilich, auf den Sonnenschein kommt es an und vor allem darauf, was nun der Sonnenschein des Lebens ist. Ich habe Leute gekannt, denen war es Sonnenschein, einem Armen einen Sechser zu geben, und ich hab andre gekannt, denen war es Sonnenschein, einem Armen den Sechser zu nehmen.«

»Und du wirst doch nicht sagen wollen, daß Fräulein v. Parceval in diese Kategorie gehört?«

»Nein. So liegt es nicht. Dazu sind sie zu fein und zu vornehm. Ihr Sonnenschein muß anders sein. Aber es läuft im letzten auf dasselbe hinaus. Behaglich in der Sonne liegen, behaglich die Wellen um sich spielen lassen, eine durchgehende sinnliche Freude, alles muß den Sinnen schmeicheln, jedem Sinne – die Seeluft tut so wohl, der Resedaduft tut so wohl, die Levkojen tun so wohl, ein Regenbogen tut so wohl, ein Bad erquickt so, Bootfahrten auch und die Madonna della Sedia auch. Es geht alles wie mit einem Samthandschuh über einen hin. Es verlohnt sich, um solche Dinge zu leben, eine lange Kette kleiner Wohligkeiten und Behaglichkeiten, aber nicht weinen und nicht lachen, sich nicht enragieren, um Gottes willen keine Leidenschaften und keinen Schmerz. Es sind schwarze Bilder nicht zu vermeiden, aber man hat sich zu ihnen zu stellen.«

Der Freund lächelte: »Du schilderst ja Oceane, als ob sie zu jenen gehörte, von denen die Jungfrau sagt: Die nicht lachen, die nicht weinen, oder als sprächest du von den Elfen auf Elfershöh ...«

»Möglich, daß sie von ihnen abstammt, wenigstens stammt sie aus demselben Lande, wo der Ritter über die Heide ritt. Und ihre Erscheinung straft diese Abstammung nicht Lügen. Und wirklich, sie hat etwas Elementargeistartiges, sieh sie nur an, und sie heißt nicht umsonst Oceane.«

»Ich bekenne, ein sonderbarer Name.«

»Nomen est omen. Und die Leute knüpfen auch eine Geschichte daran.«

»Und die wäre?«

»Der Vater baute damals die Brücke. Und den Tag, wo die Brücke fertig war, wurde das Kind geboren, und sie nannten sie Oceane. Und sie sagten, daß welche von den Meerweibern Gevatter gestanden haben.«

»Glaubst du's?«

»Ich würd' alles glauben, wenn ich nicht die Ehre hätte, die Frau Mama zu kennen. Sie überhebt mich alles Wunderglaubens und erklärt alles auf die wunderbar einfachste Art. Wenn es je eine Frau gab, die's verstanden hat, sich das Leben anderer zur Behaglichkeit des eigenen zunutze zu machen, so ist sie es. Sie ist Thorough-Engländerin, das sagt alles, und die Geschichte vom gut Gewissen und besten Ruhekissen kannst du bei ihr dahin modeln: gib ihr ein gutes Ruhekissen, und sie hat sofort das beste Gewissen.«

»Und was nennst du gutes Ruhekissen?«

»Alles, was Alberich hütet. Sie ließ es trotz Wagners teleologischer Warnung aufs neue darauf ankommen.«

»Ist sie nicht bemittelt?«

Der Freund spricht noch weiter. Endlich bricht der Held die Sache ab; er schien unruhig und unsicher.

Sie verabredeten, am andern Tage gemütlich das Frühstück im »Waldkater« zu nehmen.

»Wann?«

»? Uhr. Dann hab ich ausgeschlafen.«

»Und ich habe dann schon gebadet und bringe einen Appetit mit.«

So trennte man sich.

In der »Forelle«. (»Weil es hier keine gibt.«) Szenerie: Rückfront Blick in den Wald. Hier wohnte der Held. Der Freund im Talgrund. Finken, Vogelgezwitscher, Durchblick, Landsee. Gespräch. »Ich hab es mir überlegt. Es ist nicht so schlimm. In allen Dingen entscheidet das Maß. Man kann das alles von jedem sagen. Es paßt auf jeden, auf dich, auf mich. Wir sind alle Egoisten und kümmern uns wenig um andere. Was wir Gefühl nennen, ist eine Lebensform, eine bloße Manier, der eine hat die, der andre eine andere ...«

Der Freund war einverstanden. »Ja. Aber in allem entscheidet das Maß. Jeder hat den Lügensinn, den Diebessinn, den Ehebruchssinn, den Mordsinn, aber es gibt im ganzen genommen wenig Mörder. Ehebrecher sollen schon häufiger sein; ich weiß es nicht; ich war noch nicht in der Lage. Also aufs Maß kommt es an, nicht bloß bei dem, der etwas tut, auch bei dem, der das Getane beobachtet und beurteilt. Ich habe dir von den Parcevals erzählt, was ich gehört, und auch, was ich gesehen habe. Für das Tatsächliche meines Berichtes bürg ich dir, aber nicht dafür, daß ich dies tatsächlich Richtige auch richtig beurteile, vielleicht beurteile ich es falsch. Sehr gütige, sehr selbstsuchtslose, ja vielleicht auch sehr kluge Menschen verlangen wenig. Ich bin nicht klug genug. Ein Klügerer sagt sich vielleicht: Blick um dich, blick in dich hinein – liegt es irgendwo anders, ist nicht jeder so? Und sollen die bloßen Gemütlichkeitsallüren entscheiden? Also ich mag unrecht haben. Wir werden es ja sehen, du selbst wirst es sehen, du bleibst vier Wochen, vielleicht fünf, da läßt sich schon was erleben und erfahren. Das nächste ist, daß du eine Visite machst. Ich bin neugierig, wie sie verlaufen wird.«

Er macht darauf diese Visite.

Er trifft nur die Mutter. »Oceane ist im Bad.« Die Mutter tut nun Äußerungen über Oceane, die dieser einen Heiligen- oder doch einen Leuchteschein geben.

Ein paar junge Offiziere in Zivil werden gemeldet. Kurze Begrüßung. Der Held wird vorgestellt. Man freundet sich an; eine Landpartie an den Gothen-See wird verabredet oder nach Koserow. Auch der Freund wird eingeladen und die Offiziere.

Viertes Kapitel

Die Landpartie findet statt. Die entzückende Szenerie. Man lagert. Man fährt im Boot über den See. Der Held und Oceane sind viel zusammen. Alles, was sie sagt, ist sehr fein. Kapelle im Wald. Altes katholisches Kruzifix. Christus am Kreuz mit Maria und Magdalena. Alle sahen es sich an und sprachen darüber, einige medisierten. Oceane wandte sich ab und schwieg.

(Dies muß am Ende der Partie sein, als sie schon auf dem Rückweg sind und die Abendsonne in den Scheiben steht.)

Als sie wieder im Freien waren, sagte er: »Es verdroß Sie. Es waren einige Bemerkungen, die besser unterblieben wären.«

»Ich glaube wohl.«

»Oder war es etwas anderes?«

»Ich glaube fast. Aber ich weiß nicht recht, was. Ich bin in einem Zwiespalt.«

»Ist es nicht zudringlich, wenn ich Sie bitte ...«

»O nein. Diese Schaustellung verletzt mich, es hat etwas Jahrmarktsbildartiges, von dem ich mich mit einem Mißbehagen abwende.«

»Es ergeht mir kaum anders.«

»... aber dies ist nur eins«, fuhr Oceane fort. »Ich glaube, es ist noch ein zweites, je häßlich-drastischer dies alles an mich herantritt, je mehr Blut aus den Nägelmalen quillt, je mächtiger tritt die große Lehre vom Blut des Erlösers an mich heran, und mir ist es, als blickte er in meine Seele und fragte: Wie steht es drin? was tust du? wie folgst du meinem Beispiel? wo bleibt dein Blut?«

Sie hatte das alles ganz ruhig gesprochen, aber je ruhiger sie es sprach, desto größer war die Wirkung auf den Helden. »Ich glaube, Sie nehmen es zu ernst. Da gäbe es ja keine Freude mehr in der Welt.«

»Ich nehme es, wie ich es nehmen muß. Es wird Personen geben, die dies alles nicht zu fühlen brauchen. Ich muß es fühlen, oder ich fühle es wenigstens. Es kommt darauf an, sich zu erkennen. Ich glaube, ich tat es. Und nun sehe ich die trennende Kluft. Eine Sehnsucht ist da, die Kluft zu überbrücken, ich kann es nicht; ich habe keine Träne, kein Gebet, keine Liebe. Ich habe nur die Sehnsucht nach dem allen.«

»Sie erschrecken mich. Wer die Sehnsucht hat, hat alles. Und wenn er es nicht hat, so hat er doch das, was entscheidet. Es gibt einen schönen Spruch, ich habe seinen Wortlaut vergessen, aber es heißt, daß das Vollbringen nicht in uns gelegt sei. Die Sehnsucht ist wie die Saat, und sie wird uns angerechnet, auch ohne daß die Saat Frucht getragen habe.«

»Glauben Sie?«

»Ich bin dessen gewiß.«

»So beneide ich Sie um den Trost, den Sie haben.«

Fünftes Kapitel

Badeleben-Szenen. Eine kleine Soiree bei den Parcevals. Oceane singt. Über den Geschmack in der Kunst. Der Freund nahm das Wort. »Eine entzückende Seite in unserer modernen Kunst ist das Hervorkehren des Elementaren. Das Geltendmachen seiner ewig sieggewissen

Macht über das Individuelle, das Menschliche, das Christliche. In unserer klassischen Dichtung finden Sie's nicht. Die einzige Ausnahme, die mir vorschwebt, ist Goethes ›Fischer‹.«

»Oder die ›Lenore‹.«

»Nein, das ist etwas anderes. Das Spukhafte, das Gespensterwesen steht dem Menschlichen und Religiösen viel näher. Es ist die Nachtseite jener Lichtseite, die wir Glauben nennen. Aber mit all dem hat das Elementare nichts zu tun. In Wagner (den ich aus mehr als einem Grunde perhorresziere) haben wir's überall. Aber wir haben einen Vorläufer.«

»Und der war?«

»Mörike. Die Schwaben haben also auch das.«

»Ja, man muß es ihnen lassen und dem Mörike. Es zieht sich durch seine ganze Dichtung. ›Der Feuerreiter.‹ ›Die Sturmgret‹.«

»Wie ist das?«

(Nun beschreibt er den Inhalt des Gedichts und zitiert ein oder zwei Stellen.)

Nun nimmt Frau v. Parceval das Wort. »Der Professor hat eine Neigung, uns gruselig zu machen. Uns einfach Gespenstergeschichten zu erzählen oder den ›Raven‹ meines halben Landsmannes Poe zu zitieren mit rapping und lapping oder unter die Tischrücker zu gehen, dazu ist er zu klug, und so läßt er's bei dem Gruseln des Elementaren bewenden. Und doch muß er mir gestatten: Ist denn das alles etwas Apartes und Neues? Es ist ein neues, apartes Wort, aber nicht ein apartes Ding; die Sache war längst da. Und wie bei so vielem läuft alles nur auf einen Streit um Worte hinaus. Elementar. Elementar ist alles. Alles an und in uns ist Teil vom Ganzen, und dieser Teil will ins Ganze zurück. Ich will nicht Pantheismus damit predigen, keinen Augenblick, ich predige nur einen christlichen Satz damit, und wenn wir Gottes

Kinder sind, Ausströmungen seiner Herrlichkeit, so drängt alles nach Wiedervereinigung mit ihm. Die Sünde hinderte daran, die Versöhnungslehre, der Versöhnungstod hat die Barriere wieder weggeräumt, und wir kehren in Gott zurück, von dem wir ein Teil sind. Ich frage den Herrn Prediger, ob ich richtig gesprochen habe.«

Dieser [Pastor Baltzer] nickte.

»Nun, er nickt, bestätigt mir's. Gott sei Dank, und so haben wir denn in der Versöhnungslehre das Element des Elementaren, und die Rückkehr in Gott bedeutet nichts als Rückkehr in Gott, in unser eigentliches Element, in das Element, aus dem wir geboren wurden. Voilà tout, voilà das Elementare.«

»Die gnädige Frau führt ihre Sache gut und hat sich des Geistlichen geschickt versichert.«

»O nicht doch. Es ändert sich nichts, wenn ich aus der Geisterwelt ins Irdische zurückkehre. Derselbe Satz auch da, dieselbe Wahrheit auch da. Wir sind von Erde. Zugestanden?«

»Je nachdem«, sagte der Professor [Felgentreu].

Aber Frau v. Parceval überhört es und wiederholt: »Wir sind von Erde, und weil wir's sind, werden wir's wieder. Es zieht uns in den Staub zurück, aus dem wir wurden. Aber unserem Professor war es vorbehalten, in diesem Hergange, der denn doch einige Jahre zählt, etwas Elementares zu entdecken.«

»Nicht zu entdecken, Gnädigste. Der Fall liegt so gewöhnlich, daß wir nichts mehr aus ihm machen. Es ist ein für allemal angenommen und im ersten Buch Moses ausgesprochen, daß wir Erde sind. Aber schon im Schiller heißt es, wenn auch nur in einem Punschliede: ›Vier Worte nenn ich euch, inhaltschwer.‹ Es gibt vier Elemente, und auch im Bereich der Elemente scheint der Satz zu gelten: Was dem einen recht ist, ist dem andern billig. Und so haben sich die andern drei von dem gröbsten zu emanzipieren gesucht: Wasser, Feuer, Luft. Wasser, Feuer, Luft sind auch Elemente, sind auch Ganzheiten und schicken Teilchen in die Welt, und nach dem alten Gravitationsgesetz wollen diese Teilchen, auch diese Teilchen, in ihre Ganzheit zurück. Und das ist es, was unserer neuen Kunst und Dichtung einen Charakter gibt, und so haben wir eine Melusine, einen Salamander, eine Sturmgret. Und ich glaube, solche Gestalten leben nicht bloß in Dichtungen, und ich wollt' es unternehmen, alle die, die hier versammelt sind, danach zu teilen.«

Oceane sah ihn ruhig an. Andere drangen in ihn, es zu tun; Oceane sah ihn ruhig an, und er sagte: »Lassen wir's. Nur eins noch. Ich hatte einen Freund, der jedem auf den Kopf zusagte, was er früher einmal gewesen wäre. Wenn ich mir gefallen lassen muß, ein Hecht oder ein Karpfen gewesen zu sein, so kann ich auch eine Woge gewesen sein. Es gibt mehr Wogelinden, als Sie glauben, und wer da meint, sie müßten ein ›laweia‹ singen und wären ein für allemal an einem ›eialaweia‹ zu erkennen, der irrt sich. Es gibt ihrer, die sehr gescheit zu sprechen wissen und jeden Augenblick ein Buch über die dogmatisch heikelsten Punkte schreiben können. Sie necken sich mit Alberich, aber ich kenne welche, die bei Hibrich die Zeitung lesen.«

Alles jubelte, lachte. Nur Oceane war ernst geblieben und sagte: »Sonderbar, wie verschieden solche Expektorationen wirken. Ich nahm es ernsthaft und habe die ganze Zeit über an die berühmte Soiree bei Marie Antoinette gedacht, wo der Abbé Cayot (Pardon, Herr Professor!) allen am Tisch Versammelten ihre Zukunft prophezeite. Und was das Schlimmste ist, es traf auch ein. Marie Antoinette, wenn wir sie zitieren wollten, würde davon erzählen können. Und mir ist, als hab uns der Professor die Zukunft prophezeit.«

Der Held zitierte:

»Verschwind in Flammen,
Salamander!
Rauschend fließe zusammen,
Undene!
Leucht in Meteorenschöne,
Sylphe!
Bring häusliche Hilfe ...«

Oceane sagte: »Sie rufen sie, statt sie zu bannen. Dann greif ich unserem Herrn Pastor vor und zitiere die Schlußworte:

›Kennst du das Zeichen,
Vor dem sie weichen?‹«

Alles hatte sich mittlerweile erhoben, und man hörte nur noch draußen auf dem Flur:

»Incubus, Incubus,
Unser Professor war im Schuß.«

Sechstes Kapitel

Sturmnacht
Große Schilderung
Sturmgret

Siebentes Kapitel

Die Verwüstung am Strand. Einer der jungen Schiffer tot an den Strand geworfen. Sie finden ihn. Er wird aufgestellt in der Kapelle. Oceane geht hin und sieht ihn. Sie hört die Predigt. Sie bleibt ruhig.

Auf dem Heimwege Gespräch mit dem Helden.

Sie sagt ihm: es sei ein Bild gewesen. Nichts weiter. Er sei nun tot. Die Frau weine. Aber es sei doch ein Glück.

Achtes Kapitel

Eine Woche vergangen. Sie gehen am Strand. Seewind. Die Wellen gehn und rufen und mahnen. Er macht ihr eine leidenschaftliche Liebeserklärung. Sie ist bestürzt, hingerissen. Sie weint. »Ach, das Glück, weinen zu können.« Und sie sank an seine Brust.

Und sie zogen weiter in gehobener Stimmung, und nebenan gingen die Wellen und riefen und mahnten und klagten und jubelten. (Dies auszuführen.)

In die Dünen bogen sie ein, und sie trennten sich.

Neuntes Kapitel

Es war stille See geworden. Oceane nimmt Abschied von der Mutter in ruhiger Heiterkeit. An den Strand. Sie blickt von dem Badesteg hinaus, einzelne weiße Kämme blitzten auf. Sie hat ein Gespräch mit der Badefrau und ein paar anderen jungen Damen. Diese folgen ihr mit dem Auge. Sie sahen sie, wie sie bis zu dem ersten und zweiten und dritten Raff (Sandbank) schwamm, und dann war es, als ob Wellen tanzten. Waren es Wellen? Wohl, wohl, was sonst. Oder war es ein Delphin? Und sie schwamm weiter, und sie sahen die grüne Kappe, die sie trug. Und nun schwand sie. »Sie macht eine Biegung.« Eine Stunde, und sie war noch nicht zurück. Der Tag ging, ein anderer kam, Oceane war fort.

In ihrer Briefmappe fand sich ein Brief, an den Helden adressiert. »Ich gehe fort. Es war doch recht, das mit dem Elementaren. Es fehlte mir etwas für die Erde, dessen ich bedarf, um sie zu tragen. Ich hatt' es nur gefühlt; als ich Dich sah, wußte ich es. Ich geh nun unter in dem Reich der Kühle, daraus ich geboren war. Aber auch dort die Deine. *Oceane.*«

KURD LASSWITZ

Undine

Es war Anfang September. Ein warmer Abend senkte sich über die ausgedehnten Parkanlagen von Weidburg. Das neue, schloßartige Gebäude, worin das geologische und das chemische Institut untergebracht waren, stand verwaist. Die Studenten befanden sich in den Ferien, auch die Assistenten hatten sich jetzt auf die Reise begeben. Nur im zweiten Stockwerk, wo Professor Sohm, der Leiter des geologischen Instituts, wohnte, gönnten die geöffneten Fenster der Abendluft freien Zutritt.

Sohm lehnte an dem Eckfenster seines Studierzimmers. Die kräftig gebräunte Farbe seines Antlitzes, der flotte Schnurrbart und der freie Blick seiner grau-blauen Augen ließen ihn jünger erscheinen, als seinem Alter entsprach. Schon als er vor fünf Jahren nach Weidburg berufen wurde, hatte er gehofft, sich hier eine Häuslichkeit zu gründen. Aber eine schwere Enttäuschung in der Person seiner erwählten Braut, einer Ausländerin, die er auf seinen wissenschaftlichen Reisen im fernen Osten kennen gelernt hatte, warf einen tiefen Schatten auf diese ersten Jahre in Weidburg. Erst allmählich hatte er sich wieder zur Ruhe durchgearbeitet und die alte Heiterkeit seines Gemüts zurückgewonnen. Da lernte er Wera Lentius kennen. Das junge, schöne Mädchen, das, nach dem Verlust ihrer Eltern ganz alleinstehend, still und zurückgezogen sich mit eisernem Fleiße ihren Studien widmete, hatte bald seine aufrichtige Wertschätzung errungen. Seitdem er dann Gelegenheit gefunden, ihr persönlich näher zu treten, eroberte die Liebenswürdigkeit ihres harmonischen Wesens sein ganzes Herz. Es lag über ihm wie ein stilles Glück, das er sich nicht auszumalen wagte.

Und als er ihr einen Anteil an seiner Arbeit anbot, wußten beide, daß dies zu einer Entscheidung führen mußte.

Nun erblühte sein Leben in einer neuen Jugend. Neben der besonnenen Strenge seines theoretischen Schaffens barg sein Inneres ein warmes Poetenherz. Das bewahrte ihn vor der Einseitigkeit, die dem Gelehrten in seiner notwendigen Beschränkung auf spezielle Aufgaben so leicht droht. Das glühte in einem unaussprechlichen Glücksgefühl auf in der holden Zärtlichkeit, die ihm Weras Nähe gewährte. Und die Beobachtung, wie bei dieser leidenschaftlichen Liebe sie zugleich eine gemeinsame Lebensarbeit selbstlos verband, erfüllte ihn mit tiefem Vertrauen in ihre Zukunft. Im Herbst wollten sie sich in ihrem gemeinsamen Heim vereinigen.

Und nun war doch wieder eine unklare Sorge in seiner Seele aufgestiegen.

Sohm spähte über den freien Platz, über den Wera kommen mußte. Es war die Stunde ihres gemeinsamen Spazierganges, der sie fast regelmäßig durch die Anlagen zu Geheimrat Röteleins führte. In der am Hügelabhang reizend gelegenen Villa, die Rötelein mit seiner Familie bewohnte, pflegten sie als ständige Gäste die Abende zuzubringen.

Sohm sah nach der Uhr. Dann setzte er sich in den Lehnstuhl ans Fenster und stützte den Kopf in die Hand. In den letzten Tagen hatte sich seine Besorgnis um Wera ernstlich gesteigert.

Es war ihm unbegreiflich – seit zehn Wochen, seitdem Wera von ihrem kurzen Erholungsaufenthalt in den Alpen körperlich gekräftigt zurückgekehrt war, hatte er in ihrem Verhalten eine eigentümliche Veränderung bemerkt.

In dem ersten Augenblicke des Wiedersehens, als er sie leidenschaftlich in seine Arme zog, war es ihm aufgefallen, wie sie seine Liebkosungen erwiderte. Fast als wenn sie sich einen Zwang antun müßte! Es ließ sich nicht definieren, es ließ sich nur fühlen.

Er hatte sie mit ihrer Schwerfälligkeit geneckt. Sie hätte wohl zu viel Gletscherluft geschluckt? Die müßte wieder herausgekocht werden.

»Ach, wenn wir das könnten!« hatte sie einmal lächelnd gesagt. Aber in diesem Lächeln lag ein Hauch von Schwermut. Und dieser Zug, der ihr sonst fremd gewesen war, kehrte von Zeit zu Zeit wieder, ja er war immer stärker geworden. Wenn er mit Fragen in sie drang, ob sie etwas beschwere, wich sie mit Scherzen aus. Er bemerkte, daß sie es möglichst vermied, mit ihm unbeobachtet allein zu sein. Und doch konnte er nicht einen Augenblick daran denken, daß ihre Liebe gegen ihn erkaltet sei. Im Gegenteil, durch hundert kleine Aufmerksamkeiten bewies sie ihm, daß sie nur ihm zum Gefallen und zur Freude leben wollte. Sie war liebenswürdiger und freundlicher wie je, ihre geistige Regsamkeit und Lebendigkeit hatte sich noch gesteigert, und in Gesellschaft erregte sie das allgemeine Entzücken. Wie unbeschreiblich anmutig war sie bei jenem Reigen gewesen, an dem sie mitwirkte, als Röteleins ihr kleines Sommerfest gaben. Das war ein Schweben, das fast schwerelos erschien. Und dann wieder – an andern Tagen erschien sie hastig und unstet, als ob sie von einer geheimen Unruhe umhergetrieben würde – –

Aber alles dies, sagte sich Sohm zum Troste, war ja wohl nur eine vorübergehende Erregung des Brautstandes, das wird sich wohl geben. Eine andere Veränderung in Weras Gedankenleben verursachte ihm viel ernstere Bedenken.

Ihrer chemischen wissenschaftlichen Arbeit zwar widmete sich Wera mit voller Hingabe, und ihre Analysen schritten glücklich vorwärts. Daneben aber hatte sie sich jetzt mit philosophischen Spekulationen beschäftigt, die nicht selten zu lebhaften Debatten zwischen den Verlobten führten. Sie las mit Vorliebe naturphilosophische Schriften, die Sohm zu stark in das Gebiet der Phantasie hinüberzuschweifen schienen. So hatte sie sich ganz in Fechners »Zend-Avesta« hineingedacht. Und wenn Sohm mit seinem wohlwollenden Humor über die Belebung und Beseelung der Erde scherzte und sie nur als einen tiefsinnigen poetischen Einfall gelten lassen wollte, so vertrat Wera hartnäckig den Standpunkt, daß die ganze Natur in Wirklichkeit lebe, fühle und empfinde.

Jetzt, während Sohm auf Wera wartete, zogen viele ihrer kühnen Behauptungen an seiner Erinnerung vorüber. Wollte sie ihn mit ihren Aufstellungen nur necken, wenn sie allen Ernstes davon sprach, daß in Fels und Berg, in Fluß und Meer, in Wolken und Wind nicht bloß ein allgemeines Naturleben webe, sondern daß ein individuelles Bewußtsein diese Natureinheiten beseele? Aber warum kam sie so oft und eigensinnig auf diese phantastischen Vorstellungen zurück, denen sie doch früher nicht nachgehangen hatte? Er konnte sich eines Unbehagens bei dem Gedanken nicht erwehren, daß sie nicht mehr so vollständig in allen Fragen eines Sinnes seien. Und bei aller Achtung vor der Freiheit der Überzeugung fürchtete er doch eine Gefahr für ihr gegenseitiges Verständnis, wenn sich Wera wirklich in jene mystische Gedankenwelt mehr und mehr einspinnen sollte.

Seine Stirn verdüsterte sich.

Da schlug die Klingel zweimal an. Weras Zeichen an der Haustür.

Sofort hatte Sohm seinen Hut ergriffen und war die Treppen hinabgeeilt.

Als er die anmutige Gestalt erblickte, als die leuchtenden dunkeln Augen unter dem großen Hute hervor ihn freundlich grüßten und er die zierliche Hand in der seinen hielt, waren alle verdrießlichen Grübeleien verflogen. Wie konnte man ihr zürnen?

Das Brautpaar schlug den gewohnten Weg zur Röteleinschen Villa ein, wo es schon von der Familie zur Abendtafel erwartet wurde.

Nach Tische, die Dunkelheit war längst angebrochen, saß die kleine Gesellschaft auf der Veranda am Ende des Gartens. Der Blick reichte über die Anpflanzungen der Vorstadt und den Fluß bis an das ferne Gebirge, das die weite Ebene begrenzte. Darüber am Horizonte hatten sich Wolken getürmt, in denen das Wetter leuchtete. Mitunter sprang ein stärkerer Blitz mit feuriger Spur blendend hervor.

Das muntere Gespräch war verstummt. Man beobachtete das wunderbare Feuerwerk der Natur und die langsam sich verändernden bizarren Formen der Wolken. Wera hatte ihren Platz verlassen und sich dicht an das Geländer gestellt. Ihr Schattenriß hob sich deutlich von dem Hintergrunde des Himmels ab. Bei jedem Blitze bewegte sich ihr Kopf wie mit einem leichten Gruße.

»Schauen Sie nur, wie entzückend Ihre Braut aussieht«, bemerkte Frau Rötelein leise zu Sohm.

Er nickte glücklich, während seine Augen auf Weras Gestalt ruhten. Ein doppelter Blitz zungelte mächtiger als die früheren aus der dunkeln Wolkenmasse.

»Geduld, Geduld!« murmelte Wera leise vor sich hin. »Wartet nur, ich besuche euch wieder. Dann sollt ihr merkwürdige Dinge hören.« Sie hob unwillkürlich den Arm, wie man jemand Lebewohl winkt, und schritt zur Gesellschaft zurück.

Sohm ergriff ihre Hand und zog sie auf den Stuhl an seine Seite. Alle saßen still und warteten auf einen neuen Blitz. Aber die Erscheinung wiederholte sich nicht. Die hochgetürmte Wolke wurde sichtlich kleiner.

»Ich glaube, Fräulein Lentius«, sagte Rötelein scherzend, »Sie haben das Wetter beschworen. Mir war es gerade, als wenn Sie vorhin etwas geraunt hätten, gewiß einen Wetterspruch.«

»Halten Sie mich für eine Hexe, Herr Geheimrat?« fragte Wera lachend.

»Wer weiß?« neckte Rötelein weiter. »Natürlich im besten Sinne. Vielleicht sind Sie so ein Elementargeist, eine Sylphide oder eine Undine.«

»An so etwas glauben Sie ja gar nicht«, antwortete Wera.

»Aber Wera glaubt daran«, rief Suse Rötelein dazwischen. »Denke Papa, neulich hat sie gesagt, die Berge und Flüsse und Wolken und so weiter hätten auch Seelen. Nicht wahr, Herr Sohm?«

Wera schwieg, da sie wußte, daß Paul das Thema nicht liebte.

Sohm hätte auch die Frage lieber überhört, aber da die lebhafte Suse sie nochmals wiederholte, so sagte er:

»Ich meine, Wera denkt nur an eine Allgemeinbeseelung der Natur im Sinne Fechners, dagegen läßt sich doch höchstens einwenden, daß sie Sache des Glaubens bleibt.«

»Nein, nein, sie sprach von Elementargeistern. Nicht wahr, Wera? Weißt du, ich komme nur darauf, weil Papa dich eine Undine nannte. Es war neulich, als du dazu kamst, wie ich Fouqués ›Undine‹ las.«

»Und da habe ich gerade gesagt, daß diese Undine eine ganz unhaltbare Figur ist und daß es solche Elementargeister gar nicht gibt.«

»Ja, aber andere«, behauptete Suse hartnäckig.

»Ach«, sagte Frau Rötelein »schelten Sie mir nicht die Undine, ich mag das Büchlein so gern.«

»Verzeihen Sie, Frau Geheimrat, ich will weiter nichts gegen das Buch sagen, obwohl es nicht mein Geschmack ist. Der Dichter mag meinetwegen auch solche Produkte des Volksaberglaubens beleben. Aber diese Art Romantik kann uns doch heute nicht genügen, wir leben nun einmal alle in einer ganz andern Naturauffassung, wir wissen zu viel von der Natur und den physischen Bedingungen des Menschen. Ich wiederhole, das Märchen braucht sich darum natürlich nicht zu kümmern. Wenn wir aber von Elementargeistern sprechen, an deren wirkliche Existenz wir glauben sollen – und ich will gar nicht leugnen, daß ich es tue –«

»Aha!«

»Ja, aber doch nicht an Sylphiden und Undinen, nicht an Wesen mit menschlichen Leibern, die im Wasser leben sollen, und so weiter. Solchen Koboldspuk gibt es nicht in der Natur. Und dann diese unmögliche Psychologie! Undine soll keine Seele haben! Was soll man sich darunter vorstellen? Das Wesen lebt und denkt und will und fühlt doch, es ist eine Bewußtseinseinheit, also muß es auch eine Seele haben, wenn man dem Worte überhaupt einen Sinn geben will. Meine Elementargeister haben selbst Seelen, aber sie haben keinen Menschenkörper. Sie sind mehr oder weniger einheitliche Naturformen, wenngleich anders organisiert als unser Nervensystem. Aber dadurch bedeuten ihre Veränderungen auch für sie ein bewußtes Erlebnis. In diesem Sinne rede ich von Elementargeistern als von einem Bewußtsein der Existenz bei elementaren Gewalten. Und da sollte auch der Dichter einsetzen. Da könnte er die Natur, die wir in Erkenntnis und Technik entgöttern müssen, wieder im Gefühle lebendig machen.«

»Nun«, sagte Rötelein, »wenn Undine behauptet, sie hätte keine Seele, so müssen Sie ihr diesen Verstoß gegen die psychologische Terminologie nicht so übel nehmen. Sie hatte doch keine Reifeprüfung abgelegt. Sie versteht eben unter Seele nur das, was sie eine unsterbliche Seele nennt, und was sie bei den Menschen gewinnen will.«

»Und was ist das für eine Seele? Wie zeigt sich das? Daß sie recht mitfühlsam und zärtlich und geduldig und gehorsam ist, so recht unterwürfig fügsam und so recht langweilig – dazu lohnt es sich ein Mensch zu werden mit einer unsterblichen Seele? Diese ganze mittelalterlich-kirchliche Auffassung vom Seelenleben kann mich nicht interessieren.«

»Sie können doch«, erwiderte Rötelein, »vom Dichter nicht mehr verlangen, als der Zeit entspricht, in die er sein Märchen verlegt. Wenn Ihnen aber die Auffassung dieser konventionellen Ritterzeit nicht zusagt, so hindert Sie nichts, sich diese sogenannte unsterbliche Seele als das zu deuten, was wir uns heute darunter denken. Ich meine als das, was das Menschenbewußtsein über alle Natur hinaushebt, jene zeitlose Bestimmung, ein Selbstzweck zu sein, eine sittliche Idee zu vertreten.«

»Eine Persönlichkeit also«, sagte Wera nach kurzem Schweigen. Sie nickte langsam mit dem Kopfe und fuhr dann fort: »Das läßt sich hören. Ein Wesen, das sich selbst bestimmt, das sich seiner Selbstbestimmung und Verantwortung bewußt wird. Das wäre freilich eine herrliche Aufgabe für einen Elementargeist, eine höhere Stufe, die zu erreichen ich ihm gönnen möchte.«

»Na, Schatz«, sagte Sohm lachend, »werde nur nicht gar zu feierlich. Ich bekomme schon Angst. Bei der nächsten Analyse redet am Ende das Quellwasser aus deiner Flasche: Erlauben Sie mal, was destillieren Sie mich da? Ich bin eine freie Persönlichkeit und wünsche meinen Selbstzweck in flüssigem Zustande zu erfüllen.«

»Das brauchst du gar nicht zu befürchten«, antwortete Wera ernsthaft. »Als Wasser oder Dampf bleiben die Elemente eben Elementargeister; wenn sie Persönlichkeiten werden sollen, müßten sie erst einen Menschenleib erwerben.«

»Aber ich bitte Sie«, sagte Rötelein, »was wir am

Menschen seine Persönlichkeit nennen, kommt doch nicht den Elementen zu, die seinen Leib zusammensetzen, sondern das ist die Bestimmung, um derentwillen dieser Leib eine Einheit bildet.«

»Ja«, verteidigte sich Wera, »aber diese Einheit ist an die physische Einheit des Nervensystems gebunden und kann sich nur in dieser als Selbstbestimmung bewußt werden. Die Elemente erleben sich freilich selbst und mögen dabei in ihrer Art Gefühle und Vorstellungen haben, die nur der Märchendichter in unsre Sprache übersetzen kann. Sollen sie aber nicht bloß symbolisch, sondern in Wirklichkeit zum Verständnis des Menschenwesens kommen, so gehört dazu ein Zellenleib mit seinem Gehirn –«

»Aber Wera«, fiel Sohm ein, »nimm mir's nicht übel – man darf doch diese Phantasien nicht zu ernsthaft nehmen. Ich fürchte, du verlierst dich da in Spekulationen, die wir als Naturforscher besser beiseite lassen.«

Wera schwieg verstimmt.

»Stören Sie doch Ihr Fräulein Braut nicht«, sagte Rötelein heiter. »Sie wollen sicherlich nicht sagen, Fräulein Lentius, daß so ein Quantum Wasserdampf sich in unser Nervensystem schleichen und an unserm Bewußtsein teilhaben könne, und sich dabei doch noch erinnern, daß es einmal eine Wolke gewesen sei? Vorausgesetzt, – was ich ja für meine Person nicht zugebe – daß diese Naturgebilde überhaupt ein Bewußtsein besitzen.«

»Verzeihen Sie, Herr Geheimrat«, entgegnete Wera, »das will ich gerade sagen. Ich meine, daß so ein Elementargeist unter besondern Umständen wirklich einmal zur Vernunft gelangen könne, ohne seine Zugehörigkeit zum Reiche der Naturgewalten zu verlieren.«

»Um Himmelswillen, Wera!« rief Sohm entsetzt. »Da riskiert man schon eher, daß der Mensch seine Vernunft verliert!«

»Paul!«

»Schatz, sei nicht böse – aber aus deinen Worten kann man wirklich nicht entnehmen, daß du uns zum Besten haben willst.«

»Das will ich auch nicht. Ich spreche im Ernste – Paul, du brauchst kein so finsteres Gesicht zu machen. Denn sieh mal, das weißt du ja, daß wir im Ziele einig sind. Wir alle betrachten die Natur als ein Mittel, die unendlichen Zwecke der Vernunft mehr und mehr zu verwirklichen. Wir wollen die Natur unterwerfen, damit Kultur herrsche; wir wollen die Naturnotwendigkeit in den Dienst der Freiheit stellen. Nicht wahr?«

»Gewiß, Wera. Aber dazu brauchen wir deine Elementargeister nicht. Der Weg geht durch die Naturwissenschaft und Technik. Das einzige Mittel ist die Erkenntnis der Gesetze.«

»Siehst du, Paul«, sagte Wera und faßte seine Hand, »auch darin sind wir völlig einig. Aber nun kommt das, was du nicht leiden kannst – und da wage ich augenblicklich gar nicht mehr, es zu sagen.«

»Nun haben Sie mich aber neugierig gemacht«, mischte Rötelein sich ein. »Jetzt müssen Sie schon Farbe bekennen! Ich weiß nämlich nicht, wozu Sie noch Ihre biedern Elementargeister brauchen, wenn Sie das Recht der Naturwissenschaft voll anerkennen.«

»Wenn sie nun aber einmal da sind –«

Sohm machte eine ungeduldige Bewegung.

»Na, na«, sagte Rötelein gemütlich, »wir glauben ja freilich nicht daran. Vielleicht meine Frau manchmal so ein bißchen, wenn's gerade paßt. Aber wir können ja einmal ganz hypothetisch sprechen. Angenommen, es gäbe solche geheimnisvolle Naturseelen – was wollen Sie damit erreichen?«

»Eine Abkürzung des Weges zur Kultur.«

Röteleins sahen sich erstaunt an. Sohm wußte, worauf Wera hinauswollte. Er spottete:

»Abrichten will sie Wera zu wissenschaftlichen Haustierchen, Kultureseln!«

»Nenn's, wie du willst«, erwiderte Wera heftig. »Ich sage, warum soll das Wissen um die großen Ziele der Kultur allein im Menschen lebendig sein, warum sollen nicht auch Geister andrer Art daran teilnehmen und die Arbeit fördern lernen?«

»Aber, liebes Fräulein«, entgegnete Rötelein ernsthafter, »das ist eigentlich gar nichts so Neues, sondern nur ein modernisierter Ausdruck für einen längst überwundenen Standpunkt aus der Kinderzeit der Naturforschung. Das geht in die Zeit vor Paracelsus zurück, etwa in die Magie des Agrippa von Nettesheim. Und alles, was wir errungen haben, verdanken wir den Männern des 16. und 17. Jahrhunderts, die uns gezeigt haben, daß die Erkenntnis nur von außen ansetzen kann und sich mit psychologischen Träumen nicht abgeben darf. Sie werden uns doch nicht um vier Jahrhunderte in der Kulturgeschichte zurückschrauben wollen.«

»Nein, Herr Geheimrat. Damals wäre meine heutige Idee nur ein Traum gewesen wie der der Magie. Damals wagte man sich an das Beginnen, ohne eine Ahnung, wie es durchzuführen sei. Aber ganz ebenso unfruchtbar tastete man damals auf experimentellem Wege. Man setzte vertrauensvoll einen Blumentopf auf die Waage, um die Nahrungsaufnahme der Pflanze zu beobachten, ohne zu wissen, daß die damaligen Mittel der Messung in keiner Weise für die erforderliche Präzision ausreichen konnten. Man wußte überhaupt nicht, was man messen sollte; und wenn man imstande gewesen wäre, die Elementargeister in Dienst zu nehmen, man hätte nicht gewußt, was man ihnen auftragen sollte. Aber heute wissen wir Bescheid und können ein Erkenntnismittel zu Hilfe nehmen, das damals unbrauchbar war. Heute haben wir die experimentelle und mathematische Naturwissenschaft und laufen nicht mehr Gefahr, der Mystik in die Arme zu fallen. Wir können uns aber neue Hilfsarbeiter für die Erkenntnis heranziehen.«

»Nun sagen Sie mir bloß, verehrtestes Fräulein, wie Sie das machen wollen?«

»Nun, beschwören lassen sie sich nicht, weder von Faust noch von sonst jemand. Auch als Intelligenzen sind sie nicht über-, sondern untermenschlich. Daß man Kommendes vorausberechnen kann, verstehen sie nicht. Aber sie sind individuelle, bewußte Wesen und vermögen dabei rein physisch vieles, was der Mensch nicht leisten kann. Wenn ihnen nun der Mensch einen direkten Auftrag gäbe, z. B. einer Luftströmung, ihren Weg über unzugängliche Landstrecken zu beschreiben –«

Jetzt brach Rötelein in ein herzliches Lachen aus. Sohm hatte, um sich durch seinen Unwillen nicht zu einer unfreundlichen Unterbrechung hinreißen zu lassen, seinen Platz verändert. Jetzt trat er wieder hinzu.

Rötelein rief lustig:

»Sie sind wirklich kostbar, Fräulein Lentius! Jetzt möchte ich bloß noch wissen, in welcher Sprache Sie den Wind befragen wollen.«

Wera erhob sich und sagte trocken: »Dazu brauche ich natürlich einen Dolmetscher. Das wird eben der Elementargeist sein, der ein Mensch geworden ist. Und der wird sich finden.«

Rötelein lachte noch immer.

Sohm bezwang sich und ergriff Weras Hände.

»Weißt du, Schatz«, sagte er, »bis dahin wollen wir doch lieber Frieden schließen, denn so lange kann ich unmöglich mit dir schmollen, obwohl du uns gründlich zum Besten gehabt hast. Und ich fürchte, wir werden auch hier nicht auf deinen Dolmetscher warten können, denn es ist ziemlich spät geworden.«

Wera stand stumm. Sie hatte sich zu weit hinreißen

lassen – und dennoch, sie mußte doch einmal die Menschen zu überzeugen suchen – –

»Nein, nein«, rief Frau Rötelein. »So dürfen Sie noch nicht gehen. Auf Ihre Geister lassen Sie uns noch ein menschliches Gläschen trinken. Wir sind ja ganz von unsrer Undine abgekommen.«

Suse streichelte der Freundin die Hand. Wera zwang sich zu einem Lächeln. Sie sah ein, daß es vergeblich war, von dem zu sprechen, was sie im Innersten bewegte.

»Ach«, sagte sie, indem sie sich wieder setzte, »ich wünschte, wir wären gar nicht auf diese unglückliche Wassertante geraten.«

»O, im Gegenteil«, rief Rötelein, indem er Wera sein Glas entgegenhielt, »ich möchte Ihre köstlichen Fingerzeige nicht vermissen. Es wäre doch nett, wenn heutzutage so ein Elementargeist der Undine nachahmte, um, falls nicht zu einer unsterblichen Seele, so doch zu einem Menschenhirn zu kommen.«

»Nun laß einmal unsre Wera zufrieden«, sagte Frau Rötelein, indem sie Wera zärtlich die Wange klopfte. »Wenn jetzt eine Undine käme, würdest du sie doch nicht als Elementargeist anerkennen, und einen Ritter können wir ihr auch nicht zum Gemahl verschaffen.«

»Na, heutzutage«, scherzte Rötelein weiter, »würde ihr der Ritter auch nichts nutzen; es müßte mindestens ein Professor sein. Sie soll ja wissenschaftliche Erkenntnis gewinnen. Am besten wäre ein Geologe. Aber freilich, unsrer ist schon vergeben.«

»Wenn Sie mich meinen«, sagte Sohm jetzt ebenfalls heiter, »ich habe Gott sei Dank mein Elementargeistchen; um des Gehirns willen braucht das nicht zu heiraten.«

Er drückte Weras Hand und sah sie zärtlich an. Wera erwiderte den Druck mechanisch. Es durchzuckte sie ein Gedanke, der sie im Augenblick alles vergessen ließ. Mit

Gewalt versetzte sie sich wieder in ihre Umgebung. Und halblaut sagte sie vor sich hin:

»Es ist ja doch Unsinn.«

»Das Heiraten?« neckte sie Frau Rötelein, die ihre Worte verstanden hatte.

»Ja, von der Undine, meine ich.«

»Ach so!« sagte Sohm lachend.

»Wie soll sie dadurch zu einer Seele kommen? Das könnten doch höchstens –« Wera brach ab.

»Ihre Nachkommen, meinen Sie?« rief Rötelein. »Das sollte ich auch meinen. Der Romantiker hat natürlich an irgend eine mystische Einwirkung durch die Ehe gedacht.«

»Da will ich doch einmal den Dichter in Schutz nehmen«, mischte sich die Hausfrau ein. »Mann und Frau leben sich eben ineinander ein. Manchmal kann es ziemlich lange dauern. Aber nach und nach stellt sich durch die Gewohnheit eine Übereinstimmung des ganzen Seelenlebens ein, und eine solche Anpassung ist sicherer als eine Vererbung. Man lernt sich verstehen.«

»Und Sie glauben«, fragte Wera etwas zögernd, »daß sich in der Ehe manche Fähigkeit, ich will sagen, ein Verständnis für gewisse Tiefen des menschlichen Bewußtseins erst ausbildet, das nur durch solche Verbindung zu gewinnen ist?«

»Ganz sicher.«

»Es ist ein zu kompliziertes Ding, so ein Menschenhirn. Schlimmer als alle Schluchten des Hochgebirgs. Man denkt, man hat in jedes Winkelchen geguckt, und dann gibt's immer noch Windungen, wo man doch nicht hineinschlüpfen kann.«

Sie erhob sich und reichte Rötelein die Hand.

»Ja, Schatz«, sagte Sohm, »wir wollen gehen. Du bist heute dunkel wie unser Heimweg.«

*

Und der Heimweg war nicht nur dunkel, er war auch schweigsam. Arm in Arm schritten sie dahin und wechselten doch nur wenige Worte. Beide waren mit ihren Gedanken beschäftigt.

Sohm war unzufrieden mit Weras lebhaften Auseinandersetzungen. Ihn ängstigte die eingehende Hingabe Weras an diese Vorstellungen, die sie sichtlich zu einer ganzen Theorie ausgesponnen hatte. Er wollte es vermeiden, darauf zurückzukommen.

Wera rang innerlich schwer mit ihrer Aspiraseele. Sie fühlte, daß sie binnen kurzem eine Entscheidung treffen müsse. Aber wie?

So waren sie bis an Weras Haustür gelangt.

Sohm öffnete und neigte sich dann zu Wera zu einem Abschiedskusse.

Da schlang sie plötzlich beide Arme um seinen Hals und küßte ihn heiß und leidenschaftlich wie noch nie seit ihrer Rückkehr aus dem Gebirge.

Sie lehnte das Haupt an seine Wange und schluchzte: »Sei nicht traurig, Geliebter, behalte mich lieb!«

Noch ein inniger Kuß, und sie war im Hause verschwunden.

Undine

Mit dem Jahr wächst das Schilf
und die bräunlichen Kolben
brechen wollig auf.

Der Fischer, der morgens
durchs Wasser watet,
schiebt den teerigen Kahn
an meiner Schulter vorbei.

Eine Legende bin ich,
ein Wasser grau bewegt,
in dem die Reusen
und Blätter schwimmen.

In Wurzelkörben
unterwaschener Weiden
schwankt mit dem Laich
der Fische mein Schmuck,
vom Maul der Hechte bewacht.

Wenn die Libellen
im Sommer das Licht vergittern,
das unbewegliche Licht
von Rohr und Wasser,
lieg ich im Kerker des Sees.

Die Rohrdommel steht,
ein Weidenpfahl,
im sickernden Grün der Algen.
Und hinter Nebelwolken der Mond,
eine graue Hornissenwabe.

Nymphe, Jüngling und Satyr

»Ich beschreibe Ihnen also, weil Sie es verlangen, Ihr eigen Werk«, hub der alte Herr, sich niedersetzend, an, »aber kurz, und korrigieren Sie mich gleich, wenn ich wo fehle. – Das ausgeführte Ölgemälde zeigt uns, wie einer Wassernymphe ein schöner Knabe auf dem Kahn von einem Satyr zugeführt wird. Jene bildet neben einigen Meerfelsen linker Hand die vorderste Figur. Sie drückt sich, vorgeneigt und bis an die Hüften im Wasser, fest an den Rand des Nachens, indem sie mit erhobenen Armen den reizenden Gegenstand ihrer Wünsche zu empfangen sucht. Der schlanke Knabe beugt sich angstvoll zurück und streckt, doch unwillkürlich, einen Arm entgegen; hauptsächlich mag es der Zauber ihrer Stimme sein, was ihn unwiderstehlich anzieht, denn ihr freundlicher Mund ist halb geöffnet und stimmt rührend zu dem Verlangen des warmen Blicks. Hier erkannte ich Ihren Pinsel, Ihr Kolorit, Ihren unnachahmlichen Hauch, o Tillsen, hier rief ich Ihren Namen aus. Das Gesicht der Nymphe ist fast nur Profil, der schiefe Rücken und eine Brust ist sichtbar; unvergleichlich das nasse, blonde Haar. Bei der Senkung einer Welle zeigt sich wenig der Ansatz des geschuppten Fischkörpers, in der Nähe schlägt der tierische Schwanz aus dem grünen Wasser, aber man vergißt das Ungeheuer über der Schönheit des menschlichen Teils und der Knabe vergeht in dem Liebreiz dieses Angesichts; er versäumt das leichte, nur noch über die Schulter geschlungene Tuch, das der Wind als schmalen Streif in die Höhe flattern läßt. Eine Figur von großer Bedeutung ist der Satyr als Zuschauer. Die muskulose Figur steht, auf das Ruder gelehnt, etwas seitwärts im

Schiffe und überragt, obgleich nicht ganz aufrecht, die übrigen. Eine stumme Leidenschaft spricht aus seinen Zügen, denn obgleich er der Nymphe durch den Raub und die Herbeischaffung des herrlichen Lieblings einen Dienst erweisen wollte, so straft ihn jetzt seine heftige Liebe zu ihr mit unverhoffter Eifersucht. Er möchte sich lieber mit Wut von dieser Szene abkehren, allein er zwingt sich zu ruhiger Betrachtung, er sucht einen bittern Genuß darin. Das Ganze rundet sich vortrefflich ab und mit Klugheit wußte der Maler das eine leere Ende des Nachens rechter Hand hinter hohe Seegewächse zu verstecken. Übrigens ist vollkommene Meeraussicht und man befindet sich mit den Personen einsam und ziemlich unheimlich auf dem hülflosen Bereiche.«

Der Fischer und seine Seele

Jeden Abend fuhr der junge Fischer hinaus auf das Meer und warf seine Netze ins Wasser.

Wenn der Wind vom Land her wehte, fing er nichts oder nur wenig, denn es war ein bitterer Wind mit schwarzen Schwingen, und schwere Wellen bäumten sich ihm entgegen. Doch wenn der Wind zur Küste hin wehte, kamen die Fische aus der Tiefe herauf und schwammen in die Maschen seiner Netze, und er trug sie zum Markt und verkaufte sie.

Jeden Abend fuhr er hinaus auf das Meer, und eines Abends war das Netz so schwer, daß er es kaum ins Boot ziehen konnte. Und er lachte und sprach bei sich selber: »Sicherlich habe ich alle Fische gefangen, die schwimmen oder eines der trägen Ungeheuer, über die die Leute sich wundern werden, oder sonst einen Gegenstand des Grauens, wonach die große Königin verlangen wird«, und er nahm alle Kraft zusammen und zog an den groben Tauen, bis die langen Adern an seinen Armen hervortraten wie Linien von blauem Email auf einem Bronzegefäß. Er zog an den dünnen Tauen, und näher und näher kam der Ring aus flachen Korken, und endlich stieg das Netz an die Oberfläche des Wassers.

Aber kein Fisch war darin, auch kein Ungeheuer noch ein Gegenstand des Grauens, sondern nur eine kleine Meerjungfer, die fest schlief. Ihr Haar war wie ein feuchtes Vlies aus Gold, und jedes einzelne Haar wie ein

Faden aus lauterem Gold in einer gläsernen Schale. Ihr Leib war wie weißes Elfenbein, ihr Schwanz aus Silber und Perlmutt. Aus Silber und Perlmutt war ihr Schwanz, und grüner Seetang schlang sich darum; und wie Seemuscheln waren ihre Ohren und ihre Lippen wie Meerkorallen. Die kalten Wogen schlugen über ihre kalten Brüste, und das Salz glitzerte auf ihren Augenlidern.

So schön war sie, daß der junge Fischer bei ihrem Anblick von Staunen erfüllt wurde, und er streckte seine Hand aus und zog das Netz nahe zu sich heran, lehnte sich über den Bootsrand und umfaßte sie mit seinen Armen. Und als er sie berührte, stieß sie einen Schrei aus wie eine aufgescheuchte Möwe, erwachte und blickte ihn mit ihren malven- und amethystfarbenen Augen voll Entsetzen an und wand sich, um ihm zu entkommen. Er aber drückte sie fest an sich und wollte sie nicht von sich lassen.

Und da sie merkte, daß sie ihm auf keine Art entfliehen konnte, fing sie an zu weinen und sprach: »Ich bitte dich, laß mich gehen, denn ich bin eines Königs einzige Tochter, und mein Vater ist alt und einsam.«

Aber der junge Fischer antwortete: »Ich lasse dich nicht gehen, es sei denn, du gibst mir das Versprechen, daß du kommst, wann immer ich dich rufe, und für mich singst, denn die Fische lauschen gern dem Gesang des Meervolks, und so werden meine Netze sich füllen.«

»Wirst du mich wahrhaftig gehen lassen, wenn ich dir das verspreche?« rief die Meerjungfer.

»Ich werde dich wahrhaftig gehen lassen«, sagte der junge Fischer. So gab sie ihm das Versprechen, das er verlangte, und beschwor es mit dem Eid des Meervolks. Und er löste seine Arme von ihrem Leib, und sie sank nieder ins Wasser und erzitterte in fremdartiger Furcht.

Jeden Abend fuhr der junge Fischer hinaus auf das Meer und rief nach der Meerjungfer, und sie stieg aus

dem Wasser und sang für ihn. Rund um sie herum schwammen die Delphine, und die wilden Möwen kreisten über ihrem Kopf.

Und sie sang ein herrliches Lied. Denn sie sang vom Meervolk, das seine Herden von Höhle zu Höhle treibt und die kleinen Kälber auf der Schulter trägt; von den Tritonen mit langen, grünen Bärten und einer behaarten Brust, die in gewundene Muschelhörner blasen, wenn der König vorbeizieht; vom Palast des Königs, der ganz aus Bernstein ist, mit einem Dach aus klarem Smaragd und einem Boden aus strahlenden Perlen; und von den Gärten der See, wo die großen Filigranfächer der Korallen den ganzen Tag auf und nieder wallen und die Fische umherflitzen gleich silbernen Vögeln und die Anemonen sich an die Felsen schmiegen und in geribbtem, gelbem Sand die Nelken knospen. Sie sang von den Sirenen, die von so herrlichen Dingen sagen, daß die Kaufleute ihre Ohren mit Wachs verstopfen müssen, damit sie sie nicht hören und ins Wasser springen und ertrinken; von den versunkenen Galeeren mit ihren hohen Masten, und den erfrorenen Matrosen, die sich ans Takelwerk klammern, und den Makrelen, die durch die offenen Bullaugen aus und ein schwimmen; von den kleinen Entenmuscheln, die große Reisen machen, sich an die Kiele der Schiffe heften und rund um die weite Welt fahren; und von den Tintenfischen, die an den Rändern der Klippen leben und ihre langen schwarzen Arme ausstrecken und Nacht machen können, wann sie wollen. Sie sang vom Nautilus, der ein eigenes Boot hat, aus einem Opal geschnitzt und gesteuert mit einem seidenen Segel; von den glücklichen Meermännern, die auf der Harfe spielen und den großen Kraken in Schlaf zaubern können; von den kleinen Kindern, die die glitschigen Meerschweinchen einfangen und lachend auf ihren Rücken reiten; von den Meerjungfrauen, die im weißen Gischt liegen und ihre

Arme ausstrecken nach den Matrosen; und von den Seelöwen mit ihren krummen Fangzähnen und von den Seepferden mit ihren dahintreibenden Mähnen.

Und wie sie so sang, kamen alle die Thunfische aus der Tiefe herauf, um ihr zu lauschen, und der junge Fischer warf seine Netze um sie und fing sie, und andere erlegte er mit dem Speer. Und wenn sein Boot wohlgeladen war, sank die Meerjungfer hinab ins Meer und lächelte ihm zu.

Niemals jedoch kam sie ihm so nahe, daß er sie hätte berühren können. Oft rief er sie und flehte sie an, aber sie kam nicht; und wenn er sie zu fassen suchte, tauchte sie wie eine Robbe ins Wasser und ließ sich den ganzen Tag nicht mehr sehen. Und jeden Tag wurde der Klang ihrer Stimme seinen Ohren süßer. So süß war ihre Stimme, daß er seiner Netze und seiner List vergaß und sich nicht kümmerte um sein Handwerk. Mit zinnoberroten Flossen und Augen aus gebuckeltem Gold schwammen die Thunfische in Scharen vorbei, er aber beachtete sie nicht. Müßig lag der Speer an seiner Seite, und seine Körbe aus Weidengeflecht blieben leer. Mit offenem Mund und vor Staunen dunklen Augen saß er reglos in seinem Boot und lauschte und lauschte, bis die Seenebel um ihn krochen und der wandernde Mond seine braunen Glieder silbern färbte.

Und eines Abends rief er sie und sprach: »Kleine Meerjungfer, kleine Meerjungfer, ich liebe dich. Nimm mich zu deinem Bräutigam, denn ich liebe dich.«

Aber die Meerjungfer schüttelte den Kopf. »Du hast eine menschliche Seele«, antwortete sie. »Wenn du nur deine Seele fortsenden wolltest, dann könnte ich dich lieben.«

Und der junge Fischer sprach bei sich selber: »Was nützt mir meine Seele? Ich kann sie nicht sehen. Ich kann sie nicht berühren. Ich kenne sie nicht. Wahrlich, ich will sie von mir senden, und große Freude wird meiner warten.« Und ein Freudenruf brach von seinen Lippen, er stand auf in dem bunten Boot und streckte seine Arme aus nach der Meerjungfer. »Ich will meine Seele fortsenden«, rief er, »und du sollst meine Braut sein und ich dein Bräutigam, und in den Tiefen des Meeres werden wir zusammen wohnen, und alles, wovon du gesungen hast, sollst du mir zeigen, und alles, was du begehrst, will ich tun, und nichts soll unsere Leben trennen.«

Und die kleine Nixe lachte vor Vergnügen und barg das Gesicht in ihren Händen.

»Aber wie soll ich meine Seele von mir senden?« rief der junge Fischer. »Sag mir, wie ich es tun kann, und siehe! es wird geschehen.«

»Ach! Ich weiß es nicht«, sprach die kleine Meerjungfer. »Das Meervolk hat keine Seelen.« Und sie sank hinab in die Tiefe und blickte ihn sehnsuchtsvoll an.

Früh am nächsten Morgen, bevor die Sonne die Spanne einer Manneshand hoch über dem Hügel stand, ging der junge Fischer zum Haus des Priesters und klopfte dreimal an die Tür.

Der Novize schaute durchs Guckloch heraus, und als er sah, wer es war, schob er den Riegel zurück und sprach: »Tritt ein.« Und der junge Fischer trat ein und kniete auf den süßduftenden Binsen des Bodens nieder und rief den Priester an, der aus der Heiligen Schrift las, und sprach zu ihm: »Vater, ich liebe eine aus dem Meervolk, und meine Seele hindert mich, nach meiner Lust zu tun. Sag mir, wie ich meine Seele von mir sende, denn fürwahr, ich bedarf ihrer nicht. Welchen Wert hat meine Seele für mich? Ich kann sie nicht sehen. Ich kann sie nicht berühren. Ich kenne sie nicht.«

Und der Priester schlug sich die Brust und antwortete: »Wehe, wehe, dein Geist ist irr, oder du hast von giftigen Kräutern gegessen; denn die Seele ist des Menschen edelster Teil, uns von Gott gegeben, auf daß wir uns ihrer in edler Weise bedienen. Kein kostbarer Ding ist als eine menschliche Seele, nichts Irdisches kann sie aufwiegen. Alles Gold ist sie wert, das in der Welt ist, wertvoller ist sie als die Rubine der Könige. Deshalb, mein Sohn, denk nicht weiter daran, denn dies ist eine Sünde, die nicht vergeben wird. Und was das Meervolk anlangt, so sind sie alle verloren, und verloren ist, wer Umgang pflegt mit ihnen. Sie sind wie die Tiere des Feldes, die nicht das Gute vom Üblen scheiden, und für sie ist der Herr nicht gestorben.«

Als er die bitteren Worte des Priesters hörte, füllten die Augen des jungen Fischers sich mit Tränen, und er erhob sich von den Knien und sprach zu ihm: »Vater, die Faune leben im Wald und sind froh, und auf den Klippen sitzen die Meermänner mit ihren Harfen aus rotem Gold. Laß mich sein wie sie, ich flehe dich an, denn ihre Tage sind wie die Tage der Blumen. Und meine Seele, was nützt sie mir, wenn sie zwischen mir steht und dem, was ich liebe?«

»Nichtswürdig ist die Liebe des Leibes«, rief der Priester und zog die Brauen zusammen, »und verächtlich und böse sind die heidnischen Wesen, die Gott durch Seine Welt wandern läßt. Fluch über die Faune des Waldes, und Fluch über die Sänger des Meeres! Zur Nachtzeit habe ich sie gehört, und sie haben mich von meinem Rosenkranz wegzulocken gesucht. Sie klopfen ans Fenster und lachen. Ins Ohr raunen sie mir die Mär ihrer verderblichen Wonnen. Sie versuchen mich mit Versuchungen, und wenn ich bete, schneiden sie mir Fratzen. Verloren sind sie, sage ich dir, sie sind verloren. Für sie gibt es weder Himmel noch Hölle, und weder da noch dort sollen sie den Namen Gottes preisen.«

»Vater«, rief der junge Fischer, »du weißt nicht, was du sagst. Einmal fing ich eine Königstochter in meinem

Netz. Sie ist schöner als der Morgenstern und weißer als der Mond. Für ihren Leib will ich meine Seele hingeben, und für ihre Liebe den Himmel abtreten. Sage mir, worum ich dich bitte, und laß mich in Frieden ziehen.«

»Hinweg! Hinweg!« schrie der Priester. »Deine Buhle ist verloren, und du sollst mit ihr verloren sein.« Und er gab ihm keinen Segen, sondern jagte ihn von seiner Tür.

Und der junge Fischer ging hinunter auf den Marktplatz und er ging langsam, mit gebeugtem Kopf, wie jemand, der ein Leid trägt. Und als die Kaufleute ihn kommen sahen, begannen sie, miteinander zu tuscheln, und einer von ihnen ging ihm entgegen und rief ihn beim Namen und sprach zu ihm: »Was hast du zu verkaufen?«

»Ich will dir meine Seele verkaufen«, antwortete er. »Ich bitte dich, kauf sie mir ab, denn ich bin ihrer müde. Was nützt mir meine Seele? Ich kann sie nicht sehen. Ich kann sie nicht berühren. Ich kenne sie nicht.«

Aber die Kaufleute verhöhnten ihn und sprachen: »Was nützt denn uns eines Menschen Seele? Keine gekippte Silbermünze ist sie wert. Verkaufe uns deinen Leib als Sklave, und wir wollen dich in Seepurpur kleiden und einen Ring an deinen Finger stecken und dich zum Liebling der großen Königin machen. Aber rede uns nicht von der Seele, denn uns ist sie ein Nichts, noch besitzt sie Wert für unser Geschäft.«

Und der junge Fischer sprach bei sich selber: »Wie seltsam! Der Priester sagt, die Seele sei alles Gold der Welt wert, und die Kaufleute sagen, sie sei weniger wert als eine gekippte Silbermünze.« Und er verließ den Marktplatz und ging hinunter ans Gestade des Meeres und begann zu überlegen, was er tun sollte.

Und zu Mittag fiel ihm ein, wie einer seiner Gefährten, der ein Sammler von Meerfenchel gewesen, ihm von einer jungen Hexe erzählt hatte, die am Ende der Bucht in einer Höhle wohnte und in Hexenkünsten sehr beschlagen war. Und er machte sich auf und rannte, so begierig war er, seine Seele loszuwerden, und wie er rund um das Ufer der Bucht lief, folgte ihm eine Staubwolke. Am Jucken ihrer hohlen Hand erriet die junge Hexe, daß er kam, und sie lachte und löste ihr rotes Haar. Umwallt von ihrem roten Haar stand sie am Eingang der Höhle, und in der Hand hielt sie einen blühenden Zweig von wildem Schierling.

»Was brauchst? Was brauchst?« rief sie, als er keuchend den Abhang heraufkam und sich vor ihr neigte. »Fische für dein Netz, wenn der Wind flau ist? Ich habe eine kleine Rohrpfeife, und wenn ich darauf blase, kommen die Meeräschen in die Bucht gezogen. Aber sie hat ihren Preis, schöner Knabe, sie hat ihren Preis. Was brauchst? Was brauchst? Einen Sturm, der die Schiffe scheitern läßt und Kisten voll reicher Schätze ans Land spült? Ich habe mehr Stürme als der Wind, denn ich diene einem, der stärker ist als dieser, und mit einem Sieb und einem Eimer Wasser kann ich die großen Galeeren in den Meeresgrund schicken. Aber es hat seinen Preis, schöner Knabe, es hat seinen Preis. Was brauchst? Was brauchst? Ich weiß eine Blume, die blüht im Tal, keiner kennt sie, nur ich. Purpurne Blätter hat sie und einen Stern im Herzen, und ihr Saft ist weiß wie Milch. Berührtest du mit dieser Blume die harten Lippen der Königin, durch die ganze Welt würde sie dir folgen. Heraus aus dem Bett des Königs würde sie steigen, und durch die ganze Welt würde sie dir folgen. Und das hat seinen Preis, schöner Knabe, das hat seinen Preis. Was brauchst? Was brauchst? Ich kann eine Kröte im Mörser zerstampfen und Brühe daraus machen, und die Brühe rühren mit der Hand eines Toten. Sprenge sie auf deinen Feind, wenn er schläft, und er wird zu einer schwarzen Natter werden, und seine eigene Mutter wird ihn erschlagen. Mit einem Rad kann ich den Mond vom Himmel ziehen und in einem Kristall dir den Tod zeigen. Was brauchst? Was brauchst? Sag mir, was du begehrst, und ich will es dir geben, und du sollst mir einen Preis zahlen, schöner Knabe, sollst mir einen Preis zahlen.«

»Mein Wunsch geht nur nach einem kleinen Ding«, sagte der junge Fischer, »und doch hat der Priester mir gezürnt und mich fortgejagt. Es ist nur nach einem kleinen Ding, und doch haben die Kaufleute mich verhöhnt und mir's versagt. Deshalb komme ich zu dir, wenn auch die Menschen dich böse nennen, und was dein Preis auch sei, ich will ihn zahlen.«

»Was willst du?« fragte die Hexe und kam näher.

»Ich will meine Seele von mir senden«, antwortete der junge Fischer.

Die Hexe erbleichte und schauerte und verbarg ihr Gesicht in ihrem blauen Umhang. »Schöner Knabe, schöner Knabe«, murmelte sie, »furchtbar ist, was du tun willst.«

Er schüttelte seine braunen Locken und lachte. »Meine Seele achte ich für nichts«, erwiderte er. »Ich kann sie nicht sehen. Ich kann sie nicht berühren. Ich kenne sie nicht.«

»Was willst du mir geben, wenn ich es dir verrate?« fragte die Hexe und blickte mit ihren schönen Augen auf ihn nieder.

»Fünf Goldstücke«, versetzte er, »und meine Netze und das Haus aus Flechtwerk, in dem ich wohne, und das bunte Boot, mit dem ich aufs Meer fahre. Sag mir nur, wie ich meine Seele loswerde, und ich will dir alles geben, was ich besitze.«

Spöttisch lachte sie ihm ins Gesicht und schlug ihn mit dem Schierlingszweig. »Ich kann die Blätter des Herbstes in Gold verwandeln«, antwortete sie, »und ich kann die bleichen Mondstrahlen zu Silber weben, wenn ich es will. Er, dem ich diene, ist reicher als alle Könige dieser Welt, und er herrscht über ihre Länder.«

»Was sonst soll ich dir geben«, rief er, »wenn dein Preis nicht Gold noch Silber ist?«

Mit ihrer schmalen weißen Hand strich die Hexe ihm übers Haar. »Du mußt mit mir tanzen, schöner Knabe«, murmelte sie und lächelte ihm zu, während sie sprach.

»Nichts als das?« rief der junge Fischer verwundert aus und stand auf.

»Nichts als das«, antwortete sie und lächelte ihm wieder zu.

»Dann wollen wir bei Sonnenuntergang an einem geheimen Ort miteinander tanzen«, sagte er, »und wenn wir getanzt haben, sollst du mir sagen, was ich zu wissen begehre.«

Sie schüttelte den Kopf. »Wenn der Mond voll ist, wenn der Mond voll ist«, murmelte sie. Dann spähte sie um sich und horchte. Ein blauer Vogel erhob sich schreiend aus seinem Nest und kreiste über den Dünen, und drei gefleckte Vögel raschelten durch das harte, graue Gras und pfiffen einander zu. Sonst war kein Laut zu hören, außer dem Laut einer Woge, die sich unten an den glatten Kieselsteinen rieb. Da streckte sie ihre Hand aus und näherte sich ihm und brachte ihre trockenen Lippen nahe an sein Ohr.

»Heut nacht mußt du kommen, zum Gipfel des Berges«, flüsterte sie. »Sabbath ist, und Er wird dort sein.«

Der junge Fischer fuhr zusammen und sah sie an, und sie zeigte ihre weißen Zähne und lachte. »Wer ist Er, von dem du sprichst?« fragte er.

»Was liegt daran?« antwortete sie. »Komm du heut nacht und steh unter den Ästen der Hainbuche und warte, bis ich komme. Wenn ein schwarzer Hund auf dich zuläuft, schlag ihn mit einer Weidenrute, und er wird von dir ablassen. Wenn eine Eule dich anruft, gib ihr keine Antwort. Wenn der Mond voll ist, bin ich bei dir, und auf dem Gras wollen wir miteinander tanzen.«

»Aber schwörst du, mir zu sagen, wie ich meine Seele von mir senden kann?« drang er in sie.

Sie trat hinaus ins Sonnenlicht, und der Wind schlängelte sich durch ihr rotes Haar. »Bei den Hufen des Geißbocks, ich schwöre es«, gab sie zur Antwort.

»Du bist die beste der Hexen«, rief der junge Fischer, »und gewiß will ich heute nacht auf dem Gipfel des Berges mit dir tanzen. Ich wünschte zwar, du hättest Gold oder Silber von mir verlangt. Doch was dein Preis auch sei, du sollst ihn haben, denn es ist nur ein Kleines.« Und er zog seine Mütze vor ihr und neigte tief sein Haupt, und von großer Freude erfüllt lief er zurück in die Stadt.

Und die Hexe sah ihm nach, wie er ging, und als er ihr aus den Augen war, trat sie in ihre Höhle; und sie nahm aus einer Lade von geschnitzter Zeder einen Spiegel und stellte ihn auf einen Balken, und auf glühenden Holzkohlen verbrannte sie davor Eisenkraut und spähte durch das Gekringel des Rauchs. Und nach einer Weile ballte sie die Hände im Zorn. »Mein hätte er werden müssen«, murmelte sie heiser. »Ich bin so schön wie sie.«

Und diesen Abend, als der Mond aufgegangen war, stieg der junge Fischer hinauf zum Gipfel des Berges und stellte sich unter die Äste der Hainbuche. Wie ein Schild von blankem Metall lag das Rund des Meeres zu seinen Füßen, und die Schatten der Fischerboote trieben in der kleinen Bucht. Eine große Eule mit gelben, schwefeligen Augen rief ihn beim Namen, aber er gab ihr keine Antwort. Ein schwarzer Hund lief auf ihn zu und knurrte. Er schlug ihn mit einer Weidenrute, und jaulend lief der Hund weg.

Um Mitternacht kamen wie Fledermäuse die Hexen durch die Luft geflogen. »Hui!« riefen sie, als sie auf die

Erde herabstießen, »hier ist einer, den wir nicht kennen!« Und sie schnüffelten umher und schwatzten miteinander und winkten einander zu. Als allerletzte kam die junge Hexe, und ihr rotes Haar flatterte im Wind. Sie trug ein Kleid aus Goldgewebe, mit Pfauenaugen bestickt, und eine kleine Mütze aus grünem Samt saß auf ihrem Kopf.

»Wo ist er, wo ist er?« kreischten die Hexen, als sie sie sahen, aber sie lachte nur und lief zur Hainbuche, nahm den Fischer an der Hand, führte ihn hinaus ins Mondlicht und begann zu tanzen.

Rundherum im Kreis wirbelten sie, und die junge Hexe sprang so hoch, daß er die scharlachroten Absätze ihrer Schuhe sehen konnte. Dann kam quer durch die Tanzenden das Geräusch eines galoppierenden Pferdes, aber kein Pferd war zu sehen, und er fürchtete sich.

»Schneller«, rief die Hexe, und sie warf ihre Arme um seinen Nacken, und ihr Atem war heiß auf seinem Gesicht. »Schneller, schneller!« rief sie, und die Erde schien sich unter seinen Füßen zu drehen, und sein Hirn trübte sich, und eine große Angst überfiel ihn, wie vor Bösem, das ihn belauerte, und endlich gewahrte er, daß unter dem Schatten eines Felsens eine Gestalt war, die zuvor nicht dort gewesen. Es war ein Mann, gekleidet in ein Gewand aus schwarzem Samt, nach spanischer Mode geschnitten. Sein Gesicht war seltsam bleich, aber seine Lippen waren wie eine stolze rote Blume. Er schien müde, lehnte sich zurück und tändelte achtlos mit dem Knauf seines Dolches. Im Gras neben ihm lagen ein Federhut und ein Paar Reithandschuhe, mit vergoldeten Schnüren besetzt und mit Staubperlen bestickt, die sich zu einem wunderlichen Muster fügten. Ein kurzer, mit Zobel gesäumter Umhang hing von seiner Schulter, und seine feinen weißen Hände waren mit Ringen besetzt. Schwere Lider senkten sich über seine Augen.

Der junge Fischer starrte ihn an, als bannte ihn ein Zauber. Endlich trafen ihre Augen einander, und wo er auch tanzte, stets war ihm, als folgten ihm die Augen des Mannes. Er hörte die Hexe lachen und griff sie um den Leib und wirbelte sie wie rasend um und um.

Plötzlich bellte ein Hund im Wald, und die Tänzer hielten inne und gingen in Paaren hin, knieten nieder und küßten des Mannes Hände. Als sie dies taten, berührte der Anflug eines Lächelns seine stolzen Lippen, wie eines Vogels Schwinge das Wasser berührt, daß es sich lachend kräuselt. Doch lag Verachtung darin. Noch immer war sein Blick auf den jungen Fischer gerichtet.

»Komm! Laß uns anbeten«, raunte die Hexe, und sie führte ihn hin, und eine große Begierde erfaßte ihn, zu tun, was sie verlangte, und er folgte ihr. Doch als er nahe heran war, schlug er, ohne zu wissen warum, auf seiner Brust das Zeichen des Kreuzes und sprach den heiligen Namen aus.

Kaum hatte er das getan, so kreischten die Hexen auf wie Falken und flogen hinweg, und das bleiche Gesicht, das ihn angeblickt, zuckte in einem Schmerzenskrampf. Der Mann schritt hinüber zu einem kleinen Gehölz und pfiff. Ein kleines spanisches Pferd mit silbernem Geschirr kam ihm entgegengetrabt. Als er sich in den Sattel schwang, wandte er sich um und blickte den jungen Fischer traurig an.

Und die Hexe mit den roten Haaren versuchte ebenfalls wegzufliegen, aber der Fischer packte sie bei den Handgelenken und hielt sie fest.

»Gib mich frei«, rief sie, »und laß mich gehen. Denn du hast ausgesprochen, was nicht ausgesprochen werden soll, und jenes Zeichen gezeigt, das nicht erblickt werden darf.«

»O nein«, erwiderte er, »ich lasse dich nicht gehen, du sagtest mir denn das Geheimnis.«

»Welches Geheimnis?« sagte die Hexe, rang mit ihm wie eine wilde Katze und biß sich auf die schaumgefleckten Lippen.

»Du weißt es«, gab er zur Antwort.

Ihre grasgrünen Augen wurden trüb vor Tränen, und sie sagte zum Fischer: »Verlange alles von mir, nur dies nicht.«

Er lachte und hielt sie nur um so fester.

Und als sie sah, daß sie sich nicht befreien konnte, flüsterte sie ihm zu: »Ich bin wohl auch so schön wie die Tochter der See und so anmutig wie sie, die in den blauen Wassern wohnen«, und schmeichelnd schmiegte sie sich an ihn und brachte ihr Gesicht dicht an das seine.

Er aber stieß sie finster zurück und sprach: »Wenn du nicht das Versprechen hältst, das du mir gegeben, will ich dich als eine falsche Hexe erschlagen.«

Sie wurde grau wie die Blüte des Judasbaumes und erschauerte. »Sei es denn«, murmelte sie. »Es ist deine Seele und nicht meine. Mach damit, was du willst.« Und sie zog aus ihrem Gürtel ein kleines Messer mit einem Griff aus grüner Natternhaut und gab es ihm.

»Wozu soll mir das dienen?« fragte er verwundert.

Eine kleine Weile schwieg sie, und ein Ausdruck des Entsetzens flog über ihr Gesicht. Dann strich sie ihr Haar aus der Stirn zurück, lächelte ihn seltsam an und sagte: »Was die Menschen den Schatten des Leibes nennen, ist nicht der Schatten des Leibes, sondern der Leib der Seele. Stelle dich ans Ufer des Meeres mit dem Rücken zum Mond und schneide rund um deine Füße deinen Schatten weg, der der Leib deiner Seele ist, und heiß deine Seele, dich zu verlassen, und sie wird es tun.«

Der junge Fischer zitterte. »Ist das wahr?« murmelte er.

»Es ist wahr, und ich wollte, ich hätte es dir nicht gesagt«, rief sie und umfaßte weinend seine Knie.

Er schob sie von sich und ließ sie im üppigen Gras, trat an des Gipfels Rand, steckte das Messer in seinen Gürtel und begann hinabzusteigen.

Und seine Seele, die in ihm war, rief heraus zu ihm und sprach: »Siehe! Alle diese Jahre habe ich bei dir gewohnt und war deine Dienerin. Sende mich jetzt nicht von dir; denn was habe ich dir Übles getan?«

Und der junge Fischer lachte. »Du hast mir nichts Übles getan, aber ich brauche dich nicht«, antwortete er. »Die Welt ist weit, und da sind der Himmel und auch die Hölle und jenes trübe, dämmrige Haus, das zwischen beiden liegt. Gehe, wohin du willst, aber belästige mich nicht, denn meine Liebste ruft nach mir.«

Und seine Seele beschwor ihn flehentlich, aber er achtete ihrer nicht, sondern sprang wie eine wilde Ziege mit sicherem Fuß von Klippe zu Klippe, und endlich erreichte er ebenen Grund und das gelbe Gestade des Meeres.

Mit bronzenen Gliedern und anmutiger Gestalt, gleich einer von den Griechen geformten Statue, stand er am Strand, den Rücken zum Mond gekehrt, und aus dem Gischt hoben sich weiße Arme, die ihm zuwinkten, und aus den Wogen erhoben sich Nebelgestalten, die ihm huldigten. Vor ihm lag sein Schatten, der der Leib seiner Seele war, und hinter ihm hing der Mond in der honigfarbenen Luft. Und seine Seele sprach zu ihm: »Wenn du mich denn wirklich von dir treiben mußt, so sende mich nicht ohne Herz fort. Die Welt ist grausam, gib mir dein Herz, daß ich es mitnehmen kann.«

Er schüttelte seinen Kopf und lächelte. »Womit sollte ich meine Liebste lieben, wenn ich dir mein Herz gäbe?« rief er.

»Ach, habe Erbarmen mit mir«, bat seine Seele. »Gib mir dein Herz, denn die Welt ist sehr grausam, und ich fürchte mich.«

»Mein Herz gehört meiner Liebsten«, antwortete er, »daher verweile nicht, sondern gehe mir aus den Augen.«

»Soll nicht auch ich lieben?« fragte seine Seele.

»Hebe dich hinweg, denn ich bedarf deiner nicht«, rief der junge Fischer, und er nahm das kleine Messer mit dem Griff aus grüner Natternhaut, und rings um seine Füße schnitt er seinen Schatten weg, und der Schatten erhob sich und stand vor ihm und blickte ihn an, und es war einer gerade so wie der andere.

Der Fischer wich zurück und stieß das Messer in seinen Gürtel, und ein Gefühl des Grauens überkam ihn. »Hebe dich hinweg«, murmelte er, »und laß mich dein Gesicht nicht mehr sehen.«

»Und doch müssen wir einander wiederbegegnen«, versetzte die Seele. Ihre Stimme war leise und flötengleich, und wenn sie sprach, bewegten sich kaum ihre Lippen.

»Wie sollten wir einander wiederbegegnen?« rief der junge Fischer. »Du willst mir doch nicht folgen in die Tiefen des Meeres?«

»Einmal im Jahr will ich an diesen Ort hier kommen und dich rufen«, erwiderte die Seele. »Vielleicht, daß du dann meiner bedarfst.«

»Wie sollte ich deiner bedürfen?« rief der junge Fischer. »Doch es sei, wie du willst«, und er tauchte hinab in die Flut, und die Tritonen stießen in ihre Hörner, und die kleine Meerjungfer kam herauf, ihm entgegen, und sie schlang ihre Arme um seinen Hals und küßte ihn auf den Mund.

Und die Seele stand am einsamen Strand und sah ihnen zu. Und als sie hinuntergesunken waren ins Meer, ging sie weinend über die Marschen davon.

Und als ein Jahr vorüber war, kam die Seele herab ans Gestade des Meeres und rief den jungen Fischer, und er stieg empor aus der Tiefe und sagte: »Weshalb rufst du mich?« Und die Seele antwortete: »Komm näher, auf daß ich mit dir rede, denn ich habe wunderbare Dinge gesehen.«

Da kam er näher und lagerte sich im seichten Wasser, stützte den Kopf in die Hand und lauschte.

Und die Seele sagte zu ihm: »Als ich dich verlassen hatte, wandte ich mein Antlitz nach Osten und wanderte. Aus dem Osten kommt alles, was weise ist. Sechs Tage wanderte ich, und am Morgen des siebenten Tages gelangte ich an einen Hügel, der im Land der Tataren liegt. Im Schatten eines Tamariskenbaumes setzte ich mich nieder, um Schutz vor der Sonne zu suchen. Das Land war dürr und ganz versengt von der Hitze. Menschen bewegten sich auf der Ebene hin und her wie Fliegen, die über eine blanke Kupferscheibe kriechen.

Zur Mittagsstunde erhob sich am flachen Horizont des Landes eine Wolke von rotem Staub. Als die Tataren sie gewahrten, spannten sie ihre bemalten Bogen, schwangen sich auf ihre kleinen Pferde und jagten ihr entgegen. Kreischend flohen die Weiber zu den Wagen und versteckten sich hinter Vorhängen aus Fellen.

In der Dämmerung kehrten die Tataren zurück, aber fünf von ihnen fehlten, und von denen, die zurückgekommen, waren nicht wenige verwundet. Sie schirrten ihre Pferde vor die Wagen und zogen eilig davon. Drei Schakale kamen aus einer Höhle und schauten ihnen nach. Dann witterten sie mit ihren Nüstern in die Luft und trotteten in die entgegengesetzte Richtung davon.

Als der Mond aufging, sah ich ein Lagerfeuer auf der Ebene brennen und ging darauf zu. Rund um das Feuer auf Teppichen saß eine Gesellschaft von Kaufleuten. Ihre Kamele waren hinter ihnen angepflockt, und die Neger, die ihre Diener waren, stellten Zelte aus gegerbten Häuten im Sand auf und errichteten einen hohen Wall aus Opuntien.

Als ich mich ihnen genähert hatte, erhob sich der Oberste der Händler, zog sein Schwert und fragte mich nach meinem Begehr.

Ich erwiderte, ich sei ein Fürst in meinem Land und den Tataren entflohen, die getrachtet hätten, mich zu ihrem Sklaven zu machen. Der Anführer lächelte und wies auf fünf Köpfe, die auf hohen Bambusstangen staken.

Dann fragte er mich, wer der Prophet Gottes sei, und ich antwortete: Mohammed.

Als er den Namen des falschen Propheten hörte, verneigte er sich, nahm mich bei der Hand und hieß mich an seiner Seite sitzen. Ein Neger brachte mir Stutenmilch in einer hölzernen Schale und ein Stück gebratenen Lammfleisches.

Bei Tagesanbruch machten wir uns auf die Reise. Ich ritt auf einem rothaarigen Kamel an der Seite des Anführers, und ein Läufer, der einen Speer trug, lief vor uns her. Links und rechts von uns schritten die Krieger, und die Maultiere folgten mit den Waren. Vierzig Kamele zählte ich, und die Maultiere waren zweimal vierzig an der Zahl.

Wir zogen vom Land der Tataren ins Land derer, die den Mond verfluchen. Auf den weißen Felsen sahen wir die Greife ihr Gold hüten und die schuppigen Drachen in ihren Höhlen schlafen. Wenn wir über die Gebirge stiegen, hielten wir den Atem an, daß der Schnee nicht auf uns fiele, und jeder von uns band sich einen Gazeschleier vor die Augen. Wenn wir durch die Täler kamen, schossen aus den Höhlungen der Bäume die Pygmäen mit Pfeilen nach uns, und zur Nachtzeit hörten wir die Wilden ihre Trommeln schlagen. Als wir zum Turm der Affen kamen, stellten wir Früchte vor sie hin, und sie taten uns kein Leid. Als wir zum Turm der Schlangen kamen, gaben wir ihnen warme Milch in Messingschalen, und sie ließen uns vorüberziehen. Dreimal auf unserer Reise stießen wir an die Ufer des Oxus. Wir überquerten ihn auf Flößen aus Holz und prallen Schwimmblasen aus Tierhäuten. Die Flußpferde wüteten gegen uns und wollten uns töten. Wenn die Kamele sie sahen, so zitterten sie.

Die Könige einer jeden Stadt erhoben Zoll von uns, verwehrten uns aber, durch ihre Tore zu schreiten. Sie warfen uns Brot über die Mauern, kleine, in Honig gebackene Maiskuchen, und Kuchen aus feinem Mehl, mit Datteln gefüllt. Für jedes Hundert Körbe gaben wir ihnen eine Bernsteinperle.

Wenn die Bewohner der Dörfer uns kommen sahen, vergifteten sie die Brunnen und flohen auf die Berggipfel. Wir kämpften gegen die Magadäer, die alt zur Welt kommen und jedes Jahr jünger und jünger werden und sterben, wenn sie kleine Kinder sind; und gegen die Laktroiten, die von sich sagen, sie wären die Söhne von Tigern, und sich selber gelb und schwarz bemalen; und gegen die Auranten, die ihre Toten in den Wipfeln der Bäume bestatten und selbst in dunklen Höhlen leben, auf daß die Sonne, die ihr Gott ist, sie nicht töte; und gegen die Krimnier, die ein Krokodil anbeten und ihm Ohrringe aus grünem Gras geben und es mit Butter und frischem Geflügel nähren; und gegen die Agazomben, die Hundsgesichtigen, und gegen die Silbaner, die Pferdefüße haben und schneller laufen als Pferde. Ein Dritteil unserer Schar fiel in der Schlacht, und ein Dritteil erlag dem Mangel. Die übrigen murrten gegen mich und sagten, ich hätte ihnen Unglück gebracht. Da griff ich unter einen Stein, holte eine Hornviper hervor und ließ mich von ihr stechen. Als sie sahen, daß ich davon nicht erkrankte, erschraken sie.

Im vierten Monat erreichten wir die Stadt Illel. Es war Nacht, als wir bei dem Hain anlangten, der außerhalb ihrer Mauern liegt, und die Luft war schwül, denn der Mond stand im Zeichen des Skorpions. Wir pflückten die reifen Granatäpfel von den Bäumen und brachen sie auf und tranken ihren süßen Saft. Dann legten wir uns nieder auf unsere Teppiche und warteten auf die Morgendämmerung.

Und in der Morgendämmerung erhoben wir uns und klopften ans Tor der Stadt. Es war aus roter Bronze geschmiedet und mit Seedrachen und Drachen, die Flügel haben, ziseliert. Die Wächter blickten von ihren Zinnen herab und fragten nach unserem Begehr. Der Dolmetscher der Karawane erwiderte, wir kämen mit viel Ware von der Insel Syrien.

Sie nahmen Geiseln und sagten, sie wollten zu Mittag das Tor für uns öffnen, und hießen uns bis dahin warten.

Als es Mittag war, öffneten sie das Tor, und als wir die Stadt betraten, kamen die Menschen in Scharen aus den Häusern, uns anzugaffen, und ein Ausrufer ging durch die ganze Stadt und rief durch eine Muschel. Wir standen auf dem Marktplatz, und die Neger schnürten die bunten Stoffballen auf und öffneten die geschnitzten Kästen aus Sykomorenholz. Und als sie damit geendet hatten, breiteten die Händler ihre seltenen Waren aus: gewachstes Linnen aus Ägypten, gefärbtes Linnen aus dem Land der Äthiopier, Purpurschwämme aus Tyrus und blaue Wandbehänge aus Sidon, Schalen aus kühlem Bernstein, feine Gefäße aus Glas und seltsame Gefäße aus gebranntem Ton. Vom Dach eines Hauses sah uns eine Schar von Frauen zu. Eine von ihnen trug eine Maske aus vergoldetem Leder.

Und am ersten Tag kamen die Priester und tauschten mit uns, und am zweiten Tag kamen die Vornehmen, und am dritten Tag kamen die Handwerker und die Sklaven. Und so ist es bei ihnen Brauch mit allen Kaufleuten, solange sie in ihrer Stadt weilen.

Und wir verweilten einen Mond lang, und als der Mond im Abnehmen war, wurde ich des Treibens müde und wanderte durch die Straßen der Stadt und gelangte zum Hain ihres Gottes. Schweigend wandelten die Priester in ihren gelben Gewändern dahin unter den grünen Bäumen, und auf einem Pflaster aus schwarzem Marmor erhob sich das rosenrote Haus, in dem der Gott seine Wohnung hatte. Seine Tore waren mit gestäubtem Lack bedeckt, und in erhabener Arbeit prangten darauf Stiere und Pfaue aus glänzendem Gold. Das Dach deckten Ziegel von meergrünem Porzellan, und die vorspringenden Traufen waren mit Glöckchen behangen. Wenn die weißen Tauben vorüberflogen, schlugen sie mit ihren Flügeln an die Glöckchen und ließen sie klingeln.

Vor dem Tempel war ein Teich von klarem Wasser, mit geädertem Onyx gepflastert. Ich legte mich daneben hin, und mit meinen bleichen Fingern berührte ich die breiten Blätter. Einer der Priester kam auf mich zu und blieb hinter mir stehen. An den Füßen hatte er Sandalen, eine aus weicher Schlangenhaut, die andere aus Vogelgefieder. Auf seinem Kopf trug er eine Mitra aus schwarzem Filz, geschmückt mit silbernen Mondsicheln. In siebenfältigem Gelb war sein Gewand gewoben, und sein gekräuseltes Haar war mit Antimon gefärbt.

Und nach einer kleinen Weile redete er mich an und fragte mich nach meinem Begehr.

Ich sagte ihm, mein Begehren wäre, den Gott zu sehen.

›Der Gott ist auf der Jagd‹, sprach der Priester und blickte mich mit seinen schmalen, schrägen Augen seltsam an.

›Sag mir, in welchem Wald, und ich will mit ihm reiten‹, antwortete ich.

Er kämmte mit seinen langen gespitzten Nägeln durch die weichen Fransen seiner Tunika. ›Der Gott schläft‹, murmelte er.

›Sag mir, auf welchem Lager, und ich will bei ihm wachen‹, erwiderte ich.

›Der Gott ist beim Festmahl‹, rief er.

›Ist der Wein süß, so will ich mit ihm trinken, und ist er bitter, so will ich gleichfalls mit ihm trinken‹, war meine Antwort.

Staunend neigte er den Kopf, faßte mich an der Hand, half mir auf und führte mich in den Tempel hinein.

Und in der ersten Kammer sah ich ein Götzenbild auf einem Thron aus Jaspis sitzen, besetzt mit großen, glänzenden Perlen. Es war aus Ebenholz geschnitzt, und seine Gestalt war gleich der Gestalt eines Mannes. Auf seiner Stirn leuchtete ein Rubin, und dickflüssiges Öl tropfte von seinem Haar nieder auf seine Schenkel. Seine Füße waren gerötet vom Blut eines frisch geschlachteten Zickleins, seine Lenden gegürtet mit einem Kupfergürtel, der mit sieben Beryllen besetzt war.

Und ich sprach zu dem Priester: ›Ist das der Gott?‹, und er antwortete: ›Das ist der Gott.‹

›Zeig mir den Gott‹, rief ich, ›oder ich werde dich gewißlich töten.‹ Und ich berührte seine Hand, und sie verdorrte.

Und der Priester flehte mich an und sprach: ›Möge mein Herr seinen Diener heilen, und ich will ihm den Gott zeigen.‹ Da blies ich mit meinem Atem auf seine Hand, und sie ward wieder heil, und er erzitterte und führte mich in die zweite Kammer, und ich sah ein Götzenbild auf einem Lotus aus Jade stehen, behängt mit großen Smaragden. Es war aus Elfenbein geschnitzt, und seine Gestalt war doppelt so groß wie die Gestalt eines Mannes. Auf seiner Stirn glänzte ein Chrisolyt, und seine Brüste waren mit Myrrhen und Zimt gesalbt. In einer Hand hielt es ein gebogenes Zepter aus Jade, in der anderen einen runden Kristall. Es stand auf Kothurnen aus Messing, und von seinem dicken Nacken wand sich ein Kranz von Seleniten.

Und ich sprach zu dem Priester: ›Ist das der Gott?‹, und er antwortete mir: ›Das ist der Gott.‹

›Zeig mir den Gott‹, schrie ich, ›oder ich werde dich gewißlich töten.‹ Und ich berührte seine Augen, und sie waren blind.

Und der Priester flehte mich an und sprach: ›Möge mein Herr seinen Diener heilen, und ich will ihm den Gott zeigen.‹

Da blies ich mit meinem Atem über seine Augen, und das Gesicht kam ihm zurück; er erzitterte wieder und führte mich in die dritte Kammer, und siehe! dort war kein Götzenbild, noch ein Bild von anderer Art, sondern nur ein runder Spiegel aus Metall auf einem steinernen Altar.

Und ich sprach zu dem Priester: ›Wo ist der Gott?‹

Und er antwortete mir: ›Es gibt keinen Gott außer diesem Spiegel, den du siehst, denn dies ist der Spiegel der Weisheit. Und er spiegelt alle Dinge wider, die im Himmel und auf Erden sind, ausgenommen allein das Antlitz dessen, der in ihn hineinblickt. Dies allein spiegelt er nicht wider, auf daß er, der hineinblickt, weise sei. Viele andere Spiegel sind hier, doch sie sind nur Spiegel der Meinungen. Dieser allein ist der Spiegel der Weisheit. Und die diesen Spiegel besitzen, sind allwissend, und nichts bleibt ihnen verborgen. Und die ihn nicht besitzen, haben auch keine Weisheit. Deshalb ist er der Gott, und wir beten ihn an.‹ Und ich blickte in den Spiegel, und es war, wie er mir gesagt hatte. Und ich tat etwas Seltsames; doch was es war, ist nicht wichtig, denn in einem Tal, nur eine Tagesreise von hier, habe ich den Spiegel der Weisheit verborgen. Laß mich nur wieder in dich ein und dein Diener sein, und du sollst weiser sein als alle Weisen, und alle Weisheit soll dein sein. Laß mich nur wieder in dich eingehen, und keiner wird so weise sein wie du.«

Aber der junge Fischer lachte. »Liebe ist besser als Weisheit«, rief er, »und die kleine Meerjungfer liebt mich.«

»Nein, nichts ist besser als Weisheit«, sagte die Seele.

»Die Liebe ist besser«, antwortete der junge Fischer und tauchte hinab in die Tiefe, und die Seele ging weinend weg über die Marschen davon.

Und als das zweite Jahr vorüber war, kam die Seele herab ans Gestade des Meeres und rief den jungen Fischer, und er stieg empor aus der Tiefe und sagte: »Was rufst du mich?«

Und die Seele antwortete: »Komm näher, auf daß ich mit dir rede, denn ich habe wunderbare Dinge gesehen.«

Da kam er näher und lagerte sich im seichten Wasser und stützte den Kopf in die Hand und lauschte.

Und die Seele sagte zu ihm: »Als ich dich verließ, wandte ich mein Antlitz nach Süden und wanderte. Aus dem Süden kommt alles, was kostbar ist. Sechs Tage wanderte ich über die Landstraßen, die zu der Stadt Aschter führen, über die staubigen, rötlichen Landstraßen wanderte ich, wo die Pilger ziehen, und am Morgen des siebenten Tages erhob ich meine Augen, und siehe! die Stadt lag zu meinen Füßen, denn sie liegt in einem Tal.

Neun Tore führen in diese Stadt, und vor jedem Tor steht ein bronzenes Roß, das wiehert, wenn die Beduinen niedersteigen von den Bergen. Die Mauern sind mit Kupfer gepanzert, die Wachttürme auf den Wällen mit Messing überdacht. In jedem Turm steht ein Bogenschütze mit einem Bogen in der Hand. Bei Sonnenuntergang stößt er in ein hürnenes Horn.

Als ich die Stadt betreten wollte, hielten die Wachen mich auf und fragten mich, wer ich sei. Ich gab zur Antwort, ich sei ein Derwisch und auf dem Weg nach der

Stadt Mekka, wo man einen grünen Schleier habe, worauf in silbernen Lettern von der Hand der Engel der Koran gestickt wäre. Von Staunen erfüllt, forderten sie mich auf, einzutreten.

Drinnen war es wie in einem Basar. Wahrlich, du hättest mit mir sein sollen. Über den engen Gassen flattern bunte Papierlaternen gleich großen Schmetterlingen. Wenn der Wind über die Dächer bläst, steigen und fallen sie wie farbige Seifenblasen. Auf Seidenteppichen sitzen die Kaufleute vor ihren Buden. Sie haben glatte, schwarze Bärte, und ihre Turbane sind mit goldenen Zechinen bedeckt, und lange Schnüre von Bernstein und geschnitzten Pfirsichkernen gleiten durch ihre kühlen Finger. Einige von ihnen verkaufen Galbanum und Narde, und seltsames Räucherwerk von den Inseln des Indischen Meeres, und das dickflüssige Öl der roten Rosen, und Myrrhe und kleine, nagelförmige Nelken. Bleibt einer stehen, um mit ihnen zu sprechen, so werfen sie Weihrauchkörner auf ein Kohlenbecken und machen damit die Luft süß. Ich sah einen Syrer, der in seinen Händen einen Stab hielt, dünn wie ein Schilfrohr. Graue Rauchfäden stiegen davon auf, und sein Geruch, da er brannte, war wie der Duft von rosa Mandelblüten im Frühling. Andere verkaufen silberne Armreifen, über und über besetzt mit milchigblauen Türkisen, und Knöchelreifen aus Messingdraht, mit kleinen Perlen gesäumt, und in Gold gefaßte Tigerklauen, und die Klauen jener güldenen Katze, des Leoparden, gleichfalls in Gold gefaßt, und Ohrringe aus durchbohrtem Smaragd, und Fingerringe aus gehöhlter Jade. Aus den Teehäusern steigt der Klang der Gitarre, und die Opiumraucher mit ihren weißen, lächelnden Gesichtern blicken heraus auf die Vorübergehenden.

Wahrlich, du hättest mit mir sein sollen. Mit ihren Ellbogen bahnen die Weinverkäufer sich den Weg durch die Menge, große schwarze Schläuche auf ihren Schultern. Die meisten von ihnen verkaufen den Wein aus Schiraz, der so süß ist wie Honig. Sie schenken ihn aus in kleinen metallenen Näpfen und streuen Rosenblätter darauf. Auf dem Marktplatz stehen die Obsthändler, die alle Arten von Früchten feilbieten: reife Feigen mit ihrem aufbrechenden purpurnen Fleisch, Melonen, nach Moschus duftend und gelb wie Topase, Zitronen und Rosenäpfel und Trauben von weißem Wein, runde, rotgoldene Orangen und ovale Limonen von grünem Gold. Einmal sah ich einen Elefanten vorübergehen. Sein Rüssel war mit Zinnober und Gelbwurz bemalt, und über seine Ohren spannte sich ein Netz von karmesinfarbenen seidenen Schnüren. Gegenüber einer der Buden hielt er an und begann, die Orangen zu fressen, und der Händler lachte nur. Du kannst dir nicht vorstellen, was für ein seltsames Volk das ist. Wenn sie fröhlich sind, gehen sie zu den Vogelhändlern und kaufen einen gefangenen Vogel im Käfig und lassen ihn frei, auf daß ihre Freude noch größer werde, und wenn sie traurig sind, geißeln sie sich selber mit Dornen, auf daß ihre Trauer sich nicht mindere.

Eines Abends begegnete ich Negern, die eine schwere Sänfte durch den Basar trugen. Sie war aus vergoldetem Bambus gemacht, und die Tragstangen waren aus zinnoberrotem Lack, mit Pfauen aus Messing beschlagen. Vor den Fenstern hingen dünne Vorhänge aus Musselin, bestickt mit Käferflügeln und feinen Staubperlen, und als die Sänfte vorüberzog, sah eine bleiche Zirkassierin heraus und lächelte mir zu. Ich folgte der Sänfte, und die Neger blickten finster und beschleunigten ihre Schritte. Doch das kümmerte mich nicht. Ich fühlte, wie eine große Neugier über mich kam.

Endlich verhielten sie vor einem würfelförmigen weißen Haus. Es hatte keine Fenster, nur eine kleine Pforte, wie der Eingang zu einer Gruft. Sie setzten die Sänfte nieder und klopften dreimal mit einem kupfernen Hammer. Ein Armenier in einem Kaftan aus grünem Leder spähte heraus, und da er sie erblickte, öffnete er und breitete einen Teppich auf den Boden, und die Frau stieg aus der Sänfte. Als sie hineinging, wandte sie sich um und lächelte mir abermals zu. Nie hatte ich jemanden gesehen, der so bleich war.

Als der Mond aufging, kehrte ich an denselben Ort zurück und hielt Ausschau nach dem Haus, aber es war nicht mehr da. Als ich das sah, wußte ich, wer die Frau war, und warum sie mir zugelächelt hatte.

Wahrlich, du hättest mit mir sein sollen. Beim Fest des Neuen Mondes trat der junge Kaiser heraus aus seinem Palast und ging in die Moschee, um zu beten. Sein Haar und Bart waren mit Rosenblättern gefärbt, und seine Wangen mit feinem Goldstaub gepudert. Die Flächen seiner Füße und Hände waren gelb von Safran.

Bei Sonnenaufgang schritt er heraus aus seinem Palast in einem Gewand aus Silber, und bei Sonnenuntergang kehrte er in einem Gewand aus Gold dahin zurück. Das Volk warf sich auf die Erde und verbarg sein Gesicht, aber ich verhielt mich nicht ebenso. Ich stand neben der Bude eines Dattelverkäufers und wartete. Als der Kaiser mich erblickte, hob er seine bemalten Brauen und hielt an. Ich stand ganz ruhig und erwies ihm keine Huldigung. Die Leute erstaunten über meine Verwegenheit und rieten mir, aus der Stadt zu fliehen. Ich beachtete sie nicht, sondern ging hin und setzte mich zu den Verkäufern fremder Götter, die man um ihres Gewerbes willen verabscheut. Als ich ihnen erzählte, was ich getan hatte, gab mir jeder von ihnen einen Gott und bat mich, sie zu verlassen.

Diese Nacht, da ich in dem Teehaus in der Straße der Granatäpfel auf einem Kissen lag, traten des Kaisers

Wachen ein und führten mich zum Palast. Als ich eintrat, schlossen sie jedes Tor hinter mir zu und legten eine Kette davor. Drinnen war ein großer Hof, um den ein Arkadengang lief. Die Mauern waren aus weißem Alabaster, hier und dort mit blauen und grünen Ziegeln eingelegt. Die Pfeiler waren aus grünem Marmor, das Pflaster aus Marmor in der Farbe von Pfirsichblüten. Nie zuvor hatte ich Ähnliches gesehen.

Da ich über den Hof ging, sahen zwei verschleierte Frauen von einem Balkon herab und verwünschten mich. Die Wachen hasteten vorwärts, und die Schäfte ihrer Lanzen hallten auf dem blanken Boden. Sie öffneten ein Tor aus geschnitztem Elfenbein, und ich fand mich in einem wohlbewässerten, in sieben Terrassen ansteigenden Garten. Er war bepflanzt mit Tulpen und Mondblumen und silberdurchwirkten Aloen. Wie ein schlankes Schilfrohr aus Kristall hing ein Springbrunnen in der schwärzlichen Luft. Die Zypressen glichen ausgebrannten Fackeln. Auf einer von ihnen sang eine Nachtigall.

Am Ende des Gartens stand ein kleiner Pavillon. Als wir uns ihm näherten, traten zwei Eunuchen heraus und kamen uns entgegen. Ihre fetten Leiber schwappten beim Gehen, und mit ihren gelblidrigen Augen blickten sie mich neugierig an. Der eine von ihnen zog den Hauptmann der Wache beiseite und flüsterte ihm mit leiser Stimme etwas zu. Der andere kaute schmatzend duftende Pastillen, die er mit einer gezierten Geste einer ovalen Dose aus lila Email entnahm.

Nach wenigen Augenblicken entließ der Hauptmann der Wache die Soldaten. Sie gingen zurück zum Palast; langsam folgten ihnen die Eunuchen, die im Vorübergehen süße Maulbeeren von den Bäumen pflückten. Einmal wandte der ältere der beiden sich um und lächelte mir zu mit einem üblen Lächeln.

Dann winkte mich der Hauptmann der Wache zum

Eingang des Pavillons. Ohne Zittern schritt ich vorwärts, schlug den schweren Vorhang zur Seite und trat ein.

Der junge Kaiser ruhte ausgestreckt auf einem Lager aus gegerbten Löwenfellen, und ein Gerfalke hockte auf seinem Handgelenk. Hinter ihm stand ein Nubier mit einem Turban aus Messing, nackt bis zu den Hüften und mit schweren Ohrringen in seinen gespaltenen Ohren. Auf einem Tisch neben dem Ruhebett lag ein mächtiger Türkensäbel aus Stahl.

Als der Kaiser mich erblickte, runzelte er die Stirn und sagte zu mir: ›Was ist dein Name? Weißt du nicht, daß ich der Kaiser dieser Stadt bin?‹ Aber ich gab ihm keine Antwort.

Er deutete mit seinem Finger auf den Türkensäbel, und der Nubier ergriff ihn, stürzte vorwärts und hieb nach mir mit großer Gewalt. Die Klinge zischte durch mich hindurch und tat mir keinen Schaden. Der Mann fiel der Länge nach auf den Boden, und als er aufstand, klapperten seine Zähne vor Entsetzen, und er verbarg sich hinter dem Lager.

Der Kaiser sprang auf, riß eine Lanze aus einem Waffenständer und schleuderte sie auf mich. Ich fing sie in ihrem Flug und zerbrach den Schaft in zwei Teile. Er schoß nach mir mit einem Pfeil, aber ich hob meine Hände empor, und der Pfeil stand mitten in der Luft still. Da zückte der Kaiser einen Dolch aus einem Gürtel aus weißem Leder und bohrte ihn dem Nubier in den Hals, daß der Sklave seine Schmach nicht verriete. Der Mann krümmte sich wie eine zertretene Schlange, und roter Schaum troff von seinen Lippen.

Kaum war er tot, wandte sich der Kaiser zu mir, und nachdem er mit einem kleinen Mundtuch aus bestickter purpurfarbener Seide sich den glänzenden Schweiß von der Stirn gewischt hatte, sprach er: ›Bist du ein Prophet, daß ich dir kein Leid tun kann, oder der Sohn eines

Propheten, daß ich dich nicht zu verwunden vermag? Ich bitte dich, verlaß meine Stadt noch diese Nacht, denn solange du in ihr weilst, bin ich nicht länger ihr Herr.‹

Und ich antwortete ihm: ›Um die Hälfte deines Schatzes will ich gehen. Gib mir die Hälfte deines Schatzes, und ich will von hinnen ziehen.‹

Er nahm mich bei der Hand und führte mich hinaus in den Garten. Als der Hauptmann der Garde mich sah, erstaunte er sehr. Als die Eunuchen mich erblickten, schlotterten ihre Knie, und sie fielen in Furcht zu Boden.

Im Palast gibt es eine Kammer mit acht Wänden aus rotem Porphyr und einer messinggeschuppten Decke, die mit Lampen behangen ist. Der Kaiser berührte eine der Wände, und sie öffnete sich, und wir schritten einen Gang hinunter, der von vielen Fackeln erhellt war. In den Nischen zur Linken und zur Rechten standen große Weinkrüge, bis zum Rand gefüllt mit Silberstücken. Als wir die Mitte des Ganges erreicht hatten, sprach der Kaiser das Wort aus, das nicht genannt werden darf, und von einer geheimen Feder bewegt, sprang eine granitene Tür auf, und er legte die Hände vor das Gesicht, daß seine Augen nicht geblendet würden.

Du kannst nicht ermessen, was dieser für ein herrlicher Ort war. Da waren ungeheure Schildkrötenschalen voll mit Perlen, und gehöhlte Mondsteine von seltener Größe, überhäuft von roten Rubinen. In Koffern aus Elefantenhaut war das Gold gelagert und der Goldstaub in ledernen Flaschen. Da waren Opale und Saphire, jene in Schalen von Kristall, diese in Schalen von Jade. Runde grüne Smaragde reihten sich auf feinen Platten von Elfenbein, und in einer Ecke lehnten seidene Beutel, die einen gefüllt mit Türkisen, die anderen mit Beryllen. Aus Füllhörnern von Elfenbein quollen purpurfarbene Amethyste, aus Füllhörnern von Messing Chalzedone und Karneole. Die Pfeiler aus Zedernholz waren mit Schnüren von gelben Luchssteinen behangen. In flachen, ovalen Schilden lagen Karfunkel, weinfarbene und solche von der Farbe des Grases. Und doch habe ich dir erst ein Zehntel von dem beschrieben, was dort war.

Und als der Kaiser die Hände vom Gesicht genommen hatte, sprach er zu mir: ›Dies ist mein Schatzhaus, und die Hälfte von dem, was darin ist, sei dein, wie ich es dir versprochen habe. Und ich will dir Kamele geben und Kameltreiber, und sie sollen tun, wie du ihnen heißt, und deinen Teil des Schatzes an jeden Ort der Welt bringen, wohin du auch ziehen möchtest. Und das soll noch heute nacht geschehen, denn ich will nicht, daß der Gott der Sonne, der mein Vater ist, in meiner Stadt einen Mann erblickt, den ich nicht töten kann.‹

Ich aber erwiderte ihm: ›Das Gold, das hier ist, ist dein, und auch das Silber ist dein, und dein sind die kostbaren Juwelen und die wertvollen Dinge. Denn ich selber bedarf ihrer nicht. Nichts will ich von dir nehmen als den kleinen Ring, den du am Finger deiner Hand trägst.‹

Und der Kaiser runzelte die Stirn. ›Es ist nur ein Ring aus Blei‹ rief er, ›und er hat keinen Wert. Nimm deshalb die Hälfte meines Schatzes und gehe aus meiner Stadt.‹

›Nein‹, antwortete ich, ›ich will nichts nehmen als nur diesen Ring aus Blei, denn ich weiß, was darin geschrieben steht und zu welchem Zweck.‹

Und der Kaiser erzitterte und flehte mich an und sprach: ›Nimm den ganzen Schatz und gehe aus meiner Stadt. Auch die Hälfte, die mein ist, soll noch dir gehören.‹

Und ich tat etwas Seltsames, doch was ich tat, ist nicht wichtig, denn in einer Höhle, die nur eine Tagesreise von hier ist, habe ich den Ring der Reichtümer verborgen. Es ist nur eine Tagesreise von hier, und er erwartet dein Kommen. Er, der den Ring hat, ist reicher als alle Könige der Welt. Komm daher und nimm ihn, und die Reichtümer der Welt sollen dein sein.«

Aber der junge Fischer lachte. »Liebe ist besser als Reichtum«, rief er, »und die kleine Meerjungfer liebt mich.«

»Nein, nichts ist besser als Reichtum«, sagte die Seele.

»Die Liebe ist besser«, antwortete der junge Fischer, und er tauchte hinab in die Tiefe, und die Seele ging weinend über die Marschen davon.

Und da das dritte Jahr vorüber war, kam die Seele herab ans Gestade des Meeres und rief den jungen Fischer, und er stieg herauf aus der Tiefe und sagte: »Weshalb rufst du mich?«

Und die Seele antwortete: »Komm näher, auf daß ich mit dir rede, denn ich habe wunderbare Dinge gesehen.«

Da kam er näher, lagerte sich im seichten Wasser, stützte den Kopf in die Hand und lauschte.

Und die Seele sprach zu ihm: »In einer Stadt, die ich kenne, steht eine Schenke am Ufer des Flusses. Dort saß ich mit Matrosen, die von zwei verschiedenfarbenen Weinen tranken und Gerstenbrot aßen und kleine gesalzene Fische, die auf Lorbeerblättern mit Essig gereicht wurden. Und als wir da saßen und fröhlich waren, da trat zu uns ein alter Mann, der trug einen Teppich aus Leder und eine Laute mit zwei Schnecken aus Bernstein. Und als er den Teppich auf den Boden gebreitet hatte, schlug er mit einem Federkiel die Drahtsaiten seiner Laute, und ein Mädchen mit verschleiertem Gesicht lief herein und begann, vor uns zu tanzen. Ihr Gesicht war mit einem Schleier von Gaze verhangen, doch ihre Füße waren nackt. Nackt waren ihre Füße, und sie schwebten über den Teppich wie kleine weiße Tauben. Nie habe ich etwas so Herrliches gesehen, und die Stadt, in der sie tanzt, ist nur eine Tagesreise von hier.«

Als nun der junge Fischer diese Worte seiner Seele vernahm, fiel ihm ein, daß die kleine Meerjungfer keine Füße hatte und nicht tanzen konnte. Und ein großes Verlangen überkam ihn, und er sprach bei sich selber: »Es ist nur eine Tagesreise von hier, und ich kann zu meiner Liebsten zurückkehren«, und er lachte und stand auf in dem seichten Wasser und schritt zum Ufer.

Und als er das trockene Ufer erreicht hatte, lachte er wieder und breitete die Arme seiner Seele entgegen. Und seine Seele stieß einen lauten Freudenschrei aus und lief auf ihn zu und ging in ihn ein, und vor sich auf den Sand hingeworfen sah der junge Fischer jenen Schatten des Leibes, der der Leib der Seele ist.

Und seine Seele sprach zu ihm: »Laß uns nicht säumen, sondern uns sogleich aufmachen, denn die Meeresgötter sind eifersüchtig und haben Ungeheuer, die ihrem Geheiß folgen.«

Sie eilten also von hinnen und zogen die ganze Nacht dahin unter dem Mond, und den ganzen nächsten Tag wanderten sie dahin unter der Sonne, und am Abend dieses Tages kamen sie zu einer Stadt.

Und der junge Fischer sprach zu seiner Seele: »Ist das die Stadt, in der sie tanzt, von der du mir gesagt hast?«

Und seine Seele antwortete ihm: »Es ist nicht diese Stadt, sondern eine andere. Dennoch laß uns hineingehen.«

Sie gingen also hinein und wanderten durch die Straßen, und als sie durch die Straße der Juweliere kamen, sah der junge Fischer eine schöne Silberschale in einer Bude ausgestellt. Und seine Seele sprach zu ihm: »Nimm diese Silberschale und verbirg sie.«

Da nahm er die Schale und verbarg sie in den Falten seiner Tunika, und sie verließen eilends die Stadt.

Und nachdem sie sich eine Wegstunde von der Stadt entfernt hatten, runzelte der junge Fischer die Stirn und schleuderte die Schale von sich und sprach zu seiner Seele: »Warum hießest du mich, diese Schale zu nehmen und zu verbergen, da dies doch übel gehandelt war?«

Aber seine Seele erwiderte ihm: »Sei ruhig, sei ruhig!«

Und am Abend des zweiten Tages kamen sie zu einer Stadt, und der junge Fischer sprach zu seiner Seele: »Ist das die Stadt, in der sie tanzt, von der du mir gesagt hast?«

Und seine Seele antwortete: »Es ist nicht diese Stadt, sondern eine andere. Dennoch laß uns hineingehen.«

Sie gingen also hinein und wanderten durch die Straßen, und als sie durch die Straße der Sandalenverkäufer kamen, sah der junge Fischer neben einem Wasserkrug ein Kind stehen. Und seine Seele sprach zu ihm: »Ohrfeige dieses Kind.« Da ohrfeigte er das Kind, bis es weinte, und als er das getan hatte, verließen sie eilends die Stadt.

Und nachdem sie sich eine Wegstunde von der Stadt entfernt hatten, da wurde der junge Fischer zornig und sprach zu seiner Seele: »Warum hießest du mich dieses Kind ohrfeigen, da dies doch übel gehandelt war?«

Aber seine Seele erwiderte ihm: »Sei ruhig, sei ruhig.«

Und am Abend des dritten Tages kamen sie zu einer Stadt, und der junge Fischer sprach zu seiner Seele: »Ist das die Stadt, in der sie tanzt, von der du mir gesagt hast?«

Und seine Seele antwortete ihm: »Es kann sein, daß es diese Stadt ist, laß uns daher hineingehen.«

Also betraten sie die Stadt und wanderten durch die Straßen, aber nirgends konnte der junge Fischer den Fluß finden, noch die Schenke, die an seinem Ufer stand. Und die Bewohner der Stadt blickten ihn neugierig an, und er begann, sich zu fürchten, und sprach zu seiner Seele: »Laß uns weiterziehen, denn sie, die mit weißen Füßen tanzt, ist nicht hier.«

Doch seine Seele versetzte: »Nein, laß uns noch verweilen, denn die Nacht ist finster, und es werden Räuber auf dem Weg sein.« Da setzte er sich hin auf den Marktplatz und rastete, und nach einer Weile kam ein Kaufmann vorüber, der sich in einen Umhang aus Tatarentuch gehüllt hatte und auf der Spitze eines knotigen Rohres eine Laterne trug, die aus durchbrochenem Horn war. Und der Kaufmann sprach zu ihm: »Was sitzest du hier auf dem Marktplatz, da die Buden geschlossen und die Ballen verschnürt sind?«

Und der junge Fischer antwortete ihm: »Ich kann keine Herberge finden in dieser Stadt, noch habe ich Vetter oder Bruder, der mir Obdach gäbe.«

»Sind wir nicht alle Brüder?« versetzte der Kaufmann. »Hat nicht ein Gott uns alle geschaffen? Daher komme mit mir, denn ich habe Raum für einen Gast.«

Da erhob sich der junge Fischer und folgte dem Kaufmann zu seinem Haus. Und als er durch einen Garten mit Granatäpfelbäumen geschritten war und das Haus betreten hatte, brachte der Kaufmann ihm Rosenwasser in einem kupfernen Becken, daß er sich die Hände wasche, und reife Melonen, daß er seinen Durst stille, und stellte eine Schale voll Reis und ein Stück gebratenen Zickleins vor ihn hin.

Und nachdem er sein Mahl beendet hatte, führte der Kaufmann ihn ins Gastzimmer und hieß ihn schlafen und wohl ruhen. Und der junge Fischer dankte ihm und küßte den Ring, der an seiner Hand war, und legte sich nieder auf die Teppiche aus gefärbtem Ziegenhaar. Und nachdem er sich mit einer Decke aus schwarzer Schafwolle zugedeckt hatte, fiel er in Schlaf.

Und drei Stunden vor der Morgendämmerung, da es noch Nacht war, weckte ihn seine Seele und sprach zu ihm: »Erhebe dich und geh ins Zimmer des Kaufmanns, in das Zimmer, darin er schläft, und erschlage ihn, und nimm ihm sein Gold, denn wir können es wohl gebrauchen.«

Und der junge Fischer erhob sich und schlich zum Zimmer des Kaufmanns, und quer über den Füßen des Kaufmanns lag ein krummes Schwert, und auf dem Tisch neben dem Kaufmann lagen neun Börsen voll Gold. Und er streckte seine Hand aus und griff nach dem Schwert, und als er es berührte, fuhr der Kaufmann zusammen und erwachte, sprang auf und griff selber nach dem Schwert und rief dem jungen Fischer zu: »Vergiltst du so Gutes mit Üblem und zahlst mit Blutvergießen für die Güte, die ich dir erwies?«

Und seine Seele sagte zu dem jungen Fischer: »Schlag ihn!« Und er schlug den Kaufmann derart, daß diesem die Sinne vergingen, und der junge Fischer ergriff die neun Börsen voll Gold und floh hastig durch den Granatäpfelgarten und wandte sein Antlitz nach jenem Stern, der der Stern des Morgens ist.

Und als sie sich eine Wegstunde von der Stadt entfernt hatten, da schlug sich der junge Fischer an die Brust und sprach zu seiner Seele: »Warum hießest du mich den Händler schlagen und sein Gold stehlen? Wahrlich, du bist von Übel.« Aber seine Seele erwiderte ihm: »Sei ruhig, sei ruhig.«

»Nein«, rief der junge Fischer, »ich will nicht ruhig sein, denn ich hasse alles, was du mich tun ließest. Auch dich hasse ich, und ich bitte dich, mir zu sagen, warum du so mit mir umgehst.«

Und seine Seele gab ihm zur Antwort: »Als du mich in die Welt hinausstießest, gabst du mir kein Herz; so lernte ich alle diese Dinge tun und mich daran erfreuen.«

»Was sagst du da?« murmelte der junge Fischer.

»Du weißt es«, versetzte seine Seele, »du weißt es wohl. Hast du vergessen, daß du mir kein Herz gabst? Ich glaube kaum. Und nun quäle weder dich selber noch mich, sondern sei ruhig, denn da ist kein Schmerz, den du nicht geben, noch ein Vergnügen, das du nicht empfangen sollst.« Und als der junge Fischer diese Worte hörte, zitterte er und sagte zu seiner Seele: »Nein, du bist von Übel, hast mich meine Liebste vergessen lassen, mich mit Versuchungen versucht und meinen Fuß den Pfad der Sünde geführt.«

Und seine Seele antwortete ihm: »Du hast es nicht vergessen, daß du mir kein Herz gabst, als du mich in die Welt hinaussandtest. Komm, laß uns in eine andere Stadt ziehen und lustig sein, denn wir haben neun Börsen voll Gold.«

Aber der junge Fischer nahm die neun Börsen voll Gold und warf sie auf die Erde und trat sie unter seine Füße.

»Nein«, rief er, »nein, ich will nichts mit dir zu schaffen haben, noch will ich irgendwohin mit dir gehen; sondern wie ich dich zuvor von mir stieß, also will ich dich auch jetzt verstoßen, denn du hast mir nichts als Unheil gebracht.« Und er wandte seinen Rücken dem Mond zu, und mit dem kleinen Messer, dessen Griff aus grüner Natternhaut war, versuchte er, von seinen Füßen jenen Schatten des Leibes wegzuschneiden, der der Leib der Seele ist.

Doch seine Seele wich nicht von ihm, noch achtete sie seines Gebotes, sondern sprach zu ihm: »Der Zauber, den die Hexe dich lehrte, hilft dir nichts mehr, denn ich kann dich nicht verlassen, noch kannst du mich von hinnen senden. Einmal in seinem Leben kann der Mensch seine Seele fortsenden, aber der seine Seele wieder bei sich aufnimmt, muß sie von nun an bei sich behalten, und das ist seine Strafe und sein Lohn.«

Und der junge Fischer erbleichte und ballte die Hände und schrie: »Sie war eine falsche Hexe, daß sie mir das nicht gesagt hat.«

»Das war sie nicht«, antwortete seine Seele, »sie war nur Ihm treu, den sie anbetet und dessen Magd sie immer sein wird.«

Und da nun der junge Fischer wußte, daß er seine Seele nie wieder loswerden konnte und daß sie eine böse Seele war und immer bei ihm wohnen würde, da fiel er zu Boden und weinte bitterlich.

Und als es Tag geworden, erhob sich der junge Fischer und sprach zu seiner Seele: »Ich werde meine Hände binden, daß ich deinem Geheiß nicht folge leiste, und meine Lippen schließen, daß ich nicht deine Worte spreche, und an den Ort zurückkehren, wo sie ihre Wohnung hat, die ich liebe. Sogleich will ich zum Meer zurückkehren und in die kleine Bucht, wo sie zu singen pflegte, und ich will nach ihr rufen und ihr das Übel bekennen, das ich getan habe, und das Übel, das du über mich gebracht hast.«

Und seine Seele versuchte ihn und sagte: »Wer ist deine Liebste, daß du zu ihr zurückkehren solltest? Die Welt hat viele, die schöner sind als sie. Da sind die Tänzerinnen von Samaris, die tanzen in der Art der Vögel und der vierbeinigen Tiere. Ihre Füße sind mit Henna gefärbt, und in ihren Händen haben sie kleine kupferne Schellen. Sie lachen, während sie tanzen, und ihr Lachen ist so hell wie das Lachen des Wassers. Komm mit mir, und ich will sie dir zeigen. Denn was ist es, was dich an der Sünde ängstigt? Ist, was vergnüglich ist zu essen, nicht gemacht für den Esser? Ist Gift in dem Getränk, das süß ist zu trinken? Ängstige dich nicht, sondern komm mit mir in eine andere Stadt. Nahe von hier ist eine kleine Stadt, darin steht ein Garten von Tulpenbäumen. Und in diesem anmutigen Garten hausen weiße Pfauen und Pfauen mit blauer Brust. Wenn sie in der Sonne ihre Räder schlagen, so sind sie wie Scheiben von Elfenbein und wie Scheiben von Gold. Und die sie füttert, tanzt zu ihrer Lust, und manchmal tanzt sie auf den Händen und ein anderes Mal auf den Füßen. Ihre Augen sind mit Antimon gefärbt, und ihre Nasenflügel sind wie die Schwingen einer Schwalbe. Von einem Häkchen aus ihrer Nase hängt eine Blume herab, und die ist aus einer Perle geschnitzt. Während sie tanzt, lacht sie, und die silbernen Spangen rund um ihre Knöchel klingeln wie silberne Glocken. Betrübe dich also nicht länger, sondern komm mit mir in diese Stadt.«

Aber der junge Fischer gab seiner Seele keine Antwort, sondern verschloß seine Lippen mit dem Siegel des Schweigens; mit einer straffen Schnur band er seine Hände, und so reiste er zurück an den Ort, von dem er gekommen war, bis zu jener kleinen Bucht, wo seine Liebste zu singen pflegte. Und wieder und wieder versuchte ihn seine Seele, während sie wanderten, aber er gab ihr keine Antwort, noch tat er etwas von all dem Bösen, das sie ihn tun hieß, so groß war die Macht der Liebe, die in ihm war.

Und als er das Gestade des Meeres erreicht hatte, da löste er den Strick von seinen Händen und nahm das Siegel des Schweigens von seinen Lippen und rief nach der kleinen Meerjungfer. Aber sie kam nicht auf seinen Ruf, obwohl er den ganzen Tag nach ihr rief und flehte.

Und seine Seele verhöhnte ihn und sprach: »Du hast wahrlich nicht viel Freude an deiner Liebe. Du bist wie einer, der zur Zeit der Dürre Wasser schöpft mit einem zerbrochenen Gefäß. Du gibst hin, was du hast, und nichts wird dir dafür gegeben. Es wäre besser für dich, du kämst mit mir, denn ich weiß, wo das Tal der Lust liegt und welche Dinge dort getan werden.« Aber der junge Fischer gab seiner Seele keine Antwort, sondern baute sich in einer Felsenkluft eine Hütte aus Flechtwerk und verweilte hier ein volles Jahr. Und jeden Morgen rief er nach der Meerjungfer, und jeden Mittag rief er wieder nach ihr, und am Abend nannte er ihren Namen. Doch niemals stieg sie herauf aus der See, um ihn zu sehen, und an keinem Ort des Meeres konnte er sie finden, obgleich er in den Höhlen und im grünen Wasser nach ihr suchte, in den Wassern der Gezeiten und in den Brunnen am Grund des Meeres.

Und immer wieder versuchte ihn seine Seele mit Übel und raunte ihm von gräßlichen Dingen. Doch sie vermochte damit bei ihm nichts, so groß war die Macht seiner Liebe.

Und als das Jahr vorüber war, da dachte die Seele in ihm: »Ich habe meinen Herrn mit Übel versucht, und seine Liebe ist stärker als ich. Nun will ich ihn mit Gutem versuchen, und es mag sein, daß er dann mit mir kommt.«

So redete sie also den jungen Fischer an und sprach: »Ich habe dir von den Freuden der Welt erzählt, und du hast mir ein taubes Ohr geliehen. Laß mich dir nun vom Leid der Welt berichten, vielleicht daß du mir Gehör gibst. Denn das Leid ist in Wahrheit Herr dieser Welt, und keiner ist, der seinem Netz entschlüpft. Den einen fehlt es an Kleidern, den anderen an Brot. Witwen gibt es, die schreiten in Purpur einher, und andere, die gehen in Fetzen. Hin und her auf den Mooren gehen die Aussätzigen, und sie sind grausam gegeneinander. Die Bettler ziehen die Landstraßen auf und ab, und ihre Ranzen sind leer. Durch die Straßen der Stadt schleicht die Hungersnot, und vor ihren Toren hockt die Pest. Komm, laß uns hingehen und den Jammer lindern und dem Elend abhelfen. Was sollst du hier verweilen und nach deiner Liebsten rufen, da sie doch nicht kommt auf deinen Ruf? Und was ist die Liebe, daß du ihr so hohen Wert zuerkennst?« Aber der junge Fischer gab ihr keine Antwort, so groß war die Macht seiner Liebe. Und jeden

Morgen rief er nach der Meerjungfer, und jeden Mittag rief er wieder nach ihr, und am Abend nannte er ihren Namen. Doch niemals stieg sie herauf aus der See, um ihn zu sehen, und an keinem Ort des Meeres konnte er sie finden, obgleich er nach ihr suchte in den Strömen der See und in den Tälern, die unter den Wogen sind, im Meer, das die Nacht purpurn färbt, und im Meer, das die Morgendämmerung grau hinter sich läßt.

Und als das zweite Jahr vorüber war, sprach die Seele des Nachts zu dem jungen Fischer, da er allein saß in seiner Hütte aus Flechtwerk: »Siehe! Nun habe ich dich mit Bösem versucht, und ich habe dich mit Gutem versucht, und deine Liebe ist stärker als ich. Ich will dich deshalb nicht länger versuchen, sondern dich bitten, du mögest mich einlassen in dein Herz, auf daß ich eins werde mit dir wie zuvor.«

»Du bist in meinem Herzen willkommen«, erwiderte der junge Fischer. »Denn in den Tagen, da du ohne Herz durch die Welt gingst, magst du wohl viel gelitten haben.«

»Ach!« rief die Seele, »ich kann keine Stelle für einen Eingang finden, so ganz umschlossen von Liebe ist dein Herz.«

»Und doch wollte ich, ich könnte dir helfen«, antwortete der junge Fischer.

Und als er das sagte, da erklang vom Meer her ein lauter Schmerzensschrei, jener Schrei, den die Menschen hören, wenn jemand vom Meervolk gestorben ist. Und der junge Fischer sprang auf und verließ sein geflochtenes Haus und stürzte hinunter ans Ufer. Und die schwarzen Wogen kamen eilends ans Ufer gerollt und führten mit sich eine Last, die weißer war als Silber. Weiß wie die Brandung war sie, und wie eine Blume trieb sie auf den Wogen. Und die Brandung entriß sie den Wogen, und der Schaum entriß sie der Brandung, und das Gestade empfing sie, und zu seinen Füßen liegend erblickte der junge Fischer den Leib der kleinen Meerjungfer. Tot lag sie zu seinen Füßen.

Weinend wie einer, den der Schmerz zu Boden drückt, warf er sich an ihrer Seite nieder und küßte das kalte Rot des Mundes und spielte mit dem feuchten Bernstein des Haares. An ihrer Seite warf er sich hin auf den Sand und weinte wie jemand, der vor Lust erschauert, und in seinen braunen Armen drückte er sie an seine Brust. Kalt waren die Lippen, und doch küßte er sie. Salz war der Honig des Haares, doch er kostete ihn mit bitterer Freude. Er küßte die geschlossenen Augenlider, und der wilde Gischt, der auf den Hügeln ihrer Augen lag, war weniger salzig als seine Tränen.

Und dem toten Leib beichtete er. In die Muscheln ihrer Ohren goß er den herben Wein seiner Geschichte. Er legte die kleinen Hände um seinen Nacken, und mit seinen Fingern berührte er das zarte Rohr des Halses. Bitter, bitter war seine Freude, und voll fremdartiger Freude war sein Schmerz.

Die schwarze See kam näher, und der weiße Schaum ächzte wie ein Aussätziger. Mit weißen Tatzen aus Schaum griff die See ans Ufer. Aus dem Palast des Meerkönigs kam wieder der Schrei der Trauer, und weit draußen auf dem Meer bliesen die großen Tritonen heiser auf ihren Hörnern.

»Flieh hinweg«, sprach seine Seele, »denn siehe, näher und näher rollt die See, und wenn du säumst, wird sie dich verderben. Fliehe, denn ich fürchte mich, weil deiner großen Liebe wegen dein Herz vor mir verschlossen ist. Flieh hinweg an einen sicheren Ort. Du willst mich doch nicht ohne Herz in eine andere Welt senden wollen?«

Aber der junge Fischer hörte nicht auf seine Seele, sondern rief die kleine Meerjungfer an und sprach:

»Liebe ist besser als Weisheit und kostbarer als Reichtum und schöner als die Füße der Menschentöchter. Feuer kann sie nicht zerstören, noch Wasser sie löschen. In der Morgendämmerung rief ich dich, und du kamst nicht auf meinen Ruf. Der Mond hörte deinen Namen, doch du schenktest mir kein Gehör. Zum Bösen hatte ich dich verlassen, und zu meinem eigenen Schmerze war ich fortgegangen. Jedoch immer war deine Liebe bei mir, und immer war sie stark, und nichts kam gegen sie auf, ob ich auf Übles sah oder auf Gutes. Und nun, da du tot bist, nun will ich wahrlich mit dir sterben.«

Und seine Seele beschwor ihn, aufzubrechen, aber er wollte nicht, so groß war seine Liebe. Und die See kam näher und suchte ihn mit ihren Wogen zu bedecken, und als er sah, daß das Ende nahe war, küßte er mit irren Lippen die kalten Lippen der Meerjungfer, und sein Herz im Leibe brach ihm. Und als durch die Fülle seiner Liebe sein Herz brach, da fand die Seele einen Eingang und ging hinein und war eins mit ihm wie zuvor. Und die See bedeckte den jungen Fischer mit ihren Wogen.

Und am Morgen ging der Priester hinaus, um das Meer zu segnen, denn es war stürmisch gewesen. Und mit ihm gingen die Mönche und die Musikanten und die Kerzenträger und die Weihrauchschwinger und eine große Gesellschaft.

Und als der Priester das Ufer erreichte, da sah er den jungen Fischer ertrunken in der Brandung liegen, und in seinen Armen lag der Leib der kleinen Meerjungfer. Und erzürnt wandte er sich ab und machte das Zeichen des Kreuzes und rief laut und sprach: »Ich will das Meer nicht segnen, noch irgend etwas, das darin ist. Verflucht sei das Meervolk und verflucht seien alle, die mit ihm Umgang treiben. Und was ihn anlangt, der um der Liebe willen Gott verließ und hier liegt mit seiner Buhle, erschlagen von Gottes Urteil – nehmt auf seinen Leichnam und den Leichnam seiner Buhle und begrabt sie in der Ecke des Schindangers und setzt kein Mal darauf, noch ein Zeichen von irgendeiner Art, auf daß keiner den Ort ihrer Ruhe wisse. Denn verflucht waren sie zu ihren Lebzeiten, und verflucht sollen sie auch in ihrem Tode sein.«

Und die Leute taten, wie er sie geheißen, und in der Ecke des Schindangers, wo keine süßen Kräuter wachsen, gruben sie eine tiefe Grube und legten die toten Leiber hinein.

Und als das dritte Jahr vorüber war, an einem Tag, der ein heiliger Tag war, ging der Priester hinauf zur Kapelle, daß er dem Volk die Wunden des Herrn zeige und zu ihnen spreche von Gottes Zorn.

Und als er, in seine Gewänder gekleidet, eintrat und sich vor dem Altar neigte, da sah er, daß der Altar mit fremdartigen Blumen bedeckt war, wie man sie niemals zuvor gesehen hatte. Seltsam waren sie anzuschauen und von eigenartiger Schönheit, und ihre Schönheit verwirrte ihn, und ihr Duft war süß in seiner Nase, und er war froh und wußte nicht, warum.

Und als er den Tabernakel geöffnet und die Monstranz darin beweihräuchert und die schöne Hostie dem Volk gezeigt und sie wieder hinter dem Schleier der Schleier verborgen hatte, begann er, zum Volk zu sprechen, und er wollte ihm sagen von Gottes Zorn. Aber die Schönheit der weißen Blumen verwirrte ihn, und ihr Duft war süß in seiner Nase, und ein anderes Wort kam auf seine Lippen, und er sprach nicht von Gottes Zorn, sondern von dem Gott, dessen Name Liebe heißt. Und warum er so sprach, wußte er nicht.

Und als er seine Predigt geendet hatte, da weinten die Leute, und der Priester ging zurück in seine Sakristei, und seine Augen waren voll Tränen. Und die Diakone traten herein und begannen, ihn zu entkleiden, und nahmen ihm die Alba und den Gürtel ab, die Manipel und die Stola. Und er stand da wie im Traum.

Und da sie ihm die Kleider abgenommen hatten, blickte er sie an und sprach: »Was sind das für Blumen, die auf dem Altar stehen, und woher kommen sie?«

Und sie antworteten ihm: »Was das für Blumen sind, können wir nicht sagen, aber sie kommen von der Ecke des Schindangers.«

Und der Priester erzitterte und kehrte ein in sein Haus und betete.

Und am Morgen, da es noch dämmerte, ging er hinaus mit den Mönchen und den Musikanten, den Kerzenträgern und den Weihrauchschwingern und einer großen Gesellschaft und gelangte ans Gestade des Meeres und segnete das Meer und alle die wilden Geschöpfe, die darin sind. Auch die Faune segnete er und die kleinen Geschöpfe, die im Walde tanzen, und die Wesen mit den glänzenden Augen, die zwischen den Blättern herausspähen. Alle Lebewesen in Gottes Welt segnete er, und die Leute waren erfüllt von Freude und Staunen. Doch niemals wieder blühten in der Ecke des Schindangers Blumen von irgendeiner Art, sondern das Feld blieb unfruchtbar wie zuvor. Und auch das Meervolk kam nicht mehr in die Bucht wie früher, denn es zog in einen anderen Teil der See.

Undine

Als ich aufs Wasser sah,
hat mir gegraut.
Stand eine schöne Jungfer da,
schillernd von Haut.

Silbern von Angesicht,
schlank wie ein Pfeil.
Sprach: »Ach, erschrick doch nur nicht,
Lieber, verweil.

Blicke mich an und bleib,
du mein Gefährt.
Hab doch im Mutterleib
feucht dich genährt.

War ich nicht zauberhaft
immer dein Weggeleit?
Ammenmilch, Ölbaumsaft
hielt ich bereit.

Wenn dich ein Absud geheilt,
je eine Frucht dir gedieh,
daß ich dir's zugeteilt,
spürtest du's nie?

Löste dich dunkelhell
jemals ein Wein,
jemals ein Tränenquell,
ich wars allein.

Hat dich ein Schnee gekühlt,
Tau dich erfrischt,
lau dich ein Bad umspült,
ich habs gemischt.

Hab dir durch Fluß und Meer,
Schwimmer, den Weg gebahnt,
rauschte vom Mühlenwehr
– hast du's geahnt?

Was dich am Uferweg
hauchend erquickt,

Sommers am Brückensteg,
ich habs geschickt.

Hab dir aus Schilf und Ried
raunende Botschaft gebracht,
sang dir das Brunnenlied
schläfernd zur Nacht.

Bräutlich und mütterlich
war ich dir tausendfalt.
Greife mich, fasse mich!
Gib mir Gestalt!

Lös dich von Haus und Kleid,
Bändern und Schuhn.
Sollst nun in alle Zeit,
Kind, bei mir ruhn.«

Blitzend wie Flutengold,
zaubrisches Wort!
Kam eine weiße Welle gerollt,
nahm sie mit fort.

Nixe Binsefuß

Des Wassermanns sein Töchterlein
Tanzt auf dem Eis im Vollmondschein,
Sie singt und lachet sonder Scheu
Wohl an des Fischers Haus vorbei.

»Ich bin die Jungfer Binsefuß,
Und meine Fisch wohl hüten muß,
Meine Fisch die sind im Kasten,
Sie haben kalte Fasten;
Von Böhmerglas mein Kasten ist,
Da zähl ich sie zu jeder Frist.

Gelt, Fischermatz? gelt, alter Tropf,
Dir will der Winter nicht in Kopf?
Komm mir mit deinen Netzen!
Die will ich schön zerfetzen!
Dein Mägdlein zwar ist fromm und gut,
Ihr Schatz ein braves Jägerblut.

Drum häng ich ihr, zum Hochzeitstrauß,
Ein schilfen Kränzlein vor das Haus,
Und einen Hecht, von Silber schwer,
Er stammt von König Artus her,
Ein Zwergen-Goldschmieds-Meisterstück,
Wers hat, dem bringt es eitel Glück:
Er läßt sich schuppen Jahr für Jahr,
Da sinds fünfhundert Gröschlein bar.

Ade, mein Kind! Ade für heut!
Der Morgenhahn im Dorfe schreit.«

Zwei Liebchen

Ein Schifflein auf der Donau schwamm,
Drin saßen Braut und Bräutigam,
Er hüben und sie drüben.

Sie sprach, Herzliebster, sage mir,
Zum Angebind was geb ich dir?

Sie streift zurück ihr Ärmelein,
Sie greift ins Wasser frisch hinein.

Der Knabe, der tät gleich also,
Und scherzt mit ihr und lacht so froh.

Ach, schöne Frau Done, geb sie mir
Für meinen Schatz eine hübsche Zier!

Sie zog heraus ein schönes Schwert,
Der Knab hätt lang so eins begehrt.

Der Knab, was hält er in der Hand?
Milchweiß ein köstlich Perlenband.

Er legts ihr um ihr schwarzes Haar,
Sie sah wie eine Fürstin gar.

Ach, schöne Frau Done, geb sie mir
Für meinen Schatz eine hübsche Zier!

Sie langt hinein zum andernmal,
Faßt einen Helm von lichtem Stahl.

Der Knab vor Freud entsetzt sich schier,
Fischt ihr einen goldnen Kamm dafür.

Zum dritten sie ins Wasser griff:
Ach weh! da fällt sie aus dem Schiff.

Er springt ihr nach, er faßt sie keck,
Frau Done reißt sie beide weg:

Frau Done hat ihr Schmuck gereut,
Das büßt der Jüngling und die Maid.

Das Schifflein leer hinunterwallt;
Die Sonne sinkt hinter die Berge bald.

Und als der Mond am Himmel stand,
Die Liebchen schwimmen tot ans Land,
Er hüben und sie drüben.

Historie von der schönen Lau

Der Blautopf ist der große runde Kessel eines wundersamen Quells bei einer jähen Felsenwand gleich hinter dem Kloster. Gen Morgen sendet er ein Flüßchen aus, die Blau, welche der Donau zufällt. Dieser Teich ist einwärts wie ein tiefer Trichter, sein Wasser von Farbe ganz blau, sehr herrlich, mit Worten nicht wohl zu beschreiben; wenn man es aber schöpft, sieht es ganz hell in dem Gefäß.

Zu unterst auf dem Grund saß ehmals eine Wasserfrau mit langen fließenden Haaren. Ihr Leib war allenthalben wie eines schönen, natürlichen Weibs, dies eine ausgenommen, daß sie zwischen den Fingern und Zehen eine Schwimmhaut hatte, blühweiß und zärter als ein Blatt vom Mohn. Im Städtlein ist noch heutzutag ein alter Bau, vormals ein Frauenkloster, hernach zu einer großen Wirtschaft eingerichtet, und hieß darum der Nonnenhof. Dort hing vor sechszig Jahren noch ein Bildnis von dem Wasserweib, trotz Rauch und Alter noch wohl kenntlich in den Farben. Da hatte sie die Hände kreuzweis auf die Brust gelegt, ihr Angesicht sah weißlich, das Haupthaar schwarz, die Augen aber, welche sehr groß waren, blau. Beim Volk hieß sie die arge *Lau* im Topf, auch wohl die schöne Lau. Gegen die Menschen erzeigte sie sich bald böse, bald gut. Zuzeiten, wenn sie im Unmut den Gumpen übergehen ließ, kam Stadt und Kloster in Gefahr, dann brachten ihr die Bürger in einem feierlichen Aufzug oft Geschenke, sie zu begütigen, als: Gold- und Silbergeschirr, Becher, Schalen, kleine Messer und andre Dinge; dawider zwar, als einen heidnischen Gebrauch und Götzendienst, die Mönche redlich eiferten, bis derselbe auch endlich ganz abgestellt worden. So feind darum die Wasserfrau dem Kloster war, geschah es doch nicht selten, wenn Pater Emeran die Orgel drüben schlug und kein Mensch in der Nähe war, daß sie am lichten Tag mit halbem Leib heraufkam und zuhorchte; dabei trug sie zuweilen einen Kranz von breiten Blättern auf dem Kopf und auch dergleichen um den Hals.

Ein frecher Hirtenjung belauschte sie einmal in dem Gebüsch und rief: »Hei, Laubfrosch! git's guat Wetter?« Geschwinder als ein Blitz und giftiger als eine Otter fuhr sie heraus, ergriff den Knaben beim Schopf und riß ihn mit hinunter in eine ihrer nassen Kammern, wo sie den ohnmächtig gewordenen jämmerlich verschmachten und verfaulen lassen wollte. Bald aber kam er wieder zu sich, fand eine Tür und kam, über Stufen und Gänge, durch viele Gemächer in einen schönen Saal. Hier war es lieblich, glusam mitten im Winter. In einer Ecke brannte, indem die Lau und ihre Dienerschaft schon schlief, auf einem hohen Leuchter mit goldenen Vogelfüßen als Nachtlicht eine Ampel. Es stand viel köstlicher Hausrat herum an den Wänden, und diese waren samt dem Estrich ganz mit Teppichen staffiert, Bildweberei in allen Farben. Der Knabe hurtig nahm das Licht herunter von dem Stock, sah sich in Eile um, was er noch sonst erwischen möchte, und griff aus einem Schrank etwas heraus, das stak in einem Beutel und war mächtig schwer, deswegen er vermeinte, es sei Gold; lief dann und kam vor ein erzenes Pförtlein, das mochte in der Dicke gut zwo Fäuste sein, schob die Riegel zurück und stieg eine steinerne Treppe hinauf in unterschiedlichen Absätzen, bald links, bald wieder rechts, gewiß vierhundert Stufen, bis sie zuletzt ausgingen und er auf ungeräumte Klüfte stieß; da mußte er das Licht dahinten lassen und kletterte so mit Gefahr seines Lebens noch eine Stunde lang im Finstern hin und her, dann aber brachte er den Kopf auf einmal aus der Erde. Es war tief Nacht, und dicker Wald um ihn. Als er nach vielem Irregehen endlich mit der ersten Morgenhelle auf gänge Pfade kam und von dem Felsen aus das Städtlein unten erblickte, verlangte ihn am Tag zu sehen, was in dem Beutel wäre; da war es weiter nichts als ein Stück Blei, ein schwerer Kegel, spannenlang, mit einem Öhr an seinem obern Ende, weiß vor Alter. Im Zorn warf er den Plunder weg, ins Tal hinab, und sagte nachher weiter niemand von dem Raub, weil er sich dessen schämte. Doch kam von ihm die erste Kunde von der Wohnung der Wasserfrau unter die Leute.

Nun ist zu wissen, daß die schöne Lau nicht hier am Ort zu Hause war; vielmehr war sie, als eine Fürstentochter, und zwar von Mutterseiten her halbmenschlichen Geblüts, mit einem alten Donaunix am Schwarzen Meer vermählt. Ihr Mann verbannte sie, darum, daß sie nur tote Kinder hatte. Das aber kam, weil sie stets traurig war, ohn einige besondere Ursach. Die Schwiegermutter hatte ihr geweissagt, sie möge eher nicht eines lebenden Kindes genesen, als bis sie fünfmal von Herzen gelacht haben würde. Beim fünften Male müßte etwas sein, das dürfe sie nicht wissen, noch auch der alte Nix. Es wollte aber damit niemals glücken, soviel auch ihre Leute deshalb Fleiß anwendeten; endlich da mochte sie der alte König ferner nicht an seinem Hofe leiden und sandte sie an diesen Ort, unweit der obern Donau, wo seine Schwester wohnte. Die Schwiegermutter hatte ihr zum Dienst und Zeitvertreib etliche Kammerzofen und Mägde mitgegeben, so muntere und kluge Mädchen, als je auf Entenfüßen gingen (denn was von dem gemeinen Stamm der Wasserweiber ist, hat rechte Entenfüße); die zogen sie, pur für die Langeweile, sechsmal des Tages anders an – denn außerhalb dem Wasser ging sie in köstlichen Gewändern, doch barfuß –, erzählten ihr alte

Geschichten und Mären, machten Musik, tanzten und scherzten vor ihr. An jenem Saal, darin der Hirtenbub gewesen, war der Fürstin ihr Gaden oder Schlafgemach, von welchem eine Treppe in den Blautopf ging. Da lag sie manchen lieben Tag und manche Sommernacht, der Kühlung wegen. Auch hatte sie allerlei lustige Tiere, wie Vögel, Küllhasen und Affen, vornehmlich aber einen possigen Zwerg, durch welchen vormals einem Ohm der Fürstin war von ebensolcher Traurigkeit geholfen worden. Sie spielte alle Abend Damenziehen, Schachzagel oder Schaf und Wolf mit ihm; so oft er einen ungeschickten Zug getan, schnitt er die raresten Gesichter, keines dem andern gleich, nein, immer eines ärger als das andere, daß auch der weise Salomo das Lachen nicht gehalten hätte, geschweige denn die Kammerjungfern oder du selber, liebe Leserin, wärst du dabei gewesen; nur bei der schönen Lau schlug eben gar nichts an, kaum daß sie ein paarmal den Mund verzog.

Es kamen alle Jahr um Winters Anfang Boten von daheim, die klopften an der Halle mit dem Hammer, da frugen dann die Jungfern:

»Wer pochet, daß einem das Herz erschrickt?«

Und jene sprachen:

»Der König schickt!
Gebt uns wahrhaftigen Bescheid,
Was Guts ihr habt geschafft die Zeit.«

Und sie sagten:

»Wir haben die ferndigen Lieder gesungen,
Und haben die ferndigen Tänze gesprungen,
Gewonnen war es um ein Haar! –
Kommt, liebe Herren, übers Jahr.«

So zogen sie wieder nach Haus. Die Frau war aber vor der Botschaft und darnach stets noch einmal so traurig.

Im Nonnenhof war eine dicke Wirtin, Frau Betha Seysolffin, ein frohes Biederweib, christlich, leutselig, gütig; zumal an armen reisenden Gesellen bewies sie sich als eine rechte Fremdenmutter. Die Wirtschaft führte zumeist ihr ältster Sohn, Stephan, welcher verehlicht war; ein anderer, Xaver, war Klosterkoch, zwo Töchter noch bei ihr. Sie hatte einen kleinen Küchengarten vor der Stadt, dem Topf zunächst. Als sie im Frühjahr einst am ersten warmen Tag dort war und ihre Beete richtete, den Kappis, den Salat zu säen, Bohnen und Zwiebel zu stecken, besah sie sich von ungefähr auch einmal recht mit Wohlgefallen wieder das schöne blaue Wasser überm Zaun und mit Verdruß daneben einen alten garstigen Schutthügel, der schändete den ganzen Platz; nahm also, wie sie fertig war mit ihrer Arbeit und das Gartentürlein hinter sich zugemacht hatte, die Hacke noch einmal, riß flink das gröbste Unkraut aus, erlas etliche Kürbiskern' aus ihrem Samenkorb und steckte hin und wieder einen in den Haufen. (Der Abt im Kloster, der die Wirtin, als eine saubere Frau, gern sah – man hätte sie nicht über vierzig Jahr geschätzt, er selber aber war gleich ihr ein starkbeleibter Herr – stand just am Fenster oben und grüßte herüber, indem er mit dem Finger drohte, als halte sie zu seiner Widersacherin.) Die Wüstung grünte nun den ganzen Sommer, daß es eine Freude war, und hingen dann im Herbst die großen gelben Kürbis an dem Abhang nieder bis zu dem Teich.

Jetzt ging einsmals der Wirtin Tochter, Jutta, in den Keller, woselbst sich noch von alten Zeiten her ein offener Brunnen mit einem steinernen Kasten befand. Beim Schein des Lichts erblickte sie darinne mit Entsetzen die schöne Lau, schwebend bis an die Brust im Wasser; sprang voller Angst davon und sagts der Mutter an; die fürchtete sich nicht und stieg allein hinunter, litt auch nicht, daß ihr der Sohn zum Schutz nachfolge, weil das Weib nackt war.

Der wunderliche Gast sprach diesen Gruß:

»Die Wasserfrau ist kommen
Gekrochen und geschwommen,
Durch Gänge steinig, wüst und kraus,
Zur Wirtin in das Nonnenhaus.
Sie hat sich meinethalb gebückt,
Mein Topf geschmückt
Mit Früchten und mit Ranken,
Das muß ich billig danken.«

Sie hatte einen Kreisel aus wasserhellem Stein in ihrer Hand, den gab sie der Wirtin und sagte: »Nehmt dieses Spielzeug, liebe Frau, zu meinem Angedenken. Ihr werdet guten Nutzen davon haben. Denn jüngsthin habe ich gehört, wie Ihr in Eurem Garten der Nachbarin klagtet, Euch sei schon auf die Kirchweih angst, wo immer die Bürger und Bauern zu Unfrieden kämen und Mord und Totschlag zu befahren sei. Derhalben, liebe Frau, wenn wieder die trunkenen Gäste bei Tanz und Zeche Streit beginnen, nehmt den Topf zur Hand und dreht ihn vor der Tür des Saals im Ohrn, da wird man hören durch das ganze Haus ein mächtiges und herrliches Getöne, daß alle gleich die Fäuste werden sinken lassen und guter Dinge sein, denn jählings ist ein jeder nüchtern und gescheit geworden. Ist es an dem, so werfet Eure Schürze auf den Topf, da wickelt er sich alsbald ein und lieget stille.«

So redete das Wasserweib. Frau Betha nahm vergnügt das Kleinod samt der goldenen Schnur und dem Halter von Ebenholz, rief ihrer Tochter Jutta her (sie stand nur hinter dem Krautfaß an der Staffel), wies ihr die Gabe, dankte und lud die Frau, so oft die Zeit ihr lang wär, freundlich ein zu fernerem Besuch; darauf das Weib hinabfuhr und verschwand.

Es dauerte nicht lang, so wurde offenbar, welch einen Schatz die Wirtschaft an dem Topf gewann. Denn nicht allein, daß er durch seine Kraft und hohe Tugend die übeln Händel allezeit in einer Kürze dämpfte, er brachte auch dem Gasthaus bald erstaunliche Einkehr zuwege. Wer in die Gegend kam, gemein oder vornehm, ging ihm zulieb; insonderheit kam bald der Graf von Helfenstein, von Wirtemberg und etliche große Prälaten; ja ein berühmter Herzog aus Lombardenland, so bei dem Herzoge von Bayern gastweis war und dieses Wegs nach Frankreich reiste, bot vieles Geld für dieses Stück, wenn es die Wirtin lassen wollte. Gewiß auch war in keinem andern Land seinesgleichen zu sehn und zu hören. Erst, wenn er anhub sich zu drehen, ging es doucement her, dann klang es stärker und stärker, so hoch wie tief, und immer herrlicher, als wie der Schall von vielen Pfeifen, der quoll und stieg durch alle Stockwerke bis unter das Dach und bis in den Keller, dergestalt, daß alle Wände, Dielen, Säulen und Geländer schienen davon erfüllt zu sein, zu tönen und zu schwellen. Wenn nun das Tuch auf ihn geworfen wurde und er ohnmächtig lag, so hörte gleichwohl die Musik sobald nicht auf, es zog vielmehr der ausgeladene Schwall mit starkem Klingen, Dröhnen, Summen noch wohl bei einer Viertelstunde hin und her.

Bei uns im Schwabenland heißt so ein Topf aus Holz gemeinhin eine Habergeiß; Frau Betha ihrer ward nach seinem vornehmsten Geschäfte insgemein genannt der Bauren-Schwaiger. Er war gemacht aus einem großen Amethyst, des Name besagen will: wider den Trunk; weil er den schweren Dunst des Weins geschwinde aus dem Kopf vertreibt, ja schon von Anbeginn dawider tut, daß einen guten Zecher das Selige berühre; darum ihn auch weltlich und geistliche Herren sonst häufig pflegten am Finger zu tragen.

Die Wasserfrau kam jeden Mond einmal, auch je und je unverhofft zwischen der Zeit, weshalb die Wirtin eine Schelle richten ließ, oben im Haus, mit einem Draht, der lief herunter an der Wand beim Brunnen, damit sie sich gleichbald anzeigen konnte. Also ward sie je mehr und mehr zutunlich zu den wackeren Frauen, der Mutter samt den Töchtern und der Söhnerin.

Einsmals an einem Nachmittag im Sommer, da eben keine Gäste kamen, der Sohn mit den Knechten und Mägden hinaus in das Heu gefahren war, Frau Betha mit der Ältesten im Keller Wein abließ, die Lau im Brunnen aber Kurzweil halben dem Geschäft zusah und nun die Frauen noch ein wenig mit ihr plauderten: da fing die Wirtin an: »Mögt Ihr Euch denn einmal in meinem Haus und Hof umsehn? Die Jutta könnte Euch etwas von Kleidern geben; ihr seid von *einer* Größe.«

»Ja«, sagte sie, »ich wollte lange gern die Wohnungen der Menschen sehn, was alles sie darin gewerben, spinnen, weben, ingleichen auch wie Eure Töchter Hochzeit machen und ihre kleinen Kinder in der Wiege schwenken.«

Da lief die Tochter fröhlich mit Eile hinauf, ein rein Leintuch zu holen, bracht es und half ihr aus dem Kasten steigen, das tat sie sonder Mühe und lachenden Mundes. Flugs schlug ihr die Dirne das Tuch um den Leib und führte sie bei ihrer Hand eine schmale Stiege hinauf in der hintersten Ecke des Kellers, da man durch eine Falltür oben gleich in der Töchter Kammer gelangt. Allda ließ sie sich trocken machen und saß auf einem Stuhl, indem ihr Jutta die Füße abrief. Wie diese ihr nun an die Sohle kam, fuhr sie zurück und kicherte. »Wars nicht gelacht?« frug sie selber sogleich. – »Was anders?« rief das Mädchen und jauchzte: »Gebenedeiet sei uns der Tag! ein erstes Mal wär es geglückt!« – Die Wirtin hörte in der Küche das Gelächter und die Freude, kam herein, begierig, wie es zugegangen, doch als sie die Ursach vernommen – du armer Tropf, so dachte sie, das wird ja schwerlich gelten! – ließ sich indes nichts merken, und Jutta nahm etliche Stücke heraus aus dem Schrank, das Beste, was sie hatte, die Hausfreundin zu kleiden. »Seht«, sagte die Mutter: »sie will wohl aus Euch eine Susann Preisnestel machen.« – »Nein«, rief die Lau in ihrer Fröhlichkeit: »laß mich die Aschengruttel sein in deinem Märchen!« – nahm einen schlechten runden Faltenrock und eine Jacke; nicht Schuh noch Strümpfe litt sie an den Füßen, auch hingen ihre Haare ungezöpft bis auf die Knöchel nieder. So strich sie durch das Haus von unten bis zu oberst, durch Küche, Stuben und Gemächer. Sie verwunderte sich des gemeinsten Gerätes und seines Gebrauchs, besah den rein gefegten Schenktisch und darüber in langen Reihen die zinnenen Kannen und Gläser, alle gleich gestürzt, mit hängendem Deckel, dazu den kupfernen Schwenkkessel samt der Bürste, und mitten in der Stube an der Decke der Weber Zunftgeschmuck, mit Seidenband und Silberdraht geziert, in dem Kästlein von Glas. Von ungefähr erblickte sie ihr eigen Bild im Spiegel, davor blieb sie betroffen und erstockt eine ganze Weile stehn, und als darauf die Söhnerin sie mit in ihre Stube nahm und ihr ein neues Spiegelein, drei Groschen wert, verehrte, da meinte sie Wunders zu haben, denn unter allen ihren Schätzen fand sich dergleichen nicht.

Bevor sie aber Abschied nahm, geschahs, daß sie hinter den Vorhang des Alkoven schaute, woselbst der jungen Frau und ihres Mannes Bett sowie der Kinder Schlafstätte war. Saß da ein Enkelein mit rotgeschlafenen Backen, hemdig und einen Apfel in der Hand, auf einem runden Stühlchen von guter Ulmer Hafnerarbeit, grünverglaset. Das wollte dem Gast außer Maßen gefallen; sie nannte es einen viel zierlichen Sitz, rümpft' aber die Nase mit eins, und da die drei Frauen sich wandten zu lachen, vermerkte sie etwas und fing auch hell zu lachen an, und hielt sich die ehrliche Wirtin den Bauch, indem sie sprach: »Diesmal fürwahr hat es gegolten, und Gott schenk Euch so einen frischen Buben, als mein Hans da ist!«

Die Nacht darauf, daß sich dies zugetragen, legte sich die schöne Lau getrost und wohlgemut, wie schon in langen Jahren nicht, im Grund des Blautopfs nieder, schlief gleich ein, und bald erschien ihr ein närrischer Traum.

Ihr deuchte da, es war die Stunde nach Mittag, wo in der heißen Jahreszeit die Leute auf der Wiese sind und mähen, die Mönche aber sich in ihren kühlen Zellen eine Ruhe machen, daher es noch einmal so still im ganzen Kloster und rings um seine Mauern war. Es stund jedoch nicht lange an, so kam der Abt herausspaziert und sah, ob nicht etwa die Wirtin in ihrem Garten sei. Dieselbe aber saß als eine dicke Wasserfrau mit langen Haaren in dem Topf, allwo der Abt sie bald entdeckte, sie begrüßte und ihr einen Kuß gab, so mächtig, daß es vom Klostertürmlein widerschallte, und schallte es der Turm ans Refektorium, das sagt' es der Kirche und die sagt's dem Pferdstall und der sagt's dem Fischhaus und das sagt's dem Waschhaus und im Waschhaus da riefens die Zuber und Kübel sich zu. Der Abt erschrak bei solchem Lärm; ihm war, wie er sich nach der Wirtin bückte, sein Käpplein in Blautopf gefallen, sie gab es ihm geschwind, und er watschelte hurtig davon.

Da aber kam aus dem Kloster heraus unser Herrgott, zu sehn, was es gebe. Er hatte einen langen weißen Bart und einen roten Rock. Und frug den Abt, der ihm just in die Hände lief:

»Herr Abt, wie ward Euer Käpplein so naß?«

1868
1872

Und er antwortete:

»Es ist mir ein Wildschwein am Wald verkommen,
Vor dem hab ich Reißaus genommen;
Ich rannte sehr und schwitzet' baß,
Davon ward wohl mein Käpplein so naß.«

Da hob unser Herrgott, unwirs ob der Lüge, seinen Finger auf, winkt' ihm und ging voran, dem Kloster zu. Der Abt sah hehlings noch einmal nach der Frau Wirtin um, und diese rief: »Ach liebe Zeit, ach liebe Zeit, jetzt kommt der gut' alt' Herr in die Prison!«

Dies war der schönen Lau ihr Traum. Sie wußte aber beim Erwachen und spürte noch an ihrem Herzen, daß sie im Schlaf sehr lachte, und ihr hüpfte noch wachend die Brust, daß der Blautopf oben Ringlein schlug.

Weil es den Tag zuvor sehr schwül gewesen, so blitzte es jetzt in der Nacht. Der Schein erhellte den Blautopf ganz, auch spürte sie am Boden, es donnere weitweg. So blieb sie mit zufriedenem Gemüte noch eine Weile ruhen, den Kopf in ihre Hand gestützt, und sah dem Wetterblicken zu. Nun stieg sie auf, zu wissen, ob der Morgen etwa komme: allein es war noch nicht viel über Mitternacht. Der Mond stand glatt und schön über dem Rusenschloß, die Lüfte aber waren voll vom Würzgeruch der Mahden.

Sie meinte fast der Geduld nicht zu haben bis an die Stunde, wo sie im Nonnenhof ihr neues Glück verkünden durfte, ja wenig fehlte, daß sie sich jetzt nicht mitten in der Nacht aufmachte und vor Juttas Türe kam (wie sie nur einmal, Trostes wegen, in übergroßem Jammer nach der jüngsten Botschaft aus der Heimat, tat), doch sie besann sich anders und ging zu besserer Zeit.

Frau Betha hörte ihren Traum gutmütig an, obwohl er ihr ein wenig ehrenrührig schien. Bedenklich aber sagte sie darauf: »Baut nicht auf solches Lachen, das im Schlaf geschah; der Teufel ist ein Schelm. Wenn Ihr auf solches Trugwerk hin die Boten mit fröhlicher Zeitung entließet, und die Zukunft strafte Euch Lügen, es könnte schlimm daheim ergehen.«

Auf diese ihre Rede hing die schöne Lau den Mund gar sehr und sagte: »Frau Ahne hat der Traum verdrossen!« – nahm kleinlauten Abschied und tauchte hinunter.

Es war nah bei Mittag, da rief der Pater Schaffner im Kloster dem Bruder Kellermeister eifrig zu: »Ich merk, es ist im Gumpen letz! die Arge will Euch Eure Faß wohl wieder einmal schwimmen lehren. Tut Eure Läden eilig zu, vermachet alles wohl!«

Nun aber war des Klosters Koch, der Wirtin Sohn, ein lustiger Vogel, welchen die Lau wohl leiden mochte. Der dachte ihren Jäst mit einem Schnak zu stillen, lief nach seiner Kammer, zog die Bettscher aus der Lagerstätte und steckte sie am Blautopf in den Rasen, wo das Wasser auszutreten pflegte, und stellte sich mit Worten und Gebärden als einen viel getreuen Diener an, der mächtig Ängsten hätte, daß seine Herrschaft aus dem Bette fallen und etwa Schaden nehmen möchte. Da sie nun sah das Holz so recht mit Fleiß gesteckt und über das Bächlein gespreizt, kam ihr in ihrem Zorn das Lachen an, und lachte überlaut, daß mans im Klostergarten hörte.

Als sie hierauf am Abend zu den Frauen kam, da wußten sie es schon vom Koch und wünschten ihr mit tausend Freuden Glück. Die Wirtin sagte: »Der Xaver ist von Kindesbeinen an gewesen als wie der Zuberclaus, jetzt kommt uns seine Torheit zustatten.«

Nun aber ging ein Monat nach dem andern herum, es wollte sich zum dritten- oder viertenmal nicht wieder schicken. Martini war vorbei, noch wenig Wochen, und die Boten standen wieder vor der Tür. Da ward es den guten Wirtsleuten selbst bang, ob heuer noch etwas zustande käme, und alle hatten nur zu trösten an der Frau. Je größer deren Angst, je weniger zu hoffen war.

Damit sie ihres Kummers eher vergesse, lud ihr Frau Betha einen Lichtkarz ein, da nach dem Abendessen ein halb Dutzend muntre Dirnen und Weiber aus der Verwandtschaft in einer abgelegenen Stube mit ihren Kunkeln sich zusammensetzten. Die Lau kam alle Abend in Juttas altem Rock und Kittel und ließ sich weit vom warmen Ofen weg in einem Winkel auf den Boden nieder und hörte dem Geplauder zu, von Anfang als ein stummer Gast, ward aber bald zutraulich und bekannt mit allen. Um ihretwillen machte sich Frau Betha eines Abends ein Geschäft daraus, ihr Weihnachtskripplein für die Enkel beizeiten herzurichten: die Mutter Gottes mit dem Kind im Stall, bei ihr die drei Weisen aus Morgenland, ein jeder mit seinem Kamel, darauf er hergereist kam und seine Gaben brachte. Dies alles aufzuputzen und zu leimen, was etwa lotter war, saß die Frau Wirtin an dem Tisch beim Licht mit ihrer Brille, und die Wasserfrau mit höchlichem Ergötzen sah ihr zu, sowie sie auch gerne vernahm, was ihr von heiligen Geschichten dabei gesagt wurde, doch nicht, daß sie dieselben dem rechten Verstand nach begriff oder zu Herzen nahm, wie gern auch die Wirtin es wollte.

Frau Betha wußte ferner viel lehrreicher Fabeln und Denkreime, auch spitzweise Fragen und Rätsel; die gab sie nacheinander im Vorsitz auf zu raten, weil sonderlich die Wasserfrau von Hause aus dergleichen liebte und immer gar zufrieden schien, wenn sie es ein und das andre Mal traf (das doch nicht allzu leicht geriet). Eines derselben gefiel ihr vor allen, und was damit gemeint ist, nannte sie ohne Besinnen:

»Ich bin eine dürre Königin,
Trag auf dem Haupt eine zierliche Kron,
Und die mir dienen mit treuem Sinn,
Die haben großen Lohn.

Meine Frauen müssen mich schön frisiern,
Erzählen mir Märlein ohne Zahl,
Sie lassen kein einzig Haar an mir,
Doch siehst du mich nimmer kahl.

Spazieren fahr ich frank und frei,
Das geht so rasch, das geht so fein;
Nur komm ich nicht vom Platz dabei –
Sagt, Leute, was mag das sein?«

Darüber sagte sie, in etwas fröhlicher denn zuvor: »Wenn ich dereinstens wiederum in meiner Heimat bin, und kommt einmal ein schwäbisch Landeskind, zumal aus eurer Stadt, auf einer Kriegsfahrt oder sonst durch der Walachen Land an unsere Gestade, so ruf er mich bei Namen, dort wo der Strom am breitesten hineingeht in das Meer – versteht, zehn Meilen einwärts in dieselbe See erstreckt sich meines Mannes Reich, soweit das süße Wasser sie mit seiner Farbe färbt –, dann will ich kommen und dem Fremdling zu Rat und Hilfe sein. Damit er aber sicher sei, ob ich es bin und keine andere, die ihm schaden möchte, so stelle er dies Rätsel. Niemand aus unserem Geschlechte außer mir wird ihm darauf antworten; denn dortzuland sind solche Rocken und Rädlein, als ihr in Schwaben führet, nicht gesehn, noch kennen sie dort eure Sprache; darum mag dies die Losung sein.«

Auf einen andern Abend ward erzählt vom Doktor Veylland und Herrn Conrad von Wirtemberg, dem alten Gaugrafen, in dessen Tagen es noch keine Stadt mit Namen Stuttgart gab. Im Wiesental, da wo dieselbe sich nachmals erhob, stund nur ein stattliches Schloß mit Wassergraben und Zugbrücke; von Bruno, dem Domherrn von Speyer, Conradens Oheim, erbaut, und nicht gar weit davon ein hohes steinernes Haus. In diesem wohnte dazumal mit einem alten Diener ganz allein ein sonderlicher Mann, der war in natürlicher Kunst und in

Arzneikunst sehr gelehrt und war mit seinem Herrn, dem Grafen, weit in der Welt herumgereist, in heißen Ländern, von wo er manche Seltsamkeit an Tieren, vielerlei Gewächsen und Meerwundern heraus nach Schwaben brachte. In seinem Öhrn sah man der fremden Sachen eine Menge an den Wänden herum hangen: die Haut vom Krokodil sowie Schlangen und fliegende Fische. Fast alle Wochen kam der Graf einmal zu ihm; mit andern Leuten pflegte er wenig Gemeinschaft. Man wollte behaupten, er mache Gold; gewiß ist, daß er sich unsichtbar machen konnte, denn er verwahrte unter seinem Kram einen Krackenfischzahn. Einst nämlich, als er auf dem Roten Meer das Bleilot niederließ, die Tiefe zu erforschen, da zockt' es unterm Wasser, daß das Tau fast riß. Es hatte sich ein Krackenfisch im Lot verbissen und zween seiner Zähne darinne gelassen. Sie sind wie eine Schustersahle spitz und glänzend schwarz. Der eine stak sehr fest, der andre ließ sich leicht ausziehen. Da nun ein solcher Zahn, etwa in Silber oder Gold gefaßt und bei sich getragen, besagte hohe Kraft besitzt und zu den größten Gütern, so man für Geld nicht haben kann, gehört, der Doktor aber dafür hielt, es zieme eine solche Gabe niemand besser als einem weisen und wohldenkenden Gebieter, damit er überall, in seinen eigenen und Feindes Landen, sein Ohr und Auge habe, so gab er einen dieser Zähne seinem Grafen, wie er ja ohnedem wohl schuldig war, mit Anzeigung von dessen Heimlichkeit, davon der Herr nichts wußte. Von diesem Tage an erzeigte sich der Graf dem Doktor gnädiger als allen seinen Edelleuten oder Räten und hielt ihn recht als seinen lieben Freund, ließ ihm auch gern und sonder Neid das Lot zu eigen, darin der andere Zahn war, doch unter dem Gelöbnis, sich dessen ohne Not nicht zu bedienen, auch ihn vor seinem Ableben entweder ihm, dem Grafen, erblich zu verlassen oder auf alle Weise der

Welt zu entrücken, wo nicht ihn gänzlich zu vertilgen. Der edle Graf starb aber um zwei Jahre eher als der Veylland und hinterließ das Kleinod seinen Söhnen nicht; man glaubt, aus Gottesfurcht und weiser Vorsicht hab ers mit in das Grab genommen oder sonst verborgen.

Wie nun der Doktor auch am Sterben lag, so rief er seinen treuen Diener Curt zu ihm ans Bett und sagte: »Lieber Curt! es gehet diese Nacht mit mir zum Ende, so will ich dir noch deine guten Dienste danken und etliche Dinge befehlen. Dort bei den Büchern, in dem Fach zu unterst in der Ecke, ist ein Beutel mit hundert Imperialen, den nimm sogleich zu dir; du wirst auf Lebenszeit genug daran haben. Zum zweiten, das alte geschriebene Buch in dem Kästlein daselbst verbrenne jetzt vor meinen Augen hier in dem Kamin. Zum dritten findest du ein Bleilot dort, das nimm, verbirgs bei deinen Sachen, und wenn du aus dem Hause gehst in deine Heimat, gen Blaubeuren, laß es dein erstes sein, daß du es in den Blautopf wirfst.« – Hiermit war er darauf bedacht, daß es, ohne Gottes besondere Fügung, in ewigen Zeiten nicht in irgendeines Menschen Hände komme. Denn damals hatte sich die Lau noch nie im Blautopf blicken lassen, und hielt man selben überdies für unergründlich.

Nachdem der gute Diener jenes alles teils auf der Stelle ausgerichtet, teils versprochen, nahm er mit Tränen Abschied von dem Doktor, welcher vor Tage noch das Zeitliche gesegnete.

Als nachher die Gerichtspersonen kamen und allen kleinen Quark aussuchten und versiegelten, da hatte Curt das Bleilot zwar beiseit' gebracht, den Beutel aber nicht versteckt, denn er war keiner von den Schlauesten, und mußte ihn dalassen, bekam auch nach der Hand nicht einen Deut davon zu sehen, kaum daß die schnöden Erben ihm den Jahreslohn auszahlten.

Solch Unglück ahnete ihm schon, als er, auch ohnedem betrübt genug, mit seinem Bündelein in seiner Vaterstadt einzog. Jetzt dachte er an nichts, als seines Herrn Befehl vor allen Dingen zu vollziehen. Weil er seit dreiundzwanzig Jahren nimmer hier gewesen, so kannte er die Leute nicht, die ihm begegneten, und da er gleichwohl einem und dem andern Guten Abend sagte, gabs ihm niemand zurück. Die Leute schauten sich, wenn er vorüber kam, verwundert an den Häusern um, wer doch da gegrüßt haben möchte, denn keines erblickte den Mann. Dies kam, weil ihm das Lot in seinem Bündel auf der linken Seite hing; ein andermal, wenn er es rechts trug, war er von allen gesehen. Er aber sprach für sich: »Zu meiner Zeit sind die[a] Blaubeur[a]m[a]r so grob ett gwä!«

Beim Blautopf fand er seinen Vetter, den Seilermeister, mit dem Jungen am Geschäft, indem er längs der Klostermauer, rückwärts gehend, Werg aus seiner Schürze spann, und weiterhin der Knabe trillte die Schnur mit dem Rad. »Gott grü[a]ß di, Vetter Seiler!« rief der Curt und klopft' ihm auf die Achsel. Der Meister guckt sich um, verblaßt, läßt seine Arbeit aus den Händen fallen und lauft, was seine Beine mögen. Da lachte der andere, sprechend: »Der denkt, mei' Seel, i wandele geistweis! D'Leut hant g'wiß mi für tot hi[a] g'sait, anstatt mein' Herr[a] – ei so schlag!«

Jetzt ging er zu dem Teich, knüpfte sein Bündel auf und zog das Lot heraus. Da fiel ihm ein, er möchte doch auch wissen, ob es wahr sei, daß der Gumpen keinen Grund noch Boden habe (er wär gern auch ein wenig so ein Spiriguckes wie sein Herr gewesen), und weil er vorhin in des Seilers Korb drei große starke Schnürbund liegen sehn, so holte er dieselben her und band das Lot an einen. Es lagen just auch frischgebohrte Teichel, eine schwere Menge, in dem Wasser bis gegen die Mitte des Topfs, darauf er sicher Posto fassen konnte, und also ließ er das Gewicht hinunter, indem er immer ein Stück

Schnur an seinem ausgestreckten Arm abmaß, drei solcher Längen auf ein Klafter rechnete und laut abzählte: »– 1 Klafter, 2 Klafter, 3, 4, 5, 6, 7, 8, 9, 10«; – da ging der erste Schnurbund aus, und mußte er den zweiten an das Ende knüpfen, maß wiederum ab und zählte bis auf 20. Da war der andere Schnurbund gar – »Heid^{a}guguk, ist dees ^{a} Ti^{a}fe!« – und band den dritten an das Trumm, fuhr fort zu zählen: »21, 22, 23, 24 – Höll-Element, mei' Arm will nimme! – 25, 26, 27, 28, 29, 30 – Jetzet gu^{a}t Nacht, 's Meß hot ^{a} End! Do heißts halt, mir nex, dir nex, rappede kappede, so isch usgang^{a}!« – Er schlang die Schnur, bevor er aufzog, um das Holz, darauf er stand, ein wenig zu verschnaufen, und urteilte bei sich: »der Topf ist währle bod^{a}laus«.

Indem der Spinnerinnen eine diesen Schwank erzählte, tat die Wirtin einen schlauen Blick zur Lau hinüber, welche lächelte; denn freilich wußte sie am besten, wie es gegangen war mit dieser Messerei; doch sagten beide nichts. Dem Leser aber soll es unverhalten sein.

Die schöne Lau lag jenen Nachmittag auf dem Sand in der Tiefe, und, ihr zu Füßen, eine Kammerjungfrau, Aleila, welche ihr die liebste war, beschnitte ihr in guter Ruh die Zehen mit einer goldenen Schere, wie von Zeit zu Zeit geschah.

Da kam hernieder langsam aus der klaren Höh ein schwarzes Ding, als wie ein Kegel, deß' sich im Anfang beide sehr verwunderten, bis sie erkannten, was es sei. Wie nun das Lot mit neunzig Schuh den Boden rührte, da ergriff die scherzlustige Zofe die Schnur und zog gemach mit beiden Händen, zog und zog, so lang, bis sie nicht mehr nachgab. Alsdann nahm sie geschwind die Schere und schnitt das Lot hinweg, erlangte einen dicken Zwiebel, der war erst gestern in den Topf gefallen und war fast eines Kinderkopfes groß, und band ihn bei dem grünen Schossen an die Schnur, damit der Mann erstaune, ein ander Lot zu finden, als das er ausgeworfen. Derweile aber hatte die schöne Lau den Krackenzahn im Blei mit Freuden und Verwunderung entdeckt. Sie wußte seine Kraft gar wohl, und ob zwar für sich selbst die Wasserweiber oder -männer nicht viel darnach fragen, so gönnen sie den Menschen doch so großen Vorteil nicht, zumalen sie das Meer und was sich darin findet von Anbeginn als ihren Pacht und Lehn ansprechen. Deswegen denn die schöne Lau mit dieser ungefähren Beute sich dereinst, wenn sie zu Hause käme, beim alten Nix, ihrem Gemahl, Lobs zu erholen hoffte. Doch wollte sie den Mann, der oben stund, nicht lassen ohn Entgelt, nahm also alles, was sie eben auf dem Leibe hatte, nämlich die schöne Perlenschnur an ihrem Hals, schlang selbe um den großen Zwiebel, gerade als er sich nunmehr erhob; und daran war es nicht genug: sie hing zuteuerst auch die goldne Schere noch daran und sah mit hellem Aug', wie das Gewicht hinaufgezogen ward. Die Zofe aber, neubegierig, wie sich das Menschenkind dabei gebärde, stieg hinter dem Lot in die Höhe und weidete sich zwo Spannen unterhalb dem Spiegel an des Alten Schreck und Verwirrung. Zuletzt fuhr sie mit ihren beiden aufgehobenen Händen ein maler viere in der Luft herum, die weißen Finger als zu einem Fächer oder Wadel ausgespreizt. Es waren aber schon zuvor auf des Vetters Seilers Geschrei viel Leute aus der Stadt herausgekommen, die standen um den Blautopf her und sahn dem Abenteuer zu, bis wo die grausigen Hände erschienen; da stob mit eins die Menge voneinander und entrann.

Der alte Diener aber war von Stund an irrsch im Kopf ganzer sieben Tage und sah der Lau ihre Geschenke gar nicht an, sondern saß da, bei seinem Vetter, hinterm Ofen, und sprach des Tags wohl hundertmal ein altes Sprüchlein vor sich hin, von welchem kein Gelehrter in ganz Schwabenland Bescheid zu geben weiß, woher und wie oder wann erstmals es unter die Leute gekommen. Denn von ihm selber hatte es der Alte nicht; man gab es lang vor seiner Zeit, gleichwie noch heutigestags, den Kindern scherzweis auf, wer es ganz hurtig nacheinander ohne Tadel am öftesten hersagen könne; und lauten die Worte:

»'s leit [a] Klötzle Blei glei bei Blaubeur[a],
glei bei Blaubeur[a] leit [a] Klötzle Blei.«

Die Wirtin nannt es einen rechten Leirenbendel und sagte: »Wer hätte auch den mindesten Verstand da drin gesucht, geschweige eine Prophezeiung!«

Als endlich der Curt mit dem siebenten Morgen seine gute Besinnung wiederfand und ihm der Vetter die kostbaren Sachen darwies, so sein rechtliches Eigentum wären, da schmunzelte er doch, tat sie in sicheren Verschluß und ging mit des Seilers zu Rat, was damit anzufangen. Sie achteten alle fürs beste, er reise mit Perlen und Schere gen Stuttgart, wo eben Graf Ludwig sein Hoflager hatte, und biete sie demselben an zum Kauf. So tat er denn. Der hohe Herr war auch nicht karg und gleich bereit, so seltene Zier nach Schätzung eines Meisters für seine Frau zu nehmen; nur als er von dem Alten hörte, wie er dazu gekommen, fuhr er auf und drehte sich voll Ärger auf dem Absatz um, daß ihm der Wunderzahn verloren sei. Ihm war vordem etwas von diesem kund geworden, und hatte er dem Doktor, bald nach Herrn Conrads Hintritt, seines Vaters, sehr darum angelegen, doch umsonst.

Dies war nun die Geschichte, davon die Spinnerinnen damals plauderten. Doch ihnen war das Beste daran unbekannt. Eine Gevatterin, so auch mit ihrer Kunkel unter ihnen saß, hätte noch gar gern gehört, ob wohl die schöne Lau das Lot noch habe, auch was sie damit tue?

und red'te so von weitem darauf hin; da gab Frau Betha ihr nach ihrer Weise einen kleinen Stich und sprach zur Lau: »Ja, gelt, jetzt macht Ihr Euch bisweilen unsichtbar, geht herum in den Häusern und guckt den Weibern in die Töpfe, was sie zu Mittag kochen? Eine schöne Sach um so ein Lot für fürwitzige Leute!«

Inmittelst fing der Dirnen eine an, halblaut das närrische Gesetzlein herzusagen; die andern taten ein gleiches, und jede wollt es besser können, und keine brachte es zum dritten oder viertenmal glatt aus dem Mund; dadurch gab es viel Lachen. Zum letzten mußte es die schöne Lau probieren, die Jutta ließ ihr keine Ruh. Sie wurde rot bis an die Schläfe, doch hub sie an und klüglicherweise gar langsam:

»'s leit ^{a} Klötzle Blei glei bei Blaubeur^{a}.«

Die Wirtin rief ihr zu, so sei es keine Kunst, es müsse gehen wie geschmiert! Da nahm sie ihren Anlauf frisch hinweg, kam auch alsbald vom Pfad ins Stoppelfeld, fuhr buntüberecks und wußte nimmer gicks noch gacks. Jetzt, wie man denken kann, gab es Gelächter einer Stuben voll, das hättet ihr nur hören sollen, und mitten draus hervor der schönen Lau ihr Lachen, so hell wie ihre Zähne, die man alle sah!

Doch unversehens, mitten in dieser Fröhlichkeit und Lust, begab sich ein mächtiges Schrecken.

Der Sohn vom Haus, der Wirt, – er kam gerade mit dem Wagen heim von Sonderbuch und fand die Knechte verschlafen im Stall – sprang hastig die Stiege herauf, rief seine Mutter vor die Tür und sagte, daß es alle hören konnten: »Um Gottes willen, schickt die Lau nach Haus! Hört Ihr denn nicht im Städtlein den Lärm? der Blautopf leert sich aus, die untere Gasse ist schon unter Wasser, und in dem Berg am Gumpen ist ein Getös und Rollen, als wenn die Sündflut käme!« – Indem er noch so sprach, tat innen die Lau einen Schrei: »Das ist der König, mein Gemahl, und ich bin nicht daheim!« – Hiermit fiel sie von ihrem Stuhl sinnlos zu Boden, daß die Stube zitterte. Der Sohn war wieder fort, die Spinnerinnen liefen jammernd heim mit ihren Rocken, die andern aber wußten nicht, was anzufangen mit der armen Lau, welche wie tot dalag. Eins machte ihr die Kleider auf, ein anderes strich sie an, das dritte riß die Fenster auf, und schafften doch alle miteinander nichts.

Da streckte unverhofft der lustige Koch den Kopf zur Tür herein, sprechend: »Ich hab mirs eingebildet, sie wär bei euch! Doch, wie ich sehe, gehts nicht allzu lustig her. Macht, daß die Ente in das Wasser kommt, so wird sie schwimmen!« – »Du hast gut reden!« sprach die Mutter mit Beben: »*hat* man sie auch im Keller und im Brunnen, kann sie sich unten nicht den Hals abstürzen im Geklüft?« – »Was Keller!« rief der Sohn: »was Brunnen! das geht ja freilich nicht – laßt mich nur machen! Not kennt kein Gebot – ich trag sie in den Blautopf.« – Und damit nahm er, als ein starker Kerl, die Wasserfrau auf seine Arme. »Komm, Jutta – nicht heulen! – geh mir voran mit der Latern.« – »In Gottes Namen!« sagte die Wirtin: »doch nehmt den Weg hinten herum durch die Gärten: es wimmelt die Straße mit Leuten und Lichtern.« – »Der Fisch hat sein Gewicht!« sprach er im Gehn, schritt aber festen Tritts die Stiege hinunter, dann über den Hof und links und rechts, zwischen Hecken und Zäunen hindurch.

Am Gumpen fanden sie das Wasser schon merklich gefallen, gewahrten aber nicht, wie die drei Zofen, mit den Köpfen dicht unter dem Spiegel, ängstlich hin und wieder schwammen, nach ihrer Frau ausschauend. Das Mädchen stellte die Laterne hin, der Koch entledigte sich seiner Last, indem er sie behutsam mit dem Rücken an den Kürbishügel lehnte. Da raunte ihm sein eigener

Schalk ins Ohr: wenn du sie küßtest, freute dichs dein Leben lang, und könntest du doch sagen, du habest einmal eine Wasserfrau geküßt. Und eh er es recht dachte, wars geschehen. Da löschte ein Schuck Wasser aus dem Topf das Licht urplötzlich aus, daß es stichdunkel war umher, und tat es dann nicht anders, als wenn ein ganz halb Dutzend nasser Hände auf ein paar kernige Backen fiel' und wo es sonst hintraf. Die Schwester rief: »Was gibt es denn?« – »Maulschellen, heißt mans hier herum!« sprach er: »Ich hätte nicht gedacht, daß sie am Schwarzen Meer sottige Ding auch kenneten!« – Dies sagend, stahl er sich eilends davon, doch weil es vom Widerhall drüben am Kloster auf Mauern und Dächern und Wänden mit Maulschellen brazzelte, stund er bestürzt, wußte nicht recht wohin, denn er glaubte den Feind vorn und hinten. (Solch einer Witzung brauchte es, damit er sich des Mundes nicht berühme, den er geküßt, unwissend zwar, daß er es *müssen* tun, der schönen Lau zum Heil.)

Inwährend diesem argen Lärm nun hörte man die Fürstin in ihrem Ohnmachtschlaf so innig lachen, wie sie damals im Traum getan, wo sie den Abt sah springen. Der Koch vernahm es noch von weitem, und ob ers schon auf sich zog, und mit Grund, erkannte er doch gern daraus, daß es nicht weiter Not mehr habe mit der Frau.

Bald kam mit guter Zeitung auch die Jutta heim, die Kleider, den Rock und das Leibchen im Arm, welche die schöne Lau zum letztenmal heut am Leibe gehabt. Von ihren Kammerjungfern, die sie am Topf in Beisein des Mädchens empfingen, erfuhr sie gleich zu ihrem großen Trost, der König sei noch nicht gekommen, doch mög es nicht mehr lang anstehn, die große Wasserstraße sei schon angefüllt. Dies nämlich war ein breiter hoher Felsenweg, tief unterhalb den menschlichen Wohnstätten, schön grad und eben mitten durch den Berg gezogen, zwo Meilen lang von da bis an die Donau, wo des alten Nixen Schwester ihren Fürstensitz hatte. Derselben waren viele Flüsse, Bäche, Quellen dieses Gaus dienstbar; die schwellten, wenn das Aufgebot an sie erging, besagte Straße in gar kurzer Zeit so hoch mit ihren Wassern, daß sie mit allem Seegetier, Meerrossen und Wagen füglich befahren werden mochte, welches bei festlicher Gelegenheit zuweilen als ein schönes Schaugepräng mit vielen Fackeln und Musik von Hörnern und Pauken geschah.

Die Zofen eilten jetzo sehr mit ihrer Herrin in das Putzgemach, um sie zu salben, zöpfen und köstlich anzuziehen; das sie auch gern zuließ und selbst mithalf, denn sie in ihrem Innern fühlte, es sei nun jegliches erfüllt zusamt dem Fünften, so der alte Nix und sie nicht wissen durfte.

Drei Stunden wohl nachdem der Wächter Mitternacht gerufen, es schlief im Nonnenhof schon alles, erscholl die Kellerglocke zweimal mächtig, zum Zeichen, daß es Eile habe, und hurtig waren auch die Frauen und die Töchter auf dem Platz.

Die Lau begrüßte sie wie sonst vom Brunnen aus, nur war ihr Gesicht von der Freude verschönt, und ihre Augen glänzten, wie man es nie an ihr gesehen. Sie sprach: »Wißt, daß mein Ehgemahl um Mitternacht gekommen ist. Die Schwieger hat es ihm voraus verkündigt ohnelängst, daß sich in dieser Nacht mein gutes Glück vollenden soll, darauf er ohne Säumen auszog, mit Geleit der Fürsten, seinem Ohm und meinem Bruder Synd und vielen Herren. Am Morgen reisen wir. Der König ist mir hold und gnädig, als hieß ich von heute an erst sein Gespons. Sie werden gleich vom Mahl aufstehn, sobald sie den Umtrunk gehalten. Ich schlich auf meine Kammer und hierher, noch meine Gastfreunde zu grüßen und zu herzen. Ich sage Dank, Frau Ahne, liebe Jutta, Euch Söhnerin und Jüngste dir. Grüßet die nicht zugegen sind, die Männer und die Mägde. In jedem dritten Jahr wird euch Botschaft von mir; auch mag es wohl geschehn, daß ich noch bälder komme selber, da bring ich mit auf diesen meinen Armen ein lebend Merkmal, daß die Lau bei euch gelacht. Das wollen euch die Meinen allezeit gedenken, wie ich selbst. Für jetzo, wisset, liebe Wirtin, ist mein Sinn: einen Segen zu stiften in dieses Haus für viele seiner Gäste. Oft habe ich vernommen, wie Ihr den armen wandernden Gesellen Guts getan mit freier Zehrung und Herberg. Damit Ihr solchen fortan mögt noch eine weitere Handreichung tun, so werdet Ihr zu diesem Ende finden beim Brunnen hier einen steinernen Krug voll guter Silbergroschen: davon teilt ihnen nach Gutdünken mit, und will ich das Gefäß, bevor der letzte Pfennig ausgegeben, wieder füllen. Zudem will ich noch stiften auf alle hundert Jahr fünf Glückstage (denn dies ist meine holde Zahl), mit unterschiedlichen Geschenken, also, daß, wer von reisenden Gesellen der erste über Eure Schwelle tritt am Tag, der mir das erste Lachen brachte, der soll empfangen, aus Eurer oder Eurer Kinder Hand, von fünferlei Stücken das Haupt. Ein jeder, so den Preis gewinnt, gelobe, nicht Ort noch Zeit dieser Bescherung zu verraten. Ihr findet aber solche Gaben jedesmal hier nächst dem Brunnen. Die Stiftung, wisset, mache ich für alle Zeit, solang ein Glied von Eurem Stammen auf der Wirtschaft ist.«

Nach diesen Worten redete sie noch manches leise mit der Wirtin und sagte zuletzt: »Vergesset nicht das Lot! der kleine Schuster soll es nimmermehr bekommen.« – Da nahm sie nochmals Abschied und küßte ein jedes. Die beiden Frauen und die Mädchen weinten sehr. Sie steckte Jutten einen Fingerreif mit grünem Schmelzwerk an und sprach dabei: »Ade, Jutta! Wir haben zusammen besondere Holdschaft gehabt, die müsse fernerhin bestehen!« – Nun tauchte sie hinunter, winkte und verschwand.

In einer Nische hinter dem Brunnen fand sich richtig der Krug samt den verheißnen Angebinden. Es war in der Mauer ein Loch mit eisernem Türlein versehen, von dem man nie gewußt, wohin es führe; das stand jetzt aufgeschlagen, und war daraus ersichtlich, daß die Sachen durch dienstbare Hand auf diesem Weg seien hergebracht worden, deshalb auch alles wohl trocken verblieb. Es lag dabei: ein Würfelbecher aus Drachenhaut, mit goldenen Buckeln beschlagen; ein Dolch mit kostbar eingelegtem Griff; ein elfenbeinen Weberschifflein; ein schönes Tuch von fremder Weberei und mehr dergleichen. Aparte aber lag ein Kochlöffel aus Rosenholz mit langem Stiel, von oben herab fein gemalt und vergoldet, den war die Wirtin angewiesen, dem lustigen Koch zum Andenken zu geben. Auch keins der andern war vergessen.

Frau Betha hielt bis an ihr Lebensende die Ordnung der guten Lau heilig, und ihre Nachkommen nicht minder. Daß jene sich nachmals mit ihrem Kind im Nonnenhof zum Besuch eingefunden, davon zwar steht nichts in dem alten Buch, das diese Geschichten berichtet, doch mag ich es wohl glauben.

Die Nixe

Ballade

Es war einmal ein Mann, der gung
In eines Flusses Niederung.
Der Tanz der grünlich krausen Wellen
Tat seines Geistes Licht erhellen.

Am Ufer gluckste es so hohl,
Wohl einmol, zwomol, hundertmol;
Und auf des Flusses Busen brannte
Ein Glanz, den jener Mann nicht kannte.

Da dachte jener klug und schlicht:
»Ich weiß nicht, doch da stimmt was nicht!«
Und guckte ohne auszusetzen
Auf die verwunschnen Wellenfetzen.

Auf einmal gab es einen Ton,
Und aus dem Wasser hob sich schon
Mit infernalischem Geflimmer
Ein blondes, nacktes Frauenzimmer.

Die hatte hinten irgendwo
Den Schwanz, gewachsen am Popo;
Dagegen fehlten ihr die Beine
Das Mädchen hatte eben keine.

Sie steckte sich in ihr Gesicht
Ein Lächeln, das ins Herze sticht
Und stützte lockend ihre Hände
Auf ihres Schwanzes Silberlende.

Dem Mann am Ufer wurde schwach;
Er dachte: »Oh«, und dachte: »Ach!«

Und ohne groß sich zu bedenken,
Wollt er ihr seine Liebe schenken.

Dem Mädchen in der Niederung
War seine Liebe nicht genung;
Sie winkte, statt sich zu erbarmen,
Dem Mann mit ihren beiden Armen.

Da bebberte der arme Mann,
Wie nur ein Starker bebbern kann;
Und senkte sich mit einem Sprung
Hinunter in die Niederung.

Da sitzt er nun und hat den Arm
Gebogen um der Nixe Charme;
Und wenn ein andrer kommt gegangen,
So wird er ebenso gefangen.

Die drei Nixen

In einer Vollmondnacht begegneten sich auf einer Waldwiese, wo von verschiedenen Seiten kommend drei Quellen zusammenflossen, die drei Nixen: Melusine, Undine und Rautendelein.

Eine feuchte Traurigkeit war durch die Luft ergossen und gab dem Rund des Mondes eine dumpfe Blässe. Den Blumen schien sein kaltes Licht die Farbe ausgesogen zu haben, so bleich standen sie da und tupften fahle Pünktchen in das dichte Gras.

Die drei Nixen schienen an schweren Gedanken zu schleppen. Langsam kamen sie heran, jede einen feuchten Schleierzipfel hinter sich herschleifend. Erst als sie dicht voreinander standen, hoben sie die Augen und bemerkten einander.

Mit langen Blicken prüften sie sich gegenseitig.

»Ach wie ihr traurig seid, meine Schwestern –!« brach Melusine, die Älteste unter ihnen, das Schweigen.

»Und du erst –!« sagte Undine, die Zweitälteste, hob ihren Schleier und nahm damit den Rest einer Träne von Melusinens Wange hinweg.

Rautendelein aber, die Jüngste und Lebhafteste unter ihnen, bückte sich, brach eine Handvoll Blumen und sagte: »Wenn eine von uns Kummer hätte, und die zwei anderen lauter Glück und Jubel, so wäre die eine Traurige umso schlimmer daran. Kommt, wir erzählen uns unsere Schmerzen und tragen sie zu dritt, daß sie leichter werden. Seht hier diesen Steinblock – auf den wollen wir uns hinsetzen. Gleich uns ist er hochgeboren und dann hinabgeschleudert worden in die Trübsal des Erdendaseins. Zu ewiger Heiterkeit waren wir erschaffen worden – aber die Menschenwelt zog uns an und lehrte uns weinen.«

»Menschen –? Sag doch Männer!« fiel Undine ein. »Da ich einen menschlichen Gemahl besaß, erzählte er mir von einem nun toten, wunderschönen Volke, das er die Griechen nannte. Ihre Götter gingen auch zu den Menschen hinab und liebten irdische Frauen. Aber sie kamen durch diese Frauen nicht ins Verderben. Sie blieben glücklich und ließen oft genug zerstörte Frauenleben hinter sich, wenn sie wieder in ihre Himmel zurückflogen; oder sie überließen die Opfer ihrer Liebe der Rache eifersüchtiger Göttinnen ...«

»Du sagst das Richtige«, unterbrach Melusine. »Wir aber sind nicht nur die Opfer der menschlichen Männer – wir sind auch die Rächerinnen der Menschenfrauen. Ich wenigstens –«

»Warte –!« sagte Rautendelein. Mit flinker Anmut hatte sie sich auf den Steinblock hinaufgeschwungen und flocht ihre Blumen zusammen, »Laßt uns alle sitzen, und ich flechte euch meine Blumen in die Haare, wie ich es mir selbst zu tun pflege. Hier – hier ist Platz!«

Nun saßen sie hingelagert; und der Mond freute sich an dem schönen Bilde und hörte mit wehmütiger Spannung zu.

»An meinem Quell im Walde«, begann Melusine, »lernte ich den jagdverirrten Grafen Raimund kennen und lieben. Er war schön und meinte es treu; und ich dachte, wie die meisten Mädchen, mit der Heirat käme der Lebensroman zu einem fröhlichen Ende.

Aber ich bekam eine Schwiegermutter ...

Meine treuen Schwestern, die mich redlich gewarnt hatten, wie es unverheiratete Freundinnen zu tun pflegen, richteten mir ein opulentes Badezimmer ein, indem sie mir meinen Quell in ein geheimnisvolles Gebäude leiteten. Jeden Sonnabend badete ich mich dort mit

ihnen. Heilig hatte Raimund mir auf meine ernste Warnung hin versprochen, diesen Bau niemals zu betreten. Aber, liebe Mit-Nixen, Männer sind neugierig! Raimund war es um so mehr, als seine Mutter ihm weisgemacht hatte, ich trüge eine kunstvoll angeklebte Perücke, die ich nur im Bade ablegte ... Damit stachelte sie ihn auf, in das Heiligtum einzudringen. Tief verletzt von der Indiskretion meines Gemahls, der ein Frauenbad nicht respektierte, rissen meine Schwestern mich mit sich hinweg; auch der Quell machte kehrt, in unsern Wald zurück, wo ich trauernd saß ... Und Raimund wurde es in den einsamen Zimmern unbehaglich. Er machte sich auf, mich dort zu suchen, wo er mich zuerst gesehen hatte. Ich fand ihn weinend an meiner Grotte sitzen; und zur Strafe für seinen Verdacht wegen der blonden Perücke erfüllte ich seinen Wunsch, ihm den letzten, den tödlichen Kuß der beleidigten Nixe, zu geben. Ich küßte ihn tot, den geliebten Wortbrüchigen – und blieb einsam ...«

Weinend verbarg Melusine ihr schönes, bleiches Gesicht in den Händen, so daß einzelne der Blumen, die Rautendelein ihr während des Erzählens um die Schläfen gewunden hatte, ihr auf den Schoß und hinunter ins Wasser glitten.

»Seltsam ähnlich ward uns das Schicksal gewoben!« sagte Undine erstaunt. »Fischersleute am See zogen ahnungslos mich Nixenkind auf; mein Oheim Kühleborn aber behielt mich im Auge. Einst kehrte der schöne Ritter Hugo von Ringstetten im Fischerhause ein; er sah und liebte mich, führte mich als seine Gattin mit sich und verlieh mir, zu seinem eigenen Erstaunen, eine fühlende Menschenseele – ein Etwas, das die Männer bei ihren Frauen gewöhnlich für ganz überflüssig halten ...

Aber er hatte eine Jugendfreundin – –

Die fühlende Seele bereitete mir fast ausschließlich Ungelegenheiten.

Zuvörderst gleich quälte sie mich mit gerechter Eifersucht auf die Jugendfreundin meines Gemahls, das Fräulein Bertalda. Sie wußte Hugo zu umgarnen und ihn wegen seiner Mesalliance mit mir unzufrieden zu machen. Meinen Oheim Kühleborn zum Beispiel, einen Kavalier vom reinsten Wasser, erklärte sie für den Wasserleitungs-Installateur ... So mußte ich in die kalte Feuchtigkeit zurück, wo ich mit meiner fühlenden Seele mir gänzlich deplaziert erschien. Deshalb stieg ich am Abend von Bertaldas und des bereits reuigen Hugos Hochzeit im Schloßbrunnen empor; und mein tödlicher Kuß rettete ihn vor der unglücklichen Ehe mit der Xanthippe Bertalda.«

Mit den mondgrünen Augen starrte Undine in eine verschwimmende Ferne, wo das Glück und die Demütigungen ihrer Liebeszeit lagen ...

»Verzweifelt nicht, Schwestern!« sagte Rautendelein. »Ihr wenigstens seid frei; und wendet ihr den Kopf in die Vergangenheit zurück, so schneiden euch keine Gegenwartsfesseln in die zarte Haut. Ich aber wußte mir keinen andern Rat, als eine Konvenienzehe mit dem häßlichen Nickelmann einzugehen, der so unreputierlich aussieht, daß ich mich geniere, am Sonntag Nachmittag mit ihm in den Wald zu gehen. Der Waldschrat, mit dem ich einst als lustiges elbisches Wesen Neckereien trieb, würde mich schön necken ... In jener tollen Mädchenzeit fand ich einmal einen wunden Mann vor meiner Tür, den begleitete ich heim und pflegte ihn gesund. Dann entfloh er mit mir ins Gebirge, wo er von mir zu großen künstlerischen Taten begeistert zu werden wünschte. Ich begeisterte ihn auch und konnte doch wirklich nichts dafür, daß sein Talent nicht soweit reichte, wie sein Ehrgeiz. Laßt euch nie mit Künstlern ein, geliebte Schwestern!

Außerdem hatte Heinrich eine Vergangenheit.«

»Die haben alle Männer!« riefen unisono Melusine und Undine.

»Gewiß, liebe Gespielinnen«, gab Rautendelein zu. »Aber keine in der Form einer unterseeischen Glocke, die plötzlich sich zu regen beginnt und wie ein Gewissenstorpedo das Glücksschiff der Gegenwart in die Luft sprengt ... Wenn schon ein Mann die Ehe bricht, darf er wenigstens kein Gewissen haben. Daher das Wort Gewissensehe – lucus a non lucendo ... Nun – die Glocke tat ihre Schuldigkeit; und Heinrich verließ mich zu einem Zeitpunkt, wo ich mich gezwungen sah, Nikkelmanns langes Werben zu erhören ... Ach, der arme Heinrich –! Der doppelte Luxus einer Vergangenheit und eines Gewissens brach ihm den Hals. Als er zu mir zurückgewankt kam, hatte ich gar nicht mehr so viel an ihm totzuküssen; aber ich war barmherzig und gab ihm den Rest ...«

Rautendelein schwieg. Alles war still; nur die Quellen glucksten leise.

Und dann blickten alle drei Nixen zum Monde hinauf und sahen, daß er lautlos in sich hineinlachte und sein Wolkentüchlein dazu benutzte, sich die Lachtränen abzuwischen.

Und Melusine, die sich zuerst gefaßt hatte, sagte kleinlaut: »Also ist mein Schicksal nicht einmal etwas Außergewöhnliches!«

»Und das meine ebensowenig«, fügte Undine ernüchtert hinzu.

»Aber ihr Schwestern!« rief Rautendelein ungestüm aufspringend und schüttete den Rest ihrer Blumen ins Wasser. »Ist es nicht das höchste und größte Weiberschicksal, geliebt und sich gerächt zu haben? Und haben wir durch unsere Rache nicht zugleich die Liebsten von einem verkrüppelten Leben befreit? Kommt, tragen wir unser Geschick mit Nixenwürde und weihen wir unseren drei Totgeküßten einen Erinnerungstanz!«

Und sie reichten einander die Hände und tanzten um den alten Steinblock einen anmutig feierlichen Reigen.

Der Mond aber, der sich selber ausgelacht hatte, weil seine Erwartung, etwas Neues zu hören, wieder einmal vergeblich gewesen war, wurde ernsthaft und sah dem lieblichen Schauspiel mit Genuß und Freude zu.

Und dabei dachte er: das Schicksal, von drei solchen Frauen geliebt und totgeküßt zu werden, sei für drei solche Jammermänner, wie Raimund, Hugo und Heinrich viel zu gut und zu schade ...

Otter

Er hatte alles erreicht, was zu erreichen war.

Jahrelang, jahrzehntelang hatten sie einander belauert, schon seit Schulzeiten, und hätten einer des anderen Doppelgänger sein können. Hatten sich nicht geschont im Wettlauf und waren immer auf denselben Rängen gelandet, verzweiflungsvoll. Freundschaft lag zwischen ihnen, eine leibliche Mauer, die jeden beabsichtigten Gegenschlag verhinderte. Diesmal wäre es ernst geworden, nur einer konnte ans Ziel kommen.

›Ernenne ich Sie hiermit ...‹, hatte der Generaldirektor gesagt, aber was galt das jetzt noch; keinerlei Triumphgefühl, nicht einmal Befriedigung, schales, lähmendes Unbehagen. Die Sekretärinnen hatten Sekt geholt und die üblichen üppigen Brötchen, er hatte sich jede Feierlichkeit verbeten, schon mit Rücksicht auf den erst Wochen zurückliegenden Todesfall.

›Ernenne ich Sie hiermit ...‹, ein Händedruck, und selbst in den Augen des Generaldirektors glomm, als er ihm die Vor- und Nachteile seiner Ernennung beschrieb, des Höhepunkts seiner Karriere, was hieß, daß es von nun an kein Aufrücken mehr gab, glomm für Augenblicke die offenbar nicht zu unterdrückende Frage auf.

War er wirklich schuld an Jörgs Tod? Der Blick der Witwe nach der Beerdigung hatte ihn sekundenlang selbst daran glauben lassen. Maresa hatte ihn nie gemocht. Sie verstand es nicht, wie er und Jörg es aushielten, in so langer Gegnerschaft einander Freund zu bleiben. Ja, sie hatten gezecht miteinander, seit langem wieder, und sich laut und deutlich gesagt, was sie voneinander hielten, letztlich gelacht darüber. Dann waren sie beide kindisch, unvernünftig, verantwortungslos mit dem Auto nach Hause gefahren. Jeder mit seinem. Das allein mußte als Beweis genügen. Genausogut hätte es ihm passieren können. Aber es war ihm nicht passiert.

Wie von einem Galgen soll Jörg gehangen sein. Ein Ast war ihm unter den Hemdkragen gefahren, und der hatte ihn stranguliert, bewußtlos, wie er vom Zusammenstoß mit dem anderen Wagen und dem durchs offene Dach Emporgeschleudert-Werden wohl bereits war. Idiotisch, nachts und um diese Jahreszeit mit offenem Dach zu fahren.

Und dann dieser Anblick, wie von einer Hinrichtung. Kein Wunder, daß das Bild in allen Zeitungen erschienen war.

Er trauerte und warf in der ersten Bitternis seine Taucherausrüstung weg; sie waren beide Sporttaucher gewesen und hatten, noch als Studenten, mehrmals gemeinsam Urlaub in Griechenland gemacht.

Einfach wegzusterben. Er hatte das Taucherbrillenglas mit dem Hammer zerschlagen. War es nun nicht geradezu lächerlich, dieses ›Ernenne ich Sie ...‹

Er hatte eine Menge Geld einstecken, mittags von der Bank geholt.

Ja, er hatte es Maresa bringen wollen. Beerdigungskosten, Erbschaftssteuer, und was da noch alles auf sie zukam. Aber wäre das nicht einem Einbekenntnis seiner Schuld gleichgekommen? Möglicherweise schickte ihn Maresa mitsamt seinem Geld wieder fort, natürlich ohne ihn wörtlich zu beschuldigen, aber er konnte es bereits hören, dieses ›Danke, nein, ich komme schon zurecht, und für die Kinder ist gesorgt.‹

Seine Frau hätte anders reagiert. ›Ich bezichtige dich, also geh mir aus den Augen, bevor ich handgreiflich werde.‹ Aber seine Frau war schon seit Jahren nicht mehr seine Frau.

Die Kollegen hatten ihm gratuliert, und man sagte ihm, daß er bereits morgen in sein neues Büro einziehen könne. ›Keine Eile‹, er winkte ab, und in den Augen, zumindest der Hälfte von ihnen, konnte er lesen, daß sie Jörg für den besseren Kandidaten gehalten hatten.

Er war gegangen, ohne sich zu verabschieden, die anderen feierten noch. Irgendwann war dann diese Stimmung aufgekommen, die keines Anlasses bedarf, nur einer bestimmten Menge bereitgestellter Flaschen.

Er war in Richtung Park unterwegs, ohne genau zu achten wohin. Es war Ende März, das Gras grün, und an manchen Bäumen trieben bereits die Knospen. Jetzt schneite es, naß und ohne liegenzubleiben, und das Wasser drang durch seine Schuhsohlen.

Nach geraumer Zeit erst fiel ihm auf, daß das der Parkrand war, an dem für gewöhnlich Nutten standen, doch war niemand zu sehen.

›Schlechtes Wetter, heute‹, sagte er laut vor sich hin. Eine Hure, das war es. Die fehlte jetzt noch in seiner Situation, während eine Freundin zu Hause auf ihn wartete.

›Hat denn keine Zeit für mich?‹ Er schrie bereits, kam sich witzig vor und selbstironisch, er, der Arme, vom Tod Betrogene, mit dem nicht einmal mehr eine Hure ging. Er konnte sich kaum daran erinnern, wann er das letzte Mal bei einer Hure gewesen war. Aus Neugier vielleicht einmal und ein andermal aus Trotz, gewiß aber war es lange her.

Als er schon umkehren wollte, löste sich eine Gestalt aus dem sachte fallenden Schnee. In einem schmalen weißen Plastikregenmantel, weißen Regenstiefeln und mit einem weißen, langgriffigen Schirm. Sie kam auf ihn zu, und ihm fiel nicht gleich ein, was man in so einem Fall zu sagen hatte.

›Sind Sie frei?‹

Sie bot ihm den Arm und ließ ihn unter den Schirm. Er ging neben ihr her, wich nicht einmal mehr den Lacken aus, ließ sich führen. Als sie vor ihrem Auto standen, stieg er gehorsam ein, kauerte sich auf die hinteren Sitze, legte den Kopf auf die Arme und döste vor sich hin. Er fuhr nicht einmal hoch, als sie den Gang falsch einlegte, wollte es nur so rasch wie möglich hinter sich gebracht haben und in einem warmen Bett einschlafen.

Als sie endlich da waren und er ausstieg, wußte er nicht mehr, wo er sich befand.

›Wir sind am Fluß‹, sagte sie, als sie ihm die Stufen zum Eingang eines Holzhauses wies. Es war finsterste Nacht, und er hörte es bloß rauschen.

›Vorne steht es auf Pfählen‹, sagte sie, nachdem sie Licht gemacht hatte. Er prüfte die hölzernen Wände mit den Fingern.

›Im Wasser?‹ Er trat an das große, verandaähnliche Fenster, sah aber so gut wie nichts.

›Nein. Darunter ist Platz für das Boot, zum Überwintern. Das Grundstück reicht noch ein paar Meter weiter, bis es ins Wasser fällt.‹ Ihr Gesicht hellte sich langsam auf.

Er legte den Mantel ab. ›Wie heißt du?‹

Sie kehrte ihm das erste Mal, und im Licht, voll das Gesicht zu. ›Otter!‹

Da lachten sie beide.

Er nahm alles Geld, das er einstecken hatte, und gab es ihr. Dann erst zog er die Schuhe aus, die Socken und das ganze nasse Zeug. Sie zählte das Geld und gab es in eine schwarz lackierte, bemalte chinesische Dose. ›Ich lasse dir ein Bad ein, damit du dich nicht erkältest.‹

Die Wanne war klein, und er konnte die Beine nicht richtig ausstrecken. Ein ausgebautes Badehaus, mehr war das nicht. Das Holz zeigte an bestimmten Stellen einen Anflug von Schimmel, der im Sommer möglicherweise wegtrocknete, wenn man lang und anhaltend lüften konnte. Als er fertig war, ließ er den Heizstrahler brennen, falls sie auch noch baden wollte.

Sie hatte ihm etwas Whisky eingeschenkt und fragte, wieviel Wasser er dazu wolle. Sie selbst trank nichts, entschuldigte sich und sagte, sie würde schnell machen.

Er lag bereits im Bett, der Whisky machte ihm auch von innen warm, und es schläferte ihn. Er hörte den Wasserhahn aus dem Bad, das Brodeln eines Kessels in der winzigen Küche – wollte sie denn noch Tee? –, das Klatschen des Regens, in den der Schneefall wieder übergegangen war und der nun von Windstoß zu Windstoß wie mit Eimern gegen das große Fenster gegossen kam. Über und hinter all dem aber war das Rauschen des Flusses, der da draußen zog und vorüberzog, in endloser Abfolge, dem Kreislauf aller Wassermassen unterworfen, und doch in seinem Verlauf ein bestimmter, ein Fluß, der erkannt, der benannt werden konnte.

Als er erwachte, fand er sie neben sich, ebenfalls wach, nackt und warm; es dämmerte bereits. Behutsam schob er seinen Körper über den ihren, merkte, daß sie einen schmalen Hüftgürtel und Strümpfe trug. Das sei ihre Eigenart, sie zeige sich nie mit nackten Füßen. Ein Tick, was immer er wolle, sie bleibe dabei, und es sei kein Wort mehr darüber zu verlieren.

Es schien ihm leicht, sie zu lieben. Sie hatte einen Körper, wie er ihm angenehm war, und er fühlte sich ausgeschlafen und stark. Er hatte eine Scheu, sie auf den Mund zu küssen, rieb nur die Lippen ein wenig an ihrer Schulter; sie streichelte ihn. Da glaubte er, es wagen zu können, ohne viele Umschweife in sie einzudringen, sie auf kraftvolle Art vielleicht sogar glücklich zu machen, wenn er in der Bewegung lange genug verhielt. Er hatte sich aufgerichtet und ihre Schenkel gespreizt, da fielen ihm die schwarzseidenen Strumpfbänder auf, die von dem bogenförmig ausgeschnittenen, spitzenbesetzten schwarzen Hüftgürtel bis zu den schwarzseidenen Strümpfen, das heißt bis zu deren verstärktem oberen Rand führten. Sie öffnete sich ihm, aber da ging schon sein Samen ab, und er ließ sich auf sie fallen, mit einem Seufzer, der nach Lust und nach Bedauern klang.

Sie blieb freundlich, ließ ihn gewähren, als er sein Gesicht zwischen ihre Brüste preßte, und stand erst auf, nachdem er von selbst zur Seite gerollt war.

›Ich möchte hierbleiben‹, sagte er, als sie – er im Bett, sie auf dem Bettrand und bereits angezogen – frühstückten. Sie stand auf, öffnete die chinesische Dose, zählte wohl noch einmal das Geld nach, nahm etwas heraus und steckte es in ihre Hosentasche.

›Ist gut‹, sagte sie und packte verschiedenes, darunter auch eine kleine Flöte, in eine Art Reisetasche. ›Aber ich muß in die Stunde.‹

Sie trug das Tablett in die Küche, kam noch einmal im weißen Regenmantel, erklärte, wo er etwas zu essen finde, am Nachmittag käme sie dann zurück.

Er hatte zu fragen vergessen, in welche Stunde. Machte sie Hausbesuche? Der Gedanke kam ihm aberwitzig, ja geradezu absurd vor. Doch schon schlief er wieder, und der Fluß rauschte durch seine Träume hindurch, verstärkt von geräuschvollem Gurgeln und Glucksen an manchen Stellen und einem Brausen, das ihn in immer fremdere Gegenden fortzog, insellos, zunehmend auch uferlos und ohne sichtbare Grenze.

Er erwachte mehrmals aus einem langen, sich wiederholenden Unterwassertraum, in dem er den Fischen nachschwamm durch morsches Gehölz und Wasserpflanzen, die ihn an der Unterseite streiften, über Steine und zart gefaserten Schlamm, hin über eine Ansammlung untergegangener Flußschiffe, von denen ihn ein Wirbel fortriß und nach oben spie.

Sobald er wieder wach war, lehnte er sich gegen die Fensterbank und starrte durch den immer noch fallenden Regen auf den Fluß hinaus, bis er ihn als Fläche ausnehmen konnte, die, vom Aufprall der Tropfen gerauht, sich als Grenze unentwegt weiterschob. Das andere Ufer verschwamm so sehr, daß er es mit seinem Blick gleichsam erzwang, ohne es wirklich auszunehmen, und einmal hörte er sogar einen Dampfer tuten und glaubte zu sehen, wie dieser sich weiß und triefend flußaufwärts kämpfte.

Das kleine Stück Wiese, das auf den Fluß zulief, die hohen Ligusterhecken zu beiden Seiten des schmalen Streifens, die Eberesche und die beiden Trauerweiden waren wassersatt, und es schien, als schwemme ihr Grün bereits aus.

Er schlief neuerdings, bis der Hunger ihn weckte und auf die Suche trieb. Das ganze Haus war insgesamt winzig. Er kaute lange an etwas altbackenem Brot, fand Kaffee und suchte, mit der Tasse in der Hand, die Regale ab nach Spuren, die ihm das Wesen, in dessen Bett er schlief, erklären konnten. Schmuck lag da offen in einer großen, innen lachsfarbenen Muschel, er wußte nicht, ob es echte oder Zuchtperlen waren, wagte auch nicht, daran zu rühren, als fürchte er, daß seine Finger dunkle Flecke darauf hinterließen. Tonbänder mit unleserlicher Aufschrift – er konnte den Kassettenrecorder nicht gleich finden, holte ihn dann aus der Küche herüber, ohne etwas zu spielen.

Bücher, nicht viele, eingeklemmt zwischen geschliffenen Ammoniten – Versteinerungen – als Buchstützen. Unter anderem Patricia Highsmith, Yasushi Inoue, Carson McCullers, Heine und ein dünnes Taschenbuchbändchen ›Gedichte und Prosa von Ernst Stadler‹. Stadler, nur an den Klang dieses Namens konnte er sich erinnern.

... Als wäre Dunkles klar, als wenn nicht Leben
tausend wild verschloßne Tore trüge ...

Und blätternd brachte er eine Zeit des Wachseins hin, angerührt von der Stimme, die durch den Fluß aus diesem Buch bis zu ihm drang, eine Stimme, die er noch nie gehört hatte.

... Du aber bist der Spiegel, über dessen Rund
Die großen Bäche alles Lebens gehn
Und hinter dessen quellend goldnem Grund
Die toten Dinge schimmernd auferstehn ...

Auch danach schlief er wieder, sank in Traumebenen ab, die sich nicht mehr in Erinnerung bringen würden, schlief sich durch den Fluß und durch den Tag und wollte bleiben, nichts als bleiben.

Als sie wiederkam, hatte sie alles für ein großes Essen eingekauft. Noch im Mantel, kam sie zu ihm ans Bett. Sie war naß, er zog ihr die Kleider aus, und während sie sich liebten, zupfte er fordernd an ihren Strumpfbändern, aber sie hielt seine Hände fest und sagte: ›Alles, nur das nicht.‹

Sie aßen, schliefen und umarmten sich, und er wußte nicht mehr, ob es Stunden, Tage oder Wochen waren. Von Zeit zu Zeit versuchte er es wieder. Wie sie denn wirklich heiße. ›Otter!‹ Und welche Stunden und Kurse sie tagsüber besuche. Sie wolle sich vervollkommnen, und sie bestreite ihren Unterhalt, wenn es das sei, was er wissen wolle.

Nein, er meine es ehrlich und wolle mehr von ihr hören. Sie lebe gern am Fluß, auch wenn hier alles sehr klein sei, und sie liebe Musik, und gutes Essen. Muscheln zum Beispiel, und sie machte eine Dose auf. Und Krebse. Natürlich Hummer, und überhaupt, auch Champagner. Aus diesem Grunde habe sie welchen mitgebracht.

Und jeden Morgen nahm sie Geld aus der schwarzen chinesischen Lackdose und kam abends mit erlesenem Essen zurück, während er träumte, las und in den anhaltenden Regen schaute.

Im Grunde war er es zufrieden, daß er keine Antwort erhielt. So konnte er sich ihr ganz zuwenden, ihrer Gegenwart, ohne durch Vorstellungen abgelenkt zu werden, die er sich von der Zeit, in der sie nicht bei ihm war, hätte machen müssen. Andererseits war da die Sache mit den Strümpfen. Sie blieb unerbittlich, dabei liebte er sie doch, auf seine Art. Alles andere mochte ihr Geheimnis bleiben, aber dieses intime?

Eines Abends hatten sie sich so heftig umarmt, daß sie ein zweites Bad nehmen wollte. Oder in Wirklichkeit nur die Strümpfe wechseln? Noch lief das Wasser. Die Versuchung war groß, er widerstand ihr nicht. Durch die Oberlichte – er hatte sich einen Stuhl geholt – konnte er auf sie hinunterblicken, wie sie in der schaumgefüllten Wanne kauerte und dann die nackten Füße auf deren Rand legte, um mit dem Oberkörper tiefer einzutauchen.

Es waren weiße, wohlgeformte Beine, und auch an den Füßen fiel ihm nichts auf, erst als sie die Zehen spreizte und die Häute, die sich zwischen ihnen spannten, massierte, glaubte er zu wissen, was es mit ihrem Geheimnis auf sich hatte.

Ihm war klar, daß es kindisch war, daß einem das als erwachsenem Menschen nicht passieren durfte, dennoch ekelte ihn.

Als sie wiederkam, stellte er sich schlafend, doch sowie sie sich an ihn drückte, versuchte er es noch einmal. Eben deshalb. In dieser Nacht zupfte er nicht mehr an ihren Strumpfbändern, auch war er zur Liebe zu müde.

Am Morgen wollte er nicht aufwachen. Sie schüttelte ihn. ›Komm‹, sagte sie, ›du kannst hier nicht länger bleiben.‹ Sie zeigte ihm die leere, schwarz lackierte Dose, stülpte sie um, damit er sah, daß nichts mehr darinnen war.

Während sie Frühstück machte, zog er sich an. Noch regnete es, wenn auch eine Spur weniger stark als bisher, und das Herz krampfte sich ihm zusammen bei dem Gedanken, dieses Haus, den Fluß verlassen zu müssen. Er wollte leise auf sie zugehen und sie hinterrücks auf den Nacken küssen, aber sie spürte seine Schritte und wich ihm aus, indem sie ihm das Gesicht hinhielt. Aber dahin wollte er sie jetzt nicht küssen.

Während sie ihn fuhr, fiel sein Blick auf ihre weißen Regenstiefel, und er fühlte sich schuldig. Etwa fünfzig Meter vor dem Haupteingang der Firma hielt sie an. Was für zierliche Ohren sie hatte, was für glänzendes schwarzes Haar. Sehnsucht überkam ihn, sie in die Arme zu nehmen. Sie beugte sich über ihn und öffnete seine Tür. ›Du mußt jetzt aussteigen.‹ Er gehorchte und haßte sich dafür.

Der Portier saß nicht in seiner Loge, was er für einen Glücksfall hielt. Während er die Treppen nach oben zagte, überlegte er angestrengt, womit er sein langes Fortbleiben entschuldigen sollte.

Auf dem Gang, vor seinem alten Büro, begegnete ihm die Sekretärin. Sie sah ein wenig übernächtigt aus, fragte ihn aber dennoch freundlich, ob er gut geschlafen habe. Verwundert nickte er.

›Wenn ich nur auch früher gegangen wäre‹, seufzte sie. ›Ich bin natürlich wieder hängen geblieben, und jetzt brummt mir der Schädel.‹

Er bot ihr ein Aspirin an, aber sie sagte, daß sie schon eines genommen habe. Außerdem würden sie jetzt sein Büro übersiedeln, und die Bewegung würde ihr guttun.

Auf seinem Schreibtisch lag wie immer die Morgenzeitung; er blätterte darin. Ein Blick auf das Datum belehrte ihn, daß nichts geschehen war, wofür er sich in der Firma entschuldigen müßte.

Lustlos begann er nach einer Weile seinen Schreibtisch auszuräumen.

Es hatte soeben zu regnen aufgehört.

ECKART KLESSMANN

Sepiazeichnung

Eines Mannes Rücken
Im geöffneten Fenster;
Silhouette am lavierten Himmel.
Vorgebeugt
Zum Fluß und zum Wald,
Abgekehrt
Vom verdämmernden Raum.
An der Wand
Der Schatten Undines.
Abgekehrt.

Winternacht

Nicht ein Flügelschlag ging durch die Welt,
Still und blendend lag der weiße Schnee,
Nicht ein Wölklein hing am Sternenzelt,
Keine Welle schlug im starren See.

Aus der Tiefe stieg der Seebaum auf,
Bis sein Wipfel in dem Eis gefror;
An den Ästen klomm die Nix herauf,
Schaute durch das grüne Eis empor.

Auf dem dünnen Glase stand ich da,
Das die schwarze Tiefe von mir schied;
Dicht ich unter meinen Füßen sah
Ihre weiße Schönheit Glied für Glied.

Mit ersticktem Jammer tastet' sie
An der harten Decke her und hin.
Ich vergaß das dunkle Antlitz nie,
Immer, immer liegt es mir im Sinn!

Anhang

Zu dieser Ausgabe

Der mythische Kern, der in all den hier versammelten Geschichten und Gedichten steckt, ist alt und gleichwohl immer noch lebendig. Die Quellnymphen der Antike, die Sirenen, die Odysseus zu becircen suchten, die Melusine der mittelalterlichen Historien, Undine, das schönste und herzergreifendste Kind der romantischen Elementargeister, die Nixen zahlreicher Märchen und Sagen, die ondulatorischen Wasserfrauen des Jugendstils – sie alle gehören zu einem weitverzweigten Geschlecht, dessen Spektrum von der venushaften Verführerin bis zum mädchenhaften Naturkind reicht, dessen Reinheit und Unschuld der zerrissenen Menschenwelt den Spiegel besserer und schönerer Lebensmöglichkeiten vorhält. In Melusine und vor allem in Undine hat der große Stoffkreis seine individuellsten figürlichen Ausprägungen gefunden, aber die Familie der Wasserwesen, von denen uns hier nur die weiblichen interessieren, ist so groß und reich an Metamorphosen, daß nur eine Auswahl seiner besten literarischen Ausdeutungen geboten werden kann. Auf Volksmärchen und Sagen mußte dabei weitgehend verzichtet werden, ebenso auf Opernlibretti und natürlich auf umfängliche Werke wie den 1456 entstandenen Prosaroman *Historia und Geschicht von Melusina* des Thüring von Ringoltingen oder gar den 1965 (deutsch 1985) erschienenen Roman *Die Geschichte von der schönen Melusine, von ihr selbst erzählt* des Argentiniers Láinez. In den bibliographischen Hinweisen finden sich, wiederum nur in Auswahl, weitere Titel zum Themenkreis, auch zu musikalischen Verarbeitungen in Oper und Ballett. Schließlich konnte die Faszination, die Wasserfrauen auch auf Maler, zumal im 19. und frühen 20. Jahrhundert, ausübten, nur durch einige Beispiele illustriert werden.

Verzeichnis der Autoren, Texte, Druckvorlagen

Märchen. Übers. von Heinrich Denhardt. Ausw. und Nachw. von Leif Ludwig Albertsen. Stuttgart: Reclam, 1986. (Universal-Bibliothek. 690.) S. 83–111.

Des Knaben Wunderhorn. Alte deutsche Lieder gesammelt von Achim von Arnim und Clemens Brentano. Kritische Ausg. Hrsg. und komm. von Heinz Rölleke. Bd. 1. Stuttgart: Reclam, 1987. (Universal-Bibliothek. 1250.) S. 363 bis 372. [Die Orthographie wurde behutsam modernisiert.]

Werke. Hrsg. von Christine Koschel, Inge von Weidenbaum und Clemens Münster. Bd. 2: Erzählungen. München/Zürich: Piper, 1978. S. 253–263. – © 1978 R. Piper & Co. Verlag, München.

Die grünen Augen. Phantasiestücke. Aus dem Spanischen übers. von Fritz Vogelgsang. Stuttgart: Klett-Cotta, 1982. S. 80–90. – © 1982 Verlagsgemeinschaft Ernst Klett – J. G. Cotta'sche Buchhandlung Nachfolger GmbH, Stuttgart.

WERNER BERGENGRUEN (1892–1964)

Die heile Welt. Zürich: Die Arche, 1950. S. 57–59. –

JOHANNES BOBROWSKI (1917–1965)

Gesammelte Werke. Hrsg. von Eberhard Haufe. Bd. 1: Die Gedichte. Stuttgart: Deutsche Verlags-Anstalt, 1987. S. 210. –

JOSEPH VON EICHENDORFF (1788–1857)

Werke. Bd. 1: Gedichte, Versepen, Dramen, Autobiographisches. Mit Einf., Zeittaf. und Anm. von Ansgar Hillach. München: Winkler, 1970. (1) S. 118 f. (2) S. 311.

THEODOR FONTANE (1819–1898)

Tuch und Locke. Erzählungen aus dem Nachlaß. Mit einem Nachw. hrsg. von Walter Keitel. Stuttgart: Reclam, 1966. (Universal-Bibliothek. 8435.) S. 70–85.

FRIEDRICH DE LA MOTTE FOUQUÉ (1777–1843)

Undine. Stuttgart: Reclam, 1953, 1983 [u. ö.]. (Universal-Bibliothek. 491.) S. 5–94.

BARBARA FRISCHMUTH (geb. 1941)

Otter 400

Mörderische Märchen und andere Erzählungen. Salzburg/Wien: Residenz Verlag, 1989. S. 68–79. – © 1989 Residenz Verlag, Salzburg und Wien.

JEAN GIRAUDOUX (1882–1944)

Undine (3. Akt) 204

Undine. Übertr. von Hans Rothe. Nachw. von Siegfried Melchinger. Stuttgart: Reclam, 1966 [u. ö.]. (Universal-Bibliothek. 8902.) S. 72–101. – © 1961 S. Fischer Verlag GmbH, Frankfurt am Main.

JOHANN WOLFGANG GOETHE (1749–1832)

Der Fischer 272

Goethes Werke. Hamburger Ausgabe in 14 Bdn. Hrsg. von Erich Trunz [u. a.]. Bd. 1: Gedichte. Hrsg. und komm. von Erich Trunz. 12., neubearb. Aufl. München: Beck, 1981. S. 153 f.

HEINRICH HEINE (1797–1856)

(1) Prolog 19
(2) *Der Abend kommt gezogen* 254
(3) Seegespenst 274

Buch der Lieder. Hrsg. von Bernd Kortländer. Stuttgart: Reclam, 1990. (Universal-Bibliothek. 2231.) (1) S. 79 f. (2) 122 f. (3) 208–211.

PETER HUCHEL (1903–1981)

Undine 308

Gesammelte Werke in zwei Bänden. Hrsg. von Axel Vieregg. Bd. 1: Die Gedichte. Frankfurt a. M.: Suhrkamp, 1984. S. 200. – © 1984 Suhrkamp Verlag, Frankfurt am Main.

GOTTFRIED KELLER (1819–1890)

(1) Nixe im Grundquell 65
(2) Winternacht 412

Sämtliche Werke und ausgewählte Briefe. Hrsg. von Clemens Heselhaus. Bd. 3. München: Hanser, 1958. (1) S. 91. (2) S. 200 f.

ECKART KLESSMANN (geb. 1933)

(1) Undine, schlafend 253
(2) Sepiazeichnung 411

Undines Schatten. Dortmund: Wulff, 1974. (1) S. 49. (2) S. 7. – © Eckart Kleßmann, Niendorf.

KARL KROLOW (geb. 1915)

Undine 96

Gesammelte Gedichte. Frankfurt a. M.: Suhrkamp, 1965. S. 96–98. – © 1965 Suhrkamp Verlag, Frankfurt am Main.

KURD LASSWITZ (1848–1910)

Undine 293

Aus: Aspira. Der Roman einer Wolke. Leipzig: B. Elischer Nachf., o. J. [^{2}1905]. S. 125–142.

HEINRICH MEDICUS (1743–1828)

Erzählungen des späten Mittelalters und ihr Weiterleben in Literatur und Volksdichtung bis zur Gegenwart. Hrsg. von Lutz Röhrich. Bd. 1. Bern/München: Francke, 1962. S. 45 f. [Orthographie und Interpunktion wurden behutsam modernisiert.]

EDUARD MÖRIKE (1804–1875)

Sämtliche Werke. Hrsg. von Herbert G. Göpfert. 5., neu durchges. Aufl. München: Hanser, 1976. (1) S. 427 f. [aus: *Maler Nolten*; Titel vom Hrsg.]. (2) S. 135. (3) S. 135–137. (4) S. 936–957 [aus: *Das Stuttgarter Hutzelmännlein*].

PARACELSUS (d. i. Theophrastus von Hohenheim, 1493–1541)

Blätter für höhere Wahrheit. Aus älteren und neueren Handschriften und seltenen Büchern. Mit besonderer Rücksicht auf Magnetismus. Hrsg. von Johann Friedrich von Meyer. Zweyte Sammlung. Frankfurt a. M.: Brönner, 1820. S. 266–307. [Hier u. d. T.: Buch von den Nymphen, Sylphen, Pygmäen und Salamandern und von anderen Geistern; Auszüge. Orthographie und Interpunktion wurden behutsam modernisiert.]

Bei den Auszügen aus Paracelsus' *Liber de nymphis* …, die hier der leichteren Lesbarkeit halber in einer ›Übertragung‹ des frühen 19. Jahrhunderts wiedergegeben werden, handelt es sich um den einzigen nicht-fiktionalen Text in der vorliegenden Anthologie, auch wenn uns heutigen Lesern dies, entgegen den Intentionen des Paracelsus, kaum noch so erscheinen dürfte. Daß aber die Paracelsischen Auslassungen über Elementargeister dichtungsgeschichtlich außerordentlich folgenreich waren, zeigt sich in der romantischen Literatur allgemein, besonders aber im Fall von Fouqués *Undine*, weshalb hier die kurze »Notiz« wiedergegeben werden soll, die Fouqué bald nach Erscheinen seiner Erzählung veröffentlichte und in der er sich ganz konkret auf Paracelsus beruft (in: *Die Musen. Eine norddeutsche Zeitschrift*, hrsg. von Friedrich Baron de La Motte Fouqué und Wilhelm Neumann, 4. Quartal, Berlin 1812, S. 198 f.):

Notiz.

In Nr. 239. der Allg. Lit. Zeit. befindet sich eine sinnvolle Recension meiner Zeitschrift, die Jahreszeiten, wo der Wunsch geäußert wird, ich möge die Quelle angeben, aus welcher ich mein dort abgedrucktes Mährchen *Undine* genommen habe. Mit Vergnügen begegne ich der wohlwollenden Anfrage, berichtend, daß ich aus Theophrastus Paracelsus Schriften schöpfte. Ich benutzte die Ausgabe von Conrad Waldkirch zu Basel, vom Jahre 1590, in deren neuntem Theil S. 45 das *Liber de Nymphis, Sylphis, Pygmaeis et Salamandris, et de caeteris spiritibus* mir das ganze Verhältniß der Undinen zu den Menschen, die Möglichkeit ihrer Ehen u.s.w. an die Hand gab. Der alte Theophrastus ereifert sich gar ernstlich darüber, daß Leute, die an Wasserfrauen verehlicht seien, solche oftmals für Teufelinnen hielten, und sich nicht mehr nach deren Verschwinden für gebunden erachteten, sondern vielmehr zur zweiten Ehe schritten. Das bringe aber den Tod, und zwar verdientermaaßen. Zum Beleg erzählt er, ein Ritter Stauffenberg sei am zweiten Hochzeittage durch die Rache der beleidigten Wasserfrau gestorben. Alles übrige im Mährchen ist meine Erfindung.

La Motte Fouqué.

PENTHESILEIA (d. i. Leonie Meyerhof, 1860–1933)

Die drei Nixen 393

Ein Frauenbrevier für männerfeindliche Stunden. Wiederentdeckt und mit einem Nachw. vers. von Friederike Hassauer und Peter Roos. Berlin: Frölich & Kaufmann, 1982. S. 77–83.

REGINA RÖHNER

Undine 57

Holunderzeit. Erzählungen. Halle/Leipzig: Mitteldeutscher Verlag, ^{2}1982. S. 15–23. – © Mitteldeutscher Verlag, Halle und Leipzig.

PETER RÜHMKORF (geb. 1929)

Undine 252

Gesammelte Gedichte. Reinbek bei Hamburg: Rowohlt, 1976. S. 117. – © 1976 Rowohlt Verlag GmbH, Reinbek bei Hamburg.

NELLY SACHS (1891–1970)

(1) *Wenn nicht dein Brunnen, Melusine* 37
(2) *Verwunschen ist alles zur Hälfte* 55

Fahrt ins Staublose. Frankfurt a. M.: Suhrkamp, 1961. (1) S. 190. (2) 192 f. – © 1961 Suhrkamp Verlag, Frankfurt am Main.

KURT SCHWITTERS (1887–1948)

Die Nixe 391

Das literarische Werk. Hrsg. von Friedhelm Lach. Bd. 1. Köln: DuMont, 1973. S. 137 f. – © 1973 DuMont Buchverlag GmbH & Co., Köln.

LUDWIG TIECK (1773–1853)

Sehr wunderbare Historie von der Melusina 38

Schriften. Bd. 13: Märchen, Dramatische Gedichte, Fragmente. Berlin: Reimer, 1829. S. 67–170. [Auszüge; Orthographie und Interpunktion wurden behutsam modernisiert.]

OSCAR WILDE (1854–1900)

Der Fischer und seine Seele 311

Werke in zwei Bänden. Hrsg. von Rainer Gruenter. Bd. 1. München: Hanser, 1970. S. 55–91. [Übers. von Hannelore Neves.] – © 1970 Carl Hanser Verlag GmbH & Co., München.

Abbildungsnachweis

1, 5–8 Bildleiste von Alicia Austin nach Arthur Rackham.
11 Johann Heinrich Füssli, *Undine verlangt vom Ritter, er solle seine Abenteuer im Wald erzählen*, 1819. (Öffentliche Kunstsammlung, Basel.)
15 E. T. A. Hoffmann, *Johannes Kreisler komponiert an der »Undine«*, Selbstkarikatur, um 1814 [?].
17 Gustav Klimt, *Fischblut*, aus: »Ver Sacrum«, Jg. 1, 1898.
21 Allen Lewis, Farbholzschnitt zu: Friedrich de la Motte Fouqué, »Undine«, New York 1930.
29 William H. Bradley, Titelblatt für »The Inland Printer«, Juli 1894.
37 Henri Caruchet, Illustration (Ausschnitt) zu: Pierre Louys, »Byblis«, Paris 1901.
41, 44, 47 Holzschnitte zu Thüring von Ringoltingens »Melusine« aus dem »Buch der Liebe«, Frankfurt a. M. 1587.
53 Ludwig Richter, Illustration zur »Geschichte von der edlen und schönen Melusina«, hrsg. von G. O. Marbach, Leipzig 1838 (3. Volksbuch).
76 Franz Graf Pocci, Illustration zu Andersens Märchen »Die kleine Seejungfrau«, aus: »H. C. Andersens Märchen«, hrsg. von Karl Martin Schiller, Leipzig 1927.
100, 106 Conrad von Megenberg, *Mythische Geschöpfe*, aus: C. v. M., »Buch der Natur«, Augsburg 1475.
109, 126, 153, 159, 202 Kupferstiche von C. Kolbe zu Fouqués »Undine«, aus: »Frauentaschenbuch für das Jahr 1821«, hrsg. von Friedrich de la Motte Fouqué, Nürnberg 1820.
240 René Magritte, *Die Liebe*, um 1946. – © VG Bild-Kunst, Bonn, 1990.
255 John William Waterhouse, *A Mermaid*, 1901. (The Royal Academy of Arts, London.)
268 *Melusina verläßt das Schloß Lusignan als geflügelte*

Schlange, Holzschnitt aus: »Von einer Frowen genant Melusina«, Basel 1476.

270 Conrad Gesner, *Ein Meerfräulein*, aus: »C. Gesners Vollkommenes Fisch-Buch«, 1670; Neudr. Hannover 1981.

272 Max Liebermann, *Der Fischer*, aus: Goethe, »Gedichte«, Berlin 1924. – Mit freundlicher Genehmigung von Marianne Feilchenfeldt, Zürich.

276 *Chimära*. Vignette aus: »Von Odysseus bis Felix Krull. Gestalten der Weltliteratur in der Buchillustration des 19. und 20. Jahrhunderts«, Katalog zur Ausstellung der Kunstbibliothek Berlin [. . .], Berlin 1982.

311 Heinrich Vogeler, Initiale zu Oscar Wildes Märchen »Der Fischer und seine Seele«, in: O. W., »Das Granatapfelhaus«, Leipzig 1904. – © VG Bild-Kunst, Bonn, 1990.

313 Heinrich Vogeler, *Der Fischer und das Meermädchen*, Illustration zu Oscar Wildes Märchen »Der Fischer und seine Seele«, in: O. W., »Das Granatapfelhaus«, Leipzig 1904. – © VG Bild-Kunst, Bonn, 1990.

358 Moritz von Schwind, *Der Mittag*, um 1860. (Bayerische Staatsgemäldesammlung, Schack-Galerie, München.)

361 Arthur Rackham, *Undine vor dem Fenster*, aus: Friedrich de la Motte Fouqué, »Undine«, New York 1909.

374 Moritz von Schwind, *Der Traum der schönen Lau*, 1868, aus: Eduard Mörike: »Die Historie von der Schönen Lau«, Stuttgart 1873. (Kupferradierung von Julius Naue nach Schwinds Umrißzeichnung.)

392 Charles Altamont Doyle, *Full Fathom Five*, um 1880. (Foto: Verlagsarchiv.)

396 Heinrich Vogeler, *Melusinen-Märchen*, aus: »Deutsche Kunst und Dekoration«, Jg. 1902. – © VG Bild-Kunst, Bonn, 1990.

Bibliographische Hinweise

Texte

Arnim, Achim von: Melusinen-Fragment. In: A. v. A.: Sämtliche Romane und Erzählungen. Hrsg. von Walter Migge. Bd. 3. München 1965. S. 735–749.

Bechstein, Ludwig: Der Müller und die Nixe. In: L. B.: Sämtliche Märchen. Hrsg. von Walter Scherf. München 1965. S. 190–195.

Beese, Henriette (Hrsg.): Von Nixen und Brunnenfrauen. Märchen des 19. Jahrhunderts. Ausgew. und mit einem Nachw. vers. von H. B. Frankfurt a. M. / Berlin / Wien 1982.

Brentano, Clemens: Der arme Raimondin. In: C. B.: Werke. Bd. 2. Hrsg. von Friedhelm Kemp. München 1963. S. 741–761.

Couldrette: Mellusine. Poème relatif à cette fée poitevine composé dans le XIVe siècle, publié pour la première fois d'après les manuscrits de la Bibliotheque impériale, par Francisque Michel. Niort 1854.

– Le roman de Mélusine ou Histoire de Lusignan. Ed. [...] par Eleanor Roach. Paris 1982.

Goethe, Johann Wolfgang: Die neue Melusine. In: J. W. G.: Werke. Hamburger Ausgabe in 14 Bänden. Hrsg. von Erich Trunz. Bd. 8: Romane und Novellen 3. 10., neubearb. Aufl. München 1981. S. 354–376. [In: Wilhelm Meisters Wanderjahre.]

Großberger, Herbert: Undine. In: H. G.: Exhibitionen. Gedichte. Heidelberg 1913. S. 14.

Hahn-Hahn, Ida Gräfin: Der arme Fischer. In: I. H.-H.: Neue Gedichte. Leipzig 1836. S. 35–55.

Hauptmann, Gerhart: Die versunkene Glocke. Ein deutsches Märchendrama. In: G. H.: Das gesammelte Werk. Ausgabe letzter Hand. 1. Abt. Bd. 3. Berlin 1942. S. 55 bis 171.

Hensel, Kerstin: Ulriche und Kühleborn. Leipzig 1991.

Hensler, Karl Friedrich: Das Donauweibchen. Erster Theil. Ein romantisch-komisches Volksmährchen mit Gesang in drey Aufzügen, nach einer Sage der Vorzeit. Musik von Ferdinand Kauer. Wien 1798. – Wiederabgedr. in: Otto Rommel (Hrsg.): Die romantisch-komischen Volksmärchen. Darmstadt 1974. Reprogr. Nachdr. der Ausg. Leipzig 1936 (Deutsche Literatur in Entwicklungsreihen. Reihe Barock. 2.)

Henze, Hans Werner: Undine. Tagebuch eines Balletts. Mit 21 Bildern. München: Piper [1959].

Jean d'Arras: Mélusine, roman du XIVe siècle. Publié pour la première fois d'après le manuscrit de la bibliothèque de l'Arsenal, avec les variantes des manuscrits de la Bibliothèque nationale, par Louis Stouff. Dijon 1932.

Láinez, Manuel Mujica: Die Geschichte von der schönen Melusine, von ihr selbst erzählt. Mit einem Nachw. von Jorge Luis Borges. Aus dem Spanischen übers. von Fritz Rudolf Fries. Stuttgart 1986.

Lortzing, Albert: Undine. Romantische Zauberoper in vier Aufzügen. Hrsg. und eingel. von Wilhelm Zentner. Stuttgart 1964 [u. ö.].

Moog, Hanna (Hrsg.): Die Wasserfrau. Von geheimen Kräften, Sehnsüchten und Ungeheuern mit Namen Hans. Ges. und hrsg. von H. M. Köln 1987.

Morgner, Irmtraud: Leben und Abenteuer der Trobadora Beatriz nach Zeugnissen ihrer Spielfrau Laura. Berlin/Weimar 1974.

Musäus, Johann Karl August: Die Nymphe des Brunnens. In: Volksmärchen der Deutschen. Mit einem Nachw. und Anm. von Norbert Miller. München 1976. S. 277–325.

Paracelsus [d. i. Theophrastus von Hohenheim]: Liber de nymphis, sylphis, pygmaeis et salamandris et de caeteris spiritibus. Hrsg. von Robert Blaser. Bern 1960.

Röhrich, Lutz (Hrsg.): Erzählungen des späten Mittelalters und ihr Weiterleben in Literatur und Volksdichtung bis zur Gegenwart. Sagen, Märchen, Exempel und Schwänke

mit einem Kommentar hrsg. von L. R. Bd. 1. Bern / München 1962. [2. Kapitel: Die gestörte Mahrtenehe. Peter von Staufenberg. S. 27–61.]
Schreiner, Olive: Undine (1928). With a new introduction by Martin Tucker. Repr. New York / London 1972.
Schwab, Gustav: Die schöne Melusina. In: G. Sch.: Die deutschen Volksbücher. Frankfurt a. M. 1978. Bd. 2. S. 290–392.
Stamer, Barbara (Hrsg.): Märchen von Nixen und Wasserfrauen. Frankfurt a. M. 1987.
Tieck, Ludwig: Das Donauweib (Fragment, 1801/08). In: L. T.: Schriften. Bd. 13. Berlin 1829. S. 193–228.
– Melusine (Fragment, 1807). In: L. T.: Nachgelassene Schriften. Auswahl und Nachlese. Hrsg. von Rudolf Köpke. Leipzig 1855. Bd. 1. S. 160–170.
Thüring von Ringoltingen: Melusine. In der Fassung des Buchs der Liebe (1587). Hrsg. von Hans-Gert Roloff. Stuttgart 1969 [u. ö.].
Vulpius, Christian August: Die Saal-Nixe. Eine Sage der Vorzeit. Leipzig 1795.
Wille, Bruno: Offenbarungen des Wachholderbaums. Roman eines Allsehers. Bd. 1: Leipzig [2]1903. [S. 205 bis 212: Das Wasserfräulein.]

Opern und Ballette

Hoffmann, E. T. A.: Undine. Zauberoper in drei Akten. Text von Friedrich de La Motte Fouqué. UA: Berlin 1816.
– Undine. Zauberoper in drei Akten. Klavierauszug neu bearb. von Hans Pfitzner. Leipzig 1906.
Seyfried, Ignaz Ritter von: Undine, die Braut aus dem Wasserreiche. Zauberspiel in drei Aufzügen. Text nach Fouqué. UA: Wien 1817.
Carafa di Colobrano, Michele: Adele di Lusignano. Oper in zwei Akten. Text von Felice Romani. UA: Mailand 1817.

Henry, L.: Undine. Ballett. Choreographie von Adalbert Gyrowetz. UA: Wien 1825.

Kreutzer, Konradin: Melusina. Oper in drei Akten. Text von Franz Grillparzer. UA: Berlin 1833.

Schmidt, Heinrich: Undine, die Wassernymphe. Ballett. Choreographie von Paul Taglioni. UA: Berlin 1836. Neufassung u. d. T.: Coralia oder der ungetreue Ritter. London 1847.

Girschner, Karl Friedrich: Undine. Oper in drei Akten. Text von Friedrich de La Motte Fouqué. UA: Danzig 1837. (Konzertante Aufführung: Berlin 1830.)

Hartmann, Johann Peter Emilius: Undine. Oper. Text von Carl Borgaard. UA: Kopenhagen 1842.

Pugni, Cesare: Ondine ou la Naiade. Ballett. Choreographie: Jules Perrot. UA: London 1843.

Lortzing, Albert: Undine. Romantische Zauberoper in vier Akten. Text von A. L. nach Fouqué. UA: Magdeburg 1845.

Lwow, Alexej Fjodorowitsch: Undina. Oper in drei Akten Text von Wladimir Alexandrowitsch Sologub nach Vernoy de Saint-Georges. UA: Petersburg 1848. Deutsche Fassung u. d. T.: Undine, die Tochter der Wellen. Text von Otto Prechtler. EA: Wien 1852.

Schindelmeister, Louis: Melusina. Oper in vier Akten. Text von Ernest Pasqué. UA: Darmstadt 1861.

Péan de la Roche Jagu, Françoise: La reine de l'onde. Oper. Text von Michel Carré und Jules Barbier. UA: Paris 1862.

Semet, Théophile Aimé Emile: Ondine. Komische Oper in drei Akten. Text von Joseph Philippe Lockroy und Eugène Mestépès. UA: Paris 1863.

Mori, Frank: The River Sprite. Oper. Text von George Linley. UA: London 1865.

Tschaikowsky, Pjotr Iljitsch: Undina. Oper. 1869 (nicht aufgeführt und vernichtet).

Grammann, Karl: Melusine. Oper in drei Akten. Text von K. G. UA: Wiesbaden 1875.

Perfall, Karl Freiherr von: Raimondin. Oper in fünf Akten.

Text von Hermann Theodor Schmid. UA: München 1881. Überarbeitete Fassung u. d. T.: Melusine. München 1884.

Dvořák, Antonin: Rusalka. Oper in drei Akten. Text von Jaroslav Kvapil nach Fouqué, Andersen und der französischen Melusinen-Sage. UA: Prag 1901.

Henze, Hans Werner: Undine. Ballett. Choreographie von Frederick Ashton. UA: London 1958.

Reimann, Aribert: Melusine. Oper in fünf Akten. Text von Claus H. Henneberg nach Yvan Goll. UA: Schwetzingen 1971.

Fortner, Wolfgang: Undine. Oper in 1 Aufzug. Text von Anneliese Schäfer. (Schuloper.) UA: Ober-Hambach 1969.

Lesur, Daniel: Ondine. Oper in drei Akten. Text von D. L. nach Giraudoux. UA: Paris 1982.

Forschungsliteratur

Brummack, Jürgen: Zu Arnims »Melusinen-Fragment«. In: Germanisch-Romanische Monatsschrift. Neue Folge. Bd. 17 (1967) H. 1. S. 208–210.

Ferlan, Françoise: Le thème d'Ondine dans la littérature et l'opéra allemands au XIXème siècle. Bern / Frankfurt a. M. / New York / Paris 1987.

Floeck, Oswald: Die Elementargeister bei Fouqué und andern Dichtern der romantischen und nachromantischen Zeit. Heidelberg 1909.

Frenzel, Elisabeth: Stoffe der Weltliteratur. 7. Aufl. Stuttgart 1988. Art. »Melusine«, »Undine«.

Heisig, Karl: Über den Ursprung der Melusinensage. In: Fabula 3 (1959/60) S. 170–181.

Hermand, Jost: Undinenzauber. Zum Frauenbild des Jugendstils. In: J. H.: Der Schein des schönen Lebens. Studien zur Jahrhundertwende. Frankfurt a. M. 1972. S. 147–179.

Hoffrichter, Leo: Die ältesten französischen Bearbeitungen der Melusinensage. Halle 1928.
Kaschnitz, Marie Luise: Undine. In: M. L. K.: Zwischen Immer und Nie. Gestalten und Themen der Dichtung. Frankfurt a. M. 1971. S. 128–132.
LeSage, Laurence: »Die Einheit von Fouqués Undine«, an unpublished essay in German by Jean Giraudoux. In: Romanic Review 42 (1951) S. 122–134.
Lillyman, W. J.: Fouqués »Undine«. In: Studies in romanticism 10 (1971) H. 2. S. 94–104.
Matt, Peter von: Liebesverrat. Die Treulosen in der Literatur. München 1989. [Zu Fouqués und Bachmanns »Undine«: S. 229–268.]
Max, Frank Rainer: Der »Wald der Welt«. Das Werk Fouqués. Bonn 1980.
Nowack, Marie: Die Melusinen-Sage, ihr mythischer Hintergrund, ihre Verwandtschaft mit anderen Sagenkreisen und ihre Stellung in der deutschen Litteratur. Freiburg i. Br. 1886.
Ohl, Hubert: Melusine als Mythos bei Theodor Fontane. In: Mythos und Mythologie in der Literatur des 19. Jahrhunderts. Hrsg. von Helmut Koopmann. Frankfurt a. M. 1979. S. 289–305.
Paulsen, Wolfgang: Im Banne der Melusine. Theodor Fontane und sein Werk. Bern [u. a.] 1988.
Pfeiffer, Wilhelm: Über Fouqués Undine. Nebst einem Anhange enthaltend Fouqués Operndichtung Undine. Heidelberg 1903.
Poe, Edgar Allan: Friedrich de la Motte Fouqué: Undine. In: E. A. P.: Werke. Hrsg. von Kuno Schuhmann. Bd. 3. Olten / Freiburg i. Br. 1973. S. 286–296.
Schläder, Jürgen: Undine auf dem Musiktheater. Zur Entwicklungsgeschichte der deutschen Spieloper. Bonn-Bad Godesberg 1979. [Mit ausführlicher Bibliographie.]
Schmidt, Arno: Fouqué und einige seiner Zeitgenossen. Biographischer Versuch. 2., verb. und verm. Aufl. Darmstadt 1959.

Schröder, Walter Johannes: Melusine. In: Die deutsche Literatur des Mittelalters. Verfasserlexikon. Begr. von Wolfgang Stammler. Hrsg. von Karl Langosch. Bd. 5. Berlin 1955. Sp. 676–678.
Stuby, Anna Maria: Liebe, Tod und Wasserfrau. Mythen des Weiblichen in der Literatur. Opladen 1992.
Zievers, Isolde: Undine. Tradition and Interpretation of an Archetypal Figure in German Literature. New Brunswick (New Jersey) 1974.